Für Ken Saro-Wiwa

ein Krieger, ermordet von Schakalen,
dessen Stimme, nicht zum Verstummen gebracht,
die Schande seiner Peiniger tief in unsere Seelen gräbt
und den Weg weist

»Ich muss immer genau dasselbe machen«, sagte die Frau. Ihre Stimme war voll und ruhig, obwohl sie sich auf dem Hometrainer abstrampelte. Sie trug ein graues Trikot mit passenden Schweißbändern für Stirn und Handgelenke. Ihr Gesicht glänzte vor Schweiß.

»Wie lange dauert es?«, fragte ich.

»Insgesamt etwa fünfzehn Minuten«, sagte sie. »Aber ich weiß nicht, wie lange er zusieht.«

»Und Sie sind sicher, dass er …?«

»Ja! Er ist voll drauf. Ein beschissener Junkie, ich sag's Ihnen – wenn der nicht seinen Fix bekommt, dreht er durch.« Die Frau stieg vom Fahrrad, zog mit einer geschmeidigen Bewegung das graue Sweatshirt über den Kopf, stand mit nacktem Oberkörper da. Sie wirkte so gelassen, als würde sie damit ihren Lebensunterhalt verdienen. »Ich geh mal kurz duschen«, sagte sie. »Dauert nur eine Minute.«

Ich lehnte mich in den roten Sessel zurück, drehte ihn ein wenig, um den Flur im Blick zu haben, durch den sie verschwunden war. Kniff die Augen zusammen, atmete flach durch die Nase, schaltete innerlich auf Standby – ich weiß, was Frauen mit ›Bin gleich wieder da‹ meinen.

Wie bei fast allem, was ich über Frauen weiß, lag ich auch diesmal wieder daneben. Nach weniger als fünf Minuten nahm ich aus den Augenwinkeln eine Bewegung wahr – sie kam barfuß über den beigefarbenen Teppichboden des Flurs zum Wohnzimmer, völlig lautlos. Als sie mich im Sessel entdeckte, lächelte sie.

Sie trug nichts außer Lippenstift. In einer Hand hielt sie ein flauschiges rosa Handtuch, trocknete sich gedankenverloren ab, während sie das Wohnzimmer durchquerte, ihr Blick wanderte vom Bücherregal über eine kompliziert aussehende Stereoanlage zu einer massiven, rechteckigen Plattform, nicht höher als ein Couchtisch, aber viel größer. Die Plattform war nahtlos und glatt mit hellblauem Leder bezogen und so groß wie ein Billardtisch. Sie stand in einer Nische vor einem riesigen Fenster, das vollständig hinter einer Jalousie aus Messinglamellen verschwand.

»Da muss ich es machen«, sagte sie und deutete auf die Plattform.

»Wie soll er ...?«

»Die Lamellen sind verstellbar«, unterbrach sie. »Damit ...«, und zeigte mir etwas, das wie eine Fernbedienung aussah.

Ich streckte die Hand danach aus, doch sie zog das Gerät weg. »Ich darf die Jalousie erst öffnen, wenn er anruft«, sagte sie. »Es wäre nicht gut, wenn Sie aus Versehen den falschen Knopf drücken.«

Ich ließ es dabei bewenden.

»Manchmal will er nur die Lamellen gedreht haben«, fuhr sie fort. »Manchmal will er, dass ich die Jalousie hochziehe. Wenn er es nachts will, habe ich das hier ... Passen Sie auf!« Sie drückte einen Knopf der Fernbedienung, und an der Decke flammten drei Minischeinwerfer auf, jeder Strahl auf eine andere Stelle der blauen Lederplattform gerichtet.

»Weshalb glauben Sie, dass er ...?«

In einem anderen Zimmer schrillte ein Telefon. Sie hob die Hand, ich solle schweigen, legte den Kopf schräg und lauschte.

Ein weiteres Klingeln.

Noch eins.

Dann nichts mehr. Ich zählte stumm bis zehn. Mit einer ›Bleib sitzen!‹-Geste hob sie beide Hände, drehte sich um und lief aus dem Zimmer.

Blitzschnell war sie zurück, trug nun ein rotes Mieder mit Strapsen und Stöckelschuhe, einen weißen Kosmetikkoffer in der Hand. Sie ging zur blauen Lederplattform, setzte sich, das Gesicht mir zugewandt. Den Kosmetikkoffer stellte sie auf den Boden, ließ die Verschlüsse aufschnappen, hob den Deckel. Überzeugte sich mit einem kurzen Blick, dass alles da war, was sie brauchte. Sie legte den Finger an die Lippen, machte mir klar, dass ich still sein sollte. Dann griff sie nach der Fernbedienung und drückte einen der Knöpfe.

Die Lamellen bewegten sich langsam – standen so schräg, dass man nur von einer höheren Etage aus hineinsehen konnte. Die kleinen Scheinwerfer flammten auf.

Sie zog den ganzen Auftritt durch, ohne auch nur einmal die blaue Lederplattform zu verlassen, fast auf die Sekunde genau fünfzehn Minuten, so wie sie gesagt hatte. Von dem High-Tech-Arrangement abgesehen, war es die klassische, billige Peepshow einschließlich der Nummer mit dem verschwindenden Würstchen – sie steckte es in die Möse, schob es rein und raus, spielte mit eisigem, maskenhaftem Gesicht eine Frau auf dem steilen Weg zum Orgasmus. Sie tat, als käme es ihr, dann zog sie das Würstchen heraus, leckte es ein paar Mal ab, bevor sie ein Stück abbiss und herunterschluckte. Verausgabt und erschöpft lag sie auf dem Bauch, als der Vorhang fiel. Die Jalousie malte Zebrastreifen auf ihren Körper, das lange kastanienbraune Haar funkelte im künstlichen Licht.

»Je nachdem, wie oft es klingelt, weiß ich, was ich tun muss«, erklärte sie später, ein hohes, gekühltes Glas Orangensaft in der Hand. Sie hatte noch mal geduscht und sich in einen weißen Frotteebademantel gewickelt. Die Jalousie war wieder geschlossen.

»Woher wissen Sie, ob …?«

»Das ist seine Leitung, das Telefon.« Sie hatte meine Frage erwartet. »Nur seins. Er ist der Einzige, der diese Nummer anruft. Ich darf den Apparat nicht benutzen.«

»Was ist, wenn Sie ...?«

»Es gibt noch ein Telefon. Zwei Amtsleitungen, unabhängig von seiner. Wenn ich gerade telefoniere und sein Telefon klingeln höre, muss ich sofort auflegen.«

»Aber wenn Sie ausgehen ...«

»Ich kann nicht einfach ausgehen«, zischte sie.

»Ich kenne den Ablauf nicht«, sagte ich milde.

Sie fuhr mit beiden Händen durch ihre dichte rotbraune Mähne, strich sich das Haar aus dem Gesicht. »Tut mir Leid. Manchmal fühle ich mich hier so eingesperrt, dass ich fast durchdrehe. Sie können sich nicht vorstellen, wie ... in der Falle man sich fühlt.«

»Ist schon okay«, sagte ich leise, erwähnte nicht, dass ich es mir sehr wohl vorstellen konnte. Ich bin eingesperrt aufgewachsen – und nicht in irgendeiner Luxusbude. »Erklären Sie mir, wie es funktioniert«, drängte ich, immer noch sanft und freundlich.

»Zweiundsiebzig Stunden«, antwortete sie. »Drei Tage. Wenn ich damit ... fertig bin, hab ich die nächsten zweiundsiebzig Stunden frei. Mindestens. Manchmal auch länger – einmal war er fast einen Monat weg – aber weniger ist es nie, verstehen Sie?«

»Klar.«

»Er hat mich benutzt«, ihre Stimme war tonlos und hart. »Er hat gelogen. Er ist ein Lügner. Jetzt muss er dafür bezahlen.«

»Inwiefern hat er gelogen?«, fragte ich mit einer ausholenden Geste, die die ganze Wohnung einbezog.

»Wer muss schon eine Nutte belügen? Meinen Sie doch, oder?« Sie sah mich an, klang bitter. »Sicher, er bezahlt dafür ... das alles. Aber es gehört ihm, nicht mir. Sein Name steht auf dem Mietvertrag. Alles läuft auf seinen Namen, sogar die verdammte Stromrechnung.«

»War das die Lüge?«

»Nein.« Sie reagierte auf meinen gedämpften Sarkasmus mit kalter Verachtung. »Gelogen hat er über die Liebe.«

»Was dagegen, wenn ich rauche?«, fragte ich.

Überrascht schaute sie auf. »Warum fragen Sie? Sie sehen doch den Scheißaschenbecher, oder?«

»Sie rauchen nicht, stimmt's?

»Nein, ich rauche nicht.«

»Wenn er herkäme, würde er es riechen ... Er würde wissen, dass Sie Besuch hatten.«

Ihr Lachen war ein trauriges, dürres Geräusch. »Vergessen Sie's. Er kommt nie her. Niemals.«

»Wie können Sie dann ...?«

»Das ist eine elektronische Affäre, Herzchen. Das große Ding der Neunziger, stimmt's? Hinten im Schlafzimmer steht ein PC. Er bezahlt meine Rechnung mit dem Modem – wenn ich meinen Kontostand sehen will, kann ich ihn einfach auf den Bildschirm holen. Wollen Sie sonst noch was wissen?«

»Ja«, sagte ich. »Was für ein Name ist eigentlich Bondi?«

Ein kurzes Lächeln spielte um ihren Mund. »Das kommt von Bondi Beach. Am Stadtrand von Sydney. Ich bin Australierin. Meine Mom hat immer erzählt, ich wäre auf diesem Strand gezeugt worden, deshalb hat sie mich so genannt. Da war sie noch ein junges Mädchen, hatte einen ganz normalen Job, das war, bevor sie auf den Strich ging. Von meinem Dad wusste sie nur, dass er Soldat war. Auf Urlaub. Da hat er meiner Mom was dagelassen.«

»Erzählen Sie von der Lüge«, sagte ich. »Der Lüge über die Liebe.«

»Na, dann stecken Sie sich mal Ihre Zigarette an«, erwiderte sie. Noch immer lag das leise Lächeln auf ihren Lippen. »Wenn Sie wollen, hole ich Ihnen auch ein Bier. Wie wär's?«

»Nein, danke.« Ich lehnte mich im Sessel zurück. »Erzählen Sie.«

Sie stand auf, kam zu mir. »Der ist breit genug für zwei«, sagte sie. »Rutsch rüber.« Ich rutschte ganz nach links. Sie ließ sich neben mich fallen ... reichlich eng. Mein

Arm war eingeklemmt, und ich zog ihn heraus. Sie kuschelte sich an meine Brust. Ich legte ihr den Arm um die Schultern. Sie griff nach meiner Hand und zog sie herunter, so wie man sich eine Decke über die Schulter zieht. »Lass mich mal ziehen«, sagte sie. »Ich hab seit Jahren nicht mehr geraucht, aber ich weiß noch, wie gut es früher schmeckte.«

Ich hielt ihr die Zigarette hin. Sie schob ihren Mund heran, nahm einen schnellen, tiefen Zug, atmete tief aus, seufzte zufrieden, schloss die Augen, kuschelte sich noch enger an mich.

Ein paar Minuten saßen wir schweigend da. Ich wollte schon wieder nachhaken, da begann sie mit einer Kleinmädchenstimme zu reden, der Stimme, in der sie sich Geheimnisse erzählen.

»Ich war Tänzerin, als wir uns kennen gelernt haben. Davor war ich Party-Girl. Du weißt, was das ist?«

»Ja. Deine Freundschaft kriegt nicht jeder … aber wenn, dann kostet es eine Kleinigkeit, sie zu behalten.«

»Hm-hmh. So ungefähr, ja. Jedenfalls, er hat mich in einem Club gesehen. Wo ich getanzt habe. Er war ein echter Gentleman. Hat mir seine Karte gegeben, gefragt, ob er mich gelegentlich anrufen dürfe. Wir haben uns ein paar Mal getroffen. Sehr, *sehr* nett. Gute Restaurants, eine Limousine, Blumen. Du weißt, wie so was läuft. Wir sind uns … näher gekommen. Aber es gab nie Sex. Ich dachte, vielleicht will er mich nicht erschrecken. Eines Abends hat er es dann gesagt. Hat gesagt, dass er mich liebt.

Zuerst dachte ich, er braucht mich als Alibifrau. Du weißt schon, dass er eigentlich schwul ist und zum Ausgehen eine Tarnung brauchte. Aber das war's nicht. Er ist … impotent, glaube ich. Aber nicht richtig. Ich hab's nicht ganz kapiert, aber bei ihm ist es so, also, er kriegt zwar einen hoch, aber er kann nicht …« Sie verstummte, wartete wohl darauf, dass ich übernahm.

Was ich nicht tat. Wieder verstrichen einige Minuten.

Sie rutschte hin und her, als suche sie eine bequemere Stellung. Ich half ihr, so gut das bei der Enge ging.

»Er sagte, er hätte einen Wunschtraum. Mit mir drin. Mich würde schon der *Gedanke* an ihn so erregen, dass ich ... tja, was du eben gesehen hast ... vorhin. Das tun würde. Er sagte, er liebt mich. Er wusste, wie viel ich ... verdiente. In dem Club, in dem ich getanzt habe. Er sagte, er wolle mich nicht beleidigen, aber ... er könne mir genauso viel zahlen. Als Gehalt. Und wenn ich das tun würde ... was du gesehen hast ... für ihn, wann immer er wollte, dann würde er stärker werden. Du weißt schon, was ich meine. Und vielleicht könnten wir, eines Tages, zusammen sein. Also, so richtig zusammen sein.«

»Wo ist die Lüge?«, fragte ich.

»Seitdem habe ich ihn nicht mehr gesehen. Kein einziges Mal. Das ist alles ... nur das. Er ruft mich nicht mal an. Jedenfalls nicht, um mit mir zu reden. Das hat mich ... traurig gemacht, aber dann hat eine Freundin von mir ... aus dem alten Club ... sie hat davon erfahren. Und sie hat es mir erzählt.«

»Was denn?«

»Er lässt andere Leute zuschauen«, sagte sie mit stockender Stimme. »Er lässt sie zusehen, verdammt noch mal! Deswegen habe ich dich vorhin ... Ich hätte nie jemanden zusehen lassen. Aber ... weißt du, was er macht? Er lädt Freunde in seine Wohnung ein. Wie zum Kartenspielen oder so. Und dann ruft er mich an. Und ich ziehe meine kleine Show ab. Nicht für ihn. Nicht aus Liebe. Sondern für alle, die gerade bei ihm sind. Er sagt ihnen nicht, dass er mich kennt – sagt einfach nur, in dem Haus gegenüber wohnt ein geiles Mädchen. Eine läufige Hündin, erzählt er denen. Die wird so scharf, die treibt's mit sich selbst.«

Ich dachte, sie würde losweinen, doch sie schnappte mit einem trockenen Schluchzer nach Luft und hielt den Atem an, bis sie sich beruhigt hatte.

»Was willst du?«, fragte ich.

»Bin sofort zurück«, sagte sie, zog mit einer geübten Bewegung das frisch gefüllte Kondom ab. Ich hörte Geräusche aus dem Bad, ließ aber die Augen geschlossen.

Das Bett wackelte leicht, als sie wieder hineinkletterte. »Willst du noch mal ziehen?«, fragte ich mit immer noch geschlossenen Augen.

»Nein«, sagte sie. »Einmal ist mein Limit.«

»Bist du sicher, was das Geld betrifft?«

»Todsicher, Schätzchen«, antwortete sie. »Und es ist ein Kinderspiel, das verspreche ich dir – ich hab mir alles genau überlegt. Ich weiß nicht, ob er da drüben wohnt, aber er muss dort sein, wenn ich ... es mache. Sobald er anruft, ruf ich dich an. Das dauert nur eine Sekunde – er kriegt es gar nicht mit. Ich hab den Schlüssel zu der Wohnung – du kannst einfach reingehen. Während ich noch ... meine Show abziehe. Er wäre völlig ahnungslos.«

»Könnte sein, dass er nicht allein ist, oder? Du hast doch gesagt ...«

»Ich kenne den Portier. Er heißt Bert. Auch ein Aussie. Den kenne ich noch aus der Zeit, als ich ... du weißt schon. Jedenfalls, ich kümmere mich um Bert. Wenn er was braucht, kann er sich auf mich verlassen, auch wenn ich nicht mehr in dem Schuppen arbeite. Du weißt schon, der Schuppen, in dem ich getanzt habe. Ich hab ihn auf die Probe gestellt. Bert, meine ich. Zweimal schon. Damit«, sagte sie und reckte sich über meine Brust zum Nachttisch neben dem Bett. Sie zeigte mir ein Handy. »Siehst du? Es ist perfekt. Bert hab ich gesagt, ich wollte Morton überraschen – so heißt er, Morton. Also bitte ich Bert, mich kurz anzurufen, wenn Mr. Morton kommt. Wenn er allein kommt, sag ich zu Bert und zwinkere ihm zu, verstehst du? Und Bert hat's gemacht. Zweimal. Am nächsten Tag hab ich ihm einen Hunderter gegeben. Beide Male. Hundert Dollar, ein Zwinkern, ein bisschen mit den Hüften wackeln ... mehr kostet es nicht.«

»Du willst also ...?«

»Morton weiß nichts von dem hier.« Wieder hielt sie das Handy hoch. »Bert kann mich anrufen, wenn Morton in den Fahrstuhl steigt. Dann wissen wir, dass er allein ist. Und wenn er *mich* anruft, wenn er seine verfluchte Vorstellung will ... dann rufe ich *dich* an. Er hat einen Safe. Im Wohnzimmer. Hinter einem Gemälde – kannst du dir so was vorstellen? Hat er mir mal gezeigt, ziemlich am Anfang.«

»Kennst du die Kombination?«

»Nein, natürlich nicht. Die würde er mir nie anvertrauen. Aber du kannst ... ihn doch sicher dazu *bringen*, dass er sie dir gibt, oder? Dürfte nicht allzu lange dauern, glaub mir. Er ist ziemlich schwach ...«

»Und wir teilen fifty-fifty?«, fragte ich.

»Ja«, sagte sie. »Sowie das erledigt ist, muss ich so oder so verschwinden. Packen dauert keine Stunde – Kleider hab ich für ihn ja sowieso nicht gebraucht, stimmt's? Er könnte nie *beweisen*, dass ich dahinter stecke, aber ...«

»Und wie kassierst du deine Hälfte?«

»Die kannst du mir schicken. An die Adresse meiner Freundin im Village. Er weiß nichts von ihr. Wenn wir das Geld haben, Sybil und ich, verduften wir. Mieten uns einen Wagen, laden ein, was wir in Koffer quetschen können, und fahren schnurstracks zum Flughafen. Der Flug nach L. A. dauert nicht lange, und dann ist es nur noch einen Katzensprung über den Teich nach Hause.«

»Was ist, wenn der Safe leer ist?«

»Der wird garantiert nicht leer sein, Schätzchen. Glaub mir, das ist ein reicher Knacker, der förmlich darum bettelt, ausgenommen zu werden. Das ist die Wahrheit. Na? Was hältst du davon?«

»Machen wir's.«

Sie schenkte mir ein Megawattlächeln, drehte sich um und wackelte mit dem Hintern, während sie in der Nachttischschublade nach dem nächsten Kondom wühlte.

»Sie hat also den Schlüssel, ja?« Michelles Stimme, ihr seidenglattes Markenzeichen, die Stimme, die ihr beim Telefonsex einen Haufen Moos einbrachte. Sie saß auf der Kante meines Schreibtischs, direkt neben meinen hochgelegten Füßen. Ich hatte mich so weit zurückgelehnt, dass ich beim Geradeausschauen nur ihre prächtigen Beine bewundern konnte.

»Allerdings.«

»Und sie will, dass du reingehst, wenn der Typ zu Hause ist?«

»Ja.«

»Damit du ihn dazu bringst, den *Safe* aufzumachen?«, fragte sie, ein unterdrücktes Kichern in der Stimme.

»Hm-hmmmh.«

»Und sie will fifty-fifty mit dir teilen?«

»Ja, genau«, bestätigte ich.

»Und sie glaubt, dass du ihr ihren Anteil mit der Post schickst?« Michelle konnte das Lachen nicht länger unterdrücken.

»Ja.«

»O Baby, ich mein's wirklich nicht böse, aber ... hält sie dich allen Ernstes für so blöd?«

»Nein, so sehe ich das nicht. Sie hat eine Menge Erfahrung. Mit Männern. Ihnen zuhören, sie taxieren. Damit hat sie ihre Brötchen verdient, nicht nur mit Tanzen. Ihre Geschichte ist so fadenscheinig ... das Ganze ist eine Einladung, sie aufs Kreuz zu legen.«

»Was denn ... ihr nicht mal ihren Anteil zu geben?«, spottete Michelle.

»Die besten Trottel sind nicht vollkommen blöd. Ich glaube, in diese Kategorie hat sie mich eingeordnet. Mal angenommen, ich kaufe ihr einen *Teil* ihrer Geschichte ab – was mache ich dann?«

»Benutz den Schlüssel, wenn der Spanner nicht zu Hause ist«, erwiderte Michelle. »Da-danng!«

»Na gut. Ich geh also mit meinem Safespezialisten

rein, knacke die Kiste und verschwinde mit der Kohle. Nur ...«

»Nur, dass sie dich dabei filmen werden. Oder reinstürmen und dich auf frischer Tat ertappen. Oder es liegt eine Leiche im Schlafzimmer. Oder ... was weiß ich.«

»Klar«, sagte ich ruhig, verschränkte die Hände hinter dem Kopf und schloss die Augen.

Ich wurde so still, dass ich Michelle atmen hörte, das leise Rascheln ihrer Nylonstrümpfe, wenn sie sich bewegte.

Die Zeit verstrich. »Man merkt's gar nicht«, sagte ich. »Selbst Pansy hat nichts gemerkt.«

»Dein Mutantenköter würde noch nicht mal Godzilla bemerken, solange der Lurchi ihr Schappi in Ruhe lässt«, knurrte Michelle mit gespielter Verachtung. »Sie ist nicht gerade Rin Tin Tin.«

Ich öffnete die Augen und schaute zu Pansy rüber, die es sich auf der Couch bequem gemacht hatte. Pansy ist ein Mastino. Längst über die grazilen hundertachtzehn Pfund hinaus, die sie als junger Hund auf die Waage brachte. Heute geht sie mehr auf die hundertfünfzig zu. Sicher, niemand würde sie für ein Genie halten – aber Pansy würde genauso selbstverständlich für mich sterben, wie sie eine Literpackung Vanilleeis mit Honig runterschlingt, ihre Lieblingssorte. Und was sie zwischen die Zähne kriegt, kann man getrost vergessen.

»Hör einfach nicht hin«, sagte ich zu Pansy. »Michelle fängt an zu nörgeln, wenn sie ein paar Tage nicht einkaufen war ... du weißt ja, wie sie ist.«

»Ich kann dir sagen, was ich bestimmt nicht mehr brauche, Baby«, sagte sie. »Das habe ich endgültig hinter mir.«

»Es hat wirklich ... funktioniert?«

»Ach, red nicht so um den heißen Brei!«, fauchte Michelle. »Ja, es hat ›funktioniert‹, okay? Komisch, meine ganze Jugend dachte ich, für mich wär's Dänemark. Und stattdessen ist es Colorado.«

Michelle war transsexuell – eine Frau in einem Männerkörper, wie sie das nannte. Sie war nicht der Freak ihrer Familie – den Part hatte bereits der Drecksack übernommen, der ihr biologischer Vater war. Also lief sie weg. *Abwärts.* Zuerst auf die Straße, dann noch weiter abwärts, sank immer tiefer und tiefer, lief über glühende Kohlen, bis sie den Schmerz kaum noch spürte. Als sie diesen Punkt erreicht hatte, tat sie alles, um dort zu bleiben. Das war so gefährlich wie ein U-Bahn-Schacht voller Psychopathen. Und Michelle hatte ständig Angst. Aber ihr Instinkt war zu wach, als dass sie sich mit Chemie ruhig gestellt hätte – sie sah, was aus den Kids wurde, die sich betäubten, um dem Schmerz zu entkommen. Also verbrachte sie die Nächte mit Überleben und die Tage mit Weinen.

Ich kannte sie schon eine Ewigkeit. Sie war meine Schwester, und ich liebte sie, aber ich hatte mir so viel über Geschlechtsumwandlungen anhören müssen, dass ich schon lange nicht mehr zuhörte. Michelle war immer ganz kurz davor … und dann kam wieder irgendeine Ausrede. Sie müsse sich von dem Östrogen entgiften, das sie auf dem Schwarzmarkt gekauft hatte. Oder die Ärzte müssten zuerst die miesen Brustimplantate entfernen. Oder die elektrische Epilation hätte die Gesichtshaut zerstört, und man könne keine Operation riskieren. Es war immer irgendwas.

Doch beim letzten Mal hatte sie es tatsächlich machen lassen. Ich stieg runter in den Abgrund und jagte Gespenster – Michelle sprang über ihren eigenen Schatten. Als wir beide wieder auftauchten, war ich immer noch ich und sie war sie selbst. Für mich war es eine Rückkehr. Für Michelle war es ein neuer Anfang.

Der wesentliche Unterschied war: Michelle mochte, was sie war.

»Ich rolle die Sache von hinten auf.« Ich kehrte zum Geschäft zurück. »Aber ich weiß einfach nicht, wer die Fäden zieht.«

»Ich hab's von Harry«, erwiderte Michelle. »Er hat uns noch nie über den Tisch gezogen.«

»Harry der Maler?«

»Nein, Harry der Steuerberater. Du weißt schon, einer meiner alten Kunden ... von vorher.«

»Ja. Der Angeber, stimmt's?«

»Er protzt manchmal ein bisschen rum, Baby – viele Männer machen das, oder? Er erzählt den Mädchen eben gern, er kennt einen Typen, der einen Typen kennt, der ... so was halt. Na und? Harry ist ein Schatz, Burke. Er zieht los, kauft eine gigantische Stereoanlage, zahlt den normalen Ladenpreis, okay? Dann schenkt er sie einem Mädchen, sie sagt nur ›Danke‹. Also fragt Harry mich – ich meine, wenn's um l'amour geht, welcher arme Trottel würde da nicht die Herzdame fragen? –, warum er so mies behandelt wird? Tja, Schätzchen, ich hab ihm die Wahrheit gesagt. Machst du einer verwöhnten kleinen Schlampe ein teures Geschenk, schleift sie den Nerz über den Boden, verstehst du? Gibst du ihr aber irgendwas Nettes und sagst, du hast es irgendwo spottbillig gekriegt, Baby ... weil du Typen kennst, Typen, die sich auskennen ... du verstehst, was ich meine?«

»Ja«, antwortete ich und sagte die Wahrheit. Sie hatte die Stimme eines Möchtegernganoven perfekt drauf. Michelle beherrscht vier Oktaven – was immer man will, von Schmirgelpapier bis Samt. Ich kenne niemanden mit einem reineren Herzen, aber sie ist zum Stehlen geboren. Was besser als jeder DNA-Test bewies, dass sie meine Schwester ist.

»Das kannst du ruhig glauben, Sugar«, meinte sie. »Schenk einem Mädchen einen Diamanten, und sie ist nett zu dir, aber sie muss sich anstrengen. Schenk ihr denselben Klunker, und sag, er stammt aus einem Juwelenraub, macht sie ins Höschen, noch bevor sie sich das Kleid runtergerissen hat. Harry hat diese Bondi in einem Stripperschuppen kennen gelernt. Da sitzt also unser Harry, protzt mit dem dicken Ring am kleinen Finger, macht einen auf Mo Green, du verstehst? Sie erzählt ihm, dass sie jemand braucht, der was für sie erledigt. Und Harry antwortet, klar doch, kein Problem. Er redet mit ein paar von den Jungs … Nur dass wir beide wissen: Der Einzige ›von den Jungs‹, den er kennt, bin ich.« Michelle grinste. »Aber das ist okay – wir haben schon oft seine Tips verwertet. Und sind nicht schlecht dabei gefahren, oder?«

»Sicher, aber …«

»Du bist zu ihr gegangen«, fiel Michelle mir ins Wort, »und da war nur heiße Luft. Aber du warst nicht das Ziel, Schätzchen. Ich meine, diese Schlampe Bondi kann unmöglich von dir wissen. Ganz besonders nicht von dir und mir – wie viele Leute wissen das?«

»Sie hat gelogen, Michelle. Irgendwo zieht hier einer sein Spielchen ab, und …«

»Ich weiß«, unterbrach sie. »So wie ich das sehe, hasst sie diesen Typen vielleicht wirklich – den Typen im Haus gegenüber. Ich meine, ich würde den Kerl hassen, der so was mit mir macht. Vielleicht will sie euch beide aufs Kreuz legen. Wer weiß? Es war ein Versuch, fertig.«

»Genau.«

»Du bist nicht mal neugierig?« Sie senkte leicht die Stimme.

»Wieso?«

»Willst du nicht wissen, wer dich auf die Abschussliste gesetzt hat?«

»Die Liste ist einfach viel zu lang«, antwortete ich und schloss wieder die Augen.

Das war keine Lüge. Spuren zu verfolgen, macht sich wunderbar in Büchern, aber im wirklichen Leben läuft das anders. Hier unten löst man Rätsel durch Autopsien.

Neugier ist für mich kein Problem. Warum Menschen

Dinge tun, hab ich als kleines Kind gelernt – weil sie es so wollen, weil sie es gern tun. Manche dieser Dinge tun so weh, dass man den Schmerz nicht vergisst, auch wenn die Wunden längst vernarbt sind. Und je mehr mir wehgetan wurde, desto geringer wurde meine Neugier.

Ich vergrub diesen Schmerz in mir, so tief wie nur möglich. Aber, Giftmüll, der er ist, blubbert er von Zeit zu Zeit wieder hoch.

Dann sterben Leute.

Mir fielen ein Dutzend Gründe ein, warum Bondi mich in die Wohnung dieses Mannes schicken wollte, und jeder einzelne war ein weiterer guter Grund, es nicht zu tun. Ich konnte den Job an einen Profi verkaufen, aber ich bin kein Informant. Man kann zu leicht um sein Stück vom Kuchen betrogen werden, zu leicht verpfiffen werden, wenn der Dieb einfährt.

»Leuchtet dir ein Job nicht ein, lass ihn sein«, sagt der Prof immer. Prof steht für Professor und auch für Prophet – man muss schon sehr genau hinhören, um mitzukriegen, welche Rolle er gerade spielt. Das habe ich vor langer Zeit gelernt, als ich auf dem Gefängnishof stand, zuhörte, die Zeit *nutzte,* statt sie totzuschlagen. Wie der Prof schon sagte.

Durchaus möglich, dass ich überhaupt nicht das Ziel war – es gibt Zufälle. Morde auch. Als das letzte Mal eine Frau meinte, ich sei der Richtige für einen Job, hätte mich das fast das Leben gekostet. Belinda. Belinda der Cop. So geduldig, so sorgfältig, fast hätte sie's geschafft. Stattdessen hat sie sich selbst erledigt. Auch das passiert – packt man das Messer an der falschen Seite, schneidet man sich.

In solchen Dingen bin ich ausgesprochen vorsichtig. Ich habe den leisen, schnurgeraden Gang des Knackis, versuche, ein Fleck in der Dunkelheit zu sein. Das hab ich in den Heimen gelernt: immer eine solide Wand im Rücken haben. Erst im Gefängnis begriff ich, dass auch Menschen eine solide Wand sein können. Jahre vergingen, bis ich raushatte, welche Menschen das sind.

Ich nehme meine Hälfte immer aus der Mitte. Wenn man von ganz unten hochschaut, scheinen sich die Häuser der Stadt zu berühren – ein netter Baldachin, unter dem man lauern kann, solange man unten bleibt. Aber wenn man den Kopf hebt, kann der Baldachin verdammt schnell zum Kreuzfeuer werden.

Die nächsten paar Tage gab ich mir Mühe, den Kopf unten zu halten – kümmerte mich um meinen Kram, selbst wenn sich noch jemand anderer darum kümmerte. Frankie fuhr zu einem Kampf nach Atlantic City, aber irgendwie interessierte es mich nicht besonders. Wir waren zwar immer noch an seinen Einnahmen beteiligt, rechneten allerdings nicht damit, in den nächsten Jahren Geld zu sehen, selbst wenn Ristones Pläne aufgehen sollten und er den Jungen in einen Titelkampf einschleusen konnte. Außerdem war es jetzt eine völlig andere Kiste. Frankie kämpfte gegen irgendwelche prädestinierten Loser aus der Kanonenfutterriege, polsterte seine Erfolgsbilanz aus, wartete auf seinen großen Augenblick. Bevor wir seinen Vertrag verkauften, hatte der Prof Frankie auf den richtigen Weg gebracht: jeder Kampf ein bisschen schwerer als der letzte; er lernte auf dem Weg nach oben, machte seine Erfahrungen im Ring. Der Prof wusste, dass Frankie nicht immer dadurch gewinnen konnte, dass er härter zuschlug als seine Gegner – die Gefängnisse sind voll von harten Typen.

Doch das hatte Frankie jetzt hinter sich, war gleichauf mit so vielen anderen Typen, deren Augen ausnahmslos auf denselben Preis gerichtet waren. Erst viel später würden sie sich begegnen. Dann würde Frankie es schaffen … falls Ristone nicht beschloss, dass mehr Geld zu holen war, wenn er ihn absichtlich verlieren ließ.

Wir kannten den Deal, als wir ihn machten, und niemand beschwerte sich. Aber Frankie war nicht mehr stolz darauf. Das Geld kam zwar rein, doch der Kick war weg. Wir versprachen ihm, bei seiner großen Chance in der ersten Reihe zu sitzen – bis dahin sahen wir ihn nur, wenn er bei Mama vorbeischaute. Obwohl wir keine Vertragspartner waren, gehörte er doch noch zu uns. Er hatte den gleichen Weg hinter sich wie wir, war an den gleichen Orten gewesen.

Also gab ich mir Mühe, mal so richtig zu relaxen, aber es war keiner da, mit dem ich das tun konnte. Ich fuhr rüber zu Mama. Der weiße Drache hing im Fenster – die Luft war rein. Ich parkte meinen alten Plymouth in der Gasse hinter dem Restaurant, direkt unter dem makellos weißen Quadrat, in dem Max' Zeichen in schwarzer Kalligrafie stand – frisch nachgemalt, die Linien nicht so exakt wie üblich. Flowers Werk. Max' Tochter, inzwischen ein Mädchen, das schnell erwachsen wurde. Doch das Zeichen besagte dasselbe: Verpiss dich. Und selbst die Revolverhelden der Chinatown mit ihren ausdruckslosen, leeren Augen verletzten diese Grenze nicht.

Die unscheinbare Stahltür öffnete sich, bevor ich anklopfen konnte. Ich kannte den untersetzten Chinesen nicht, der mich einließ, aber er kannte mich. Einer von Mamas neuen Jungs. Daran, wie er die Metzgeraxt hielt, sah ich, dass er ein Experte war. Und kein Koch.

Ich durchquerte die Küche und ging zu meiner Nische im hinteren Teil des Lokals. Mama verließ ihren Posten an der Kasse, ein Bursche in einer weißen Kellnerjacke kam mit einer Terrine Sauerscharfsuppe aus der Küche. Sie standen gleichzeitig vor mir. Mama füllte eine kleine Schale für mich, nahm sich selbst auch eine Portion und setzte sich gegenüber.

»Und?«

»Ich schau nur mal vorbei, Mama. Nichts Besonderes.«

»Nich arbeit?«

Nicht stehlen, meinte sie. »Nein«, antwortete ich. »Ich dachte, vielleicht ist Max hier und ich geb ihm eine Chance, was von seinem Geld zurückzugewinnen.«

»Max arbeit«, sagte sie, einen leichten Anflug von Missbilligung in ihrer samtweichen Stimme. »Kein Zeit für Karten spiele.«

Max ist Kurier. Juwelen, Mikrochips, eine Nachricht auf fest zusammengerolltem Reispapier ... alles, was man nicht in die normale Post geben will. Und nur kleine Päckchen – Max musste die Hände frei haben. Und die Füße. Wenn er einen Auftrag annahm, konnte man seinen Kram ruhigen Gewissens als zugestellt betrachten. Sein Leben war das Pfand, und er setzte es bei jedem Transport aufs Spiel. Hier weiß jeder, dass sein Wort heilig ist, auch wenn er nicht sprechen kann.

Und das ist nicht der Grund, warum man ihn Max den Stillen nennt.

»Kommt er bald zurück?«, fragte ich.

Zur Antwort erhielt ich ein viel sagendes Achselzucken. Und eine weitere Portion Suppe.

»Irgendwelche Anrufe?«, fragte ich.

»Kein Anruf. Sehr ruhig. Du nich arbeit?«

»Erst mal nicht.« Ich schüttelte den Kopf. Irgendwie hing ich zwischen zwei Berufen. Früher war ich ein Cowboy, dachte nie über Registrierkassen und Kanonen hinaus. Als Junge habe ich einen Mann erschossen. Weil er mir Angst machte. Diese Angst kenne ich immer noch, aber mit dem Älterwerden wurde ich auch klüger. Wahrscheinlich, weil ich sonst tot wäre.

Und weil ich im Gefängnis den Prof kennen lernte und ausgebildet wurde. Nie werde ich vergessen, wie ich ihn das erste Mal sah, aus der Entfernung beobachtete, wie er einem Schwarzen gegenüberstand, halb so alt und doppelt so kräftig wie er. Ich kann mich nicht mehr erinnern, worum es bei ihrem Streit ging, aber ich weiß noch, dass der stämmige Bursche einen angeschliffenen Schraubenzieher in der Hand hielt und den Prof herausforderte. Der Prof wich keinen Millimeter zurück, fixierte den anderen, brachte die Sache auf den Punkt:

»Du willst mich umbringen? *Mich* umbringen? Mich kannst du nicht umbringen, Junge – ich bin schon lange tot. Schau auf meinen Kopf, du Tropf – ich bin der Ghul, du Null. Der Höllenhund mit feurigem Schlund. Ich war vor dir hier. Ich bin der Schwarze Mann. Ich war als Erster hier. Als Erster auf dieser Erde. Du kannst mich zertreten, aber ich zieh an allen Drähten.

Rück mir auf die Pelle, und ich folg dir in die Hölle, Junge. Du kommst vielleicht frei, aber für dich ist's nie vorbei.

Ich geb dir jetzt 'nen Tip, du Depp. Ich rat dir gut, sei auf der Hut. Hier hab ich das Sagen. Nur ich kann deine Strafe verkürzen. Wie viel musst du abreißen, Junge? Wie lange musst du sitzen? Oh, das volle Programm, häh? Lebendig begraben. Lebenslänglich. Soll ich's dir verkürzen? Na, mach schon, los!«

Und während der Prof die Menge mit dem Höllenfeuer seines Sermons in Schach hielt, sah ich, wie sich zwei der mörderischen Kinder, um die er sich im Knast ständig kümmerte, aus den Kulissen heranschoben, die Augen auf den Stämmigen gerichtet, die Hände unter weiten Jacken verborgen. Als der Typ endlich kapierte, war er dort, wohin er den Prof hatte schicken wollen.

Niemand hatte irgendwas gesehen.

Als die Untersuchung beendet war, schob man es auf den Serienkiller, der jeden amerikanischen Hochsicherheitsknast heimsucht: ein oder mehrere unbekannte Täter.

Seitdem achte ich stets auf den Rand meines Blickfeldes. Als ich rauskam, verlegte ich mich auf Diebstahl großen Stils. Klaute eine Ladung Heroin von der Mafia und versuchte, ihnen den Stoff wieder anzudrehen. Stattdessen wurde ich verpfiffen und endete in einem U-Bahn-Tunnel, hielt die Bullen mit einer scharfen Handgranate in

Schach, bis der Prof, Max und der Maulwurf es geschafft hatten.

Zurück in den Knast. Inzwischen kannte ich mich dort aus. Ich hatte einen Namen. Hatte Leute draußen. Und forderte nie einen Mann heraus. Wenigstens nicht laut.

Diesmal war das Gefängnis gar nicht so übel. Aber übel genug, dass ich nicht wieder zurück wollte. Seitdem ließ ich die Finger von Kanonen. Keine Einbrüche mehr. Dope ist zu riskant. Ich komme aus der gleichen Ecke wie die Nutten, deshalb wollte ich kein Zuhälter werden. Allerdings machte es mir nichts aus, diese Kerle aufzumischen, und ich hatte mich richtiggehend darauf spezialisiert, bis ich einen Luden zusammenschoss und er überlebte. Ich wollte ihn nicht nur verletzen, das wusste er wahrscheinlich, jedenfalls rannte er schnurstracks zu den Bullen. Ein korrupter Cop rettete meinen Hals, und ich revanchierte mich, indem ich etwas für ihn untersuchte.

Ich machte meine Sache gut, stellte sich heraus: Herumschnüffeln, die Grauzonen im Auge behalten, Dinge in Erfahrung bringen, den Mund halten.

Dann entdeckte ich die Freaks. ›Entdecken‹ ist eigentlich nicht das richtige Wort – schließlich hatten Freaks mich großgezogen. Sie und der beschissene Staat. Ich hasse alle beide. Wir alle hassen sie. Kinder des Geheimnisses, das sind wir. Wenn wir jemals als Block abstimmen würden, könnten wir den ganzen verdammten Kongress bestimmen.

Und wenn unser Hass jemals gebündelt würde, dann würde die Erde erbeben und zucken, bis sie zerspringt wie eine gläserne Träne unter einem Vorschlaghammer.

Babyficker. ›Pädophile‹ nennen sie sich inzwischen. Als wär's 'ne Religion. Sie ficken ihre eigenen Kinder und nennen es Liebe. Machen sich auch an die Kinder anderer Leute ran. Schmusen mit ihnen, sodomisieren sie, foltern sie. So zum Spaß. Freaks lieben ihren Spaß. Manchmal machen sie Fotos davon. Sie treiben sich in der Nähe von

Spielplätzen und Kindergärten herum. Besorgen sich Jobs in Schulen und Waisenhäusern. Melden sich als Trainer oder Berater. Sie lauern im Internet. Heiraten Frauen mit Kindern. Tauschen ihre Polaroid-Trophäen, als wären es Sammelbildchen. Fliegen nach Thailand und mieten sich Kinder. Sie entführen Babys und erziehen sie dazu, wie sie zu sein. Sie drehen Snuff-Filme, die man bestellen kann. Verschicken Kinderpornos via Modem – man lädt sie auf seinen Laserdrucker und hat gleich eine Kostprobe. Sie bestechen Politiker. Versuchen als Lobbyisten, die Gesetze zu ändern. Hinterlassen überall zerbrochene, blutende Seelen. Und wenn sie erwischt werden, behaupten sie einfach, sie seien krank und wollen eine Therapie.

Die Sache mit der Therapie gefällt mir ganz besonders. Man nimmt einen Triebtäter und steigert sein Selbstwertgefühl, bringt ihm bei, sanft zu reden und vorsichtig zu sein. Wenn er dann wieder rauskommt, ist er geschickt, kann sich ganz nah an seine Opfer schleichen, bevor er zuschlägt. Als würde man einer Klapperschlange einen Schalldämpfer auf den Schwanz setzen.

Aber die Freaks machen es einem leicht. Ganz leicht. Ich verkaufe ihnen Versprechen. Und kassiere nicht nur ihr Geld.

Oh, ich mache auch noch andere Dinge. Ich werbe Söldner an, bringe Freunde von SM und Bonding zusammen, handle mit Kreditkarten, verschiebe ›Falschgeld‹ – ausschließlich Inhaberschuldverschreibungen und Zertifikate, nie Bares. Und ich verkaufe Waffen.

Und wenn ich bezahlt werde, finde ich Dinge heraus. Manchmal finde ich Kinder. Meistens finde ich, was noch von ihnen übrig ist.

Man könnte also sagen, ich sei Detektiv. Allerdings einer ohne Lizenz. Ich habe keine Anschrift. Nicht mal einen Namen. Das alles habe ich aufgegeben. Ich lebe in einem Loft, einem kleinen Teil der obersten Etage, der auf den Bauplänen des Hauses nicht erscheint. Der Vermieter weiß Bescheid. Ich weiß ein paar Sachen über ihn. Ich zahle keine Miete.

Ich habe kein Telefon, nur den Anschluss der Treuhandfond-Hippies angezapft, die nicht wissen, dass über ihnen jemand wohnt. Ich kann Anrufe machen – sehr früh morgens, wenn sie noch die weichen Drogen und die schwachsinnige Musik der vergangenen Nacht wegschlafen –, aber niemand kann mich dort anrufen. Wenn mich jemand erreichen will, gibt es eine Nummer, die er anrufen kann. Es klingelt in Brooklyn, dann wird mehrere Male hin und her geschaltet, bis der Anruf schließlich am letzten von drei Münzfernsprechern neben Mamas Küche landet. Sie nimmt Nachrichten entgegen.

Mama bekommt auch meine Post. In einem ihrer Läden drüben in Jersey. Ein Fahrer holt sie alle paar Wochen und liefert sie in dem Lagerhaus ab, wo Max mit seiner Frau Immaculata und der kleinen Tochter wohnt. Im Obergeschoss hat er sein Dojo, aber er unterrichtet nicht mehr.

Es sei denn, man ist dumm genug, ihn auf der Straße herauszufordern. Und niemand kommt je und will eine zweite Lektion.

Mir gehört ein kleiner Schrottplatz in der Bronx, allerdings stehe ich nicht in den Papieren. Der Typ, der als Inhaber geführt wird, zahlt mir ein Gehalt, als würde ich dort arbeiten. Genaugenommen zahlt er es Juan Rodriguez. Das bin ich, ist der Name, den ich benutze. Juan zahlt Steuern und alles. Hat sogar eine Sozialversicherungsnummer. Wenn das Finanzamt wissen will, wie ich mich über Wasser halte, habe ich eine Geschichte für sie.

Ich lebe bescheiden. Habe keine wirklichen Unkosten. Ich kann lange Pausen machen zwischendurch. Aber ich lege nie genug zurück, um mich zur Ruhe setzen zu können.

Mama kommt aus derselben Ecke wie der Prof. Aus unterschiedlichen Teilen der Welt vielleicht, aber trotzdem dieselbe Ecke. Deshalb hob sie fragend die Augenbrauen, als ich sagte, dass ich nicht arbeite. Mit ihr zu diskutieren ist so, als würde man darauf warten, dass der Kongress die Abgeordnetendiäten kürzt, also sagte ich ihr, ich müsse los, etwas überprüfen, und verschwand.

Auf der Straße suchte ich mir eine Telefonzelle. Eine gewisse Kälte lag in der Luft, aber die Sonne schien kräftig, und es machte mir nichts aus, dort draußen eine Weile herumzustehen. Ich telefonierte, suchte den Prof. Fand ihn nicht. Scheiße, würde ich eben bei Boot vorbeigehen und mal sehen, ob er neue Aufnahmen von Judy Henske reinbekommen hatte.

›Boot‹ steht für Bootlegger. Genau das machte er: illegale Mitschnitte, meist von Liveauftritten, aber er klaut auch hemmungslos aus Archiven, zapft das Radio an, was immer. Ich habe gehört, er hätte sogar einen Rekorder in die Library of Congress eingeschmuggelt – keine Ahnung, ob das stimmt.

Er hat einen Laden im Keller eines schmalen Hauses im West Village, ein paar Blocks von der Houston entfernt. Boot handelt ausschließlich mit Kassetten: keine Singles, keine CDs, keine 8-Tracks. Egal, was man haben will, er findet es und überspielt es auf Band, aber mehr nicht. Man kann bei ihm auch Zusammenschnitte bestellen, aber er wird sie weder etikettieren noch sonst wie aufschlüsseln. Man kann den Code nur knacken, wenn man mit dem Band wieder zu ihm geht und es auf einem seiner Rekorder abspielt. Dann verrät er einem alles, was man wissen will. So habe ich eine wunderbare, getragene Harfenversion von ›Trouble in Mind‹ gefunden, gespielt von Big Walter Horton. Und eine andere, erheblich rauere Aufnahme von Paul Butterfields Markenzeichen ›Born in Chicago‹. Keine Studioaufnahme, man hört, dass Mike Bloomfield an diesem Abend nicht dabei war. Boot lässt die Finger von den Top 40 und findet, Rap müsste verboten werden.

Aber er hat die größte Sammlung von Blues und Doo-wop auf diesem Planeten, also zieht er einen großen Kundenkreis an – in seinem Laden sieht man alte Armeeklamotten Seite an Seite mit Armani.

Es gibt keine Kopfhörer – die Musik klingt, als käme sie aus einem Radiolautsprecher der Fünfziger.

Ich landete den unwahrscheinlichen Volltreffer. Der Prof war dort, stand auf einer Milchkiste, gönnte einem halben Dutzend Typen und einem nach Schwedin aussehenden Mädchen ganz in Schwarz einen seiner Vorträge, ließ sich aus wie früher auf dem Gefängnishof. Mich begrüßte er mit einer kurzen, heftigen Kopfbewegung. Ich verstand – er arbeitete nicht, sondern hatte seinen Spaß.

»He, Boot!«, brüllte er. »Hier ist der Schuljunge. Du weißt, was mein Mann will, stimmt's?«

»Ich hab was Neues«, sagte Boot und linste unter der grünen Augenblende hervor, die er immer trug. »Live. Aus Dupree's in San Diego. Keinen Monat alt.«

»Wie viele Nummern?«, fragte ich.

»Das volle Programm«, antwortete er. »Sechs Prachtstücke. So klar und deutlich, als wär man selbst dabei.«

»Boot«, meinte der Prof, mit leichtem Spott in seiner vollen Stimme, »ist diese Henske-Braut eigentlich sehr gefragt?«

»Ja, *unheimlich*«, kam Boot mir zu Hilfe. »Sie hat viele Fans, Mann, auf der ganzen Welt. Die nennen sie Magic Judy. Deshalb kostet das Band auch nur einen Halben.«

Mit einem Halben meinte er fünfzig Mäuse. Normalerweise kosteten Boots Bänder einen Hunderter – wenn der Künstler populär genug war, dass sich das Ziehen mehrerer Kopien lohnte, bekam man Rabatt. Ich gab ihm das Geld, lehnte das Angebot, vorher reinzuhören, ab. Boots Material war immer perfekt. Außerdem höre ich mir Judy nur an, wenn ich allein bin – was zwischen uns ist, geht nur mich und sie was an.

»Gibt's hier auch eine Nichtraucherecke?«, fragte ein

Typ im Jeanshemd missbilligend, als Prof sich eine ansteckte.

»Ja«, erwiderte Boot. »Vor der Tür. Unter dem Laternenpfahl.«

Ich blieb ein paar Stunden da, hörte einfach zu. Der Musik und dem Prof, der durchstartete, sowie sich jemand mit ihm anlegen wollte. Schön, in einem Laden zu sein, wo man sich gegenseitig verarschen kann, ohne dass es gleich blutig endet.

Ein junger Weißer mit Afro und Nickelbrille fing einen Wortwechsel darüber an, wer die beste Bassstimme im Doo-wop hatte. »Herman?«, spottete der Prof. »Mann, Herman hatte keine Tiefen drauf. Hermans Bass war Mosleys Falsett, du Trottel!«

Die Musik übernahm. Die Mystics harmonierten ›You're Driving Me Crazy‹, Son Seals klagte sein Leid über den Verlust seines Jobs, dann die Coasters mit Doc Pomus' unsterblichem ›Young Blood‹ und eine Truppe namens Magic Touch mit A-capella-Songs aus den Fünfzigern, eine schöne, sanfte Mischung. Charley Musselwhites ›Early in the Morning‹, Ronnie Hawkins and the Nighthawks mit ›Mary Lou‹, Koko B. Taylor, Marcia Ball, Elmore James, Janis, Big Mama …

Boot führt nicht nur die Schätze der Vergangenheit, er hat auch die Hits von morgen. Eine Provinzband mit rauem Sound und einem Leadsänger, der jeden Schmerz kannte, hämmerte aus den Boxen. »Das ist Paw«, meinte eine vollbusige junge Frau in einem weißen T-Shirt, auf dem in roten Lettern DON'T! BUY! THAI! prangte. »Der Sänger ist Mark Hennessy. Finden Sie ihn nicht umwerfend? Daher hab ich auch mein Hemd – von einem ihrer Konzerte.«

Ich benickte ihr Gequatsche und sah zu, wie die DON'T! BUY! THAI!-Botschaft bei jedem Atemzug wogte. Irgendwer rief ihren Namen, und sie drehte sich um. Auf dem Rücken des T-Shirts stand in den gleichen roten Buchstaben: ASK ME WHY! Genau das hatte ich vor, als ein Ska-Blues-Sänger, den ich nicht kannte, ein Lied über einen Ghost sang, einen Erpresser, der eine Frau sucht, die er Shella nannte. »Wer ist das?«, fragte ich Boot.

»Der Junge heißt Bazza«, antwortete Boot. »Arbeitet mit einer Band, die sich die Portland Robins nennt. Ich hab's bei Miss Robertas Show in Seattle mitgeschnitten. Ziemlich gut, oder?«

»Allerdings«, sagte ich und schob Geld rüber – in Boots' Land die einzige Form der Abstimmung.

»Wenn er wirklich gut ist, kommt er in die Charts«, meinte ein Schwarzer in khakifarbenem Overall und einem blauen Fes auf dem Kopf. »Früher oder später schwimmt Sahne oben.«

Der Typ mit dem Afro stürzte vor, doch der Prof blockte ihn ab, sagte: »Überlass das mir, Bruder«, als ginge es um eine Kneipenschlägerei. »Boot!«, befahl der kleine Mann in einem Ton, mit dem sich ein Maestro an sein Orchester wendet. »Leg die Nummer Eins auf.«

Boot hatte zu viel Respekt, um die von den Fascinators gespielte Coverversion von ›Chapel Bells‹ zu unterbrechen. Er wartete, bis der letzte Akkord verklungen war, dann drückte er auf ein paar Schalter, und es herrschte Stille im Laden. Er wühlte in seinen Regalen, fand das Band, das der Prof hören wollte, und schob es in einen Rekorder.

»Ruhe jetzt, Leute«, befahl der Prof.

Es begann mit einem Hochspannungsgitarrensolo – ein paar perfekte, fließende Töne. Ein leise pulsierendes Saxophon kam dazu, ein Tenor mit einem Bariton-Kontrapunkt. Dann übernahm Little Richard. Doch dieses Mal spielte er nicht – kein Gekreische und Gebrüll: Er stand am Vegas-Gospel-Grenzgebiet, eine tiefe Blueswurzel hielt ihn am Boden. Richard benutzte die Stimmen der Background-Sängerinnen wie ein Trampolin, stolzierte wie ein Pfau durch sein gesamtes Spektrum: Ein herrlich kräftiger Tenor, erklomm die Tonleiter nach Belieben, war zufrieden, weil er keine Grenzen hatte. Das Rezept war ein köstliches Gumbo: Gesänge von Sträflingskolonnen, das Halleluja der Kirche, die Revolverhelden-Saloons, in denen nichts lange dauert. Er krönte die Wellen der oberen Oktave mit seinem stilisierten Schluckauf, umgab einen gesprochenen Mittelteil schwarzer Poesie gesponnen um Saxophonriffs und die meisterhaft gedämpfte Gitarre, drängte die orgelerhobenen Kirchenchorstimmen der schwarzen Mädchen zurück. Zum Heulen traurig. Und zum Heulen schön.

Vielleicht hatte der Spinner ja Recht – vielleicht hatte Elvis wirklich alles bei ihm geklaut.

Die letzten Klänge verhallten in der absoluten Stille demütiger Andacht. Keiner in diesem Raum hatte je etwas Besseres gehört.

»So, und wer war das, Solly?«, fragte der Prof den Typen mit dem Afro, bereitete seinen Sermon vor.

»Little Richard«, antwortete der Typ wie in der Schule. »›I Don't Know What You Got.‹«

»Fünfundsechzig war er lebendig, o Herr!«, intonierte der Prof. »Setz eins drauf, klär mich auf. Wer war an der Gitarre?«

»Jimi Hendrix«, erwiderte der junge Typ. »Sechzehn Jahre alt. Bevor er …«

»War's ein großer Hit?«, fragte der Prof, stimmte sich auf seine Nummer ein.

»Nein, eigentlich nicht. Ist in die Top Twenty der Rhythm and Blues-Charts gekommen, aber …«

Der Prof wandte sich seinem Publikum zu. »Ihr habt's alle gehört. Der beste Song aller Zeiten, das lässt sich nicht bestreiten. Und hat's doch nie bis nach oben geschafft. Kommst du auch mit dem Leben davon, der Hai lässt dich nicht spurlos ziehen. Damit ist der Fall erledigt.«

Wir alle verneigten uns, sogar der Schwarze mit dem Fes.

»Wo steckt Clarence?«, fragte ich den Prof. Wir standen am Bordstein vor Boots Laden – der Prof verabschiedete sich von Solly, ich wartete geduldig, wollte allein mit ihm reden.

»Er wird schon noch kommen«, sagte der Prof. »Was drückt dich, Kumpel?«

»Merkwürdige Geschichte. Ein Mädchen. Eine Klientin, heißt es. Sie hat mich angebaggert, aber ich ...«

»Gefahr im Anmarsch?«, unterbrach der Prof.

»Das ist es ja. Ich weiß es nicht. Und ich weiß nicht, ob es sich lohnt, es rauszufinden.«

»Schieß los«, sagte der kleine Mann und steckte sich eine Kippe an.

Wie immer hörte der Prof aufmerksam zu. Wie er es mir beigebracht hatte. Es dauerte nur wenige Minuten.

»Schuljunge, du weißt doch, wie manche Boxer einem einfach mit der Rechten zuwinken, oder? Als würden sie sich für einen gewaltigen Schlag aufladen? Und dabei ist es der linke Haken, okay?«

»Ja.«

»Bei manchen, bei den wirklich guten, ist es aber die Rechte, die anrollt. Sie sind dir einen Schritt voraus, verstehst du? Sugar Ray – ich meine den *echten* Sugar Ray –, der konnte das, konnte schneller als eine Schlange doppelt antäuschen. Und auch doppelt so tief beißen.«

»Du meinst also ...«

»Ja. Egal, wer dahinter steckt – und das ist auf keinen Fall nur diese Braut –, er muss schlauer sein, als er zugibt. Der kann sich doch denken, dass du Antworten willst.«

»Die Einzige, bei der ich ansetzen kann, ist diese Bondi.«

»Die Schnalle hat keinen Plan, Mann. Und ein Freier denkt nur an seine Eier.«

»Wer dann?«

»Der Steuerberater, oder? Michelles Kumpel?«

»Der weiß nichts von mir, Prof.«

»Wenn du das glaubst, bist du vielleicht wirklich so blöd, wie die Braut denkt. Hast du das gecheckt, weißt du, dass er dahinter steckt. Anders reimt sich das nicht zusammen.«

Michelle stöckelte, hinreißend wie immer, entschlossen an der Hinweistafel mit der geschmackvollen Aufschrift ZUTRITT NUR NACH ANMELDUNG vorbei. Der uniformierte Bursche am Empfang hatte auf einen kleinen Fernseher gestarrt, spitzte aber schlagartig die Ohren, als er das Klackern von Michelles Pfennigabsätzen auf den schwarzweißen Fliesen hörte. Und mehr als ein kurzer Blick auf Michelle war nicht nötig – er zappelte am Haken. Michelle geht nicht wie ein Model mit schwingenden Hüften und maximalem Beckeneinsatz – sie bewegt sich, Zauberin, die sie ist, mit gedämpftem Tock-tock, das einen PS-starken Motor verrät, in dessen Zündung allerdings nicht jeder Schlüssel passt. Ich folgte einen Schritt hinter ihr, aber für den Uniformierten existierte ich überhaupt nicht.

»Kann ich Ihnen helfen?«, fragte er hoffnungsvoll, seine Blicke wanderten zwischen Michelles perfektem Gesicht und ihrer rosa Seidenbluse mit dem kleinen weißen Bubikragen hin und her.

»Und ob du das kannst, Schätzchen«, schnurrte sie, spreizte die rotlackierten Krallen auf der Theke und fixierte ihn mit azurblauen Augen. Nur für den Fall, dass er den Blick abwandte, holte sie tief Luft und atmete mit einem leichten Beben wieder aus.

»Äh ... ich meine, wollen Sie jemanden besuchen?«

»Genau das möchte ich, mein Schöner. Würdest du für mich 21 G anklingeln?«

»Sicher! Ich meine, wen soll ich ...«

»Ich heiße Michelle, Baby. Und du?«

»Manny.«

»Manny? So kannst du nicht heißen. Das ist ein Spitzname, oder? Wie heißt du wirklich?«

»Emanuel. Ist so was wie Familientradition. Aber ich benutze ihn nicht ...«

»Ach, das solltest du aber«, versicherte Michelle. »Ein sehr starker Name. Passt viel besser zu dir als ›Manny‹, findest du nicht auch?«

»Also ... ja, schätze schon. Aber die Mieter hier, die ...«

»Emanuel ist ein richtiger Männername«, gurrte Michelle. »Vielleicht solltest du ihn einfach Erwachsenen vorbehalten.«

»Ich ...«

»Kannst du für mich aufs Knöpfchen drücken, Schätzchen? Bescheid geben, dass ich auf dem Weg bin?«

»Klar!«

Michelle drehte sich langsam um und schlenderte zum Fahrstuhl. Dem guten Emanuel fiel die Kinnlade runter – bis dahin hatte er geglaubt, das Beste im Blick zu haben.

Wir stiegen zusammen in den Fahrstuhl. Aber sollte später ein Cop vorbeikommen, würde Emanuel schwören, dass Michelle allein war. Und er würde die Wahrheit sagen.

Michelle ignorierte den diskreten schwarzen Knopf im Türrahmen von 21 G, klopfte stattdessen leicht mit den Knöcheln gegen die Tür. Der Knabe, der uns öffnete, war Ende vierzig, größer als ich, hatte ein blasses, feistes Gesicht und einen hängenden Schnäuzer. Sein knallschwarzes Haar war kunstvoll zurückgekämmt. Seine Augen plierten konzentriert. Sollte eine Brille tragen, der Mann.

»Michelle! Ich habe dich ...«

»Ach, Harry, darum geht es nicht«, sagte Michelle sanft. »Willst du mich nicht hereinbitten?«

»Ja. Ich meine, natürlich Warum kommst du nicht ...«

Michelle schob sich vorbei, schob ihn dabei sanft mit

der Hüfte beiseite, sodass ich ebenfalls eintreten konnte. Er machte den Mund auf, wollte etwas sagen. Ich zeigte ihm die Pistole und fragte: »Bist du allein, Harry?«

Seine Miene erstarrte. Michelle schloss die Tür, ließ den Sicherungsriegel hörbar einrasten.

»Was soll das?«, fragte er, wurde noch eine Nuance blasser.

»Warum setzen wir uns nicht?«, schlug ich vor, deutete mit der Pistole auf eine weiße Ledergarnitur im Wohnzimmer: Sofa, Zweisitzer, Sessel und Ottomane.

Harry wich zum Sessel zurück, schaute überallhin, nur nicht auf die Pistole. Ich nickte. Er ließ sich in den Sessel fallen. Ich nahm den Zweisitzer. Michelle hockte sich auf die Seitenlehne des Sofas und schlug ihre spektakulären Beine übereinander. »Willst du einen Drink?«, fragte sie Harry.

»Ja. Ich werd ...«

»Überlass das mir, Schätzchen«, unterbrach sie, stand auf und verschwand. Ich schaute ihr nicht nach. Harry auch nicht.

Wenige Minuten später war sie mit einem kleinen runden Tablett zurück. »Scotch on the rocks«, verkündete sie und beugte sich wie eine Stewardess zu Harry. »Trinkst du doch immer, richtig?«

»Danke«, nuschelte er, griff nach dem schweren Whiskyglas.

»Wodka Tonic«, sagte Michelle zu mir. Ich nahm das Glas, hob es an die Lippen. Ein Drink nach meinem Geschmack – Wodka und Tonic, aber ohne Wodka.

Michelle selbst hatte sich einen Green Hornet gemixt – Gin und Crème de Menthe. Sie hielt das Glas in beiden Händen, begnügte sich damit, die Feuchtigkeit vom äußeren Rand abzulecken. Harry sah ihr zu, vergaß die Pistole.

»Wie gut kennst du diese Bondi?«, fragte ich, brach den Bann.

»Gar nicht. Ich meine, ich hab sie gerade erst ...«

»Und sie hat dir erzählt, sie hätte ein Problem? Brauchte jemanden, der den Job übernehmen kann ... egal, um was es geht, richtig?«

»Richtig.«

Ich griff unter meine Jacke, nahm einen Schalldämpfer heraus, schraubte ihn auf die Halbautomatik.

»He!«, japste Harry. »Ich hab nicht ...«

»Doch, du hast«, versicherte ich ihm. »Du lügst. Ich bin nicht sauer auf dich, Harry, aber Geschäft ist Geschäft. Ich habe keine Zeit, dir Bambussplitter unter die Fingernägel zu rammen. Und auch keine Lust dazu. Ich weiß nicht, wer auf die Idee gekommen ist, Michelle anzusprechen, du warst es jedenfalls nicht. Du kannst es mir verraten, und der Fall ist erledigt. Du sagst es mir, und ich bin weg. Andernfalls macht das Ding hier plopp. Und dann gehe ich und unterhalte mich mit der Braut. Du hast die Wahl.«

»Es reicht!«, sagte er.

»Wie du willst.«

»Nein! So hab ich das nicht gemeint. Ich werd's Ihnen sagen. Er hat gesagt, ich könnte es Ihnen erzählen ... wollte nur sehen, was Sie als erstes tun, das ist alles.«

»Und ...?«

»Und Sie haben es gottverdammt gemacht, okay? Sie brauchen keine Kanone.« Er nahm einen großen Schluck von seinem Scotch, lehnte sich zurück. »Ich bin Zocker«, sagte er. »Man sollte eigentlich meinen, ich wüsste's besser, so wie ich meine Brötchen verdiene, was? Ich meine, ich versteh was von Zahlen. Wenn's etwas gibt, von dem ich was verstehe, dann sind's Zahlen. Aber wenn man das Kätzchen erst mal füttert, gewöhnt es sich daran. Hört man auf, fängt es an zu knurren – Sie verstehen, was ich meine?«

»Ja. Du bist Profi-Zocker, und ...«

»Profi? Mann, ich bin ein abgetakelter Zocker, ein absoluter Obertrottel. Ich gewinne und sag mir, ich spiele mit gewonnenem Geld. Glauben Sie, ich weiß nicht, dass das

Bockmist ist? Ich meine, man gewinnt das Geld, also gehört einem das Geld. Aber es gehört dir nicht, solange du es nicht nach Hause trägst. Und ich, ich trag's niemals nach Hause. Ich bin tief reingerutscht. Und dann immer tiefer.«

»Okay, was dann? Kredithaie?«

»Natürlich Kredithaie.« Er grinste spöttisch. Nicht über mich, über sich selbst. »Was noch? Die Wucherzinsen haben mich lebendig begraben. Also hab ich noch ein paar andere Sachen gemacht ... hab ein paar Mandanten geholfen, ihren Schwindel durchzuziehen, hab ein bisschen Geld gewaschen, hab beim Strukturieren geholfen – Sie wissen, was das ist?«

»Ja.« Strukturieren: Transaktion großer Summen in Häppchen von weniger als zehn Riesen aufteilen, um so die Meldepflicht der Banken bei Bargeldtransfer zu umgehen. Michelle hatte ihn richtig eingeschätzt – Möchtegerns stehen immer auf Fachjargon.

»Ich bin immer weiter reingerasselt«, sagte Harry. »Sie wissen, was das bedeutet – da komm ich nie wieder raus. Hab mir bei dem einen Wucherer was geliehen, um den anderen zu bezahlen. Und dann bin ich auf diese todsichere Idee gekommen.« Er lachte bitter. »Ein beschissenes Pferd, was sonst? Ein noch nie besiegtes Monster startet im Meadowlands Pace. Preisgeld: eine Million – da kann man gar nicht verlieren. Also hab ich beschlossen, ich setz alles auf eine Karte, okay? Ich räum das Anderkonto mit den Steuergeldern. Setz das Geld meiner Mandanten auf dieses Pferd. Nicht auf Sieg. Auf Platz. Das wird Minimum zwei zwanzig pro zwei Dollar bringen, vielleicht sogar zwei vierzig, zwei fünfzig. Zehn, zwanzig, ja sogar fünfundzwanzig Prozent Profit in weniger als zwei Minuten – besser geht's gar nicht. Ich seh mich schon als reicher Mann.«

Er nahm noch einen tiefen Schluck. »Deswegen nennt man's wohl ›Alles auf eine Karte setzen‹, vermute ich. Der beschissene Gaul kommt aus dem Tritt. Der Jockey zieht ihn auf die Außenbahn, bringt ihn wieder unter Kontrolle.

Und dann fliegt er förmlich los … aber er schafft's nicht mehr. Verfehlt um eine Halslänge den dritten Platz. Und dann geht's um meinen Hals. Ich bin erledigt.

Ich hab Angst, das Haus zu verlassen. Sitze nur noch hier und warte drauf, dass sie kommen. Stattdessen krieg ich einen Anruf. Von dem Typen, der meine Schuldscheine hat. Er sagt, vielleicht kann ich die Sache ja geradebiegen. Ich frage, wen soll ich für ihn umlegen? Er sagt einfach, geh in diesen Laden, triff dich mit diesem Kerl. Ich, na ja, ich denke, ich bin sowieso schon tot, also geh ich.

Und treff mich mit dem Kerl. Er sagt, ich müsste nur Michelle anrufen, ihr sagen, dass da ordentlich was zu holen ist, ihr die Nummer von dieser Bondi geben.

›Das ist alles?‹, frag ich. Er sagt, eins noch. Früher oder später wird ein Mann vorbeikommen. Er wird Fragen stellen. Ich schätze, dieser Bursche sind Sie. Jedenfalls, sagt er, dieser Typ kommt vorbei und stellt Fragen, und du gibst ihm das hier …«

Er griff in die Brusttasche und kramte etwas heraus, das wie eine Visitenkarte aussah. Ich trat zu ihm, die Pistole immer noch in der Hand, nahm ihm die Karte ab. Sie war etwas größer als gewöhnlich, erhabene Schrift auf blaugrauem Pergament. Nur das Wort

KITE

und eine Telefonnummer. Keine Vorwahl.

»Mehr weiß ich nicht«, sagte Harry. »Und das ist die Wahrheit. Hören Sie, ich hab nur getan, was ich tun musste. Ihnen ist doch nichts passiert, oder? Nichts für ungut.«

Ich sah Michelle an. Sie nickte.

Ich saß bewegungslos da, bis Harrys Blick schließlich bei mir ankam. Ich richtete die Pistole auf seinen Nasenrücken. »Eine zweite Chance kriegst du nicht«, sagte ich und zählte lautlos bis drei, bevor ich die Pistole wieder unter meiner Jacke verschwinden ließ.

Egal, wer der Kerl ist, er hat sich ziemlich abgerackert. »Und einen Haufen Kohle ausgegeben«, sagte ich. Sass mit meiner Familie in unserer Nische bei Mama und versuchte, einen Schlachtplan auszuarbeiten.

»Harry hat die Wahrheit gesagt«, meinte Michelle. »Ich kenne ihn schon lange. Er hat nicht das Zeug, in die Mündung einer Kanone zu starren und zu lügen. Besonders dann nicht, wenn ein Mann wie du die Kanone in der Hand hält.«

»Bei dieser Bondi ist ohne Moos nix los«, schaltete sich der Prof ein. »Dann ist da noch die Wohnung mit allem drum und dran. Außerdem hat er sämtliche Schuldscheine von diesem Idioten übernommen. Und er wollte dich auch nicht reinlegen – er wusste, dass du diesen Harry besuchen würdest.«

»Und sogar noch davor«, sagte ich, »wusste er, wo ich sein würde, richtig? Nachdem ich erst mal in Bondis Wohnung war, hatte sie Hunderte von Möglichkeiten, nach draußen Zeichen zu geben. Ich hatte keine Deckung – nicht mal annähernd. Wenn er mich hätte umlegen wollen, wär's überhaupt kein Problem gewesen.«

Max nickte, las von meinen Lippen und folgte meinen Handzeichen. Selbst wenn er hätte sprechen können, wäre er stumm geblieben. Rätsel zu lösen, war nicht sein Ding – er brauchte ein klares Ziel für seine Arbeit.

»Wir haben drei Anhaltspunkte«, fuhr ich fort. »Wir haben Harry, wir haben Bondi, und wir haben die Karte von diesem Burschen.«

»Harry ist raus«, sagte Michelle. »Der ist alle. Du könntest ihn zwingen, noch mehr zu reden, aber er hat nicht mehr zu sagen. Da bin ich sicher.«

»Am Telefon noch keiner gestorb«, sagte Mama. Sollte heißen: Warum diesen Kite nicht einfach anrufen, wer immer das ist, und hören, was er will?

»Bondi ist wahrscheinlich längst über alle Berge«, sagte ich. »Harry muss den Mann angerufen und ihm gesagt haben, dass er es mir weitergegeben hat.«

»Egal, was der Mann will, hier geht's nicht um Peanuts. Lasst uns vorm Buchen erst mal suchen«, antwortete der Prof und legte das Thema damit vorerst auf Eis.

Vier Tage später surrte das Handy in meiner Jacke. Ich klappte es auf, sagte »Was?«, und wartete.

»Alles wie gehabt«, kam die Stimme des Profs. »Die Nummer ist immer noch ein Brummer ... und der Bauer liegt noch auf der Lauer.« Er verstummte.

Also wohnte Bondi nach wie vor in dem Hochhaus mit der blauen Lederbühne. Und der Spanner saß auf der anderen Straßenseite, ein paar Etagen höher, bereit für die Show, die sein Geld kostete.

Inzwischen hatten wir ihre Wohnung gefilzt. Clarence hatte gewartet, bis sie das Haus verließ, sich an sie gehängt, bis sie ein gutes Stück weg war, und dann per Handy das Team verständigt. Michelle lockte den Portier nach draußen, damit er einen Blick auf ihr hübsches, kleines blaues BMW-Coupé werfen konnte – und auf ihr noch hübscheres kleines weißes Kleid. Vielleicht wusste der nette Mann ja, wem der dicke Mercedes gehörte, der ihr beim rücksichtslosen Zurücksetzen aus der Parklücke all die Kratzer auf den vorderen Kotflügel des BMW gemacht hatte? Der nette Mann wusste es nicht, nahm sich aber trotzdem die Zeit, alles genau anzusehen. Zeit genug für den Maulwurf, um in seiner NYNEX-Uniform im Keller des Hauses zu verschwinden. Und lange genug für den Prof, die Wohnungstür zu knacken und sich an die Arbeit zu machen, während Max für alle Fälle neben der Tür stand.

Ich führte zwei Telefonate. Eines mit einem Journalisten namens Hauser, das andere mit einem Cop namens Morales.

Morales schuldete mir noch was, und er stand zu seinem Wort. Er fand Bondis Freundin. Sybil. Und sie wohnte im Village, genau wie Bondi gesagt hatte. Falls das alles ein Schwindel war, dann steckte zumindest ein Haufen Wahrheit darin. Die Handschrift eines Profis.

Am folgenden Dienstag trafen wir uns kurz nach Mitternacht bei Mama. Das Lokal war nicht geschlossen, aber so spät bekam Mama nur selten Gäste – sie gab sich große Mühe, den Laden so einladend wirken zu lassen wie eine Tb-Station.

»Schießt los«, bat ich die Crew.

»Der Maulwurf sagt, es gibt drei voneinander unabhängige Amtsleitungen«, begann Michelle. »Die Nummern hast du schon. Wahrscheinlich eine für sie, eine für das Modem und dann die Leitung, die der Spanner benutzt.«

»Gut geraten«, antwortete ich. »Morales hat die Unterlagen gezogen. Auf der einen Leitung ist die letzten drei Monate kein Gespräch nach draußen geführt worden. Auf der anderen Leitung ruft sie diese Freundin Sybil an, jeden Tag. Manchmal mehrmals täglich.«

»Ist diese Sybil auch Nutte?«, fragte der Prof.

»Tänzerin. Arbeitet im Playpen in Long Island City. Derselbe Laden, in dem auch Bondi gearbeitet hat, sagt Morales.«

»Vorstrafen?«

»Nein. Bei beiden keine einzige Festnahme. Morales hatte ihren Namen auch nur, weil ein Freak sie vor ein paar Jahren auf dem Parkplatz überfallen und versucht hat, ihr ein neues Gesicht zu schnitzen.«

»Der Typ dachte, sie hätte ihn ausgenommen, stimmt's?«

»Genau«, sagte ich. »So was passiert in diesen Läden immer wieder. Schoßtänzerinnen sind nicht so ehrlich wie Nutten. Sie verdienen ihr Geld mit Stammkunden, lassen die Trottel glauben, zwischen ihnen ginge es um mehr als nur Geld. Eine Beziehung, kapiert? Früher oder später probiert's irgendein Psycho einfach, beschließt, er ist kein

Kunde, nein, er ist der Freund. Und die Trauung findet dann im Leichensack statt.«

»Hat sie's übel erwischt damals?«, fragte Clarence.

»Nee. Wurde nur zusammengeschlagen. Sie saß in ihrem Wagen, rauchte einen Joint und wartete darauf, dass Bondi Feierabend machte. Bondi tauchte genau in dem Moment auf, als der Typ aktiv wurde. Gemeinsam konnten sie ihn in Schach halten. Machten einen Mordskrawall, bis schließlich irgendwer die Cops verständigte.«

»In diesen Clubs gibt's doch einen Rausschmeißer, oder nicht, Mahn?«, wollte Clarence wissen. »Zum Schutz der Mädchen, oder?«

Michelles melodisches Lachen perlte mit unverhohlener Verachtung. »Die sind nicht da, um die Mädchen zu beschützen, Herzchen«, erklärte sie dem jungen jamaikanischen Schießgenie, das eines Nachts den Prof als Vater adoptiert hatte – in der schrecklichen Nacht, als ich mit einer Kanone ein Haus voller Bestien gesäubert hatte, während der Prof und Clarence draußen aufpassten, dass sich niemand aus dem Staub machte. »Die sind da, um den Luden zu beschützen … den Kerl, dem der Laden gehört. Hast du ein Problem, nimm's mit nach draußen, so läuft das.«

Clarence schüttelte angewidert den Kopf. Er kam nicht vom gleichen Ort wie wir anderen. Aufgezogen von einer Mutter, die er auch nach ihrem Tod noch abgöttisch liebte, konnte er sich einfach nicht vorstellen, dass ein Mann eine Frau nicht beschützte. Egal, welche Frau. Selbst als er anfing, in Brooklyn für einen Waffenschieber namens Jacques zu arbeiten, wollte er mit dem Geld seiner Mutter nur etwas von dem Frieden erkaufen, den sie nie gekannt hatte, als sie sich in drei Jobs gleichzeitig abplagte, um ihren einzigen Sohn großzuziehen. Heißblütig und mit der Pistole schnell wie eine Kobra, würde Clarence eher jemanden umlegen, bevor er einer Frau den Respekt verweigerte. Er war einer von uns, gehörte zur Familie, war jedoch der Einzige von uns, der nicht von Bestien großgezogen worden war. Er mochte wissen, was wir wussten, konnte es aber niemals so tief empfinden wie wir. Michelle tätschelte seine Hand. »Reg dich nicht auf, Herzchen«, meinte sie traurig.

»Hauser hat auch nur Nieten«, fuhr ich fort. »Wer dieser Kite auch ist, kein Mensch hat je von ihm gehört. Nichts im NEXIS-Suchdienst, nichts auf den Straßen.«

»Zumindest nicht auf Hausers Straßen«, warf der Prof ein.

»Hast du irgendwas?«

»Noch nicht. Aber bei seinem schweren Schritt muss der Knabe Spuren hinterlassen haben. Er mag schleichen, er mag schweben, aber er kann nicht unerkannt leben.«

»Ihre Finanzen sind genauso, wie sie gesagt hat«, fügte Michelle hinzu. »Ich habe Abe eine Bonitätsprüfung machen lassen. American Express und Visa, wird beides jeden Monat pünktlich beglichen. Das gilt auch für ein paar Läden in der Nachbarschaft – sie zahlt monatlich ihre Rechnung bei der Reinigung, dem Schönheitssalon, mehreren Restaurants mit Lieferservice, so was.«

»Hat Abe auch ihre Bankkonten überprüft?«

»Aber ja doch, Liebling.« Michelle lächelte. »Sechs Riesen pro Monat. Die jeden Monat überwiesen werden. Pünktlich wie ein Uhrwerk. Der Spanner versäumt keinen Termin.«

»Hebt sie das Geld ab?«

»Nein. Sie hat einen dieser privaten Anlageverträge. Wahrscheinlich hat er das für sie arrangiert. Kurzfristige Schatzwechsel, ein paar Aktienfonds, Sparverträge. Nichts Riskantes. Ich glaube, sie weiß, dass es nicht immer so weiter geht – sieht so aus, als bunkert sie Geld, vielleicht will sie zurück nach Australien, wie sie dir gesagt hat …«

»Was hast du rausgekriegt?«, fragte ich den Prof. Im Filzen einer Bude war keiner besser als der kleine Mann. Ich weiß noch, wie ich mit den anderen jungen Dieben auf dem Boden seiner Zelle hockte, während er seine Seminare abhielt. Finden, einsacken und schnell verschwinden. Aber der Meisterkurs – der, in dem er einem beibrachte, wie ein Phantom durch ein Haus zu ziehen, ohne auch nur die geringste Spur zu hinterlassen – war der Familie vorbehalten.

»Das Miststück hat genug Unterwäsche, um 'ne Boutique aufzumachen«, sagte er.

»Was für welche?«, unterbrach Michelle.

»Häh? Woher soll ich wissen, was …«

»Die Etiketten, Prof«, sagte Michelle. »Was stand drauf, Victoria's oder Frederick's?«

»Hab nicht drauf geachtet, okay?«

Der Kommentar des Profs war ungefähr so effektiv wie der Krieg gegen Drogen – wenn es um Damenunterwäsche ging, ließ Michelle sich nicht beirren. »Welche Farbe? Pastell oder grell? Viel Knallrot und Schwarz … oder Pink und Blau? Viele Strapse? Zeug, das man unter dem Kleid trägt oder nur für sich? Hast du gesehen …?«

»Mädchen, ich hab gar nichts gesehen, okay? Ich hab keine Souvenirs gesucht, verstehst du?«

»Was noch?«, fragte ich, wollte ihm aus der Klemme helfen.

»Bargeld«, sagte er, warf mir einen dankbaren Blick zu. »Keine zwei Riesen. Lag einfach so rum, nicht irgendwo versteckt. 'ne Menge Briefe, mit einem Band verschnürt. Alle aus Australien, alle von Amanda … muss wohl 'ne Freundin sein. Klatsch und Tratsch: Sara hat Sean geheiratet, Isabelle hat ein Baby bekommen, du weißt schon. Die Bude war sauber, als wär jeden Tag 'ne Putzfrau da. Die Betten gemacht, das Geschirr abgewaschen. Ein Haufen Pillen im Arzneischränkchen, bis auf etwas Valium alles rezeptfrei. Auch das Valium ganz legal – ihr Name stand auf dem Fläschchen. Dann Geldkram: Kontoauszüge, Scheckbuch. Pelzmantel. Weißer Pelz.«

»Was für ein Pelz?«, fragte Michelle.

»Ein beschissenes Eisbärenfell, was versteh ich davon?«, schnauzte der Prof, wandte sich zu mir und fuhr fort: »Ganz hinten in einer Schublade ein Röhrchen mit Koks. Nur dieses eine Röhrchen –, als hätt's ihr jemand gegeben, und sie hat's einfach dort reingeworfen. Im Schmuckkasten ein paar Klunker, sahen für mich echt aus. Aber ich bin nicht Mama …« Er zuckte die Achseln.

Mama nickte, nahm die Achtung vor ihrem Sachverstand zur Kenntnis, sagte jedoch nichts.

»Ein Pass. Keine Ahnung, ob sie das auf dem Bild war, der Name stimmt jedenfalls. Bondi. Ein dickes, fettes ledernes Adressbuch. Filofax, weiß der Henker, was das wieder ist. Ziemlich voll. Sah ganz normal aus, nichts chiffriert. Muschidoktor, Zahnarzt, Frisör. Jede Menge Adressen in Australien. Die Nummer des Clubs, wo diese Sybil arbeitet.«

»Hast du irgendwo den Namen Kite gesehen?«

»Keine Spur, sag ich nur.«

»Und deine Einschätzung?«

»Das Ding ist ein Hotel, Bruder, nicht ihr Zuhause. Auch wenn sie da die Geige spielt, hat sie sich nicht auf ewig verdealt … und sie weiß es. Gab ein paar ausgesprochen schöne Koffer. Krokoleder. Echtes. Die altmodische Sorte – keine kleinen Räder dran. Wenn sie abhauen will, hat sie in ein paar Stunden die Koffer gepackt, die Bude ausgeräumt und ist verschwunden.«

»Meinst du, ich soll noch mal mit ihr reden?«

»Sie ist ein Luder, Bruder. Sieht die Nutte Kohle, wird ihr Herz weich wie 'ne Gummisohle«, meinte der Prof.

Michelle zog tief an ihrer langen schwarzen Zigarette. Als sie sie aus dem Mund nahm, war kirschroter Lippenstift auf dem schneeweißen Filter. »Womit man seine Brötchen verdient, macht einen noch nicht zur Nutte«, sagte sie leise. »Sicher, es gibt Frauen, die sind so kalt, dass man einen vereidigten Buchprüfer braucht, um ihren G-Punkt zu finden. Vielleicht ist sie ja so eine, wer weiß.« Sie nahm noch einen Zug. »Aber da ist noch ein ›Vielleicht‹, Burke. Vielleicht hat sie dir die Wahrheit gesagt. Vielleicht war sie wirklich verliebt.«

Die Haare der kleinen, rundlichen Brünetten waren kürzer, als die Spanner sie in diesen Schuppen für feuchte Träume mögen, aber sie hatte genug für ihre Implantate ausgegeben, um ihre Zuschauer zu fesseln. Ihre Brüste waren fast zu groß für ihre Figur, so prall, dass die Tänzerin selbst oben ohne ein Dekolleté hatte. Sie purzelten heraus, als sie das schwarze Bikinioberteil ins Publikum warf, hüpften auf und ab, als sie nach der Stahlstange griff, beruhigten sich schließlich, als sie in Position ging. Sie klemmte sich die Stange zwischen die Pobacken und bewegte sich kräftig im Rhythmus der Musik, während sie sich mit geschlossenen Augen zwischen den Beinen streichelte. Eine gute Idee – das Publikum war hässlich.

Sie arbeitete für ihr Geld, kroch über den Laufsteg, belohnte jeden Schein, der in die Strumpfbänder an ihren pummeligen Oberschenkeln gesteckt wurde, mit einem Lecken ihrer Lippen oder einem Schütteln des gereckten Hinterns. Sie hatte nur wenig Zuschauer, die aber nicht nur mit den Scheinen großzügig waren, sondern auch mit dem Applaus. Die Musik wurde unterbrochen für die Ansage, dass sie Desirée hieß.

»Hallo, Schöner«, sagte sie, als sie kurz darauf an meinen Tisch im hinteren Teil des Clubs kam. Sie beugte sich vor, ließ ihre bebenden Brüste nur wenige Zentimeter vor meinem Gesicht baumeln.

»Du bist eine tolle Tänzerin«, sagte ich und stopfte ihr zwei Zwanziger in die Strumpfbänder.

»Hm-hmh«, gurrte sie, ohne einen Blick auf die Scheine – als könnten ihre Schenkel lesen. »Soll ich noch ein bisschen tanzen? Nur für dich?«

»Ja, wär nicht schlecht.« Ich legte zwei weitere Zwanziger auf den kleinen Tisch.

Dann saß sie auch schon auf meinem Schoß, den Rücken zu mir, klemmte meinen Schwanz ein, als wär er die Stahlstange, und stieß genauso fest zu. Ich legte die Hände auf ihre Taille, fort von den wippenden Brüsten, und flüsterte ihr ins Ohr: »Du bist eine ausgesprochen gute Tänzerin, Sybil.«

Ich spürte, wie sie sich anspannte, hörte, wie sie scharf einatmete. »Sag Bondi, ich möchte mich noch mal mit ihr treffen«, flüsterte ich. »Sag ihr, Burke will sie zum Mittagessen einladen. Ich rufe sie an, okay?«

Sie sackte auf mir zusammen, als hätte man eine Nadel in eine dieser Gummisexpuppen gesteckt. »Ich weiß nicht ...«

»Sag's ihr einfach.« Ich lehnte mich zurück. Sie stand auf. Drehte sich nicht um, marschierte schnurstracks zu dem Rausschmeißer mit dem kahlrasierten Schädel, der mit verschränkten Armen in einer Ecke stand. Sie war so durcheinander, dass sie sogar das Arschwackeln vergaß.

»Hallo?« Sie meldete sich am nächsten Morgen beim ersten Klingeln. Es war mehr eine Frage als eine Begrüßung.

»Ich bin's«, meine Stimme war eine Spur freundlicher als neutral. Für den Fall, dass uns noch jemand zuhörte. »Ich dachte, wenn du nichts vorhast, könnten wir vielleicht zusammen essen gehen oder so.«

»Oder so?«

»Falls du lieber was anderes machen möchtest, meine ich. Vielleicht ins Kino oder in ...«

»Könnten wir in einen Club gehen?«, fragte sie mit einer Kleinmädchenstimme. Ein kleines Mädchen, das mit einer Enttäuschung rechnet, es aber trotzdem versucht.

»Einen Nachtclub?«

»Nein, einen dieser Comedy-Clubs.« Das wieder in normaler Stimme. »Ich wollte schon immer mal hin, hab's aber nie geschafft. Kennst du so was auch? Dass du schon immer mal was tun wolltest?«

»Ja«, antwortete ich. »Aber ich habe auch schon ein

paar Dinge getan, die ich nicht tun wollte. Das gleicht sich vielleicht aus.«

»Ich weiß, was du meinst. Wenigstens glaub ich's – so gut kenn ich dich ja nicht.«

»Genau dagegen will ich ja was unternehmen.«

»Warum?«

»Ich mag dich«, sagte ich. »Ich mag dich einfach. Und ich dachte, wenn du mich besser kennst, magst du mich vielleicht auch.«

»Vielleicht kenne ich dich besser als du denkst«, flüsterte sie. »Möchtest du unsere Verabredung lieber sausen lassen und stattdessen zu mir kommen?«

»Nein. Ich meine, ich würde gern zu dir kommen. Aber ich dachte, vorher solltest du's dir überlegen können.«

»Das ist lieb. Weißt du, wenn ich deinen Anruf nicht erwartet hätte, wär's eine … echte Überraschung gewesen.«

»Ich weiß. Deshalb habe ich ja auch …«

»Ist heute Abend zu früh?«, unterbrach sie mich.

»Wunderbar«, erwiderte ich. »Um acht?«

»Macht's dir was aus, wenn wir uns … irgendwo treffen? Ich werde unterwegs sein – lass mir die Haare machen. Ich will den Termin nicht absagen. Wie wär's mit der Seventy-seventh Ecke Central Park? Auf der Parkseite?«

»Wir sehen uns dort«, sagte ich.

»Woher hast du den?«, fragte ich Clarence. Ich saß im Fond eines schwarzen Jaguar Mark VII – einer alten Limousine, die aber aussah und roch wie frisch aus dem Schaufenster.

»Gehört meinem Kumpel, Mahn«, sagte Clarence über die Schulter. »Hab ihm über Nacht meinen Rover gegeben. Heathcliff weiß, dass ich meine Karre liebe wie er seine. Wir können uns gegenseitig unsere Babys anvertrauen. Kein Problem.«

»Ein Prachtstück.« Ich klopfte auf den dunkelroten Ledersitz.

»Guter Wagen, Mahn, das weiß ich. Nicht so gut wie meiner, das nicht, aber trotzdem erste Sahne. Wird der Frau bestimmt gefallen. Und meiner ist wirklich zu klein für 'ne Limousine. In dem hier seid ihr echt ungestört«, sagte er. »Versuch mal das Knöpfchen.«

Ich drückte den Knopf, auf den er zeigte, und eine dicke Milchglasscheibe glitt hinter dem Vordersitz hoch. »Kannst du mich noch hören?«, fragte ich mit normaler Lautstärke. Als er nicht antwortete, drückte ich wieder auf den Knopf und wiederholte die Frage, als die Scheibe runterglitt.

»Kommt ganz drauf an, wie laut du sprichst, Mahn. Cliff würd's nicht gut finden, wenn man Drähte in seinem Zuckerbaby verlegt.«

»Ist schon okay – darum geht's heute Abend nicht.«

»Aber das ist doch die Frau, oder, Bruder?«, fragte Clarence mit seiner samtigen Inselstimme. »Die, deren Wohnung mein Vater …?«

»Ja, das ist sie. Nur blicken wir bei ihr noch nicht genau durch. Nach heute Abend sollte das anders sein.«

»Sehr wohl, Sir.« Clarence legte ein Lächeln in die Stimme und überquerte den Columbus Circle.

Bondi wartete auf einer der mattgrünen Bänke auf dem Bürgersteig. Der Rücken kerzengerade, die Beine übereinander geschlagen. Sie trug Jeans zu roten, knöchelhohen Stiefeln mit Pfennigabsätzen und einem einfachen, weißen Pullover. Über ihrem Schoß lag eine schwarze Motorradjacke. Das lange, kastanienbraune Haar hatte sie zu einem Pferdeschwanz gebunden – sah gar nicht nach dem Werk eines Frisörs aus.

Der Jag glitt an den Bordstein. Clarence stieg aus. Seine übliche Regenbogen-Kluft hatte er gegen eine dunkle

Chauffeursuniform einschließlich schwarzer Mütze getauscht. Er ging zu Bondi und sagte etwas. Sie stand auf und folgte ihm zum Wagen. Clarence hielt ihr die Tür auf.

»Hi!«, sagte sie und setzte sich neben mich. »Mann! Das hab ich nicht erwartet.«

»Weil wir bloß in einen Club fahren?«

»Weil bloß ich's bin, Schätzchen. Das muss dich eine Stange gekostet haben.«

»Gefällt er dir?«, fragte ich.

»Oh, ich *liebe* ihn!« Sie tätschelte die Polsterung. »Er ist so elegant.«

»Dann hat's sich ja gelohnt.«

Ihr Lächeln strahlte mehr als der Strass ihres Halskettchens.

»Du siehst sehr hübsch aus«, sagte ich. »Rot, weiß und blau.« Sie deutete auf ihre Schuhe, berührte dann Brust und Oberschenkel. »Sind auch unsere Farben, weißt du. Die verfluchten Briten hatten sie zuerst, aber wir haben das Beste draus gemacht.«

Clarence steuerte den Jag, als läge im Kofferraum eine Kiste Fabergé-Eier. Aber wir hatten es nicht eilig, machten Smalltalk. Als er den FDR Richtung Süden erreichte, drückte ich auf den Knopf, und die Trennscheibe glitt hoch. Ich steckte eine Zigarette an – das hatte ich vorher mit Clarence abgeklärt – und ließ mich in die weichen Polster sinken.

»Ach, lass uns auch mal ziehen«, sagte Bondi.

Ich hielt ihr die Zigarette hin, aber sie griff nach meinem Handgelenk, zog es über ihre Schultern, rutschte an mich. »Erst kuscheln«, meinte sie verschmitzt.

Ich schob meinen Arm um sie, hielt die Zigarette so, dass sie einen Zug nehmen konnte. Ihr Parfum war dezent, nicht übermäßig süß. Frühlingsblumen nach dem Regen.

»Ich hatte kein Rendezvous mehr seit …«

»Pssst«, sagte ich leise. »Jetzt ist jetzt.«

Der Club lag an der Grenze des West Village im Erdgeschoss einer ehemaligen kleinen Fabrik. Zehn Mäuse Eintritt, zwei Drinks Minimum, jeder darf ans Mikrofon. Wir hörten uns vielleicht ein Dutzend Nummern an. Meist waren es Frauen, meist ging es um Beziehungen. Eine hatte einen komischen Auftritt als Teilzeitnutte. Die meisten fielen durch. Die beste Nummer war ein Mädchen, das einen Anrufbeantworter imitierte; die Bandansage eines Opfers obszöner Anrufe: »Es spielt keine Rolle, ob ich zu Hause bin oder nicht, ich geh nicht ans Telefon. Wenn du anrufst, um zu versprechen, dass du's nie wieder tust, drück die Eins – und dann fick dich ins Knie. Wenn du eine Therapie machst und deine Fehler erkennst, drück die Zwei – und dann fick dich. Wenn dies eine Todesdrohung ist, drück deine Halsschlagader ... ganz fest. Und bleib so, bis ich zurückrufe.« Ein Typ redete ewig über Bosnien. Die meisten waren schwach, und die Zuschauer ignorierten sie, während sie an ihrem Selbstbild arbeiteten. Aber keiner pöbelte – so ein Laden war es nicht.

Bondi war begeistert, applaudierte laut jedem Einzelnen, fragte mich immer wieder: »War das nicht toll?« Ich beobachtete, wie die Leute andere Leute beobachteten, gesehen und gesehen werden an jedem Tisch. Die wenigen, die allein saßen, waren wegen einem der Auftretenden da, die nach ihrer Nummer an den Tisch kamen und die Konkurrenz beobachteten.

Dann betrachtete ich Bondis Gesicht zum ersten Mal wirklich. Ein Hauch Rot im dunkelbraunen Haar, helle Sommersprossen auf dem Rücken der flachen, kleinen Nase, nur ganz leicht nach unten gezogene Mundwinkel, offene und weit auseinander stehende hellbraune Augen. Kein Zug für sich genommen war hübsch, es lag an der Mischung. Und wenn sie lächelte, wollte man es schmecken.

Als sie gehen wollte, war es nach elf. Ich tippte eine Nummer in das Handy und wartete, bis sie ausgetrunken hatte. Als wir hinausgingen, wartete der Jag schon.

»Willst du mit raufkommen?«, fragte sie auf der Rückfahrt.

»Ja«, sagte ich. »Ganz bestimmt.«

»Schätzchen, macht's dir was aus ... ich meine, ich weiß ja, es ist billig und alles, aber ... könntest du mich vorher irgendwo rauslassen und in ein Taxi setzen? Und eine halbe Stunde oder so warten? Ich drück dir dann auf, okay?«

»Klar.«

»Es ist nur, weil ... es gibt keinen anderen Eingang. Und wenn er mich mit dir reinkommen sieht ...«

»Kein Problem«, sagte ich.

Wir fanden einen Taxistand in den Fifties, in einer Seitenstraße der Fifth. Ich setzte sie in einen Wagen, gab dem Fahrer die Adresse. Sie legte mir die Hand in den Nacken, zog mein Gesicht herunter. »Hier ist schon mal eine Anzahlung«, flüsterte sie. »Bis gleich.«

Als sie mich reinließ, trug sie einen schwarzen Stretchmini und schwarze Stöckelschuhe. Ihr Haar war offen, und sie hatte sich frisch geschminkt, roter Lippenstift schimmerte im Licht eines der Minischeinwerfer. Das restliche Wohnzimmer war dunkel. »Setz dich, Schätzchen«, sagte sie und schob mich zum Zweisitzer.

»Willst du rauchen?«, fragte sie, brachte, ohne auf die Antwort zu warten, den Glasaschenbecher herüber.

Sie drehte sich um und ging zu einem Schrank, in dem sich die Stereoanlage und ein Stapel CDs befanden. Das schwarze Minikleid hatte hinten einen langen Reißverschluss mit einem großen Messingring. Die Arbeitskleidung einer Stripperin. Die hauchdünnen Strümpfe hatten schmale schwarze Nähte und ein eingewebtes, metallisch glänzendes Muster. Sie schob eine CD ein. Schwere, pulsierende Musik perlte aus den Boxen – sehr basslastig, Baritonsaxophon und unterstes Klavierregister – ich kannte die Musik nicht. Sie drehte am Lautstärkeregler, bis die Melodie gedämpft war, dass ich es eher spüren als hören konnte.

Dann kehrte Bondi zu mir zurück. Blieb knapp einen Meter vor mir stehen. »Hat Sybil für dich getanzt?«, fragte sie leise.

»Sie hat für das Geld getanzt«, sagte ich.

»War sie gut?«

»Gut genug, vermute ich. So gut, wie eine Lüge eben sein kann.«

»Was meinst du damit?«

»Du hast es selbst gesagt – hat sie für mich getanzt? Das ist die Lüge. Sie ist keine Frau – zumindest nicht in diesem Club –, sie ist eine Jukebox. Man steckt das Geld rein – sie wackelt und zappelt. Das Geld ist aufgebraucht, die Musik hört auf.«

»Aber die Männer wissen doch alle …«

»Ich hab nicht gesagt, dass sie betrügt, Bondi. Die Männer bezahlen für eine Lüge. Sie werden nicht betrogen.«

»Fandest du sie hübsch?«

»Hübsch genug.«

»Wie meinst du das?«

»Nichts Sensationelles.«

»Ihre verfluchten Titten sind sensationell, stimmt's?«

»Nein, nicht in so einem Laden. Man wählt einfach die Größe, die man haben will, oder?«

»Was wolltest du?«, fragte sie, beugte sich vor, als sei ihr die Antwort wirklich wichtig.

»Nur, dass sie dir sagt, ich würde anrufen. Damit du keinen Schreck kriegst.«

»Warum sollte ich einen Schreck kriegen?«

»Weil es nicht um den … Job ging, den ich für dich erledigen soll.«

»Um was denn dann?«

»Das habe ich dir doch gesagt. Eine Verabredung.«

»Du wolltest noch mal mit mir ins Bett?«

»Ja, aber ich wollte … auch mit dir zusammen sein.«

»Weil du mich magst?« Ein Hauch Sarkasmus in ihrer sanften Stimme. »Und du dachtest, wenn ich dich besser kenne, würde ich auch dich mögen?«

»Genau«, antwortete ich leise, aber unbeeindruckt von ihrem Spott.

Sie kehrte mir den Rücken zu, blieb einen Moment still stehen. »Und das ist keine Lüge?«, fragte sie, schaute über die Schulter. »Was du gerade gesagt hast?«

»Nein. Es ist ganz und gar keine Lüge, Bondi.«

Sie schwieg wieder, sah mich fest an. Dann begann sie, die Hüften zur Musik zu wiegen, bewegte sich nicht von der Stelle, die Pfennigabsätze wie festgenagelt auf dem Teppichboden. Sie griff nach hinten und zog den Reißverschluss im Drehen halb herunter. Ihr Rücken war nackt.

Sie machte die ganze Nummer, tänzelte in einem kleinen Kreis. Unter dem Kleid trug sie nichts außer einem schwarzen Tanga und den dünnen Strümpfen. Sie trat zurück, damit ich sie ganz sehen konnte: einen anmutigen Schwanenhals, kleine, runde Brüste mit winzigen Nippeln hoch über einer schmalen Taille, leicht gerundeten Hüften, langen, glatten Beinen. Der Körper eines Models mit den Kurven einer Stripperin. Sie arbeitete hart, zur leise hämmernden Musik bedeckte Schweiß ihre Haut.

Es war ein guter Tanz – schließlich sank sie auf alle viere. Dann kam sie zu mir herübergekrochen, mit erhobenem Kopf, schnurrend wie eine Tigerin. Als sie nahe genug war, zog sie meinen Reißverschluss so gelassen herunter wie den ihren.

Das erste Mal ging schnell. Hart und schnell. Sie erholte sich rascher als ich, war aber geduldig. Dann machten wir es langsamer, ruhiger.

Ich glaube, ich schlief dann ein, war aber nicht sehr tief weg.

Ein paar Stunden später weckte sie mich, rieb ihre Nase an meiner Brust. »Du … ergreifst nicht gerade die Initiative, Schätzchen, oder?«

»Was meinst du damit?«

»Ja, wir haben … es jetzt ein paarmal gemacht, stimmt's? Heute Nacht und … vorher. Als du zum ersten Mal hier warst. Und ich weiß immer noch nicht, was du magst.«

»Hab ich dir doch gesagt – ich mag dich.«

»Das meine ich nicht, Liebling. Ich möchte, dass du auch magst, was wir machen.«

»Tu ich doch.«

»Aber was magst du am meisten, Schätzchen? Ich habe … Spielzeug und so. Zum Spaß. Bleib hier.«

Sie kletterte aus dem Bett und verließ ein wenig schwankend das Zimmer. Das war keine Show – eher, als würde sie sich orientieren. Als sie zurückkam, trug sie eine weiße Halbmaske und hatte eine weiße Reitpeitsche in der Hand.

»Willst du das mal ausprobieren?«, flüsterte sie, stand vor dem Bett. »Die Briten behaupten, sie hätten es erfunden, aber ein paar von uns Aussies mögen auch den einen oder anderen kleinen Klaps … manchmal.«

Ich streckte die Hand aus und nahm ihr die Peitsche ab. Warf sie quer über das Bett auf den Boden. »Nimm die Maske ab«, sagte ich und zog sie neben mich.

Als sie aufwachte, war ihr Gesicht verquollen. Leichtes Doppelkinn, weich und rund, füllige Wangen. Ihr Lippenstift war weg. Ihre Augen schmale Schlitze. Sie knurrte leise, als wollte sie noch nicht geweckt werden. Ich nahm eine ihrer winzigen, festen Brustwarzen zwischen die Zähne, hielt sie einfach fest. Sie verschränkte die Hände hinter meinem Kopf, stieß wohlige Laute aus.

Später lag sie neben mir auf dem Rücken und streckte sich in dem großen Bett wie eine Katze. Sie beugte sich vor und berührte ihre Zehen, drehte sich dann auf den Bauch. »Massier mich, okay?«, schnurrte sie.

Sie drückte sich so fest gegen meine Massage, dass ich jeden einzelnen ihrer Rückenwirbel spürte. Dann kuschelte sie sich an mich, legte die Arme um meine Unterschenkel. Ich dachte schon, sie würde wieder einschlafen, doch sie rutschte zur unteren Bettkante, legte einen glatten, festen Schenkel über mich und setzte sich auf mich. »Siehst du? Es lohnt sich, wenn man nett zu mir ist.« Sie kicherte über die Schulter, hüpfte einen weiteren Tanz.

Noch später lag ihr Kopf auf meiner Brust. Ich dachte, sie schliefe, bis sie sagte: »Ich hätte das auch machen können, weißt du?«

»Was machen können?«

»Die Implantate. Nur wegen dieser Dinger verdient Sybil mehr Geld als ich. Die sind viel zu groß. In ein paar Jahren wird sie sie wieder rausschneiden lassen müssen.«

»Du siehst perfekt aus, wie du bist«, sagte ich. Und dachte dabei an meine alte Freundin Vyra. Vyra mit dem mageren Körper ohne Kurven. Und den gewaltigen Brüsten, die wie aufgepfropft wirkten. Die Brüste waren so echt wie Vyras Trauer, dass die Männer sie nur deswegen mochten. Ich fragte mich, ob Bondi die implantatfreie, natürliche Vyra besser gefallen hätte als die chirurgisch vergrößerte Sybil. Irgendwie glaubte ich es nicht.

»Nein, tu ich nicht«, ihre Stimme klang hart und resigniert. »Nicht für die Clubs. Das ist das erste, worauf die schauen, weißt du? ›Zieh dein Oberteil aus, Mädchen – lass sehen, was du zu bieten hast.‹ Das sagen sie immer. Ich kann tanzen, weißt du. Ich meine, wirklich richtig tanzen.«

»Ich weiß.«

»Aber das spielt überhaupt keine Rolle. Alle wollen Monstertitten. Die Manager, meine ich. Manchmal nehmen sie uns unter die Lupe, wie bei einer beschissenen Fleischbeschau. Und sie sagen dir ins Gesicht: Geh und lass das richten. Die kennen alle Ärzte. Manche strecken sogar das Geld für die Implantate vor. Lassen es dich abarbeiten, verstehst du?«

»Und schlagen ein bisschen beim Preis drauf.«

»Natürlich. Irgendwann müssen es alle Tänzerinnen machen lassen ... nur die Asiatinnen nicht. Sie *stehen* drauf, wenn deren Brüste klein sind, wie bei kleinen Mädchen. Ich hab keine Ahnung, was das alles soll.«

»Doch, hast du.«

»Ja, wahrscheinlich schon. Vielleicht ist das der Grund, warum Thailand so angesagt ist. Zu Hause fahren sie dauernd rüber. Ich hab gehört, in Bangkok kriegt man ganz kleine Mädchen.«

»Kleine Jungs auch.«

»Bah! Ich hasse ...«

»Ich auch«, sagte ich, streichelte ihren Nacken mit zwei Fingern.

Eine Weile war sie still. Dann: »Burke?«

»Was?«

»Du hast Recht. Was du gesagt hast. Es *ist* eine Lüge. Ich hasse Lügen. Deshalb habe ich ...«

»Ich weiß.«

»Du sagst das ziemlich oft, stimmt's, Schätzchen? ›Ich weiß.‹ Aber so, wie du das sagst, glaub ich's dir fast.«

»Ich geh sehr sparsam damit um, Bondi. Und wenn ich es sage, dann ist es wahr.«

»Ist Burke dein Vorname? Das ist ein Brit-Name, weißt du? Oder vielleicht auch Irisch ... Ist das dein Vor- oder Zuname?«

»Eigentlich beides.«

»O mein Gott, von so was hab ich schon *gehört.* Deine Mutter scheint einen tollen Humor gehabt zu haben.«

»Ja, Mom fand ihre Scherze sehr witzig«, sagte ich. Dachte an die gleichgültig getippten Buchstaben auf meiner Geburtsurkunde, die zu sehen ich ein Verbrechen begehen musste. In dem Heim, in dem ich als Kind war. Ich hatte die Aktenschränke im Büro des Sozialarbeiters mit einem Schraubenzieher geknackt. Auf der Suche nach dem Namen meines Vaters – einer der älteren Jungs sagte, dort würde ich ihn finden. Wie sich herausstellte, hieß mein Vater UNBEK. Meine Mutter hatte sich nicht mal die Mühe gemacht, mir einen Namen zu geben. Der Scheißstaat hatte es für sie getan: Baby Boy Burke.

Vielleicht lag irgendwas in meiner Stimme – jedenfalls schwieg sie eine ganze Weile. Ich lauschte auf ihr Atmen. Es wurde gleichmäßiger und ruhiger, aber sie flirtete nicht mit dem Tiefschlaf.

»Burke?«

»Was?«

»Können wir uns die Wahrheit sagen?«

»Ich kann«, log ich, nahm sie fester in die Arme.

»Es ist wahr«, sagte sie leise. »Er ist da. Auf der anderen Straßenseite. Schaut zu. Wenigstens glaub ich das.«

»Aber …?«

»Aber es war nicht meine Freundin, die's mir gesagt hat. Dass er andere Leute zusehen lässt, meine ich.«

»Wer dann?«

»Eine Frau. Ein stämmige, harte Frau. Nicht wirklich fett. Nur … muskulös. Und penetrant. Wie ein beschissener Mann.«

»Du meinst, sie war eine Lesbe?«

»Nein, Dummkopf. Das sind auch Frauen. Diese war anders. Sie kam hierher. Hat geklingelt. Hat gesagt, sie hieße Heather. Heather, hah! Toller Name für so ein Monster, das kann ich dir sagen! Sie hatte orangefarbene Augen. *Orange!* Kannst du dir das vorstellen? Ganz bestimmt

Kontaktlinsen. Sie sahen so … ich weiß nicht … so aggressiv aus. Sie … hat mir irgendwie Angst gemacht.«

»Hast du sie gefragt, woher sie es wusste? Was hier los ist?«

»Das war egal, Schätzchen. Sie wusste es. Sie hat mir alles erzählt – was ich … für ihn mache. Sie muss es auch gesehen haben. Oder er hat ihr davon erzählt – das ist genauso schlimm.«

»Was hat sie noch gesagt?«

»Sie hat nur gesagt, wenn ich … irgendwas dagegen unternehmen wollte, kenne sie einen Burschen, der es erledigen kann.«

»Hat sie meinen Namen genannt?«

»Deinen Namen? Nein, Baby. Sie hat mir von diesem Harry erzählt. Ich hab ihn angerufen. Bin in sein Büro. Er hat mich gefragt, was ich mir vorstellte. Hat so getan, als wollte ich ihn fertig machen. Meinen … Freund, meine ich. Ihn zusammenschlagen lassen, vielleicht. Oder noch schlimmer. Ich hab ihm gesagt, das wollte ich nicht. Ich wollte nur, dass er bezahlt.«

»Wessen Idee war das mit dem Safe?«

»Das war Harrys. Er sagte, er kennt ein paar Typen, die sich darum kümmern könnten. Genau das hat er gesagt: ›darum kümmern‹. Ich sollte einfach abwarten, er würde mich anrufen.«

»Und du hast nie wieder von ihm gehört?«

»Nur von dir, Schatz. Das eine Mal.«

Ich hielt die Augen geschlossen, bemühte mich, meine Stimme freundlich zu halten. »Du hast gewusst, dass die Nummer faul war, Bondi. Hast du geglaubt, irgendein Mann würde vorbeikommen, du würdest ihm diese Geschichte erzählen, er würde dort reinmarschieren, sich um alles kümmern … und dir dann deinen Anteil schicken?«

»Nein«, sagte sie ruhig. »Das hab ich nie geglaubt. Ich dachte, irgendwas würde … passieren. Ihm. Was, war mir ziemlich egal. In dem Punkt hab ich dir die Wahrheit gesagt. Ich fahre nach Hause. Und ich schau nicht zurück.«

»Erzähl mir den Rest«, sagte ich.

»Sie war noch mal hier. Diese Heather, sie ist noch mal hergekommen. Hat gesagt, ein Mann würde vorbeikommen. Ein ruhiger, harter Mann. Du. Deinen Namen hat sie nicht genannt, aber sie hat dich perfekt beschrieben. Sie sagte, wenn du keine Fragen stellst, sollte ich den Mund halten.«

»Und wenn doch?«

Bondi kletterte wieder aus dem Bett, verließ das Zimmer. Als sie zurückkam, hielt sie eine Karte in der Hand. Ich wusste, was es war. Das Schloss konnte ich zwar nicht sehen, hörte aber die Arretierstifte deutlich einrasten.

»Er muss ein paar Dutzend Riesen in die Sache investiert haben«, sagte ich zu Mama, als ich wieder in meiner Nische saß. »Er hat so viel Geld ausgegeben, er muss wissen, wo er mich finden kann. Er kennt die Verbindung zu Michelle, soviel ist sicher. Dieser ganze Affentanz nur, um mir seine Visitenkarte zukommen zu lassen. Was soll das?«

»Du kenn mein Wohnung in Mott Street?«, fragte sie, als hätte sie mich nicht gehört.

»Klar«, antwortete ich. Hinter einer orangefarbenen Stahltür mehrere makellose Zimmer, alle doppelt möbliert: Zwillingsstühle, Zwillingslampen, Zwillingsaschenbecher. Tische mit Einlegearbeiten, Parkettböden, an weißen Wänden gerahmte Kalligrafien auf Pergament und alte Gobelins. Indirekte Beleuchtung. Schwere, dunkle, pflaumenblaue, bodenlange Vorhänge, die kein Licht von draußen einließen. Eine leise flüsternde Klimaanlage hinter korkbespannten Wänden saugte die Feuchtigkeit ab. Eine Marmorplatte, bedeckt mit schwarzem Samt, zwei verstellbare Lampen mit Glasfaseroptik zur Prüfung von Juwelen.

»Ausstellungsraum«, sagte Mama. »Du versteh?«

»Um Ware zu zeigen?«, antwortete ich zögernd, war nicht sicher, worauf sie hinaus wollte. Mama handelte mit Produkten. Beweglichen Produkten. Diamanten, Inhaberschuldverschreibungen, Druckplatten für Geld. Waffen waren zu sperrig, Drogen zu riskant und durchgeknallt. Als ich sie kennen lernte, war mir sofort klar, dass wir in der gleichen Branche arbeiteten. Nur dass Mama nicht in die Niederungen hinabstieg.

»Waren sich nich ändern«, sagte sie. »Smaragd auf Samt is gleich wie Smaragd auf Holz, ja? Mott Street nich für Edelsteine zeig, sondern Dealer. Gesicht. Sehr wichtig. Ernst Geschäft muss ernst *nehm*, okay?«

»Du meinst, dieser Kite hat das alles nur gemacht, um mir zu beweisen, dass er es ernst meint?«

»Sicher«, Mama zuckte die Achseln, als sei das sonnenklar. »Vielleicht gut Investition.«

»Ich bin ein kleiner Fisch, Mama. Kein Mensch muss sich so abstrampeln, um mir einen Auftrag zu geben.«

»Muss groß Auftrag sein«, war alles, was sie sagte.

Kite anzurufen, war ungefährlich – wenn es eine Möglichkeit gäbe, jemanden durch das Telefon umzubringen, würde keiner mehr fürs Straßenverkehrsamt arbeiten. Und ich benutze das Telefon sowieso immer, als wär's ein Gemeinschaftsanschluss – mit den Cops am anderen Ende. Aber so, wie sich diese Geschichte entwickelte, fühlte ich mich trotzdem nicht sicher genug.

Daher fuhr ich kurz vor Tagesanbruch rauf nach Hunts Point. Die Stadt repariert den FDR zwar angeblich seit Jahren, aber mit seiner miesen Straßenbeleuchtung war er noch mörderischer als gewöhnlich – aufgebrochener Asphalt tarnte geschickt die tiefen Schlaglöcher, überall glitzerte zerbrochenes Glas. Sich in dieser Jauchegrube von Stadt einen neuen Wagen zu kaufen ist so, als würde man im Smoking zu einer Massenschlägerei gehen.

Die Straßen waren noch schlüpfrig vom nächtlichen Regen, also fuhr ich vorsichtig über die Triborough. In nördlicher Richtung auf dem Bruckner passierte ich eine Unterführung und entdeckte einen lauernden Abschleppwagen, seine roten Rücklichter die glühenden Augen eines Aasfressers, der auf das Verrecken seines nächsten Opfers wartete.

Ich stellte den Nachrichtensender ein. Große Bekanntmachung: Siebzehn Drogentote durch eine neue Heroinsorte namens China Doll. Typisch für die Scheiße, die ›amtliche Bekanntmachung‹ genannt wird. Sicher. Die Wahrheit ist doch, dass sie mit diesem Mist keinen einzigen Junkie abschrecken – sie machen Werbung für den neuen Stoff. Jeder Drogensüchtige der Stadt wird von dem frischen Dynamit probieren wollen; wenn's Leute umbringt, muss es das Echte sein, nicht irgendein verschnittener Dreck.

Weiter hieß es, die Zahlen zum Jahresende bewiesen, dass die Kriminalität in der U-Bahn abgenommen habe. Auf allen Gebieten außer Mord – dem einzigen Verbrechen, das sich unübersehbar selbst anzeigt. Ich frage mich, warum so was ›Neuigkeit‹ genannt wird.

Ich schaltete auf den Sportsender um. Sie brachten gerade ein Interview mit Steinbrenner, dem Typen, dem die Yankees gehören. Er sagte, kein Mensch wolle in die Bronx kommen, um die Yankees zu sehen, weil die Gegend um das Stadion zu gefährlich sei. Für Familien ungeeignet. Außer für die, die dort leben, vermute ich. Steinbrenner verlangt hundert Mäuse für zwei Eintrittskarten und ein paar Bier, und er behauptet, die Besucherzahlen seien so mies wegen der Kriminalität. Vielleicht meint er Straßenräuberei.

Auf dem Rest der Mittelwellenfrequenzen gab es nur läppische Ratgebersendungen: zu Geld, Liebe, Immobilien, Essen. Und die üblichen Hasstiraden. New York ist schwarz und weiß heutzutage, mit einer scharfen, blutroten Linie zwischen den Fronten. Die schwarzen Sender haben's immer noch nicht geschnallt – als O. J. Simpson freigesprochen wurde, hat jeder Klansman in Amerika gejubelt.

Auf der Suche nach Musik schaltete ich auf UKW, aber BGO spielte Jazz, keinen Blues. Und auf den Oldie-Sendern von CBS gab es Disco.

Also zurück zu den Nachrichten: Irgendein Freak hat sich ausgesprochen gut um seine Freundin gekümmert. Alles bezahlt, einschließlich der Implantate. Als sie sagte, dass sie ihn verlässt, versuchte er, sich die zurückzuholen. Mit dem Messer.

Ein betrunkener Autofahrer erwischte ein Kind dermaßen hart, dass man bei der Autopsie sein Nummernschild in dem Körper fand. Das war in Queens passiert – der Fahrer würde wahrscheinlich Bewährung kriegen. Spielt keine Rolle – der letzte Kandidat für das Amt des Bezirksstaatsanwalts dort stand auf der Wahlliste der Demokraten, Republikaner, Liberalen und Konservativen. Selbst wenn Schafe reden könnten, würden sie niemals Fragen stellen.

Ein Idiot mit einem irisierend gelben Honda Accord raste rechts an mir vorbei; die riesigen Reifen ragten so weit unter den Kotflügeln hervor, dass sie wie Pontons aussahen. Darum ging's bei diesen Reifen – ums Aussehen. Der Wagen würde sich beschissen fahren. Viele Typen begehen diesen Fehler, und nicht nur bei Autos.

Ich setzte den Plymouth mit der Schnauze an den mit Natodraht verstärkten Maschenzaun und wartete. Der Schrottplatz war ruhig wie immer. Gleichzeitig ist er sehr lebendig. Das Rudel Hunde kam zum Zaun geschlendert, nur mäßig interessiert, aber extrem wachsam. Dann bahnte sich Simba einen Weg durch die Meute: der Kopf eines

Schäferhundes auf dem Körper eines Bullmastiff, das einfarbige Fell ein matter Goldton, die Ohren viel zu groß für den Kopf. Er war eine Promenadenmischung, doch seine Haltung war die eines Königs. Kein König durch Abstammung, sondern ein Kriegerkönig, der sich seinen Thron im Kampf erobert hat. Jetzt war er alt. Langsamer vielleicht, aber auch stärker denn je, hart geworden durch Jahre erfolgreichen Überlebenskampfes. Darwins Hund. Ein weißes Pitbull-Weibchen mit einem schwarzen Flecken über dem Auge trat neben ihn, einen Schritt zurück und etwas zur Seite. Nicht unterwürfig, sie deckte die Flanke. Links stand eine gescheckte Dogge allein und beobachtete alles. Auf der rechten Seite ein halbes Dutzend dieser ganz besonderen Rasse magerer, erdfarbener Mischlingsbrüder von Wölfen und Kojoten – der Amerikanische Kettenhund.

Terry ging durch die Meute, stieß gutmütig mit dem Knie Hunde zur Seite, wenn sie ihm den Weg versperrten. »Es ist Burke, Simba!«, rief er dem Rudelführer zu, als er das Tor aufschloss, damit ich den Plymouth reinfahren konnte.

Falls meine Ankunft Simba beeindruckte, verbarg er es gut, fixierte mich beim Aussteigen mit seinen Alligatorenaugen. Seine Haltung befahl dem Rudel, sich nicht von der Stelle zu bewegen. Ich blieb stehen, während Terry den Plymouth zwischen ein paar Schrottautos parkte. Er verschmolz mit den anderen Wracks, schien hierher zu gehören.

Wir gingen ganz nach hinten zum freien Platz neben dem Bunker des Maulwurfs. »Er ist unterwegs«, Terry beantwortete meine Frage, bevor ich sie stellen konnte.

Ich hob die Augenbrauen – der Maulwurf verließ den Schrottplatz ungefähr alle drei, vier Jahre.

»Mit Mom«, sagte er. Womit er Michelle meinte. Sie hatte Terry vor einigen Jahren aus einer Kindersex-Freakshow rausgeholt. Hatte ihn mit Gewalt adoptiert. Ich war die Gewalt, Michelle war die Liebe. All die Jahre, die ich sie kannte, hatte sie nie gesagt, dass sie ein Kind wollte, aber sie warf nur einen Blick auf Terry und entband.

Damals war er noch klein, gehorchte aufs Wort. Verkauft von seinen leiblichen Eltern, auf den Strich geschickt von einem sanft säuselnden Psychopathen direkt auf der Deuce. Ein Fastfood-Service: frische, knackige Hühnchen zum Mitnehmen, allerdings nur zur Miete. Ich wusste nicht genau, wie alt er war. Geburtsurkunden werden in unserer Familie nicht verlangt. Jetzt sah er aus wie ungefähr sechzehn. Ein schlanker, gut aussehender Teenager. Wenn er ausgewachsen war, würde er größer sein als ich. Das waren seine einzigen Erbinformationen. Der Maulwurf brachte ihm Naturwissenschaften bei, Michelle die Kunst. Mit diesen beiden Elementen in sich würde der Junge garantiert Atome spalten und Herzen brechen. Eines Tages wird er auf dem besten Universitätsgelände herumlaufen und jede Menge Freunde haben. Er wird auch so aussehen wie sie. Bis auf die Augen.

Michelle hatte ihre Reise beendet. Nicht mehr lange, und Terry würde seine beginnen. Falls das den Maulwurf störte, behielt er es für sich. Aber Michelle grub ihre Krallen so tief wie jede Mom, die ihr Baby von der Wiege an großgezogen hat, genau weiß, was kommt. Und trotzdem festhält.

»Ich brauch das Telefon«, sagte ich dem Jungen.

Er nickte, akzeptierte den Respekt meiner Frage.

Ich ging die Erdstufen hinunter in den Bunker, vorbei an den Maschinen, den Mikroskopen, den Computern, bis ich das Telefon erreichte. Es war eine Bluebox-Schleifenschaltung – das Signal klinkte sich in das System der gebührenfreien Nummern ein und kam dann mit einer Amtsleitung zurück, die unmöglich zurückzuverfolgen war. Ich hatte keinen Schimmer, wie es funktionierte, aber ich wusste, dass es das tat. Ich steckte mir eine Kippe an, dachte nach. Der Maulwurf hatte mal versucht, mir das

Luftreinigungssystem zu erklären, das er dort unten installiert hat. Auch das verstand ich nicht, aber es funktionierte ausgezeichnet. Er hatte es gebaut, damit er sich nicht mit den Dämpfen seiner Experimente umbrachte – im Bunker roch es immer wie in einem Operationssaal.

Ich hielt Kites Visitenkarte in der Hand. Bemerkte zum ersten Mal, dass sie im Licht irisierte. Drehte sie leicht, sah genauer hin. Ein Muster war ins Pergamentpapier gestanzt worden – Blindprägung nennt man so was, so ähnlich wie Brailleschrift. Ich ließ meine Fingerspitzen darübergleiten. Etwas war unter der Prägung, aber ich kam nicht dahinter. Unter einer der Untersuchungslampen des Maulwurfs erkannte ich es schließlich: ein Spielzeugdrachen, im Aufwind leicht gebläht, mit einem langen, flatternden Schwanz.

Die Nummer war ein Anschluss in Manhattan. Heute leicht zu erkennen – alle anderen Bezirke haben 718. Ich tippte sie ein, lauschte auf das Stakkato der Pieptöne, als das Signal hinausging und nach einem Umweg zurückkehrte. Dann klingelte es am anderen Ende. Einmal, zweimal, dreimal, und dann …

»Guten Morgen.« Eine volle, rauchige Frauenstimme.

»Ich möchte Kite sprechen«, sagte ich, hielt meine Stimme so neutral wie ein EKG.

»Wen darf ich Mr. Kite melden?«

»Burke.«

»Würden Sie sich bitte einen Moment gedulden?«

Sie wartete meine Antwort nicht ab, schaltete um.

»Danke für Ihren Anruf«, sagte unvermittelt ein Mann. Seine Stimme war dünn, aber kräftig. Titandraht.

»Was wollen Sie?«, fragte ich, ließ alle Förmlichkeiten beiseite.

»Reden. Von Angesicht zu Angesicht. Ich möchte Ihnen ein Angebot machen. Für Ihre Dienste. Ihre beruflichen Dienste. Das Angebot ist kompliziert. Ich würde es nur äußerst ungern am Telefon besprechen.«

»Ich arbeite nicht mehr.«

»Ja«, erwiderte er, als wüsste er, was ich meinte, und als klänge es vernünftig. »Aber zuhören werden Sie doch sicher noch. Mehr verlange ich nicht, nur, dass Sie mir zuhören. Ich weiß, Ihre Zeit ist kostbar. Und ich bin bereit, Sie für jedwede Unannehmlichkeit zu entschädigen. Aber ich habe mir beträchtliche Mühe gemacht …«

»Das war nicht nöt …«

»Doch, ich denke schon, Mr. Burke. Und ich bin bereit, noch erheblich mehr zu tun, sollte dies erforderlich sein. Geben Sie mir die Gelegenheit, alles zu erklären?«

Es war eine perfekte und geschickt ausgesprochene Drohung. Wenn es sein musste, konnte er mich finden – und er wusste todsicher, wo er suchen musste.

Und er wusste von Michelle.

»Warum nicht«, sagte ich, als klänge er viel zu vernünftig, um seine Bitte abzuschlagen. »Wie möchten Sie das tun?«

»Ganz wie es Ihnen beliebt, wie ich schon sagte. Ich kann zu Ihnen kommen, Sie können zu mir kommen – was immer Sie wollen.«

Wollte er damit sagen, dass er wusste, wo er mich finden konnte? Mamas Restaurant? Das Gebäude, in dem ich mit Pansy wohnte? Max' Dojo?

»Ich komme zu Ihnen«, antwortete ich.

»Wäre Ihnen morgen recht?«, fragte er. »Irgendwann nach drei …?«

»Vier.«

»Dann also um vier. Ich bin Ihnen ausgesprochen dankbar, Mr. Burke. Ich freue mich darauf, Sie zu sehen.«

Er nannte mir die Adresse und legte auf.

Aus einem Grund, den ich nicht ganz verstand, dem ich aber vertraute – vielleicht ein winziges Ziehen an der Spitze der Hyperwachsamkeit, die alle Kinder des Geheimnisses teilen –, rasierte ich mich am folgenden Morgen sehr sorgfältig. Anschließend kämmte ich etwas von diesem albernen Gel, das Michelle mir besorgt hatte, ins Haar. Zog einen tiefschwarzen Kammgarnanzug an, zu einem kobaltblauen Seidenhemd mit einer schlichten schwarzen Seidenkrawatte. Schlüpfte in weiche, schwarze Halbschuhe mit Stahlkappen und hohlen Absätzen. In einem Absatz steckten zehn Hundert-Dollar-Scheine, um ein Handschellenpassepartout gewickelt, in dem anderen war eine kleine runde Dose von der Art, in der Frauen Lipgloss aufbewahren. Wenn man den Deckel abzog und etwa fünf Sekunden wartete, riss sie eine Tür aus den Angeln. Unter dem Hemd legte ich mir noch eine Schmugglerkette um den Hals. Vierundzwanzig Achtundzwanzig-Gramm-Barren reines Gold – man konnte sie einen nach dem anderen abnehmen und sich praktisch überall den Weg freikaufen.

Ein Satz Papiere wanderte in meine Brieftasche. Nicht das Juan Rodriguez-Zeug, das ich für meinen Führerschein und die Zulassung benutze – ich würde den Plymouth nicht nehmen. Arnold Haines war mit keiner seiner Kreditkarten in Verzug. Er tauchte auf ein paar Besucherlisten von Gefängnissen im Norden des Bundesstaates auf, aber zum Teufel auch, eine Menge ehrbarer Geschäftsleute standen auf diesen Listen.

Ich hatte nicht vor, eine Kanone mitzunehmen. Aber unter dem Dorn meiner Gürtelschnalle befand sich eine Nadel mit einem Klecks der Paste, die der Maulwurf mir gegeben hatte – ein kleines Geschenk von einem seiner Kumpel beim Mossad. Und in die Goldmünze, die ich als Geldclip benutzte, war eine halbmondförmige Rasierklinge eingebettet, die ich ohne hinzusehen mit dem Daumen herausdrücken konnte.

Pansy beobachtete mich misstrauisch, wusste irgendwie, dass sie nicht mitkam. »Wenn ich zurückkomme, bring ich dir was ganz Besonderes mit«, versprach ich ihr. »Nichts Chinesisches, okay?«

Sie machte ihr typisches knurfelndes Geräusch, eiswasserblaue Augen betrachteten mich mit dem Erbarmen eines Lügendetektors. »Versprochen, okay?«, sagte ich, tätschelte ihren massigen Kopf und kraulte sie hinter den Ohren, bis sie behaglich schnurrte und mir wieder vertraute.

Ich wünschte, es wäre immer so einfach.

»Oh, sei bloß vorsichtig damit, Mahn. *Bitte,* ja. Das ist kein Scheißlaster, klar?«

Max schaltete den Rover so behutsam in den zweiten Gang wie ein Chirurg grauen Star entfernt – seine riesige Pranke sah auf dem Schaltknüppel aus wie ein narbiges Stück altes Leder. Er sah mich kurz im Rückspiegel an, bat um Mitgefühl wegen Clarences gluckenhaftem Gehabe. So nervös wie noch nie verfolgte der Jamaikaner mit Adleraugen jede noch so kleine Bewegung des Mongolen.

»Er hat darauf bestanden zu fahren, Mahn«, sagte er zu mir. »Und du weißt doch, wie empfindlich meine Karre ist.«

»Warum hast du ihn dann gelassen?«, fragte ich.

»Er ist schließlich mein Bruder«, sagte Clarence. »Und er wollte unbedingt ...«

Aus einem Grund, den ich nie ganz verstanden habe, fuhr Max für sein Leben gern Auto. Er war kein besonders guter Fahrer, vor allem nicht in der Stadt. Irgendwie schien er zu erwarten, dass Autos ihm genauso Platz machten wie Menschen. Den Plymouth hatte er mir schon mehr als einmal verbeult. Aber er behandelte den Rover wie ein rohes Ei, achtete auf ein gutes Luftpolster um sich herum, während wir uns durch die schmalen Straßen von Chinatown schlängelten. Es war kurz nach zwei Uhr nachmittags – jede Menge Zeit, um zu der Adresse in Midtown zu kommen, die Kite mir gegeben hatte.

»Wird schon nichts passieren«, versicherte ich Clarence. »Max weiß, dass du dein Auto liebst.«

Ein Lastwagen versperrte die kopfsteingepflasterte Straße vor uns. Eine Einbahnstraße, dichter Verkehr hinter uns. Fast genug Platz, um vorbeizukommen. Max schob den Rover zentimeterweise vor. Clarence faltete die Hände zum Gebet. Ein parkendes Auto rechts, der Außenspiegel des Lastwagens links. Nur zehn Zentimeter mehr, und wir hätten vorbei gekonnt, aber so saßen wir fest – kein Vor und kein Zurück.

Ich gab Max ein Zeichen zu bleiben, wo er war, und stieg aus dem Fond. Drei Typen saßen auf einer Laderampe und tranken irgendwas aus großen, weißen Styroporbechern.

»Ist das euer Laster?«, fragte ich.

»Wer will das wissen?«, konterte der Typ in der Mitte, reckte angriffslustig das Kinn, spannte die Halsmuskeln.

»Ihr versperrt die Straße, Kumpel«, sagte ich. »Fahrt einfach ein paar Zentimeter rüber, dann können wir vorbei.«

»Gleich«, sagte er, zeigte mir die kalte Schulter. Der Typ rechts von ihm nickte zustimmend.

Arschloch. Ich stieg wieder in den Wagen, steckte mir eine Zigarette an. Max trommelte aufs Armaturenbrett. Ich beugte mich vor, sah ihm in die Augen. Legte meine Handgelenke zusammen, klatschte in die Hände, machte eine ›Kläff-kläff‹-Geste. Tippte auf meine Uhr, hob die Hand mit gespreizten Fingern. Was bedeutete: Noch fünf Minuten, dann sind sie das Spielchen satt und fahren den Laster weg – keine große Sache. Max wollte aussteigen. Ich hob die Hand wie ein Verkehrspolizist. Nein – das war es nicht wert.

»Will er den Typen Dampf machen?«, fragte Clarence.

»Ja«, sagte ich. »Aber er würde es ihnen nicht nett sagen, und ich will keinen Ärger.«

»Ich sag's Ihnen, Mahn«, murrte Clarence, seine Hand schob sich unter seine Jacke.

»Reg dich ab«, sagte ich. »Die ziehen nur ihre Show ab.

Lass ihnen eine Minute Zeit, dann fahren sie den Laster weg. Kein Problem.«

Hinter uns wurde gehupt. Ich rauchte meine Zigarette. Ein Fettsack mit knallrotem Kopf klopfte an meine Seitenscheibe. Ich ließ sie heruntergleiten – sein Schweißgeruch schwappte herein.

»Was für ein Scheißproblem habt ihr denn?«, wollte der Fettsack wissen. Sein Gesicht sah aus wie eine überreife Melone kurz vorm Platzen.

»Nicht genug Platz zum Vorbeikommen. Die Trucker sagen, sie fahren gleich weg. Wir warten einfach.«

»Tja, ich nicht«, knurrte Fatso und ging zu den Burschen auf der Laderampe.

Er kehrte mit den drei Truckern zurück. Jeder brüllte jeden an, jede Menge Finger wurden gereckt. Und nichts bewegte sich. Jetzt plärrten die Hupen erst richtig los – klang wie ganz schön viele. Irgendwer würde garantiert sehr bald was Dummes machen.

Max drückte auf den Knopf, und sein Seitenfenster glitt herunter. Eine dunkle, mit Adern überzogene Hand wurde hinausgestreckt. Er packte den Außenspiegel des Lasters und drehte. Es knackte, und er hatte den Spiegel in der Hand. Max hielt den Spiegel hoch über den Wagen. Als er sicher war, dass die Trucker es sahen, schnippte er ihn über das Dach des Rovers in ihre Richtung, knallte den ersten Gang rein, ließ die Kupplung kommen und fuhr weiter. Langsam.

Als wir die Canal überquerten, hatte sich Clarence wieder einigermaßen beruhigt.

Wir fuhren die First Avenue hinauf, Richtung Sutton Place, die Adresse, die Kite mir genannt hatte. »Ich lass es alle fünfzehn Minuten oder so klingeln«, sagte ich zu Clarence und hielt das Handy hoch. »Geh nicht ran. Mach überhaupt nichts. Wenn es eine halbe Stunde nicht klingelt, rufst du diese Nummer an und verlangst nach mir.« Ich gab ihm Kites Karte. »Wenn niemand rangeht oder sie mich nicht ans Telefon holen, kommt ihr rauf. Beide.«

»Verstanden, Mahn.«

»Hat sich der Prof die Sachen angeschaut?«, fragte ich.

»Mein Vater sagt, das ist Altes Geld, Mahn. Sehr exklusiv. In dem Haus laufen keine krummen Dinger, soviel ist sicher.«

»Und er ist im Penthouse?«

»Ja. Er hat seinen eigenen Fahrstuhl. Ist der letzte in der Reihe.«

»Sicherheitsvorkehrungen?«

»Mein Vater ist nicht rauf, Mahn. Aber selbst als sie ihn aus der Eingangshalle geworfen haben – er hatte seinen Schuhputzkasten dabei –, waren es nur zwei alte Männer in Uniform. Keine Profis, zumindest nicht im Erdgeschoss. Falls er Leibwächter hat, sind die bestimmt in seiner Wohnung.«

Als wir das Haus erreichten, war Clarence vor mir draußen, streichelte seinen geliebten Rover mit einem Fensterleder, suchte nach Kratzern.

Max saß einfach da, wartete.

Ich nannte dem Mann am Empfang meinen Namen. Er machte sich nicht die Mühe, zum Telefon zu greifen, deutete nur auf die letzte, offene Tür von vier Fahrstühlen.

Oben angekommen, trat man aus dem Fahrstuhl in ein kleines, hellblau gestrichenes Foyer. Alles ganz in Holz, schlichte, klare Linien und Kanten ohne das kleinste Möbelstück. Am anderen Ende der Diele befand sich ein schmaler Durchgang mit einem schmiedeeisernen Gitter – sah aus wie die Tür zu einer exklusiven Gefängniszelle. Als ich näher kam, erschien eine dunkle Gestalt hinter dem Gitter. Eine Frau, stämmig, aber nicht ohne Kurven, mit einer dieser schmalen Taillen, die man nicht von der Natur mitbekommt. Noch ein Schritt, und ich sah, dass sie pechschwarzes Haar hatte, glatt und dick, das mit einer Innenrolle das fleischige Gesicht unter dem winzigen, spitzen Kinn umrahmte. Ein kleiner, roter Rosenmund. Viel Rouge auf den Babyspeckwangen, die Augenbrauen zu dünnen Bleistiftstrichen gezupft, genauso geschwungen wie die Frisur. Die orangefarbenen Augen, von denen Bondi mir erzählt hatte. Ihr Gesicht hatte den harten Glanz einer Keramikglasur. Die kleinen Augen strahlten wie die eines Vogels und ungefähr genauso warm. Ihr schwarzes Kleid aus einem glänzenden Material war tief ausgeschnitten, dünne schwarze Träger verliefen kreuz und quer über das Dekolleté.

»Mr. Burke«, sagte sie mit der rauchigen Stimme der Frau vom Telefon.

Ich nickte. Sie drehte einen Türknauf – ich hörte den schweren Riegel zurückweichen. Sie zog das Törchen zu sich und trat gleichzeitig zurück. Ich überquerte die Schwelle und verkleinerte den Abstand zwischen uns.

»Folgen Sie mir bitte«, sagte sie, entfernte sich mit einer geschmeidigen, fließenden Bewegung.

Ihre Hüften waren breit und rund, der muskulöse Hintern zeichnete sich unter dem engen Rock deutlich ab. Ihre Absätze klackerten auf dem Boden, während sie einen mit gerahmten Urkunden geschmückten Flur hinunterging. Ich blieb einige Schritte zurück, die Hände an den Seiten.

Sie verschwand um eine Ecke. Als ich ihr folgte, fand ich mich in einem langen, schmalen Raum wieder. Die Wand zu meiner Rechten war pechschwarz, leer. Ein weißer Resopaltisch nahm die ganze Länge ein, darauf jede Menge Geräte: drei Computermonitore, einer davon eingeschaltet, mit einer Art farbiger Tabellenkalkulation, Faxgerät, Fotokopierer, ein Spulentonband mit vier Mikrofonen, jedes mit einer eigenen Aussteuerungsanzeige, eine große Kiste mit etwas, das wie die Manschette eines Blutdruckmessgerätes aussah und zu einem Rohr führte. Die Wand zu meiner Linken war blendend weiß, genauso leer wie ihr Gegenüber, mit Ausnahme eines glänzenden Chrombilderrahmens von etwa sechzig Zentimeter im Quadrat. Der Rahmen war leer, die weiße Wand dahinter schimmerte.

Zwischen den Wänden stand ein großer Sessel mit ausladenden Lehnen in einem diagonal geteilten Design, weißes Leder auf der einen Hälfte, schwarzes auf der anderen. Dahinter nichts als Fenster. Altmodische Flügelfenster mit kleinen, einzeln gerahmten Glasquadraten. Hinter dem Glas der East River.

Neben dem Sessel stand ein kleiner, runder Couchtisch mit schwarzen Beinen und einer weißen Marmorplatte. Auf dem Tisch lag eine Miniaturhantel aus schimmerndem Chrom. So eine hatte ich schon einmal gesehen. Man benutzt sie, um telekinetische Kräfte zu testen. Vor langer Zeit traf ich dieses Mädchen mit den wilden Haaren und den ruhigen Augen – eine Doktorandin auf der NYU. Sie war am falschen Ort, einem Laden in Buswick, wo sie, wie man ihr gesagt hatte, einen Menschen mit übersinnlichen Kräften finden würde, der mit den Toten sprechen konnte. Das Geschäft war leer, eine ausgebrannte Ruine unter vielen. Aber die Jugendlichen der Streetgang, die sie umringten, fanden, es wäre für ihre Spielchen genau richtig. Sie waren nicht besonders intelligent, diese kleinen Bestien, aber sie wussten, was meine abgesägte Schrotflinte aus ihrer Zukunft machen würde, also zogen sie sich schnell zurück. Ich verstaute das Mädchen im Plymouth und brachte es dorthin zurück, wohin es gehörte. Tanya hieß sie und arbeitete an ihrer Dissertation über parapsychologische Phänomene. Als wir uns etwas besser kennen gelernt hatten, war sie überzeugt, ich hätte eine telekinetische Begabung … und ich verbrachte Stunden mit dem Versuch, eine dieser kleinen Hanteln zu bewegen. Sie versicherte mir, ich könnte es tun, wenn ich mir nur genug Mühe gäbe. Wahrscheinlich war das der Grund.

»Mr. Burke.« Eine Männerstimme, der Titandraht, riss mich aus meinen Erinnerungen.

Langsam drehte ich mich um. Er kam auf mich zu, um die gleiche Ecke wie ich. Ein kleiner, schlanker Mann. Elegant gekleidet: ein taubengrauer Anzug mit dünnen, roten Streifen, weißes Hemd und rote Krawatte mit einem unruhigen Muster schwarzer Wirbel. Sein Haar war weiß. Nicht ehemals grau und dann weiß – farbloses Weiß. Sein Gesicht hatte die gleiche Nichtfarbe, ein blasses Netz von Kapillargefäßen unter der Haut deutlich sichtbar. Eine rosa getönte Brille verbarg seine Augen. Er trat näher, streckte die Hand aus. Eine weiße Hand, die Venen deutlich blau unter der transparent schimmernden Haut.

Ein Albino.

Sein Griff war maßvoll – zurückhaltend, als steckte noch viel Kraft dahinter. Seine Haut war trocken, ich spürte einen Hauch Puder. Er roch nach Kalk.

»Welchen Sitzplatz bevorzugen Sie?«, fragte er, neigte den Kopf zu dem breiten Sessel am Fenster, machte mir klar, dass dies seiner war. »Einen Stuhl, einen Sessel, einen Regiestuhl ... Ich dachte, Sie fühlen sich wohler, wenn Sie bekommen, was Ihnen am liebsten ist.«

»Egal.«

»Bitte«, sagte er ruhig. »Tun Sie mir den Gefallen. Es ist mir ein besonderes Vergnügen, den Menschen genau das zu geben, was sie wollen.«

»Dann einen Sessel.«

Die Frau wirbelte abrupt herum und verließ den Raum. Er blieb stehen, die Hände auf dem Rücken verschränkt, sagte nichts. Die Frau kehrte zurück, trug einen braunen Ledersessel so mühelos, als wäre er eine Reiseschreibmaschine. Sie hielt ihn vor sich, benutzte nur ihre Handgelenke, trug ihn zu dem Sessel mit dem breiten Rücken. Sie ging ein paar Schritte vor und zurück, hielt den Sessel immer noch hoch, bis sie zufrieden war. Dann stellte sie ihn behutsam so ab, dass die Sessel V-förmig zueinander standen.

»Bitte ...«, sagte er.

Wir nahmen Platz. Wir saßen uns in einem spitzen Winkel gegenüber. Ich schaute über seine Schulter auf die hellen Fenster. Sein Gesicht lag leicht im Schatten. Die Frau sah ich nicht – sie befand sich irgendwo im Raum, irgendwo hinter meinem Rücken.

Etwa zwei Minuten vergingen. Ich hielt den Blick auf die Gläser seiner Brille gerichtet. Atmete flach. Falls er dachte, Warten mache mich nervös, wusste er weniger über mich, als er meinte.

»Wahrscheinlich finden Sie, ich hätte mir sehr viel Mühe gemacht«, sagte er schließlich.

»Kommt ganz drauf an, was Sie wollen«, antwortete ich. »Wenn Sie damit nur einen kleinen Fisch wie mich beeindrucken wollten, haben Sie Ihr Geld umsonst ausgegeben.«

Ein Flackern links neben mir. Die weiße Hand. Nur dass es jetzt ein Gemälde war. Nein, ein Foto ... ein riesiges Foto von einem Spielzeugdrachen, dunkelblau vor einem hellblauen Himmel, ein langer, im Wind flatternder Schwanz, an den bunte Bänder gebunden waren. Der Drachen schien über der Wand zu schweben, sich in einer Brise zu bewegen, die ich nicht spüren konnte. Ein Hologramm? Es wirkte hypnotisch, zog mich an. Ich richtete den Blick wieder auf den Mann, konzentrierte mich auf die Gläser der rosa Brille.

»Ich wollte Ihnen damit beweisen«, sagte er, als habe er mein Fortschauen nicht bemerkt, »dass ich ebenfalls ein Profi bin. Ein ernst zu nehmender Mensch in einer ernst zu nehmenden Branche.«

»Welche Branche ist das?« Ich kam zur Sache.

»Ich bin Ermittler«, antwortete er. »Genau wie Sie. Wir ermitteln sogar auf dem gleichen Gebiet.«

»Ich bin kein Privatdetektiv«, sagte ich. »Schon möglich, dass ich im Lauf der Jahre für manche Leute das eine oder andere überprüft habe. Aber das ist nicht meine eigentliche Beschäftigung. Das bin ich nicht. Sie müssen mich verwechseln …«

»Nein, Mr. Burke. Ich verwechsele Sie mit niemandem. Verwechslungen sind für mich kein Problem. Auf keinem Gebiet. Ich hatte gedacht – angesichts all der Mühen, die ich auf mich genommen habe –, dass wir auf all die ermüdenden Ausflüchte verzichten und Klartext reden könnten. Als Profis.«

»Profis werden bezahlt«, erinnerte ich ihn.

»Ja. Und falls Sie mein Angebot annehmen, sich … an dem zu beteiligen, woran ich derzeit arbeite, dann werden Sie bezahlt, das versichere ich Ihnen. Wir beide werden keine finanziellen Probleme miteinander haben, Mr. Burke – es steckt Geld für Sie drin. Und vielleicht noch mehr.«

»Mehr?«

»Vielleicht. Was ich jetzt von Ihnen brauche, ist eine Eigenschaft, die Sie bereits reichlich demonstriert haben. Etwas Geduld, weiter nichts. Ich habe mir all diese … Mühe gemacht, wie ich es ständig nenne, um die Bühne vorzubereiten. Nicht aus irgendwelchen theatralischen Gründen, sondern um etwas zu verdeutlichen. Ich habe ein Angebot für Sie, aber es wird einige Zeit dauern, Ihnen die Sache zu erklären. Wenn Sie mir diese Zeit zugestehen, werden Sie belohnt.«

»Wie viel Zeit?«

»Sagen wir, eine Stunde«, antwortete er, blickte auf die hauchdünne Armbanduhr mit Mondphasenzifferblatt, die er am linken Handgelenk trug. »Vielleicht neunzig Minuten. Jetzt sofort. Sie müssen mir nur zuhören … können mich aber jederzeit unterbrechen und Fragen stellen, wenn Sie möchten.«

»Und die Belohnung?«

»Die Belohnung erwartet Sie am Ende, Mr. Burke. Und wie bei allen Belohnungen ist sie nicht garantiert. Aber Profis sprechen nicht von Belohnung, nicht wahr? Profis sprechen von Entschädigung. Bezahlung. Wären Sie mit, sagen wir, eintausend Dollar einverstanden? Fürs Zuhören. Eine Stunde. Das ist ein besserer Stundensatz als jeder Anwalt bekommt.«

»Ich bin kein Anwalt.«

»Ich schon. Abgemacht?«

»Ja«, sagte ich und drückte einen der winzigen Kurzwahlspeicher des Handys in meiner Tasche, um das Telefon im Rover anzuwählen. Der Lautsprecher war abgeschaltet – das kleine Telefon machte kein Geräusch –, aber Clarence würde an seinem Ende das Klingelzeichen hören.

Ich hörte das Klackern der Pfennigabsätze, spürte, wie die Frau rechts hinter mich trat. Roch ihr intensives Orchideenparfum, spürte eine schwere Brust an meiner Schulter. Eine kleine, pummelige Hand erschien in meinem Blickfeld. Ihre Maniküre war perfekt, die Nägel kurz und stumpf geschnitten, greller, orangefarbener Nagellack passend zu ihren Augen. Sie hielt mir Scheine hin, die wie frisch gedruckt aussahen. Ich nahm das Geld, steckte es in die Innentasche meiner Jacke. Ihre Brust blieb noch einige Sekunden an meiner Schulter, dann zog sie sich auf ihren Posten zurück, irgendwo hinter mir.

»Möchten Sie rauchen?«, fragte er, neigte den Kopf zur Seite, um die Frau anzusehen.

»Rauchen?«, fragte ich, schaute verwirrt.

»Oh. Entschuldigen Sie. Ich dachte, Sie …«

Ich sah ihn ausdruckslos an. Ein kaum wahrnehmbares Beben huschte über sein Gesicht. Er war ein Mann, der sich auf Informationen verließ. Sich auf ihre Richtigkeit verlassen *musste* – denn er würde sie verwenden.

Er räusperte sich. »Nun gut. Wie ich schon sagte, ich bin Rechtsanwalt. Das Jurastudium war eine einzige, große Enttäuschung. Eine einfältige Übung – alles andere als eine intellektuelle Herausforderung. Sie wissen, was Jurastudenten lockt – diese angehenden Soziopathen? Die wunderbaren, erfundenen Geschichten: wie die von dem Mann, der seinem Anwalt ein Vermögen bezahlte, für ein unanfechtbares Testament … und der dann später von der Witwe desselben Mannes engagiert wird, um es anzufechten. Und die Professoren – diese erbärmlichen kleinen Versager mit ihren einstudierten kleinen Macken. Die älteren bombardieren einen mit Gespreiztheiten, die Jüngeren tun ach so zynisch, ach so blasiert. Sie wissen schon: ›Ein Prozess ist keine Suche nach Wahrheit, es ist vielmehr ein Wettkampf um den Sieg.‹ Nun, damals habe ich beschlossen: Meine Karriere würde genau das sein – die Suche nach der Wahrheit.«

Ich bewegte mich gerade genug, um ihm zu zeigen, dass ich zuhörte und gleichzeitig auf die Uhr achtete.

»Aber das alles war eine Lüge«, fuhr er fort, der Titandraht klar und deutlich in seiner Stimme. »Neunzig Prozent aller Fälle sind gelaufen, sowie die Geschworenen feststehen. Geschworene sind heutzutage viel zu verliebt in ihre Macht. Sie werden wie Berühmtheiten behandelt – die Schundpresse wartet mit angehaltenem Atem auf ihre ›Offenbarungen‹, als hätten diese Schwachköpfe tatsächlich etwas Wichtiges zu unserem kollektiven Wissen beizutragen. Aaah, die heilige ›unparteiische‹ Jury … deren Mitglieder sich gegenseitig zu übertreffen suchen, um ihre Geschichte als erster an die Medien zu verhökern. Heute geht es *nur* noch um die Medien. Haben Sie noch nie gesehen, wie die mit erhobenem Zeigefinger aus dem Gerichtssaal marschieren und ihre dumme ›Wir sind die Größten!‹-Nummer abziehen, nur weil sie gerade irgendeinem Straßenräuber zehn Millionen Dollar zuerkannt haben … einem ach so armen Burschen, der bei einem Fluchtversuch von der Polizei angeschossen wurde? Es ist ekelhaft.«

Ich zuckte die Achseln. Ich musste noch nie vor ein Geschworenengericht. Wie die meisten Menschen, die in meinem Teil der Stadt leben, bot sich mir schon oft die Gelegenheit … aber das war ein Risiko, das ich niemals einging.

»Verstehen Sie den Begriff der Ungültigkeitserklärung durch die Geschworenen? Wenn die Jury einfach entscheidet, Beweismaterial zu *ignorieren* und stattdessen nach eigenem Gutdünken zu handeln?«

»Was gibt's da zu verstehen?«

»Was es da zu verstehen gibt, Mr. Burke, ist, dass dieser Begriff pervertiert wurde. Ursprünglich wurde die Aufhebung durch die Geschworenen dann angewandt, wenn das *Gesetz* das Problem war, nicht die Fakten. Zum Beispiel … ein Vater erschießt zwei Männer, die seine Tochter vergewaltigt haben. Die Geschworenen hören, dass er kein Recht hatte, seine Tochter zu verteidigen, *nachdem* der Angriff stattfand, doch sie beschließen, das Gesetz zugunsten der Gerechtigkeit zu missachten und befinden ihn für nicht schuldig, okay? Heute erklären die Geschworenen die *Fakten* für ungültig. Wenn ihnen nicht gefällt, wie die Polizei in einem Fall die Ermittlungen geführt hat, wenn ihnen nicht gefällt, wie der Staatsanwalt die Ermittlungsergebnisse vorgetragen hat, wenn ihnen nicht gefällt, wie einer der Zeugen im Zeugenstand gesprochen hat … egal was … dann lehnen sie einfach ab, einen Schuldspruch zu fällen.

Es ist eine Schande. Eine miese, ekelhafte Perversion.« Er sprühte vor Hass. »Ich könnte kotzen dabei. Wussten Sie, dass es tatsächlich ›Geschworenenclubs‹ gibt? Und dass sie versuchen, als Lobbyisten für so genannte ›Geschworenenrechte‹ auf die Legislative Einfluss zu nehmen? Es ist, als hätte ein dämonischer Betrüger die Bibel neu geschrieben: ›… und eine Horde Dummköpfe soll uns führen.‹«

»Viel ändern würde das nicht«, warf ich ein. »Wenn ich da an unseren Kongress denke …«

»Ich finde das überhaupt nicht witzig, Mr. Burke«, wies er mich leise zurecht. »Beim Kongress gibt es zumindest die Möglichkeit einer nochmaligen Überprüfung, verstehen Sie? Wenn aber ein schuldiger Täter erst einmal aufgrund einer Ungültigkeitserklärung durch die Geschworenen in die Freiheit entlassen wurde, ist der Fall damit erledigt. Das Unrecht ist unabänderlich.«

»Ja, okay. Dann haben Sie also …?«

»Zuerst habe ich es mit Eherecht versucht«, sagte Kite und tat meinen Einwurf ab, als hätte ich gar nichts gesagt. »Ich dachte, dies sei eine Möglichkeit, etwas zu verändern. So viele Scheidungen. So viele Kinder, die entwurzelt werden. Aber die Praxis des Eherechts verlangt von Ihnen moralische Flexibilität, wenn es um diese Kinder geht. Bei Gericht lamentiert jeder über das ›Interesse und Wohl des Kindes‹, aber sobald sie die Interessen eines Kindes über die Ihres Mandanten stellen, verstoßen Sie gegen das anwaltliche Berufsethos. Manche Menschen sind bereit, das Leben ihrer Kinder zu zerstören, um bei einer Scheidung finanzielle Vorteile zu bekommen. Oder um irgendein eigenes neurotisches Drehbuch abzuspulen. Und wenn Sie deren Anwalt sind, dann ist es Ihre Pflicht, ihnen dabei zu helfen. Für die meisten Rechtsanwälte ist das kein Problem. Als ich studiert habe, wurde viel über Ethik und Moral geschwafelt. Ich erinnere mich noch sehr gut an die dumme Ethikprüfung. Der letzte Idiot hätte die bestehen können … und trotzdem habe ich gesehen, wie einige Kommilitonen gemogelt haben.«

»Es gibt andere Fachgebiete der Jurisprudenz.« Ich tat so, als wäre mir das moralische Dilemma dieses Burschen nicht scheißegal. An seiner rechten Hand glitzerte der rote Stein in einem schweren, silbernen Ring – den hatte ich bislang noch nicht bemerkt. Ich hatte noch nie einen Rubin gesehen, der so funkelte, meinen Blick anzog …

»Natürlich«, er unterbrach meine Gedanken. »Haben Sie schon einmal eine dieser widerlichen Talkshows gesehen? Die pausenlose Parade geschädigter Menschen: von ihren Vätern missbrauchte Kinder, Vergewaltigungsopfer, psychotische Frauen, die in Serienkiller verknallt sind. Wissen Sie, was alle gemein haben? Wenn Sie diese Sendungen aufmerksam verfolgen, werden Sie stets irgendwo in der Nähe der Kamera deren Anwälte entdecken. Sie verkaufen ihre Mandanten wegen der Publicity ... Publicity für sich. Weil der Durchschnittstölpel, der plötzlich einen Anwalt engagieren muss, sich nur erinnert, den Anwalt im Fernsehen gesehen oder seinen Namen in einer Zeitung gelesen zu haben. Dabei spielt es überhaupt keine Rolle, dass der Anwalt noch keinen einzigen Fall gewonnen hat. Ja, es spielt nicht mal eine Rolle, ob der Anwalt den Fall überhaupt vor Gericht gebracht hat. Es gibt Nuttenanwälte in dieser Stadt, deren Namen jeder kennt, weil sie mit der Presse ›zusammenarbeiten‹. Sie ziehen eine Show ab wie dressierte Seehunde, dann gehen sie vor Gericht und plädieren für ihre Mandanten auf schuldig. Und die Öffentlichkeit genießt es.«

Wieder zuckte ich die Achseln. Irgendein Vollidiot, der sich scheiden lassen wollte, engagierte vielleicht einen Anwalt aus einer Talkshow, aber in meinem Teil der Welt wussten wir genau, wen wir brauchten, wenn Anklage erhoben wurde. Manche Kriege werden besser von Söldnern ausgefochten.

»Ich wechselte zu Medienrecht«, fuhr er fort. »Das war intellektuell etwa genauso stimulierend wie die Cartoons in der Samstagausgabe der Zeitungen. Also erfand ich ein Softwareraster für Musterverträge in der Filmbranche. Mein Programm wählt Formulierungen heraus, liefert dem Anwender Verweise auf entsprechende Präzedenzfälle, warnt vor Fallstricken. Ich verkaufe die Software privat. Sie spart Anwälten jede Menge Zeit.«

»Die Sie trotzdem in Rechnung stellen, richtig?«

»Davon bin ich überzeugt«, sagte er wegwerfend. »Die Jurisprudenz ist eine derart gewöhnliche, niveaulose Profession. Sie haben doch selbst einige ... Erfahrungen damit. Finden Sie nicht auch?«

»Ich habe nicht sonderlich viel Erfahrung mit niveauvollen Berufen.«

»Schön gesagt.« Er lächelte dünn. »Und manchmal, wenn es keinen Weg gibt, dem man folgen kann, schafft man sich selbst einen. Genau das habe ich getan. Meine eigene Suche nach Wahrheit. Angefangen habe ich als ›Enthüller‹.«

»So was wie dieses UFO-Zeugs?«

»Nein. Was die Aktivitäten Außerirdischer betrifft, so liegt die wirkliche Herausforderung darin, zu beweisen, dass es sie tatsächlich gibt, nicht, dass es sie nicht gibt. Nein, mich fasziniert ein ganz spezielles Phänomen. Meine Arbeit befindet sich noch in der Entwicklung. Vorläufig nenne ich es das ›Lügen-für-einen-Sekundärgewinn‹-Syndrom.«

»Ist Lügen jetzt schon ein Syndrom?«

»Nein, nicht Lügen, Mr. Burke. Lügen ohne erkennbares Motiv. Oh, es gibt ein Motiv, das ist schon richtig. Aber ein Motiv, das nur ein Spezialist herausfinden kann. Zum Beispiel: Ein Mann legt Feuer. Nicht wegen der Versicherungsprämie, nicht, weil er ein Pyromane ist ... sondern, damit er das Feuer löschen und als Held dastehen kann. Oder eine Frau schickt sich selbst Drohbriefe ... damit sie sich gegen den ›Belästiger‹ wehren kann. Verstehen Sie?«

»Sicher. Ich sehe nur nicht, wo Sie ins Spiel kommen. Damit kann man doch wohl kaum seinen Lebensunterhalt bestreiten, oder?«

»Finanziell gesehen wahrscheinlich nicht. Zumindest sehe ich dies im Augenblick nicht. Ich brauche kein Geld – die Software bringt mehr Geld ein, als ich je ausgeben könnte. Und ich entwickele ständig neue Programmversionen.« Er beugte sich in seinem Sessel vor, fixierte mich durch seine Brille, verzichtete auf den hochtrabenden Tonfall und sprach stattdessen mit angespannter, intensiver

Stimme. »Aber schließlich habe ich ein neues Betätigungsfeld gefunden. Es geht um eine Abart des Syndroms mit weitreichenden Auswirkungen nicht nur für einzelne Individuen, sondern für unsere ganze Gesellschaft.«

Er unterbrach sich, wartete auf meine Reaktion. Die so ausfiel wie der Herzschlag eines Toten. Jetzt hatte ich ihn durchschaut.

»Glauben Sie den selbstgerechten Quatsch von wegen ›Kinder lügen nie, wenn es um sexuellen Missbrauch geht‹? Sicher wissen Sie, dass Kinder nicht anders sind als jeder andere – sie können ziemlich überzeugend lügen, wenn es für sie von Vorteil ist.«

Ich wiederholte es stumm: Kinder lügen, wenn es für sie von Vorteil ist. Klar – wer wusste das besser als ich? All die Lügen, die ich erzählt hatte, nur um trotzdem einen weiteren Tag der Schmerzen zu erleben. Ich verzog keine Miene, sagte nichts.

»Behaupteter sexueller Missbrauch von Kindern«, intonierte Kite. »Die Atomwaffe in Scheidungsfällen, wichtigstes Thema von Talkshows, Liebling der Boulevardpresse. Die reinste Seuche. Und wenn diese Anschuldigungen falsch sind, ist es für das Gefüge unserer Kultur eine größere Bedrohung als Aids, Krebs und Kokain zusammengenommen!«

Ich drückte auf die Taste meines Handy, wartete immer noch.

Kite holte Luft. »Möchten Sie irgendetwas ... zu dem gerade Ausgeführten sagen, Mr. Burke?«

»Das ist alles nicht neu«, sagte ich. »Solche Gegenreaktionen gibt es seit Jahren.«

»Heute ist es viel schlimmer!« Noch immer saß er vornübergebeugt da. »Was sich heute in Amerika abspielt, ist nichts anderes als die Hexenjagden von Salem! Habe ich Recht oder nicht?«

»Sie haben nicht Recht.«

Abrupt setzte er sich aufrecht, klopfte mit den Fingern

auf die Knie. »Wieso?«, fragte er. Jetzt war der überlegene Tonfall wieder da, ein Juraprofessor, der einen nicht sonderlich aufgeweckten Studenten vor sich hat.

»In Salem«, sagte ich leise, »gab es keine Hexen. Und sexuelle Belästigung von Kindern ist nicht die Atombombe in Scheidungsfällen – Lügen aber sehr wohl.«

Er wurde still, beobachtete mich. Ich spürte, wie sich irgendwo links von mir das Hologramm veränderte, behielt aber meinen Blick auf ihn gerichtet. Eine Minute verstrich. »Ja«, sagte er schließlich, und der überhebliche Ton verschwand. »Das stimmt. Und genau da liegt das Problem. Deshalb habe ich Sie gebeten, herzukommen.« Unvermittelt stand er auf, wandte mir den Rücken zu, schaute aus dem Fenster. »Jetzt können wir reden. Möchten Sie eine Tasse Kaffee oder etwas anderes?«

»Ein Glas Wasser.«

»Gewiss«, sagte er, schaute immer noch aus dem Fenster. »Heather!«

Ich hörte das Klackern ihrer Absätze, als sie den Raum verließ.

Wenige Minuten später kam sie mit einem Messingtablett zurück. Darauf ein Glas, eine Schale und eine Kanne, alles im gleichen Hellblau. Die Schale war mit Eiswürfeln gefüllt, die Flüssigkeit in der Kanne sah aus wie Wasser. Sie beugte sich so weit vor, dass sie durch die Wimpern zu mir aufschauen musste, ließ mich aufblitzendes Orange sehen und ein bemerkenswertes Dekolleté. »Eis?«, fragte sie.

»Bitte.«

Mit den Fingern klaubte sie drei Würfel aus der Schale. Das Licht vom Fenster verfing sich im orangefarbenen Nagellack. Dann schenkte sie behutsam aus der Kanne ein, bis das Glas voll war.

»Danke«, sagte ich.

Sie nahm das gefüllte Glas vom Tablett, führte es an die Lippen, setzte an und trank es aus. »Das Wasser ist sehr gut«, sagte sie mit rauchiger Stimme. »Gut für Sie.« Dann füllte sie das Glas erneut und reichte es mir.

Ich trank einen Schluck, während Kite ein dünnes, silbernes Röhrchen aus der Jackentasche zog. Er nickte Heather zu. Ich hörte das Klicken eines Diaprojektors, und ein riesiges Farbfoto erschien auf der kahlen schwarzen Wand über dem Computerbildschirm. Ein Säugling, vielleicht ein Jahr alt. Schaute fort von der Kamera, trug eine Windel. Auf dem Rücken des Babys zwei deutliche Spuren parallel zum Rückgrat. Und strahlenförmig von der Wirbelsäule ausgehend unübersehbare dunkle Flecken – als hätte ein Riese seine Daumen auf die Brust des Babys gelegt, die Hände um den kleinen Körper geschlungen und zugedrückt.

Das silberne Röhrchen war ein Laserzeiger. Die haarfeine rote Linie deutete auf die Flecken, folgte ihnen über den Rücken des Babys nach unten. »Was sehen Sie, Mr. Burke?«, fragte Kite.

Ich sagte es ihm.

Er stieß so etwas wie ein verächtliches Schnauben aus. »Was Sie hier tatsächlich sehen, Mr. Burke, ist die Folge einer als ›Schröpfen‹ bekannten asiatischen Praktik. Sie wird *cheut sah* oder auch gelegentlich *cao gio* genannt. Der Ausführende, für gewöhnlich ein Ältester, nimmt eine Münze – häufig bestrichen mit Tigerbalsam – und ritzt bestimmte Muster in die Haut. Sie sehen, wie dramatisch und symmetrisch diese Male sind?«, sagte er und benutzte den Laserstrahl, um seine knappen Worte zu unterstreichen. »Es handelt sich um eine traditionelle Behandlungsmethode von Kinderkrankheiten. Das genaue Gegenteil von Kindesmisshandlung. Was Sie hier sehen, ist eine jahrhundertealte Methode, aber der Laie – zum Beispiel ein Sozialarbeiter – würde sicherlich andere Schlussfolgerungen ziehen.«

Kite kehrte zu seinem Sessel zurück wie ein Strafverteidiger, der soeben beim Kreuzverhör einen Treffer gelandet hat. Während er sich noch in Heathers Bewunderung sonnte, nutzte ich die Gelegenheit zu einem kurzen Seitenblick auf die weiße Wand. Jetzt war es das Bild eines Vogels, eines Raubvogels, der ein Gewässer überflog und mit den Augen jagte.

Unvermittelt sah Kite mich an. »Ein Kind, ein Junge, vier Jahre alt. Er sagt, ein Mann aus der gleichen Straße, ein Nachbar, der seit vielen Jahren im Viertel lebt, habe ihm erzählt, er hätte zu Hause einen kleinen Hund, den er ihm gern zeigen wolle. Der Mann brachte ihn in seinen Keller und streichelte ihn.« Kite ließ mich nicht aus den Augen. »Die ärztliche Untersuchung ist negativ. Der Psychologe sagt, der Junge leide unter einer Form von Depression. Er ist teilnahmslos, läuft mit einer Jammermiene herum, will nicht mehr mit seinen Freunden spielen. Die Mutter sagt, er hätte Albträume, wache schreiend auf. Der Mann sagt, er habe einige Male mit dem Jungen geredet, ihn aber nie mit in sein Haus genommen. Und nie Hand an ihn gelegt. Sie werden gebeten, mit dem Jungen zu sprechen, herauszufinden, was wirklich passiert ist. Was unternehmen Sie?«

»Mehr Informationen bekomme ich nicht?«, fragte ich, meine Stimme so tonlos wie seine.

»Das ist alles.«

»Soll ich die ganze übliche Vorgehensweise skizzieren? Das Vertrauen des Kindes gewinnen, ihm ein Gefühl von Sicherheit geben, mir Zeit lassen ... all das?«

»Nein. Sagen wir einfach, Sie erhalten die Gelegenheit, ihm eine Frage zu stellen. Nur eine einzige Frage. Wie würde sie lauten?«

Ich tat, als würde ich darüber nachdenken. Schließlich legte ich den Kopf in den Nacken und schaute zur Decke. Ein gleichmäßiges, gebrochenes Weiß, so nahtlos wie die Geschichte eines Soziopathen. »Wie sah der Keller aus?«

»Ja!«, rief Kite, ballte die Faust. »Habe ich es dir nicht gesagt?«, stieß er hervor, sah über meine Schulter die Frau an. »Mr. Burke ist unser Mann. Gute Recherche zahlt sich immer aus.«

Die Frau neigte den Kopf, als habe sie gerade eine Erleuchtung gehabt.

»Man hat mir erzählt, Sie seien ein Meister im Fragenstellen«, sagte er und richtete seinen Blick wieder auf mich.

»Wer sagt das?«, fragte ich.

»Mr. C.«, erwiderte er aalglatt, präsentierte diese Trumpfkarte mit schwungvoller Geste. Mr. C., der Mafia-Pate, der mir einmal zehntausend Dollar gezahlt hatte. Nur, damit ich bei einem Essen einem Mann zuhörte, den ich nicht kannte. Und dann Mr. C. sagte, ob dieser Mann ehrlich war. Er war es nicht.

»Sonst noch wer?«, fragte ich, ließ mir nicht anmerken, dass er einen Treffer gelandet hatte. Verzog zumindest keine Miene.

»O ja, Mr. Burke. Viele andere. Heather …«

Wieder hörte ich das Klackern der Pfennigabsätze. Dann ein anderes Klackern: eine Computertastatur. Dann das leise Surren des Laserdruckers. Ich setzte wieder das Handy-Signal ab. Die Frau ging schnell an mir vorbei, ein langes Blatt Papier in der Hand. Sie reichte es Kite, diesmal ohne sich vorzubeugen. Blieb neben ihm stehen, die Hüfte herausgestreckt, die Arme unter der Brust verschränkt. Ihre Arme waren dick mit Muskeln bepackt, ihre Beine durchtrainiert, die Waden unter ihren Strümpfen deutlich sichtbar. Er überflog das Blatt, nickte ihr kurz zu. Sie ging. Als ich das Klackern ihrer Absätze hörte, wusste ich, dass sie wieder ihre Position eingenommen hatte, irgendwo hinter mir.

Er reichte mir das Blatt. Eine Liste.

Ein Babyficker, der im Brooklyner Untersuchungsgefängnis einsaß. Sein Pflichtverteidiger hielt ihn für unschuldig. Bat mich, ihn zu einem Gespräch mit seinem Mandanten zu begleiten, damit ich die Fakten sammeln, weiter recherchieren konnte. Ich sprach mit dem Freak. Und schließlich erzählte er dem Anwalt alles, was er getan hatte. Ein kranker Mann, so nannte er sich.

Ein Pädophiler, glatt wie Teflon, mit Computeranschluss an die Datenautobahn. In einem netten Brownstone, sicher und geborgen. Wir tanzten und kämpften. Machten schließlich ein Tauschgeschäft. Ich bekam, was ich brauchte. Er bekam, was er für einen Freifahrtschein für das nächste Mal hielt, wenn er erwischt werden würde.

Ein Typ, der mich engagierte, um herauszufinden, wer seine Frau vergewaltigt und ermordet hatte. Er glaubte, mir vertrauen zu können – immerhin arbeitete ich für ihn. Doppelt dumm.

Eine lange Liste. An dieses Material kam man nicht durch einen Freund bei der Polizei oder dadurch, dass man irgendeinen Beamten bestach.

»Gute Arbeit«, sagte ich, meinte es ernst.

»Ich mache immer gute Arbeit«, erwiderte er.

»Sagen Sie, was Sie von mir wollen.« Dabei sah ich auf die Uhr, sorgte dafür, dass er es mitbekam.

»Können Sie das nicht erraten?«

»Jemand behauptet, sexuell missbraucht worden zu sein. Ein Kind, vermute ich. Und ich soll beweisen, dass es eine Lüge ist.«

»Nein, Mr. Burke«, sagte er bedächtig, betonte jedes einzelne Wort. »Sie sollen beweisen, dass es die Wahrheit ist. Ich weiß, Ihre Zeit ist kostbar. Und heute Nachmittag habe ich Ihre Geduld schon stark strapaziert. Heather wird Ihnen eine repräsentative Kostprobe meiner Arbeit über das Syndrom geben. Ich möchte, dass Sie einen Blick darauf werfen. Wenn Sie soweit sind, rufen Sie mich an. Dann unterhalten wir uns weiter. Sind Sie einverstanden?«

»Ja.«

»Ich danke Ihnen für Ihre Zeit«, sagte er förmlich. Er stand auf und verließ den Raum.

Ich blieb sitzen, wartete. Die Frau kam zu mir, gab mir einen dicken, roten Hefter, dessen Klappe mit einer um zwei Ösen geschlungenen Kordel zugebunden war. »Hier drin finden Sie alles«, sagte sie.

Ich erhob mich, folgte ihr zu der schmiedeeisernen Tür. Sie verabschiedete sich nicht.

»Mit dir alles okay, Mahn?«, fragte Clarence, als ich in den Fond stieg.

»Ja.« Ich war mir nicht ganz sicher.

»Was wollte der Mann von dir?«

»Hat mir einen Job angeboten. Wenigstens behauptet er das.«

»Unsere Art Arbeit?«, fragte der Jamaikaner, meinte: Sollen wir was klauen oder jemanden abkochen? Oder vielleicht erschießen?

»Nein, sieht nicht so aus«, meinte ich. »Schwer zu sagen. Aber ich glaube, ich weiß, wen ich fragen muss.«

Den roten Hefter öffnete ich nicht. Er lag auf meinem Schreibtisch wie ein Aschenbecher, den ein Kind in der Schule für seine Mutter bastelt – eine Mutter, die nicht raucht. Sinnlos, das Material zu lesen, bevor ich wusste, wer es verfasst hatte.

Es dauerte vier Tage, bis ich das Treffen arrangieren konnte. Wolfe war nicht mehr Chefin der Sonderabteilung für Sexualdelikte bei der New Yorker Staatsanwaltschaft. Vor ein paar Jahren schmuggelten drei Collegejungs auf einer Verbindungsparty etwas Chloralhydrat in den Drink eines Mädchens. Als sie bewusstlos wurde, trugen sie sie in einen bereits vorbereiteten Keller. Als sie wieder zu sich kam, war sie gefesselt und wurde von allen dreien gleichzeitig penetriert. Ihre Spiele dauerten ziemlich lange. Sechsunddreißig Minuten, um genau zu sein. Kein Problem, das zu beweisen. Kein Problem, alles zu beweisen – die Jungs hatten es auf Video festgehalten.

Als sie mit ihr fertig waren, deponierten sie sie auf dem Rasen vor dem Verbindungshaus des Mädchens. Nackt. Blutend, weil die Jungs sie mit einem Besenstiel malträtiert hatten. Die Heimleiterin verständigte jeden, nur nicht die Polizei, aber eines der anderen Mädchen brachte das Opfer schließlich ins Krankenhaus.

Die Untersuchung auf Vergewaltigungsspuren war ein Volltreffer. Jede Menge Sperma, und die Jungs waren ausnahmslos Sekretoren. Im Krankenhaus wurden hübsche Nahaufnahmen gemacht. Die Blutergüsse und Entzündungen waren so deutlich zu erkennen, dass irgendein Freak wahrscheinlich ordentlich dafür gelöhnt hätte – gutes Folter-Pornomaterial ist immer gefragt.

Niemand dachte daran, das Blut des Opfers zu untersuchen. Man unterstellte, dass sie betrunken gewesen sei, vermutete nie etwas anderes. Alles blieb ruhig, bis bei einer Bierparty einer der Verbindungsbrüder der Vergewaltiger das Video sah. Es turnte ihn nicht an. Es widerte ihn an – er hatte eine Schwester. Er ging zu den Cops.

Wolfe spielte das Video einer Grand Jury vor. Gegen die Jungs wurde Anklage erhoben mit dem vollen Programm: Vergewaltigung, Sodomie, schwere sexuelle Körperverletzung, Freiheitsberaubung … Auf dem Papier konnte jeder von ihnen mit tausend Jahren rechnen – im wirklichen Leben vielleicht acht Jahre und vier Monate bis fünfundzwanzig Jahre … falls irgendein Nuttenrichter sie nicht auf Bewährung freiließ.

Die Jungs behaupteten, das Mädchen sei Nymphomanin. Hätte sie angefleht, es zu tun. Verdammt, hätte ihnen sogar gesagt, wie sie es tun sollten. Das Video … tja, die Kamera lag dort herum, klar. Aber den Film zu machen, das war ihre Idee. Hatte sogar eine Kopie haben wollen.

COLLEGEJUNGS SAGEN: SIE WOLLTE HARTEN SEX! kreischte die Schlagzeile der gleichen Zeitung, die einen fünfunddreißigjährigen Lehrer ›Classanova‹ nannte, weil er mit einer seiner vierzehnjährigen Schülerinnen Sex gehabt hatte. New York: Kein Dschungel war je so gefährlich. Oder so herzlos.

Die Eltern der Jungs engagierten ein Team von Rechtsanwälten – eine Elite-Kanzlei, die einen außergerichtlichen Vergleich aushandeln sollte, ein paar knallharte Strafverteidiger, die dem Mädchen klarmachen sollten, was ihr passieren würde, falls sie dumm genug war, in den Zeugenstand zu treten. Man bot einen reizenden Deal an – die Jungs sollten sich einer Reihe von Vergehen schuldig bekennen, Bewährungsstrafen erhalten, gemeinnützige Arbeit leisten, vielleicht sogar an einem Sensitivity-Training über ›Geschlechtergrenzen‹ teilnehmen. Und sie würden für jede Therapie aufkommen, die das Mädchen eventuell brauchte, sagen wir, im Wert von einer Viertelmillion Dollar. Schließlich war sie ein krankes Mädchen, aber die Jungs waren trotzdem bereit, die Verantwortung für ihren Teil der ganzen traurigen Affäre zu übernehmen.

Wolfe schickte das Mädchen zu einer Psychologin. Einer guten, starken Therapeutin, eine Kämpferin. Sie baute das Mädchen soweit auf, dass sie bereit war, sich dem Krieg zu stellen. Wolfe sagte der Anwaltsbande, sie würde den Jungs das antun, was sie dem Mädchen angetan hatten. Nur, dass es erheblich länger dauern würde.

Dann wurde Wolfe der Fall abgenommen. Tatsächlich wurde der ganze Vorgang dem Dezernat entzogen. Ein junger Bursche, der noch nie ein Ermittlungsverfahren wegen eines Sexualverbrechens durchgeführt hatte, bekam ihn zugeteilt. Ein Bursche, der zum selben College gegangen war wie die Angeklagten.

Wolfe sagte ihnen ins Gesicht, dass sie den Fall manipulierten. Sie befahlen Wolfe, den Mund zu halten. Wolfe sagte ihnen, wohin sie sich ihr Mundhalten stecken könnten, und wandte sich an die Presse.

Beschuldigungen wurden erhoben.

Wolfe wurde gefeuert.

Der Fall kam vor Gericht.

Die Jungs wurden freigesprochen.

Wolfe war die beste Ermittlerin für Sexualdelikte, die es je gegeben hatte. Jeder Cop in der Stadt wusste das. Alle sagten, wenn Wolfe den Simpson-Fall gehabt hätte, würde O. J. jetzt lebenslänglich sitzen statt Golf zu spielen. Aber niemand wollte sie mehr engagieren nach der unverzeihlichen Sünde, für ihre Meinung eingetreten zu sein. Wenn man für die Staatsanwaltschaft arbeitet, kann man Säufer oder Narr sein, Schwachkopf oder Perverser. Man kann zu spät zur Arbeit kommen, Fälle vermurksen, mit seiner Sekretärin schlafen ... das alles spielt keine Rolle, solange man Beziehungen hat. Aber man muss mitspielen, muss auf die Knie fallen, wenn die Chefs mit den Fingern schnippen.

Wolfe war nicht dazu bereit, also rächten sie sich, indem sie ihr Leben verpfuschten.

Ihre Kollegen verstanden die Botschaft. Keiner aus ihrer alten Abteilung stand auf, bis auf ihren Kumpel Lily, die Sozialarbeiterin, die ohnehin nur als Beraterin dort arbeitete. Wolfe bildete eine neue Gruppe. Begann mit Ermittlungen auf Universitätsgeländen: Vergewaltigungen unter Freunden, sexuelle Belästigung, Nachstellungen. Die Unis engagieren sie auf Honorarbasis – sie wird nie wieder einen Chef über sich haben.

Aber da war noch etwas. Etwas, das ich aus den Gerüchten aufschnappte, die wie ein raunender Bach unter der Oberfläche dieser Stadt fließen. Es hieß, sie sei nach ihrer Entlassung zum Outlaw geworden, hätte einen eigenen Nachrichtendienst aufgezogen, der Infos aus den Tiefen des Netzwerkes fischte, das sie als Chefin ihres Dezernats aufgebaut hatte ... und dass sie diese Informationen verkaufte.

Man kann nicht allem trauen, was man aus dem Untergrund hört – die Gerüchteküche saugt alles auf, von Gold bis Müll.

Aber ich wusste, wen ich fragen musste.

»Sie hab ich klar«, raunte mir der Prof aus dem Mundwinkel zu, »aber ihr Trupp ist noch nicht lange da.«

Wir saßen auf einer Bank im Park neben der Grand Army Plaza in Brooklyn. Ein wunderschöner Herbsttag Ende September, immer noch warm genug für die ›Seht mich an!‹-Meute, die eine Menge Haut zur Schau stellte. Der Prof schaute zum Parkplatz hinüber, wo eine große Frau mit langen, lockigen Haaren gerade aus einem verbeulten alten Audi stieg. Sie trug einen weißen Overall, ein weißes Barett saß keck auf ihrem Kopf. Sie war gut fünfzig Meter weit weg, aber ich erkannte die unverwechselbaren weißen Strähnen in ihrem Haar. Und ich erkannte auch den massigen Rottweiler, den sie an einer kurzen Leine hielt. Wolfe und der berüchtigte Bruiser.

»Du hast sie alle?«, fragte ich.

»Eine links«, sagte der Prof. »Bei den Kindern.«

Ich schaute kurz hin. Eine junge Frau mit glattem, dunklem Haar umgeben von einer Meute Kinder. Sie trug eine rotweiß gestreifte, weite Clownshose und ein weißes T-Shirt mit einem Logo auf der Brust. Große Worte, rote Buchstaben. Auf dem Kopf ebenfalls ein Barett. Rot. Sie führte die Kinder in einer Art Schlangentanz herum, alle lachten und ruderten mit den Armen, ahmten ihre Bewegungen nach. Schwarze, Weiße, Latinos, asiatische Kids … Dutzende, wie es schien. Das Mädchen nahm einen kurzen Anlauf, schlug ein Rad, sprang auf und klatschte in die Hände. Die Kinder versuchten es alle auf einmal. Eine Farbenorgie purzelte über das Gras. Erwachsene blieben stehen und schauten zu, voller Respekt für die Magie des Augenblicks.

»Hast du die Rückendeckung gesehen?«, fragte der Prof, deutete mit dem Kopf auf einen schmalen Mann in Jeans und schwarzem Sweatshirt mit abgeschnittenen Ärmeln. Das lange, hellbraune Haar war zu einem Pferdeschwanz zurückgebunden. Er hatte die Statur eines Sportlers, stand mit geöffneten Händen da. Während er sich hinter die Zuschauer schob, die Schultern kreisen ließ, die Hände leer, verließ sein Blick keine Sekunde das Mädchen mit der Clownshose.

»Karatekämpfer?«, fragte ich.

»Oder Boxer«, erwiderte der Prof. »Irgend so was. Er hat keine Kanone, verteidigt die Braut aber auch ohne, keine Frage.«

Eine junge Frau kam den Weg herunter; ihre dunkelblonde Mähne quoll unter einem lila Barett hervor. Zitronengelbe Fahrradshorts zu einem weißen T-Shirt mit roter Beschriftung, das gleiche Logo wie bei dem Mädchen in der Clownshose. Über der Schulter ein Handy an einer Schlaufe, ein Vanilleeis in der anderen Hand. Neben ihr ein hellbrauner Hund mit weißer Blesse auf der Brust – sah aus wie ein Pitbull, dessen Ohren nicht kupiert waren. Der Hund hatte einen federnden, zierlichen Gang. Sein großer Kopf war ständig in Bewegung, beobachtete jeden, der sich näherte.

Die Blondine blieb stehen, kniete sich hin, hielt das Eis wenige Zentimeter vor die Schnauze des Hundes. Das Tier rührte keinen Muskel, hatte den Blick irgendwo in mittlere Entfernung gerichtet, wollte dem Befehl unbedingt gehorchen. Dann sagte die Blondine etwas, und der Hund schlang das Eisbällchen mit einem glücklichen Haps hinunter. Die Blondine stand auf und ging weiter, kaute den Waffelrest.

Als sie näher kam, konnte ich die Aufschrift des T-Shirts lesen: DON'T BUY! THAI! wie bei der Frau in Boots Laden. Ich wusste, was damit gemeint war – inzwischen hatte ich das gleiche T-Shirt schon Dutzende Male gesehen.

Seit geraumer Zeit wurden sämtliche Produkte aus Thailand boykottiert. In Thailand werden Babys zum Sex verkauft. ›Kindersex-Tourismus‹ nennen sie es. Viele Leute haben es schon vor langer Zeit kapiert: Die Babys verkaufen – dreh ihnen den Geldhahn ab, vielleicht hören sie dann damit auf. Ich persönlich würde ihnen lieber die Luft abdrehen, aber ihr Hals ist einfach zu dick.

Die junge Frau blieb nicht weit vor uns stehen, der Hund ebenfalls, betrachtete uns mit dem ausdruckslosen, desinteressierten Starren aller wirklich gefährlichen Tiere. Der kurze muskulöse Körper des Hundes war in eines dieser mehrlagigen Trainingshemden gehüllt, außen rosa mit einem Hauch Weiß am Halsausschnitt. Als er sich setzte, konnte ich entziffern, was auf der Brust stand. WENN SIE DAS LESEN KÖNNEN, RUFEN SIE 911 AN.

»Was ist das für ein Hund?«, fragte ich.

»Ein AmStaff«, antwortete die Frau. »Ein American Staffordshire Terrier.«

»Sieht für mich wie ein Pitbull aus«, meinte ich.

»Das waren sie auch mal«, sagte sie, als hätte sie den ganzen Tag Zeit. »Sie erinnern sich noch an Petey aus den Kleinen Strolchen? Er war der erste AmStaff. Sind so was wie die Showversion von Pitbulls. Auch braver, stimmt's, Honey?«, gurrte sie.

Der Hund knurrte leise, als er seinen Namen hörte. Die Frau trat näher. Sie hatte ein nettes Gesicht: riesige Augen, Pfirsichhaut. Aber ihr Mund war gerade und ernst – auch ohne das Barett war klar, dass sie zu Wolfe gehörte.

»Sie haben etwas für mich, Mr. Burke?«, fragte sie.

»Nur eine Nachricht«, sagte ich, zeigte keine Reaktion darauf, dass sie meinen Namen kannte. »Für Wolfe. Sie können das erledigen, richtig?«

»Ja.«

»Ich interessiere mich für jemanden. Einen Mann namens Kite. Glauben Sie, sie könnte mir weiterhelfen?«

»Kommt drauf an.«

»Auf ...?«

»Wir machen Geschäfte, Mr. Burke. Genau wie Sie.«

»Ich bezahle«, sagte ich. »Wann können Sie liefern?«

»Vielleicht sofort«, antwortete sie. »Ich muss kurz telefonieren. Bleiben Sie einfach hier, okay? Pepper wird rüberkommen und es Ihnen sagen.«

»Pepper?«

»Sie haben sie bereits entdeckt«, sagte die junge Frau, schaute zu der Stelle hinüber, wo das Mädchen in der Clownshose den Kids zeigte, wie man Stäbe mit langen dicken Bändern herumwirbelt.

Ich wollte noch etwas sagen, aber die junge Frau ging davon. Der Hund, von dem sie behauptete, er sei kein Pitbull, warf mir über die Schulter einen Blick zu, ohne aus dem Tritt zu kommen – eine unmissverständliche Warnung.

Es dauerte fünfzehn, zwanzig Minuten, bevor sich das Mädchen in der Clownshose von der Kindermeute löste und mit einem Winken verabschiedete. Die Hälfte wollte ihr folgen – sie brauchte einige Minuten, um sich zu trennen. Der Typ im schwarzen Sweatshirt blieb einige Meter hinter ihr. Ich sah, wie Max neben ihm auftauchte, sich zwar schnell, aber doch so ruhig bewegte, dass man es nur bemerkte, wenn man gleichzeitig die unbeweglichen Bäume im Blick hatte.

Mit dem federnden Gang einer Tänzerin kam sie auf uns zu, schenkte uns ein so strahlendes Lächeln, dass es eine ganze Selbstmörderstation fröhlich gestimmt hätte. »Hi!«, rief sie.

»Sie sind Pepper?«, fragte ich statt einer Begrüßung.

»Genau die, Chef!«, erwiderte sie und salutierte spöttisch. »Zu Ihren Diensten.«

Der Typ im schwarzen Sweatshirt blieb hinter ihr, die Hände immer noch an den Seiten. Vier Schritte rechts hinter ihm stand Max – er hatte den Burschen offenbar als Linkshänder eingestuft.

»Sagen Sie Ihrem Freund, er soll sich entspannen«, sagte ich zu Pepper. »Wir sind Freunde.«

»Mein Freund? Oh, Sie meinen Mick? Er fühlt sich blendend da, wo er steht, okay?«

»Sicher. Werden Sie es arrangieren? Dass ich mit Wolfe sprechen kann?«

Sie trat näher. Ihre Augen waren so dunkel wie ihr Haar, tief und schimmernd, glänzten erfüllt von einer inneren Zufriedenheit, die mir fremd war. »Sie kennen das große Standbild? In der Plaza?«

»Ja.«

»Gehen Sie dorthin. Langsam. Wenn Sie angekommen sind, können Sie mit ihr reden.«

»Danke.«

»Man bekommt, was man bezahlt«, sagte sie, lächelte wieder.

Clarence holte mich und den Prof ein, bevor wir den halben Weg zur Plaza zurückgelegt hatten. Er trug ein mangofarbenes Jackett über einem schwarzen Seidenhemd, das bis zum Hals zugeknöpft war. Seine Hose war ebenfalls schwarz, weit an den Beinen, zum Aufschlag hin schmaler werdend. Die Ziersticke passten zu seinem Jackett, einwandfrei fünfziger Jahre. Seine Schuhe waren dunkle Spiegel.

»Max ist dem Großen aus dem Park gefolgt. Der ist zu dem Rattenfänger-Mädchen. Hat ein wunderschönes altes Motorrad. Eine Norton Black Shadow. Britisch, verstehst du. Das Mädchen ist aufgestiegen, und weg waren sie.«

»Was ist mit der anderen? Der Blondine mit dem Pitbull?«

»Ach, die. Das ist vielleicht 'ne Nummer, Mahn. Ich ging

direkt hinter ihr. Langsam, geschlendert. Du kennst die Haltebucht? Wo die Cops immer alles im Blick haben?«

»Ja. An der Bibliothek, oder?«

»Genau, Mahn. Zwei Cops sitzen da in ihrem Streifenwagen. Hängen rum – also, die haben nicht gepennt oder so, haben einfach nur relaxt. So, und diese Blondine geht auf sie zu. Und der Pitbull, Mahn, der stellt sich auf die Hinterbeine und schiebt die Schnauze in den Wagen. Und als der Kopf wieder rauskommt, hat er einen Doughnut im Maul! Ich konnt's nicht glauben, Mahn – der verdammte Hund muss den Streifenwagen für einen Automaten halten. So was Dreistes hab ich noch nie gesehen.«

»Ach, die Cops wollten bestimmt bei der Blondine Punkte machen.«

»Nein, Mahn. So war das nicht, ich sag's dir. Es war der Hund. Ich glaube, der macht das dauernd, als wär's eben sein Ding. Erstaunlich.«

Wir fanden ein Stück freies Geländer gegenüber der Statue. Von Wolfe weit und breit keine Spur. Der Prof wuchtete sich auf das Geländer hoch, ließ die kurzen Beine baumeln, aalte sich in der Sonne.

Mädchen gingen vorbei. Wie auf einer Parade. Jede Größe, Figur und Farbe der Welt, wie es schien. Am Geländer lehnten junge Männer, manche nicht mehr ganz so jung. Alle angelten am selben Pier, aber mit unterschiedlichen Ködern. Manche lächelten schüchtern, andere spielten wichtigtuerisch mit Handys herum, als machten sie gerade das Geschäft ihres Lebens. Ein Typ machte betont auffällig Dehnübungen, als wollte er gleich zum Marathonlauf starten. Manche gurrten »Baby!«, andere knurrten »Schlampe!«. Manche Mädchen lächelten, andere sahen weg. Keine blieb stehen.

Clarence schaute einfach zu. Eine Frau mit hohen Wangenknochen und schimmernder, schokoladenbrauner Haut näherte sich. Sie trug ein weißes, rückenfreies Top und weiße Shorts, das zu kleinen Zöpfen geflochtene rabenschwarze Haar wippte im Rhythmus ihrer Schritte. Sie ging dicht an uns vorbei. Ihr Hintern erinnerte an einen prallen Pfirsich. »Oh, Gott hat dich gesegnet, Mädchen!«, rief Clarence, Aufrichtigkeit in der Stimme wie Honig im Tee.

»Vielleicht segnet Er dich auch, wenn du so nett bist, wie du redest«, rief das Mädchen über die Schulter, ging weiter.

Clarence löste sich vom Geländer, passte sich dem Gang der Frau an, als wolle er sie zur Kirche begleiten. Wir schauten ihnen nach, bis sie nicht mehr zu sehen waren. Der Prof hielt mir die geöffnete Handfläche zum Abklatschen hin. »Der Junge bringt's voll. Er hat's von mir, und das ist toll.«

»Hat eben beim Meister gelernt«, bestätigte ich.

»Wohl wahr«, erwiderte der kleine Mann. »Ich kapiere bloß nicht, warum er so auf Dürre steht.«

Ich sagte nichts. Das Mädchen war vielleicht einsachtundsechzig und würde etwa ein Weltergewicht auf die Waage bringen. Wenn alle Männer Amerikas den Geschmack des Profs hätten, wäre die Magersucht über Nacht verschwunden.

Ein paar Minuten verstrichen friedlich. Dann sagte der Prof: »Die Queen ist aufgekreuzt, Schuljunge. Nichts wie ran, Mann.«

Ich ging auf die Statue zu. Wo Wolfe mich erwartete.

Die Jahre hatten sie nicht verändert. Die hellen, weit auseinander stehenden Augen eines Revolverhelden in einer Kamee blasser makelloser Haut, alles umrahmt von dicken, brünetten Locken. Sie wirkte sehr groß in ihren schwarzen Stöckelschuhen, stand stolz und aufrecht. »Lange her«, sagte sie leise, »aber ich höre immer wieder von Ihnen.«

»Gleichfalls.«

»Und deshalb sind Sie hier.« Wie immer kam sie gleich zur Sache.

Ich sah sie nur an. Vor Jahren hatte sie mir mal die Wahrheit gesagt: »Sie und ich, das wird nichts.« Las die Speisekarte, wechselte die Restaurants, bevor sie probieren konnte. Ich nahm es ihr nicht übel – Wolfe überschritt gelegentlich die Grenze, wollte aber nicht so leben. »Wissen Sie etwas über einen Burschen namens Kite?«, fragte ich schließlich.

»Wollen Sie einen Stammbaum?«

»Ich will alles, was Sie haben.«

»Vergangenheit, Gegenwart oder Zukunft?«

»Machen Sie so was? Observierungen?«

»Nicht rund um die Uhr, sieben Tage die Woche. Aber wir können jederzeit an Informationen des FBI kommen. Außerdem ist er im Netz.«

»Was kostet das?«

»Eine mündliche Bio bekommen Sie für zwei, schriftlich kostet das Ganze fünf. Eine detaillierte Überprüfung bis zum heutigen Tag weitere fünf, es sei denn, er ist vernetzt und Sie wollen das volle Programm.«

»Und die Aktualisierungen?«

»Ein Riese pro Treffer, mündliche Information. Reine Überwachung die Hälfte.«

»Sie müssen reich sein, Mädchen, bei diesen Preisen.«

»Ich hab hohe Unkosten«, sagte sie, schenkte mir ihr hinreißendes Lächeln. Aber ihre Augen blieben hart.

»Bin ich Ihnen für die mündliche Bio gut?«

»Sicher. Aber ich weiß, dass Sie nie auf die Straße gehen würden, ohne mindestens soviel Bares dabei zu haben. Bei der Kaution, die für Sie gefordert würde, müssten Sie schon als Notgroschen erheblich mehr einstecken.«

»Wollen Sie's hier?«, fragte ich, ohne ihr zu widersprechen.

»Sagen Sie einem Ihrer Leute, er soll es in den Wagen werfen.« Sie nickte in Richtung Audi.

»Ihre Bestie lässt doch niemanden nahe genug heran.« Ich wusste, wie Wolfe ihren Wagen parkte: die Seitenscheibe auf der Beifahrerseite heruntergedreht, der Rottweiler auf dem Vordersitz, wo er auf Eindringlinge lauerte. Er war ein legendärer Killer – es heißt, der Rottie hätte sogar eine Judas-Katze, die andere Katzen auf den Hof lockt, damit er immer was zu beißen hat.

»Bruiser frisst kein Geld.« Sie lächelte wieder. »Ich sagte *reinwerfen* – das ist schon okay.«

Ich hob zwei Finger, als wollte ich sehen, woher der Wind wehte. »Betrachten Sie es als erledigt«, sagte ich.

Mit einem langen, rotlackierten Fingernagel schlitzte Wolfe ein Päckchen Zigaretten auf, klopfte eine heraus. Ich riss ein Streichholz an, hielt ihr die Flamme in der hohlen Hand hin. Sie beugte sich vor, berührte mich leicht. Ich roch ihr nach Zitronen und Jasmin duftendes Parfum. Süß und herb, genau wie sie.

»Er ist Anwalt«, begann sie leise. »Yale, Jahrgang 1975. Volles Stipendium. Gehörte zu den fünf Besten. Angefangen hat er mit Scheidungssachen, dann kam Medienrecht.«

Ich nickte – als hörte ich zu, nicht, als hätte ich es schon einmal gehört. Fragte mich, wieso sie das alles im Gedächtnis hatte – nahm sie Kite vielleicht bereits für jemand anderen unter die Lupe?

»Das hat er vor einigen Jahren aufgegeben«, fuhr sie fort. »Heute ist er freischaffender Killer in Fällen von Kindesmisshandlung. Spezialisiert darauf, Zeugenaussagen auseinanderzunehmen. Er macht das verdammt gut. Ist smart, gründlich. Hat gute Verbindungen. Kommt ausgesprochen gut an Informationen ran. Meistens bezahlt er dafür, ist aber auch zu Tauschgeschäften bereit.«

»Ist er korrupt?«

»Weiß ich nicht«, gab sie zu. »Ich würd's mir wünschen, wenn ich daran denke, für welche Seite er arbeitet. Er kämpft mit harten Bandagen. Hin und wieder sogar schmutzig. Keine Ahnung, woher er manchmal sein Zeug kriegt, aber ich habe noch nie gehört, dass er Beweismaterial fälscht.«

»Arbeitet er mit wissenschaftlichen Methoden?«

»Mit weichen Wissenschaften. Psychologie, aber nicht mit DNA-Analysen oder Fingerabdrücken. Und mit pseudowissenschaftlichem Schrott wie dem ›Falsche Erinnerung-Syndrom‹. Er bleibt in der Grauzone. Konzentriert sich auf Fälle, bei denen man die Wahrheit nie wirklich erfährt, verstehen Sie?«

»Hat er noch nie eine Niederlage einstecken müssen?«

»Nein. Er tritt nicht selbst in den Zeugenstand. Ich weiß von mindestens drei Fällen, in denen ohne ihn ein Spruch gefällt worden wäre.«

»Ein ›Spruch‹? Sie meinen eine Verurteilung?«

»Nein. Wenn in einem Fall von Kindesmisshandlung das Familiengericht befindet, dass wirklich ein Missbrauch vorlag, nennt man das einen Spruch. Er bearbeitet auch die zivilrechtliche Seite. Sie wissen schon, Schadensersatzklagen und ...«

»Ja«, unterbrach ich. »Aber wenn er nicht selbst aussagt ...«

»Einmal fand er heraus, dass die als Zeugin auftretende Psychologin selbst in einen Prozess verwickelt war und versuchte, ihrem Ex-Mann das Besuchsrecht zu entziehen, behauptete, er habe ihre Tochter belästigt.«

»Und? Das bedeutet doch nicht ...«

»Er fand weiter heraus, dass sie in mehreren Dutzend ähnlich gelagerten Fällen Gutachten erstellt hatte. Und *immer* zu dem Schluss kam, dass das Kind belästigt worden war. Jedes Mal. Und immer sagte sie aus, dem Kind seien gewisse Dinge angetan worden. Jedes Mal.«

»Sie hat alles erfunden?«

»Oder sie war so verängstigt, dass sie Gespenster sah, das Leben ihres eigenen Kindes auf die Kinder projizierte, die sie befragte. Unmöglich zu sagen. Aber als die Geschworenen hörten, dass sie noch nie ein Kind untersucht hatte, das *nicht* missbraucht worden war, kein einziges Mal ... da war die Sache gelaufen. In einem anderen Fall fand er heraus, dass die Gutachterin als Kind selbst missbraucht worden war.«

»Das ist nicht weiter erstaunlich, oder? Eine Menge Leute engagieren sich in dieser Branche, weil sie ...«

»Sicher.« Wolfe wich meinem Blick nicht aus. »Aber diese Psychologin hatte kein Wort darüber verloren, bis sie erwachsen war. Schon in den Dreißigern. Und als sie schließlich damit herausrückte, glaubte ihr niemand. Den Geschworenen wurde es dann so geschildert, als glaube sie zwanghaft alles, was ein Kind sagte, verstehen Sie?«

»Einer dieser ›Kinder-lügen-nie-Menschen‹?«

»Genau. Und damit war auch diese Sache dann gelaufen.«

»Waren seine Informationen korrekt?«

»Absolut. Aber das heißt nicht, dass er immer alle Karten zeigt, die er in der Hand hält.«

»Er würde also Informationen, die der Verteidigung schaden könnten, bewusst zurückhalten?«

»Ich weiß es nicht. Er behauptet, nein.«

»Sie haben schon mal mit ihm gesprochen?«

»Einmal. Vor Jahren. Er wollte mich überreden, eine Anklage fallen zu lassen. Er kam ins Büro. Wir haben uns unterhalten. Er klingt, als würde er wirklich glauben, was er sagt. Behauptet, alles sei nur eine Hexenjagd. Er ist wie die Anwälte, die sofort ›Rassismus‹ brüllen, wenn ein Schwarzer eines Verbrechens beschuldigt wird. Ich weiß nicht, ob er sein eigenes Gerede glaubt oder nicht – man sieht ihm nichts an.«

»Was ist aus dem Fall geworden?«, fragte ich.

»Es ging um eine Kindertagesstätte. Sexuelle Belästigung. Wir haben einen Schuldspruch erreicht. Wurde in der Berufung aufgehoben – das Berufungsgericht befand, das erste Verhör sei zu suggestiv gewesen.«

»Ihre Dienststelle?«

»Nein.« Wolfe schnaubte verächtlich. »Der erste Sozialarbeiter am Tatort. Und der Psychologe, zu dem die Kinder geschickt wurden.«

»Das haben Sie geschluckt?«

»Die Vernehmung hätte sauberer durchgeführt werden können«, räumte Wolfe ein. »Aber es gab massenhaft andere Beweise. Ich glaube, das Berufungsgericht hat nur nach einem Grund gesucht.«

»Das ist nicht gerade selten.«

»Ja«, sagte sie trocken. »Jedenfalls, dieser Kite ist schon ein merkwürdiger Vogel. Er behauptete – genau genommen hat er's mir sogar *geschworen* –, dass es ihm nur um die Wahrheit geht. Dass er, wenn er je einen Fall zu Gesicht bekäme, der vor Gericht Bestand hätte, sofort in den Ring steigen würde. Für das Kind, nicht für den Angeklagten.«

»Aber das haben Sie doch nicht zum ersten Mal gehört …«

»Stimmt. Oft. Nur würde ich bei diesem Burschen nicht drauf schwören. So oder so.«

»Danke.«

»Wollen Sie die Unterlagen?«

»Ja. Alles, was sie haben. Und vielleicht auch die Observierung.«

»Arbeiten Sie an einer Sache?«, fragte sie ruhig.

»Vielleicht. Ich weiß es noch nicht. Aber wenn ich in den Tunnel runtersteige, hätte ich gern etwas Licht.«

»Chiara – Sie haben vorhin mit ihr gesprochen – wohnt hier in der Nähe. Geht immer nachmittags gegen fünf joggen. Sie wird die Dokumente morgen bei sich haben, okay?«

»Die Blondine mit dem Pitbull?«

»Das ist ein AmStaff«, korrigierte Wolfe lächelnd.

»Natürlich. Wie Sie wollen.«

»Geben Sie ihr das Geld«, sagte Wolfe statt eines Lebewohls. Sie drehte sich um und ging. Plötzlich machte sie kehrt, kam zurück. Ich ging ihr entgegen. Sie blieb sehr dicht vor mir stehen, sprach leise, bewegte die Lippen kaum. »Er hat eine Menge Freunde«, sagte sie. »Wenn ihm etwas zustößt, fangen eine Menge Leute an zu suchen.«

»Hat er viele Feinde?«, fragte ich unschuldig.

»Auch die«, sagte sie.

»War irgendwas?«, erkundigte ich mich bei Mama von einer Telefonzelle am Rand des Parks.

»Frau ruf an. Sag, du ruf Kite morgen früh an, okay?«

»Okay. Sonst noch was?«

»Nein. Burke ...«

»Was?«

»Frau sehr wütend.«

»Warum? Was hat sie gesagt?«

»Sag nichts. Was ich dir sag, das alles.«

»Und?«

»*Hinter* ihre Worte. Sehr wütend.«

»Auf mich?«

»Weiß nich. Aber *sehr* wütend. Vielleicht du ...«

»Ich bin immer vorsichtig, Mama«, sagte ich.

Wenn jemand von Kites Kaliber ›morgen früh‹ sagt, dann heißt dies: nach neun. Ich bin anders aufgewachsen. Man wusste durch das Plärren der Lautsprecher auf dem Korridor, dass Morgen war. Das war im Gefängnis. Davor war es das Heim, wenn der Boss seinen hässlichen Kopf in den Schlafsaal steckte und einen anbrüllte. Meistens war ich, im Jugendknast, sowieso wach – man schläft nicht gut, wenn die Augen schließen oder den Rücken kehren einen so teuer zu stehen kommen kann.

Als Kind hörte ich nie einen Wecker, nicht mal in dem unberechenbaren Pflegeheim, in das sie mich beim ersten

Mal steckten. Dort wurde ich mit einem Tritt oder einer Ohrfeige geweckt. Einmal mit einer Kanne kochend heißem Wasser. Der Sozialarbeiterin erzählte ich, es sei ein Unfall gewesen – ich sei vor dem Herd gestolpert. Sie glaubte mir nicht. Ich *wollte* auch nicht, dass sie mir glaubte. Aber sie tat so, als glaubte sie mir, und nichts geschah.

Wenn das Feuer nicht ausgebrochen wäre, hätten sie mich dort gelassen.

Ich sah zu, wie es heller wurde, saß mit Pansy auf meiner rostigen Feuerleiter, rauchte friedlich, kraulte sie hinter den Ohren, wie sie es mag. Das Handy hatte ich bei mir, komplett mit einer frisch gebastelten Nummer, die noch mindestens ein paar Tage zu gebrauchen war. Aber die Zeit drängte nicht, daher gab es keinen Grund, es zu riskieren. Ich wärmte eine Portion Nasi mit gebratenem Schweinefleisch und Mandeln auf. Mama hatte darauf bestanden, dass ich es mitnahm. Pansy ist der einzige Hund, den ich kenne, der Mandeln mag. Doch solange ich nichts finde, was sie *nicht* frisst, beeindruckt mich das nicht weiter. Ich aß einen trockenen Roggentoast und trank dazu etwas Eiswasser.

Ich kaute langsam, las dabei Zeitung. Der übliche Mulch aus Verbrechen und Gejammer. Wieder ein kleines Mädchen zu Tode gefoltert. Das Jugendamt wollte keinen Kommentar dazu abgeben, dass es das Kind nach der letzten Misshandlung zur Mutter zurückgeschickt und sich nicht weiter darum gekümmert hatte. Schließlich waren die Akten vertraulich. Zum Schutz der Kinder. Verlogene Schleimer. Politiker versprachen eine Untersuchung, während die üblichen Schwätzer weiter faselten: *Wenn Sie als Elternteil das Gefühl haben, Ihr Kind schlagen zu müssen, suchen Sie eine Beratungsstelle auf!* Ja, das müsste reichen. Demnächst raten sie Inzestopfern: Sag Einfach Nein.

Natürlich gab es spontane Trauerbekundungen vor

dem Haus, in dem das kleine Mädchen gestorben war: handgeschriebene Gedichte darüber, wie sehr jeder sie geliebt hatte, aus Zeitungen ausgeschnittene Bilder. Blumen, so tot wie dieses Kind. Aber das ist schon okay – es wird in der Spätausgabe der Fernsehnachrichten gesendet. Und es wird auch eine Totenwache am offenen Sarg geben, also reichlich Gelegenheit für Fotos.

All diese Sorge um tote Babys, nichts dergleichen für die lebenden. Alles so leer wie das Versprechen eines Präsidenten.

Ich spürte einen Schauder des Hasses, als hätte jemand eine Kordel mit Glasscherben durch meine Wirbelsäule gezogen. Lange Zeit starrte ich auf den roten Punkt, den ich auf meinen Spiegel gemalt hatte, atmete tief durch die Nase bis ganz weit runter in den Bauch …

Als ich wieder auftauchte, war es fast drei Stunden später. Ich dachte nicht darüber nach, wohin ich gegangen war, aber der Angstgestank im Zimmer gefiel mir nicht.

Ich duschte und fing den Tag noch mal von vorn an. Eine Weile arbeitete ich an meiner Post, hielt die Angelleinen draußen, fischte weiter nach Freaks. Die erwischt man am leichtesten, ganz besonders die Typen, die sich an Kinder anschleichen. Aber das Internet hat das Spiel ein wenig verändert – jetzt wollen alle Kostproben sehen. Ich kenne da einen Typ. Alle nennen ihn Spike. Geht nicht viel aus dem Haus und sagt nicht, warum. Aber er hasst die Babyficker, und er ist ausgesprochen gut mit Software – wenn sich dein Modem bei ihm einloggt, kannst du deine Festplatte vergessen.

Spike lässt mich eine seiner Maschinen für meine E-Mail benutzen, doch ich benutze sie nur, wenn's um große Fische geht, nicht den Kleinscheiß, mit dem ich mich normalerweise beschäftige. Im Internet herrscht heute die reine Anarchie. Das macht mich nervös. Ich fühle mich wohler, wenn ich die Regeln kenne – dann lässt sich leichter falsch spielen.

»Büro von Mr. Kite.« Es war die Frau, Anspannung in der rauchigen Stimme.

»Ich bin's, Burke«, meldete ich mich. »Er bat um Rückruf.«

»Danke. Können Sie kommen? Es geht um Informationen, die Sie haben sollten. Bevor Sie sich entscheiden.«

»Jetzt?«

»Ja. Wenn es Ihnen passt.«

»Ich brauche ungefähr eine, anderthalb Stunden.«

»In Ordnung.«

Draußen war es frisch genug, um eine Lederjacke über Jeanshemd und Arbeitshose anzuziehen. Ich schnürte meine Arbeitsstiefel zu, klopfte mich ab, um mich zu vergewissern, dass ich alles andere hatte, tippte Mamas Nummer in das Handy, sagte ihr, wohin ich ging. Nachdem Wolfe bestätigt hatte, dass Kite kein Niemand war, machte ich mir keine Sorgen mehr, dass er plötzlich seine Zelte abbrechen und verschwinden könnte. Und Max wusste, wo Kite zu finden war, falls er Dummheiten machen sollte.

Allerdings hatte ich nicht das Gefühl.

Ich ging zum Foley Square, ließ mir Zeit und nahm die Linie 6 nach Norden.

Neben einem weißen Jugendlichen, der sich die Seiten des Kopfes rasiert hatte, war ein Sitzplatz frei. Die langen, in der Mitte gescheitelten Haare rahmten sein schmales Gesicht ein. Er hatte Kopfhörer auf, aber ich hörte deutlich das Wummern des Basses. Er nickte vor sich hin, spielte russisches Roulette mit seinen Trommelfellen.

An der Fifty-first stieg ich aus. Die Straßen waren ruhig – noch zu früh für die Mittagsmeute. Ich schnipste die halb gerauchte Zigarette in den Rinnstein und betrat Kites Gebäude.

Der Portier wollte etwas über den Dienstboteneingang

sagen, aber ich schnitt ihm mit Kites Namen das Wort ab. Er nahm den Telefonhörer, meldete mich an, hörte einen Moment zu, deutete dann mit starrer Miene auf den Privatfahrstuhl. Ein professioneller Arschkriecher, der sich sein besonderes Talent für Clubmitglieder aufhob.

Die Hydraulik der alten Fahrstuhlkabine war so gut geschmiert wie der Kongress – sie schwankte leicht, glitt aber völlig lautlos nach oben. Die Tür öffnete sich, und ich sah Heather hinter dem Gitter. Sie trug durchscheinenden roten Chiffon und war stark geschminkt. Das Haar glatt und glänzend; im schwachen Licht sah es aus wie die Schwarzkirsch-Limonade, die ich als Kind so mochte.

Sie trat zurück, damit ich das Gitter aufdrücken konnte. Die Chiffonhülle war bis zur Taille offen und wurde von einem Gürtel aus dem gleichen Material zusammengehalten. Im schummrigen Licht wirkten ihre Brüste künstlich, ragten riesig und prall vor, die Brustwarzen so stark mit Rouge getönt, dass sie fast unsichtbar waren.

Ich schloss das Türgitter hinter mir. Als ich mich umdrehte, ging sie bereits wortlos den Flur hinunter. Ich folgte ihr, nicht zu dicht. Ihre Hände fuhren zur Taille, lösten die Schärpe. Ein kurzes Zucken mit den Schultern, und das Tuch rutschte herunter. Sie ging weiter, barfuß, nackt bis auf ein rotes Strumpfband auf ihrem kräftigen, rechten Oberschenkel. Befreit von den Fesseln des Korsetts, das sie das letzte Mal getragen hatte, war ihr Körper zwar immer noch kurvenreich, aber auch weich und fleischig, schimmerte bei jedem federnden, selbstsicheren Schritt.

Als sie um die Ecke in den großen Raum ging, blieb sie plötzlich stehen. Ich blieb ebenfalls stehen, gerade noch rechtzeitig. Sie wirbelte herum. Ein linker Haken schoss von ihrer Hüfte hoch und erwischte mich unterhalb des Wangenknochens. Ich sackte zusammen. Als ich auf den Boden knallte, riss ich mein linkes Bein über das glatte

Parkett – die Spitze meines schweren Stiefels krachte hart gegen ihren Knöchel. Ihr Bein gab nach, und sie stürzte nach vorn, fiel auf mich. Ich zog ihr Gesicht auf meine Brust, feuerte einen Zweifingerschlag auf ihren Hals ab. Sie japste vor Schmerz und wollte mir das Gesicht zerkratzen, knurrte irgendwelche Beschimpfungen, die ich nicht verstand. Inzwischen hatte ich die Unterarme verschränkt, und sie erreichte ihr Ziel nicht. Im letzten Augenblick drehte ich mich weg. Ihr Knie erwischte nur noch die Außenseite meines Oberschenkels. Mit der rechten Hand verpasste ich ihr einen heftigen Schlag genau unter die Rippen – ich spürte, wie die Luft aus ihrer Lunge katapultiert wurde. Ich drehte mich im Zuschlagen, sie landete mit dem Gesicht auf dem Boden, und ich rammte ihr mein Knie ins Rückgrat, griff gleichzeitig nach vorn und packte mit beiden Händen ihr Kinn. »Ein Mucks, und du landest für den Rest deines Lebens im Rollstuhl, Schlampe!«, zischte ich ihr ins Ohr.

Sie zitterte am ganzen Leib, wehrte sich aber nicht gegen meinen Griff. »Bist du fertig?«, fragte ich.

»Ja«, keuchte sie. Ihr Körper war erschlafft.

Vorsichtig ließ ich los. Sie blieb mit dem Gesicht nach unten liegen, schnappte nach Luft. Auf der Rückseite des Oberschenkels, direkt über dem roten Strumpfband, zuckte ein Muskel.

Eine Minute verging. Ich schob die rechte Hand in meine Jackentasche, nahm eine Rolle Quarters, ballte die Hand zur Faust. Wartete.

Sie zog die Knie an, sodass die Hüften sich hoben, behielt das Gesicht aber auf dem Boden. Es war eine Unterwürfigkeitsgeste, wie bei einem Tier, das einen Revierkampf beenden will. »Darf ich aufstehen?«, fragte sie.

»Aber langsam«, sagte ich.

Sie versuchte, das linke Bein zu belasten, aber es ging nicht. Sie gab auf, drehte sich auf Knien zu mir um, schaute hoch. Sah überhaupt nicht mehr unterwürfig aus – ihre orangefarbenen Augen waren so kalt und wachsam wie die einer Echse.

»Was, zum Teufel, sollte das?«, fragte ich.

»Das war eine Warnung«, sagte sie, immer noch außer Atem, aber mit fester Stimme. »Es sollte eine Tracht Prügel werden. Nur damit Sie Bescheid wissen. Ich dachte, wenn Sie mich plötzlich nackt sehen, wären Sie ... erstarrt. Und ich könnte den ersten Treffer landen, bevor Sie kapieren ...« Wieder atmete sie keuchend, den Blick immer noch auf mich gerichtet. »Ich dachte, Sie würden es wegstecken – hätte nicht gedacht, dass Sie eine Frau schlagen.«

»Schlecht informiert«, sagte ich.

»Nein. Ich war gut informiert. Aber ich habe nicht richtig zugehört. Er warnt mich immer wieder. Ich soll besser zuhören.«

»Sie hören *immer noch nicht zu.* Ich habe gefragt: Was *sollte* das?«

»Eine Botschaft. Dass Sie besser nicht versuchen, ihn aufs Kreuz zu legen. Wenn doch, bringe ich Sie um.«

»Deswegen brauchen Sie sich keine Sorgen zu machen, Miststück – der Fall ist für mich erledigt.«

»Das *können* Sie nicht tun«, japste sie. »Er wird ...«

»Was?«

»Er weiß nichts davon. Wirklich nicht. Er ist nicht mal hier. Er wusste nicht, dass Sie heute kommen. Das geht alles allein auf mein Konto. Ich habe Ihre Akte gelesen, und ich ... bekam Angst um ihn. Die Sache ist wichtig. Wirklich wichtig. Sie ahnen nicht, wie wichtig. Es bedeutet ihm alles.«

»Sie haben eine komische Art ...«

»Und er bedeutet mir alles«, unterbrach sie. »Alles, verstehen Sie? Ich hab einen Fehler gemacht, okay. Wenn Sie mir jetzt in den Arsch treten wollen, ist das auch okay. Nur zu – ich werde nichts sagen.«

»Es interessiert mich nicht, was Sie sagen«, erwiderte ich und meinte es auch so.

»Sie *müssen* es tun«, sagte sie mit leiser Stimme, schaute zu Boden. »Bitte.«

»Ich muss gar nichts.«

»Ich werd's wieder gutmachen. Versprochen. Es soll Ihr Schaden nicht sein. Sagen Sie mir einfach, was Sie wollen ...«

Vorsichtig trat ich um sie herum, ging weiter bis zur Eingangstür. Sie rief mir leise etwas nach. Ich zog die Tür hinter mir zu, ließ sie da.

Ich spürte, wie mein Gesicht anschwoll, glaubte aber nicht, dass der Wangenknochen gebrochen war. Als ich die schmerzende Stelle berührte, spürte ich kein Pochen. Also nicht so schlimm.

Ich sah mich im U-Bahnfenster: die beginnende Schwellung und Verfärbung, das Auge bereits geschlossen. Niemand interessierte sich dafür – Pendler sehen jeden Tag Schlimmeres.

Die restliche Fahrt verbrachte ich damit, die Plakate zu lesen. Meine Lieblingswerbung war die einer Anwaltskanzlei:

BABY HIRNGESCHÄDIGT GEBOREN?
SIE KÖNNTEN ANSPRUCH AUF EINE HOHE ENTSCHÄDIGUNG HABEN!
BERATUNG GRATIS – KEINE KOSTEN FÜR SIE, FALLS WIR IHNEN KEIN GELD VERSCHAFFEN!

Wieder im Büro, riss ich eins dieser Kunsteis-Päckchen auf, die es in Drogerien gibt. Ich drückte es zurecht und hielt es an meine Wange, während ich auf dem Handy Mamas Nummer wählte.

»Diese Frau ruf an. Zweimal. Sie sag, du sie anruf, okay? Sehr, sehr wichtig. Sofort anruf.«

Das war schnell. »Sonst noch was?«, fragte ich.

»Mädchen ruf auch an. Bondi. Sie sag, sie auch anruf. Auch sehr wichtig, okay?«

»Okay.«

»Du brauch Max?«

»Ich komm schon klar, Mama.«

»Ich ihn hol. Du ruf später an, okay?«

»Okay.«

»Okay?«

»Okay«, sagte ich.

»Ein richtiges Prachtstück!«, flüsterte Bondi, betrachtete im sanften, reflektierten Licht des Minischeinwerfers mein Gesicht. Ich lag auf ihrer Couch, Schuhe aus, ein Kissen unter dem Kopf, draußen brach hinter den geschlossenen Jalousien ihres Schaufensters die Dunkelheit an.

»Ist schon okay«, sagte ich. »Könnte schlimmer sein.«

»Ah, du bist ein knallharter Junge, ja? Hast du das röntgen lassen?«

»Ich war nicht im Krankenhaus. Es war ein Schwinger, das ist alles. Ein Schwinger von einem Amateur.«

»Und wie sieht der andere aus?«

Ich beobachtete ihr Gesicht, wollte wissen, ob sie etwas wusste, aber ihr breites Grinsen war unschuldig – verschmitzt, sie spielte nur. »Es ist erledigt«, sagte ich. »Aus und vorbei. Vergiss es.«

»Sie hat hier angerufen. Heather ... die große, dicke Frau, von der ich dir erzählt habe.«

»Und?«

Sie beugte sich über mich, kniff die Augen konzentriert zusammen, gab sich alle Mühe, den Sinn der Worte zu verstehen. »Sie sagte, da ist Geld für mich drin. So was wie ein ... Bonus. Ich müsste, ich meine, ich bräuchte nur dafür sorgen, dass du dich mit ihr triffst.«

»Wo denn?«

»*Egal wo*, Liebster, genau das hat sie gesagt. Hat's einfach so gesagt. Aber es müsste bald sein.«

»Bald?«

»Morgen«, sagte sie leise.

»Und wie hoch ist dein … Bonus?«

»Fünftausend, hat sie gesagt. In bar. Und noch was, Burke …«

»Was?«

»Sie hat gesagt, sie gibt es dir. Für mich, meine ich. Sie gibt es dir, wenn du dich mit ihr triffst.«

»Also weiß sie …«

»Ach, ich weiß nicht, *was* diese verfluchte Hexe weiß!«, fuhr Bondi mich an. »Ich bin kein Spieler, oder? War nie ein Spieler. Ich bin immer nur das Scheißspiel.«

»Wieso gehst du auf mich los, Mädchen? Das hier ist nicht mein Spiel, und das weißt du.«

»Tut mir Leid«, sagte sie leise. »Klar weiß ich das. Es geht eigentlich nicht mal um … Männer. Nicht, wenn … sie mitmischt. Ich wünschte, ich hätte mich nie auf diesen erbärmlichen Bastard eingelassen.«

»Der Typ …«

»Ja! Der Mann auf der anderen Straßenseite«, sagte sie mit einem harten Unterton. »Genau der.«

Ich schloss die Augen, ließ mich im Rhythmus ihrer Worte treiben. »Wie sollst du sie informieren?«

»Sie wird anrufen. Heute. Um acht Uhr. Ich hab ihr gesagt, ich versuche, dich zu erreichen. Weiß aber nicht, ob du …«

»Schon in Ordnung, Bondi. Sag ihr, ich mach's, okay?« Dann erzählte ich ihr von einer bestimmten Parkbank.

Um Punkt acht klingelte es. Bondi verließ die Couch, drückte eine der Tasten ihres Telefons.

»Ja?«

…

»Ja, hab ich.«

…

»Also morgen. Um sieben Uhr früh.«

…

»Ja, morgen früh – das hat er gesagt.«

…

»Woher soll ich das wissen? Er hat nur gesagt, sieben Uhr morgens, das ist alles.«

Dann erklärte sie der Stimme, die ich nicht hören konnte, wohin sie kommen sollte.

»Vielleicht machen Katzen das genau richtig«, sagte Bondi, ihr Gesicht so nah an meinem, dass es ganz verschwommen war. In ihrem Schlafzimmer. Das französische Bett von Koffern umgeben, alle gepackt und reisefertig.

»Was?«

»Wenn sie ihre Wunden lecken«, schnurrte sie, rückte näher, die vorspringenden Brüste streiften meine Brust, die Zunge strich über meine Wange, wo Heather mir den Haken verpasst hatte.

»Keine gute Idee«, sagte ich, zuckte unter dem leichten, stechenden Schmerz zusammen.

»Nein«, flüsterte sie. »Nur eine schlechte Stelle.« Sie leckte meinen Bauch. Sanft mit der Zungenspitze. »Siehst du?«, sagte sie leise.

»Ich fahre morgen, Schätzchen«, sagte sie später. »Ich hasse diese Wohnung. Ich hasse dieses Leben. Ich fahre nach Hause.«

»Der Mann auf der anderen Straßenseite …«

»… bedeutet mir nichts mehr. Es war eine schlechte Idee. Vielleicht benutzt mich nur wieder jemand, so wie man mich immer benutzt. Ich weiß es nicht. Aber wenn du mir das Geld schicken willst – ihr Geld, das sie dir morgen geben wird –, dann schreib ich dir meine Adresse von zu Hause aus. Falls du …«

»Die möchte ich sowieso«, sagte ich, die Worte kamen so glatt über die Lippen, dass ich gar nicht darüber nachdachte, ob es die Wahrheit war. Aber ich bekam ein Lächeln dafür, ihre kleinen, weißen Zähne blitzten in der Dunkelheit.

Das Telefon klingelte. Eine schrille Störung. Ich blinzelte. Die Digitaluhr auf dem Nachttisch zeigte 12:44.

»Das ist er«, sagte sie, hellwach, rührte sich nicht.

»Gottverdammt, na und?«, fragte ich. »Er wird wohl diesmal auf seine kleine Show verzichten müssen.«

Das Telefon klingelte wieder. Noch dreimal. Dann hörte es auf.

»Aha, heute Nacht will er meinen fetten Arsch.« Bondis Stimme hatte einen hässlichen Unterton. »Das mochte ich noch nie.«

»Wo ist der Unterschied …?«

»Ich weiß, was ich mache.« Sie setzte sich plötzlich im Bett auf. »Ich weiß, wie ich's ihm heimzahle. Wie ich ihn kriegen kann. Jetzt.«

»Bondi …«

»Hilfst du mir, Schätzchen?«

»Ich geh nicht da rüber …«

»Nein«, sagte sie leise, ihre Lippen dicht an meinem Ohr. »Ich weiß was viel Besseres. Bitte …«

Als sich ein paar Minuten später die Jalousien öffneten, sah, wer immer zuschaute, Bondis letzte Vorstellung. Sie steckte alles hinein, was sie hatte, gab ihr Bestes.

Nur hatte sie dieses Mal einen Co-Star.

»Hast du das Zeug abgeholt?«, sagte ich ins Handy. Es war gegen halb fünf morgens. Als ich auf dem West Side Highway downtown fuhr, war die Stadt immer noch dunkel hinter der Windschutzscheibe des Plymouth.

»Hab telefoniert, es ist serviert«, antwortete der Prof. »Ist ein schweres Päckchen. Wann brauchst du's?«

»Wenn's geht, in zwei Stunden. Ich brauch noch was: ein Dreieck. An der Parkbank. Kannst du das arrangieren?«

»Immer drin sind zwei, überhaupt nichts dabei. Aber weiß der Dritte schon von seiner Schnitte?«

»Darum kümmere ich mich.«

»Wie viel Uhr geht's auf Tour, Bruder?«

»Ich hab's für sieben ausgemacht. Muss mindestens eine halbe Stunde vorher da sein.«

»Wie viele kommen zum Frühstück?«

»Einer. Ich hoffe, dass es nur einer ist. Wenn's mehr sind, heißt es: Finger weg, verstanden?«

»Tot und beerdigt, Schuljunge. Wie soll's ablaufen? Müssen die Hände immer offen sein?«

»Nein. Einfach nur beobachten, okay?«

»Ja. Eine Person, sagst du. Sieht aus wie …?«

»Eine Frau. Eine kräftige Frau. Und sie wird humpeln.«

Ich erreichte Mama, fragte mich zum tausendsten Male, ob sie je schlief. Und wo. Sie sagte, sie würde Max früh genug losschicken. Der Mongole würde erst Clarence und den Prof anschauen, sich dann in das Dreieck einfügen.

Pansy freute sich, mich zu sehen. Und war schier außer sich über das kalte Filet Mignon, das ich aus Bondis Kühlschrank hatte mitnehmen müssen. Sie hatte darauf bestanden. »Ich gehöre nicht zu den Leuten, die gutes Essen verderben lassen, Schätzchen. Und wenn er herkommt, wird er nichts finden außer nackten Wänden, das verspreche ich dir. Außerdem werde ich ihm noch eine Kleinigkeit hinterlassen«, sagte sie grimmig, hielt einen geöffneten roten Lippenstift in der Hand.

Wir brauchten nicht lange zum Abschiednehmen. Geteilte Geheimnisse bringen einander nicht immer näher.

Ich duschte kurz, zog frische Sachen an, telefonierte noch mal mit Mama, um mich zu vergewissern, dass Max die Nachricht erhalten hatte. Inzwischen war es fast sechs. Zeit, mich auf den Weg zu machen.

Der Battery Park ist ein grüner Flecken an der Südspitze von Manhattan, auf der anderen Seite des Brooklyn Battery Tunnel. Die Bank, die wir immer benutzen, schaut auf den Hudson River. Es gibt mehrere Wege dorthin, aber keiner bietet Deckung. Observierung ist hier unten sehr einfach. Um sieben Uhr morgens gibt es Jogger und Fahrradfahrer, Herumtreiber und Betrunkene, zu Unrecht entlassene Geisteskranke und Drogendealer und gelegentlich einen Touristen, der die Zeit totschlägt, bis die erste Fähre rüber zur Freiheitsstatue fährt – wie misstrauisch man auch sein mag, keiner weiß, wer wer ist.

Ich saß um Viertel vor sieben parat. Hatte die Bank für mich allein, musste keine der ekelhaften Maßnahmen meines beträchtlichen Repertoires ergreifen, um jemand zu verscheuchen. Ich nahm an, dass Clarence und der Prof ihre Schuhputzer-Nummer abziehen würden, konnte aber keinen von beiden entdecken. Selbst wenn es einem anderen gelang, würde er doch keinerlei Bewaffnung sehen. Clarence ist nicht nur schnell, er ist ein Zauberer. Man sieht nur seine leere Hand, und im nächsten Moment hält er eine Neun-Millimeter – als hätte sich die Pistole in diesem Augenblick materialisiert.

Max war leichter auszumachen. Er stand am Wasser, machte in Zeitlupe eine Kata, eine langwierige, die wie Tai Chi aussah, wenn man nicht viel davon verstand. Passanten betrachteten ihn mit verhaltener Neugier – die Übung war weder interessant genug, um länger stehen zu bleiben, noch sah sie gefährlich genug aus, um schnell vorbeizuhasten.

Auf der Rückseite einer der anderen Bänke das leuchtend gelbe Graffito: SCHIZOPHRENE SIND NIE EINSAM!

Ein paar Minuten vor sieben kam sie den Weg entlang, zwar humpelnd, aber doch mit sicherem Gang, einen schwarzen Spazierstock in der linken Hand und über der anderen Schulter eine weiße Lederhandtasche, die aussah wie der Futtersack eines Pferdes. Sie trug einen pinkfarbenen Trainingsanzug, darunter offensichtlich wieder eine Korsage. Ihre Brüste standen wie schwere Waffen hervor, nirgends auch nur das geringste Wippen. Kurz vor mir blieb sie stehen, wartete, bis ich sie ansah. Ich nickte stumm, begrüßte sie nicht, nahm einfach ihre Gegenwart zur Kenntnis. Sie kam zur Bank, hob die bleistiftdünnen schwarzen Augenbrauen. Bedächtig richtete ich den Blick auf eine Stelle neben mir, sagte immer noch nichts.

Sie kehrte mir den Rücken zu und ließ sich mit dem Hintern zuerst auf die Bank sinken – so, wie man in einen niedrigen Sportwagen einsteigt. Dann nahm sie die Handtasche von der Schulter, legte sie behutsam zwischen uns auf die Bank.

»Das ist für Sie«, sagte sie.

»Wieso?«

»Einfach so. Ich meine, nicht, weil Sie irgendwas *getan* haben. Es ist eine Entschuldigung, weiter nichts. Machen Sie schon, sehen Sie nach.«

»Ich habe keine Röntgenaugen«, sagte ich. »Und ich öffne keine fremden Päckchen.«

Sie nickte, als klänge das vernünftig. Griff nach unten und öffnete den Reißverschluss der Tasche, hielt sie mit beiden Händen weit auf wie die Hälften einer riesigen Muschel. Ich schaute hinein. Geldbündel. Viele.

»Fünfundzwanzigtausend Dollar«, sagte sie, schaute auf ihre Hände auf dem Schoß. Ein großer Diamant glitzerte an ihrer linken Hand. Ein Verlobungsring? »In Hundertern«, fügte sie hinzu. »Gebrauchte Scheine, keine aufeinander folgenden Nummern.«

»Das ist aber eine große Entschuldigung.«

»Ich habe ja auch ordentlich Scheiße gebaut. Zwanzig gehören Ihnen, fünf sind für die Nutte.«

»Die Nutte?«

»Sie wissen, wen ich meine. Bondi oder wie sie heißt.«

»Und sie ist eine Nutte?«

In ihren orangefarbenen Augen verfing sich das Morgenlicht. »Ich habe etwas Dummes getan, aber ich bin nicht dumm«, sagte sie. »Die Recherchen waren okay. Aber ich habe mich geirrt.«

»Das heißt ...?«

»Das heißt, ich weiß, was sie macht. Gegen Bezahlung.«

»Ich mache auch Dinge gegen Bezahlung.«

»Würden Sie sich gegen Bezahlung von jemandem ficken lassen?«

»Sie nicht?«

»Nein. Ich nicht. So etwas würde ich nie tun. Es ist nicht richtig.«

»Dann dreschen Sie also nicht nur auf Leute ein, nein, Sie sind auch noch ein gottverdammter Richter?«

»Wenn Sie so wollen.«

»Nein, will ich nicht. Und Sie mag ich auch nicht. Wenn eine Frau Geld für Sex nimmt, dann taugt sie Ihrer Meinung nach nichts, richtig? Aber Sie wollen mich in die Mangel nehmen, mich fertig machen, mir Angst machen, damit ich tue, was Sie wollen ... und das ist okay?«

»Ich hab doch gesagt, es war ein Fehler.«

»Nein, Miststück. Sie haben gesagt, Sie hätten sich geirrt, das ist alles. Das hat doch vorher funktioniert, oder?«

»Was?«

»Leute verprügeln.«

»Sie haben mir den Knöchel gebrochen«, sagte sie mit einem Kleinmädchenton. »Was Sie getan haben, tut weh.«

»Sie haben sich selbst wehgetan«, sagte ich. Dachte an einen alten Aikido-Meister, der vor Jahren in einem Dojo mit einem Schüler sprach, der sich stöhnend die gebrochene Hand hielt. Der Meister sagte, der Wunsch des Schülers, einen anderen Menschen zu verletzen, sei der Grund für seine Schmerzen.

»Ich geb's ja zu, okay?«, sagte sie tonlos. »Wenn man einen Fehler macht, kann man sich nur entschuldigen und akzeptieren, was dann passiert.«

»Und Sie meinen, mir Geld geben zu müssen?«

»Ich habe Sie gefragt, ob Sie noch etwas wollen.«

»Wann?«

»Ich sagte, Sie können mir in den Arsch treten, wenn Sie möchten. Das können Sie immer noch tun, wenn es die Sache wieder in Ordnung bringt. Oder …«

»Was?«

»Oder Sie können … mich haben. Wie Sie wollen.«

»Statt Geld?«

»Ja.«

»Aber Sie sind keine Nutte, häh?«

Ihr Gesicht loderte. »Und das Geld außerdem, in Ordnung?«

»Ich will Sie nicht.«

»Würden Sie aber, wenn ich … nett wäre«, sagte sie leise. »Ich weiß das – ich seh's in Ihren Augen.«

»Sie brauchen einen Dolmetscher«, erwiderte ich.

»Bin ich Ihnen zu fett? Vielleicht stehen Sie auch nur auf Nutten.«

»Vielleicht stehe ich einfach nicht auf Lügnerinnen.«

Sie holte tief Luft, presste die Hände auf dem Schoß zusammen. Max war immer noch mit seiner Kata beschäftigt, unterbrach nicht eine Sekunde den Fluss der Bewegungen. Falls sie Freunde mitgebracht hatte, waren sie nicht nahe genug, um viel auszurichten. Zumindest nicht mit den Händen. Ich sah, dass Max den Platz gewechselt hatte – er war viel näher als es schien. Und was immer sie vorhatte, weglaufen konnte sie nicht.

»Dann gebe ich Ihnen noch etwas«, sagte sie. »Die Wahrheit. Wie wär's damit?«

»Schießen Sie los. Anschließend sage ich Ihnen, was es wert ist.«

Sie wandte mir den Kopf zu, leckte sich kurz über die Lippen. Es war keine Anmache – sie bereitete sich aufs Reden vor. »Ich hatte schon mit dreizehn … diese Figur. Sah aus wie zwanzig, mindestens. Und hab mich auch so zurechtgemacht. Ich lernte einen Mann kennen. Einen berühmten Mann. Er war Schriftsteller. Ein seriöser Schriftsteller. Er hat Bücher über Ökonomie geschrieben. Und über Sozialwissenschaft und Politik und so. Wir waren … befreundet. Er dachte, ich wäre älter, hat aber nie irgendwas bei mir versucht. Nur … Händchenhalten und so. Ich erzählte ihm, ich sei Verkäuferin. In einem Schallplattengeschäft. Davon wusste ich eine Menge – hab damals praktisch meine ganze Zeit in einem Plattenladen verbracht. Wir waren viel zusammen. Meistens in diesem Café im Village. Einem altmodischen. Kleine Tische, karierte Tischtücher, man konnte stundenlang dort sitzen, und kein Mensch belästigte einen …

Manchmal sind wir auch in seine Wohnung gegangen. Er hatte ein Apartment im Erdgeschoss eines Brownstone an der Bank Street. Überall Bücher. Sehr ruhig und friedlich. Er gab mir immer Bücher zu lesen, und dann redeten wir darüber. Ich wollte, dass er mich liebte. Und ich glaube, das hat er auch. Vielleicht …«

Ihre Stimme verklang. Ich schloss die Augen, damit ich besser zuhören konnte. Wartete.

»Ich hatte einen Schlüssel zu seiner Wohnung. Eines Abends war ich vor ihm da. Ich wollte ihn überraschen, zog mich aus und nahm ein Bad. Ein Schaumbad. In seiner Wanne. Dann zog ich dieses Negligé an, das ich gekauft hatte. Ich fand es ausgesprochen sexy, aber heute weiß ich, dass es nur billig und geschmacklos war. Ich wollte ein Überraschungspäckchen für ihn sein, wenn er nach Hause kam. Das er auspacken konnte, verstehen Sie?«

»Klar.«

»Als er hereinkam und mich sah, bekam er einen roten Kopf, als wäre er ausgesprochen sauer. Ich fragte ihn, was denn sei. Und dann fragte er mich, wie alt ich bin.

Ich habe gelogen. Wie vorher. Aber er fiel nicht mehr darauf herein. Ich zeigte ihm meinen falschen Ausweis und alles, aber es war irgendwie, als ... wüsste er was. Ich zog das Negligé aus. Stand vor ihm. Nackt. Aber er rührte sich nicht von der Stelle, stand einfach da mit verschränkten Armen. Und dann sagte ich ihm die Wahrheit. Er wurde kreideweiß. Hatte Angst, das spürte ich.«

Sie schwieg einen Moment, senkte den Kopf. Eine Träne kullerte über ihre Wange, grub eine Spur in das dicke Make-up. Ich stellte meinen Detektor auf höchste Empfindlichkeit, doch die Signale waren immer noch chiffriert. Tastete das Gelände mit den Augen ab, ohne den Kopf zu bewegen, aber das Terrain um mich herum war nichtssagend. Max war nach wie vor an seinem Platz.

Etwa eine Minute verging. Falls sie auf eine Äußerung von mir wartete, hatte sie Pech. Schließlich schaute sie auf. »Da hab ich es ... getan. Hab ihm gesagt, dass er mit mir schlafen muss. Er musste einfach. Sonst würde ich überall herumerzählen, dass er es getan hätte.«

Ich machte ein unverbindliches Geräusch, ermutigte sie zum Weitersprechen, fällte kein Urteil.

»Er stand bloß mit verschränkten Armen da. Ich zog mich an und ging. Später habe ich ihn angerufen. Ganz oft. Nach einer Weile ließ er einfach seinen Anrufbeantworter laufen. Es machte mich schrecklich wütend ... Zu wissen, dass er da war und nicht mal mit mir reden wollte.«

»Was hätte er denn sagen sollen?«, fragte ich leise.

»Ich weiß es nicht«, antwortete sie. »Irgendwas ... Aber

er wollte nicht. Blieb stumm. Vollkommen. Und da habe ich es dann getan.«

»Was haben Sie getan, Heather?«

»Ich habe ihn angeschwärzt. Es meiner Mutter erzählt. Aber sie sagte, ich hätte es nicht anders verdient, würde wie eine Schlampe rumlaufen, nicht auf sie hören und alles. Sie nannte mich eine fette Matschkuh. So hat sie mich immer genannt. Mein Vater … Meine Eltern sind geschieden, er lebt in L. A., ich sehe ihn nie. Also bin ich zu einer Lehrerin. Einer Vertrauenslehrerin. Und sie ist dann zu meiner Mutter gegangen.«

»Was haben Sie der Lehrerin erzählt?«

»Dass wir ein Liebespaar waren. Dass wir Sex hatten. Keinen … richtigen Sex. So dumm war ich nicht. Schließlich war ich noch Jungfrau. Und ich wusste, dass man so was feststellen kann. Ich wusste, was ich sagen muss. Ich hab ihnen erzählt, wir hätten … andere Sachen gemacht. Meine Mutter war total sauer. Nicht wegen dem, was passiert war – was *angeblich* passiert war –, sondern weil ich sie in Verlegenheit gebracht hatte. Sie ging und holte den Riemen. Aber ich hab gesagt, wenn sie das Ding je wieder gegen mich erheben sollte, würde ich ihr den Scheißarm brechen. Sie wusste, dass ich das konnte – ich war fast so groß wie heute. Und stark.«

»Was passierte dann?

»Sie machte überhaupt nichts. Ließ mich einfach in Ruhe. Aber sie erzählte es ihrem Freund. Einem Anwalt. Und der sagte, wenn ich den Mann verklagte, könnte sie Geld rausholen. Und genau das haben wir dann auch getan.«

»Sind Sie zur Polizei gegangen?«

»Nein. Wenigstens nicht gleich. Ihr Freund hat uns geraten, wir sollten zunächst Geld fordern. In einem Brief. Aber er wollte nicht zahlen. Er schrieb und sagte, ich sei eine Lügnerin. Und das war ich auch.«

»Wie ist der Fall …?«

»Es kam in die Zeitungen. Die haben sogar ein Foto von mir gebracht. Der Freund meiner Mutter hat dafür gesorgt, dass ich wie ein kleines Mädchen angezogen war. Kein Make-up, weites Kleid und so. Wir haben ihn auf fünf Millionen verklagt. Ich sah aus wie das, was ich eigentlich war – ein fettes, hässliches, trauriges kleines Mädchen.«

»Hat er bezahlt?«

»Nein«, sagte sie, mit vor Kummer erstickter Stimme. »Er hat nie bezahlt. Hat sich umgebracht. Sich erschossen. In seinem Apartment. In genau dem Zimmer.«

»Aha …«

»Er hat einen Brief hinterlassen. Nicht für die Presse, für mich. Er hat ihn mit der Post geschickt – ich bekam ihn nach seinem Tod. Nur ein Satz: ›Deine Lügen haben mich getötet.‹ Das war alles.«

»Was ist dann passiert?«

»Ich bin … durchgedreht. Meine Mutter hat mich in ein Krankenhaus gesteckt. Dort war ich fast fünf Jahre. Ich wollte mich auch umbringen. Damit ich mich entschuldigen konnte. Damit ich bei ihm sein und mich entschuldigen konnte. Ich habe sehr lange gebraucht, bis ich …«

»Bis Sie …?«

»Bis ich entlassen wurde. Dann bin ich aufs College gegangen. Im Krankenhaus habe ich die High School abgeschlossen, deshalb ging das. Als ich fertig war, habe ich mich einfach treiben lassen. Habe auf irgendwas gewartet, ich weiß nicht, auf was. Und dann habe ich ihn kennen gelernt.«

»Kite?«

»Er hat einen Vortrag gehalten. Es kostete nur zehn Dollar. Er sprach über das Klima. Das Klima in Amerika. Dass es bei uns wieder Hexenjagden gibt, aber dieses Mal wegen Kindesmisshandlung. Nach dem Vortrag bin ich zu ihm gegangen. Und hab ihm die Wahrheit gesagt, so wie jetzt Ihnen.«

Sie faltete die Hände unter den Brüsten, bot sie mir dar

wie dem Mann, der das nicht überlebt hatte, die Stimme so atemlos wie die einer religiösen Fanatikerin. »Er hat mich nicht abgewiesen. Er hat zugehört. Hat mir erklärt, warum ich das gemacht habe. Hat gesagt, wenn in Amerika das richtige Klima herrschen würde, hätte ich keinen so großen Schaden angerichtet. Niemand wäre zu Schaden gekommen. Die richtigen Leute hätten die richtigen Fragen gestellt, und die Wahrheit wäre herausgekommen. Genau das macht er. Das ist seine Arbeit.

Und er hat mir noch etwas gesagt«, fuhr sie leise fort. »Wie ich alles wieder gutmachen könnte. Indem ich ihm bei seiner Arbeit helfe. Und das mache ich seitdem. Seit fast zehn Jahren. Als er mir von Ihnen erzählte, bekam ich Angst. Ich las Ihre Akte. Sie sind ein Krimineller. Sie waren im Gefängnis. Ich glaube, Sie haben sogar Menschen getötet – das steht zumindest in Ihrer Akte. Aber er war so sicher, dass Sie der richtige Mann dafür sind. Es bedeutet ihm so viel.«

»Was?«

»Die Wahrheit – verstehen Sie denn nicht? Er sagt immer, die Menschen, die behaupten, es passiert *niemals*, sind genauso verrückt wie diejenigen, die sagen, es passiert dauernd. Er glaubt dieser Fr... An diesen Fall, meine ich. Ich übrigens auch. Und er sagt, Sie sind der richtige Mann, um das zu beweisen ... Wenn *Sie* eine Geschichte nicht knacken können, dann *ist* sie nicht zu knacken. Das sagt er.«

Sie wandte den Kopf ab, schaute auf das dunkle Wasser des Flusses hinaus, als gebe es ihr Kraft. »Er sagt, *Sie* hätten mich damals bestimmt geknackt. Wenn Sie an der Sache gearbeitet hätten, wäre ich nie damit durchgekommen. O Gott, ich wünschte, es wäre so gewesen. Aber Sie sind ein ... Söldner, so nennt er sie. Ich hatte Angst, dass Sie kein ehrliches Spiel spielen. Dass Sie Geld nehmen von der gegnerischen Seite und uns verraten. Er ist kein ... starker Mann. Nicht körperlich stark, meine ich. Ich hatte

Angst, Sie würden sein Geld nehmen und dann einfach verschwinden und ihn auslachen.«

»Also wollten Sie ... was? Mir Angst machen?«

»Ich dachte, wenn Ihnen klar ist ... dass ich Sie umbringe, wenn Sie ihn verraten, würden Sie vielleicht ... Ich weiß nicht! Ich wollte Ihnen nicht richtig wehtun. Wenigstens nicht sehr. Wenn es mir darum gegangen wäre, hätte ich die hier benutzt«, sagte sie, und ihre fleischige kleine Hand wanderte zum Bund des Trainingsanzugs. Sie bewegte sich langsam und vorsichtig, zog zwei Schlagringe hervor. Zog sie nicht über, zeigte sie mir nur. »Ich weiß, wie man damit umgeht«, sagte sie. »Das habe ich ... drinnen ... gelernt. Ein paar der Pfleger, die ... ich wollte nur, dass Sie das wissen; wenn Sie ihn aufs Kreuz legen, bringe ich Sie um.«

»Das glaube ich Ihnen aufs Wort, Heather. Deshalb gehe ich auch. Ich habe schon genug Feinde.«

»Das *können* Sie nicht tun!«, schrie sie und packte meine Hand. »Bitte! Er braucht Sie. Ich auch. Was ich getan habe, tut mir Leid. Es tut mir Leid, was ich ... ihm angetan habe. Und auch Ihnen. Mir ist egal, ob Sie mich hassen. Ich kann's Ihnen nicht verdenken. Ich hasse mich selbst dafür. Bitte, bitte ... nehmen Sie das Geld. Und ... was immer Sie sonst noch wollen.«

Darauf war ich nicht vorbereitet. Also hielt ich mich an das, womit ich mich auskannte. »Richten Sie Kite aus, ich rufe ihn in ein paar Tagen an«, sagte ich und griff im Aufstehen nach der Futtersack-Handtasche.

Ich schaute nicht zurück.

Als ich näher kam, stand der Prof neben Clarences Rover, hielt einen schwarzen ledernen Aktenkoffer in der Hand. »Sie kam allein, war nicht zu zwein«, sagte er. »In einer dicken Karre. Ganz weiß, getönte Scheiben – klasse Schlitten.«

»Hast du einen Blick hineinwerfen können?«

»Nur ganz kurz, als die Tür aufging. Wollte reinlinsen, kriegte aber nichts vor die Plinsen. Sie ist selbst gefahren.«

»Meinst du, Kite weiß nichts davon?«

»Keine Ahnung, Schuljunge. Sie hat *ziemlich* weit weg geparkt. Das Miststück musste eine gute Viertelmeile humpeln.«

»Ja. Sind das die Unterlagen von Wolfe?«

»Exakto, Bro. Die Übergabe lief reibungslos. Clarence hat's von der Blondine mit dem doughnutfressenden Pitbull. Sie war pünktlich.«

»Danke«, sagte ich, nahm ihm den Aktenkoffer ab. »Was meinst du dazu?«, fragte ich, berichtete, was in Kites Wohnung passiert war und was Heather mir gerade erzählt hatte.

Der kleine Mann hörte aufmerksam zu, den Kopf schräg gelegt, damit ich nicht lauter sprechen musste, eine Angewohnheit, die ihn so deutlich kennzeichnete wie eine Knasttätowierung. »Sie kennt sich aus, die Laus. Hat die Hüllen fallen lassen, damit du nirgendwo anders hinblickst, hat dann den Schwinger auf die Reise geschickt, bevor du die Finte durchblickst. Hat die Nummer bestimmt nicht zum ersten Mal abgezogen.«

»Ja. Ich hatte das Gefühl, dass sie es ernst meint. Hätte ich sie nicht ausgebremst, sie hätte mich richtig zerlegt.«

»Meinst du, sie steht auf Schmerzen?«

»Nein.«

»Bist du sicher?«

»Nein. Und ich will es auch nicht rausfinden. Das ist eine verrückte, gefährliche Braut. Ich glaube, sie hat die Wahrheit gesagt. Sie will es. Will es *unbedingt*. Ist gewohnt, ihren Willen mit Gewalt durchzusetzen. Ihr Körper ist … ich weiß nicht … ihr Werkzeug. Vielleicht spielt sie bei Kite den Bösen Cop. Wenn er verhört …«

»Versucht sie's mit Schlägerei, ist sie ein Weichei«, kommentierte der Prof. »Man muss doch sein Gegenüber checken, bevor man loslegt.«

»Ich weiß«, sagte ich, erinnerte mich. Das war eines der ersten Dinge, die er mir beigebracht hatte.

»Ziehst du die Sache durch?«, fragte er, machte keinen Druck.

»Der Mann hat sich viel Mühe gegeben.« Ich dachte laut nach. »Hat Zeit und Geld investiert. Er will mich. Auf jeden Fall für diesen Job. Ich weiß nicht, was er tut, wenn ich absage, aber ich will nichts riskieren. Wir werden bezahlt, stimmt's? Und mit diesem Geld kaufen wir uns die gleiche Waffe, die er jetzt auf meinen Kopf richtet – Informationen.«

»Ja«, nickte der kleine Mann. »Ich wollte auch nicht ins Visier von dieser Wolfe geraten.«

Ich griff in die Futtersack-Handtasche, zählte fünftausend ab und steckte sie für Bondi ein. Dann übergab ich die Tasche dem Prof. »Da drin sind zwanzigtausend. Je fünf für dich, mich, Clarence und Max. Schweigegeld, denkt die Schlampe. Eine Weile *werde* ich auch den Mund halten. Ich weiß bisher nur eins: Kite will, dass ich mit jemandem rede, rauskriege, ob dieser Jemand die Wahrheit sagt. Das werde ich tun. Und dann …«

»Alles klar, Mann«, sagte der kleine Mann.

Langsam rollte ich im Plymouth davon, zwar umschlossen von Stahl, aber mit Aussicht nach draußen. Dachte, wie viel Sicherheit der Prof mir immer gab.

Ins Gefängnis gekommen war ich als Nachwuchsganove, hatte Raubüberfälle wie ein Cowboy durchgezogen, für ein Monatsgehalt ein Lebenslänglich riskiert. Das Gefängnis produziert Unternehmer auf die gleiche Weise wie die Außenwelt. Durch Druck. Da gab es einen Typ, der immer einen Takt neben der kriminellen Melodie war, nach der wir anderen lebten. Der Prof nannte ihn Einstein, und nach einer Weile taten wir es auch. Einstein hatte ständig großartige Ideen. Eine davon war Bücher auf

Video für Taubstumme. Auf dem Bildschirm sollte jemand das ganze Buch in Zeichensprache erzählen, so was wie eine Untertitelung. Ein anderes Projekt waren die Mutter Natur-Zigaretten: biodynamisch angebauter Tabak, keine Pestizide, die Hülsen aus Altpapier. Die wollte er an Bioläden verkaufen. Der Glanz seiner Ideen machte ihn immer blind für das eine kleine Problem dabei.

Bei einem seiner Besuche in der Welt draußen landete Einstein schließlich einen Volltreffer – verkaufte limitierte Sonderausgaben von Büchern, die es nie auf die Bestsellerlisten schafften, aber unter Sammlern eine treue Anhängerschaft besaßen. Er machte alles richtig: ledergebunden, mit Lesebändchen, marmoriertes Vorsatzpapier ... alles eben. Beim ersten Versuch ließ er eine Auflage von fünfhundert drucken und verkaufte jedes einzelne. Danach dachte sich das Genie natürlich, er sei auf der Gewinnerstraße, also ließ er eine zweite Auflage drucken. Konnte einfach nicht verstehen, warum das floppte.

Im Grunde seines Herzens war Einstein ein anständiger Bürger. Er landete nur deshalb immer wieder im Gefängnis, weil er stets mit der Kanone versuchte, Banken zu seinen persönlichen Geldautomaten umzufunktionieren, wenn er Unterstützung für sein nächstes Projekt brauchte.

Einstein las viel. Ich meine, *sehr viel.* Er suchte ständig nach der Antwort. Jedenfalls, eines Tages kommt er raus in den Hof, felsenfest davon überzeugt, sie schließlich und endlich gefunden zu haben. Er hat gerade ein Buch über den Bürgerkrieg gelesen – darüber, wie reiche Männer es schafften, nicht eingezogen zu werden, und arme Männer dafür bezahlten, dass die an ihrer Stelle kämpften. Also dachte Einstein sich, diesmal hätte er den perfekten Plan: Warum sollten reiche Männer, die wegen eines Verbrechens verurteilt wurden, nicht anderen Typen Geld geben, damit sie an ihrer Stelle im Knast die Strafe absitzen?

Das erzählte er ganz aufgeregt, so wie er es immer

machte. Der erste Typ, der darauf reagierte, war ein Vollidiot namens Vinnie. »So was würde ich nicht mal für 'ne Million Mäuse tun«, spottete er überheblich.

Aber der Prof ließ nicht zu, dass sich jemand über Einstein lustig machte. »Ja, genau. Du bist zu schlau, hast keinen Hau, was? Nee, du überfällst lieber weiter für Peanuts deine Scheißlebensmittelläden! Wie viel hast du bei dem letzten Ding kassiert, Dillinger? Paar hundert Mäuse? Und wie lange sitzt du dafür, wieder fünfzehn? Mein Einstein ist vielleicht *loco*, aber blöd ist er nicht!«

Als der Prof mit meiner Ausbildung fertig war, kannte ich ein Dutzend raffinierterer und besserer Wege, an Geld zu kommen. Keiner davon war gerade.

Das hier war auch wieder einer – aber ich wusste noch nicht, wie ich es anstellen sollte.

Ich schickte Bondi das Geld in einer einfachen, kleinen Schachtel, klebte es sorgfältig mit breitem Klebeband unter das braune Packpapier. Bargeld nach Australien einzuführen, ist ein schweres Verbrechen, also packte ich das Päckchen so sorgfältig wie eine Briefbombe – falls die Cops es am anderen Ende öffneten, würde nichts auf mich verweisen. Die Beschriftung machte ich mit einem Pantografen – keine Handschrift, keine Hände. Als Absender gab ich einen Stripperschuppen am Times Square an. Vielleicht würden sie denken, ein alter Freier schicke ihr ein Geschenk.

Ich benutzte die Hauptpost an der Eighth, das belebteste Postamt der Welt. Als ich hinausging, zog ich die Gummihandschuhe aus, warf sie in einen Müllcontainer und verschwand in der U-Bahn.

Wieder im Büro, ging ich die Unterlagen durch, für die ich Wolfe bezahlt hatte. Kite war 1951 geboren. Wog bei der Geburt zweitausendachthundertundsieben

Gramm. War das erste Kind seiner Mutter. Regelmäßige Besuche beim Kinderarzt. Außer Keuchhusten und einem chirurgischen Eingriff zur Korrektur eines Hodenhochstands nichts Bemerkenswertes.

Beide Eltern tot, Verkehrsunfall. Ein betrunkener Autofahrer tötete sie, als Kite elf Jahre alt war. Aufgezogen von der Schwester der Mutter und ihrem zweiten Mann, einem Rechtsanwalt in Spokane, Washington. Mit dreizehn Entfernung der Mandeln. Ziemlich spät für diese OP – muss schmerzhaft gewesen sein. Ausgezeichneter Schüler auf der High School. Schachclub, Diskussionsgruppe, Theater-AG. 1540 Punkte bei dem Eignungstest fürs Studium. Volles Collegestipendium.

1970 wurde der Mann seiner Tante wegen einer Reihe von Vergewaltigungen auf Highways nahe der Grenze zu Idaho verhaftet. Der Vergewaltiger war auf leichte Beute aus. Er fuhr bei schlechtem Wetter die Nebenstraßen ab, suchte Autos, die mit einer Panne liegen geblieben waren … Autos mit Frauen drin, allein und gestrandet. Er trug immer eine Strumpfmaske, hinterließ nie Fingerabdrücke. Erwischt wurde er durch eine Undercover-Operation. Ein weiblicher Cop fungierte als Lockvogel, stand neben einem Auto, mit offener Motorhaube. Man fand die Strumpfmaske, zwei dicke Lederhandschuhe und ein mit schwarzem Isolierband umwickeltes Bleirohr. Als er auf Kaution entlassen wurde, berief er sofort eine Pressekonferenz ein. Er sagte, das Beweismaterial sei ihm untergeschoben worden – die Polizei hätte den Falschen erwischt, und wüsste das auch.

Aber zwei der Opfer identifizierten ihn. Die Maske half nichts – er war erst als Erwachsener beschnitten worden und hatte auf der Oberseite des Penis einen auffälligen, dunkleren Hautlappen, wo der Chirurg ein Stück zu wenig weggeschnitten hatte.

Am Abend vor Prozessbeginn bekannte er sich schuldig. Die Staatsanwaltschaft stimmte zu, dass er unter einer ›Geisteskrankheit oder einem psychischen Defekt‹ litt und Gefängnis nicht angebracht sei. Er wurde auf unbestimmte Zeit in eine geschlossene psychiatrische Einrichtung eingewiesen. In regelmäßigen Abständen sollte sein Zustand erneut geprüft werden.

Drei Monate nach seiner Einweisung wurde er unter der Dusche erstochen.

Die Tante heiratete ein Jahr später wieder. Kite kehrte nie mehr nach Spokane zurück. Ich überflog die Unterlagen über sein Jurastudium – nur die Langfassung dessen, was Wolfe mir bereits erzählt hatte. *Law Review, Order of the Coif, American Jurisprudence Award in Contracts.* 1975 Zulassung zur New Yorker Anwaltskammer, 1976 Zulassung zum Bundesbezirksgericht.

Nie verheiratet. Kein Hinweis darauf, dass er schwul war. Die Anschrift Sutton Place war die einzige bekannte Adresse. Kein Führerschein. Waffenschein für eine SIG-Sauer P230 Halbautomatik.

Er hatte ein Depot bei einem großen Brokerhaus. Fing 1988 an mit 401 000 Dollar, die er von der letzten Anwaltskanzlei bei seinem Ausscheiden erhalten hatte. Gegenwärtiger Depotwert: 588 644,22 $. Das Apartment am Sutton Place war eine Eigentumswohnung. Hypothek über 860 000 $, nach einer Anzahlung von sage und schreibe 750 000 $. Monatliche 13 100,29 $ für Hypothek, Nebenkosten und Steuern. Pünktlich abgebucht per Dauerauftrag von seinem Geschäftskonto. Zu seiner Eigentumswohnung gehörte auch eine Tiefgarage. Ein 1996er Cadillac STS war unter dieser Adresse auf ihn zugelassen. Eine weiße Limousine.

Kite wurde als Alleinaktionär der Screentest Supreme Software geführt, einer Firma mit Sitz am Sutton Place. Ihre einzigen Aktivposten waren mehrere Copyrights und Warenzeichen. Seine Steuererklärung für 1994 wies ein Nettoeinkommen von 801 444 $ aus. Auf den ersten Blick schien die Steuererklärung in Ordnung: keinerlei exotische Abzüge, keine überzogenen Abschreibungen. Auch keine Angestellten – er hatte für alles Werk- beziehungsweise Lieferverträge, von der Textverarbeitung bis zum Chauffeur ab und an. Heather erhielt 1994 Schecks über insgesamt fast vierzigtausend, ausnahmslos gekennzeichnet als ›Recherche‹.

Bankkonten, Schatzbriefe, ein paar Aktien, größtenteils Technologiewerte. Sein Immobilienbesitz war beachtlich: fünf Eigentumswohnungen in der Stadt, von der 5-Zimmer-Hochhauswohnung bis zu mehreren Studios. Eine Hausverwaltung kümmerte sich um alles und schien ihre Sache gut zu machen – alle Wohnungen waren vermietet. Alle waren mit Hypotheken belastet; sie trugen sich, die größte warf sogar einen kleinen Gewinn ab. Den eigentlichen Gewinn machte er jedoch durch die steuerliche Absetzung der Hypotheken und Wertminderung.

American Express, Visa, MasterCard ... alle Konten ausgeglichen, keins im Soll. Von den Hypotheken abgesehen, schuldete er niemandem einen Dime.

Wolfes Papiere bezifferten sein Nettovermögen auf 4,3 Millionen Dollar, ›bei vorsichtiger Schätzung‹.

Bei den Unterlagen befanden sich auch Fotokopien verschiedener Plädoyers und Anträge, die er als Rechtsanwalt gehalten und eingereicht hatte, mehrere Verträge, die er entworfen hatte, sogar die Mitschrift eines Wortgefechts im Rahmen eines Berufungsverfahrens. Die Plädoyers waren eher wissenschaftlicher denn juristischer Natur: Tabellen und Diagramme, Verweise auf Artikel in psychiatrischen Fachzeitschriften, komplizierte logische Argumentationsketten, aber präzise und elegant aufgebaut.

Darunter ein Vormundschaftsfall, bei dem Kite den Vater vertrat. Die Mutter behauptete, sie habe herausgefunden, dass der Mann seinen Sohn sexuell missbrauche. Sie wollte ihm das Besuchsrecht aberkennen lassen. Kite argumentierte, sie hätte alles frei erfunden, bewies, dass sie als Kind selbst missbraucht worden war, sagte, sie ›sehe

Gespenster‹ und sei ›Sekundäropfer eines unfähigen Therapeuten‹. Seine Demontage der Psychologin war ein Meisterstück. Er befragte sie nach den Techniken, die sie benutzte, führte an, dass sie keine Zusatzausbildung für die Verwendung anatomisch korrekter Puppen besaß, wies auf ein paar kleinere Übertreibungen in ihrem Bericht hin, fragte, warum sie ihre Sitzungen mit dem Kind nie auf Video mitgeschnitten habe. Sein Plädoyer war gespickt mit Zitaten aus psychologischen Studien, die den seelischen Schaden betonten, den ein Kind erleidet, wenn es zu einer Falschaussage gezwungen wird.

Er gewann den Fall. Das Gericht hielt das Verhalten der Mutter für so ungeheuerlich, dass es eine sofortige Änderung des Sorgerechts anordnete: Die Mutter durfte den Jungen nur noch unter Aufsicht besuchen. In der Berufung wurde die Entscheidung bestätigt.

Ein Jahr später wurde die Mutter wegen versuchter Entführung des Kindes verhaftet. Sie hatte die anschließende Flucht gut vorbereitet – besaß falsche Papiere für beide. Man erwischte sie auf dem Flughafen, mit Tickets nach Frankreich in der Handtasche.

Das Anwaltsverzeichnis der angesehenen Firma Martindale-Hubbell stufte Kite in die beste Kategorie ein. Er stand im *Who's Who im Amerikanischen Rechtssystem.* Abgesehen von einem halben Dutzend kurzer Erwähnungen im *New York Law Journal* war bei der Presserecherche nichts herausgekommen – er war nicht publicitysüchtig.

Nein. Er war ein Jäger der Lüfte: ein Raubvogel, der zur Arbeit keinen Ansitz brauchte.

Das letzte Dokument war eine zweizeilig geschriebene Liste sämtlicher Anwälte, die Kite in den letzten Jahren beraten hatte. Insgesamt vier Seiten, von Küste zu Küste. Ich erkannte einige Namen – mediengeile Scheidungsanwälte –, aber von den meisten hatte ich noch nie gehört. Wolfe hatte die Liste kommentiert, die Namen aufgeschlüsselt nach Spezialgebieten und Art des Falles. Größtenteils Vormundschafts- und Besuchsrechtsachen, aber auch viele zivilrechtliche Klagen und ein paar Strafverfahren.

Bei den Scheidungsfällen arbeitete Kite für die Seite, die ihn engagierte. Ansonsten ausschließlich für den Angeklagten.

Ich las alles, dann las ich es noch mal, suchte nach einem Muster. Das einzige, das ich fand, ergab keinen Sinn: Obwohl die meisten seiner Mandanten – oder genauer gesagt, die Mandanten der Anwälte, die ihn engagierten – männlich waren, gab es fast ein Drittel Frauen. Er gehörte nicht zu den Typen, für die ›väterliche Rechte‹ das Größte sind.

Wolfe war gut, und ihr Mikroskop schaute tief. Aber ich sah keine Risse in der Wand.

Ich machte eine Pause. Packte Pansy in den Plymouth, fuhr zu einem der verlassenen Piers an der West Side und ließ sie sich ein bisschen austoben.

Danach machte ich uns beiden was zu essen. Dann öffnete ich den Aktenhefter, den ich von Kite bekommen hatte.

Aufsätze von Psychologen. Plädoyers von Anwälten. Artikel von Journalisten. In jedem ging es um eine zu Unrecht erhobene Beschuldigung des sexuellen Kindesmissbrauchs. Kein Bericht stammte von Kite. Doch dann fielen mir die Hervorhebungen auf – praktisch jede Seite war übersät mit neonfarbenen, transparenten Markerstrichen, manchmal mehrere Farben auf einer Seite. Am Ende fand ich eine ordentliche Tabelle mit der Bezeichnung SCHLÜSSEL. Jede Farbe wurde durch einen satten Strich des jeweiligen Markers dargestellt. Neben jedem dieser Striche eine winzige, enge Handschrift in pechschwarzer Tinte, so hyperpräzise, dass ich sie zunächst für eine Computerschrift hielt.

[Rot] Eine >unbegründete< Verdächtigung von Kindesmissbrauch bedeutet nicht automatisch, dass die Verdächtigung >falsch< ist. Die Kennzeichnung >unbegründet< gilt auch für Fälle, in denen die Ermittlung nicht beendet werden konnte, da die Tatverdächtigen den Zuständigkeitsbereich der Ermittlungsbehörden verlassen haben, usw. Und viele >begründete< Fälle kommen niemals vor ein Familiengericht.

[Blau] Die zitierten >Statistiken< sind überhaupt keine. Sie sind ausnahmslos auf Schätzungen basierende Extrapolationen. Ohne jeden wissenschaftlichen Wert.

[Gelb] (1) Sachverständigenaussage für die Verteidigung wurde in einem Interview angeführt, in dem der Sachverständige >Pädophilie< als >alternativen Lebensstil< bezeichnete. (2) Die Aussagen der hier genannten Person wurde von Gerichten in drei verschiedenen Bezirken nicht als >Sachverständigenaussage< anerkannt. (3) Der Ausdruck >Validität< ist eine unzutreffende Bezeichnung: >Valide< oder >gültig< meint >zu *diesem* Zeitpunkt wahr<, während >verlässlich< bedeutet >wahr unabhängig vom Zeitpunkt<. (4) Ein >Sachverständiger< kann nicht bezeugen, ob Kind die Wahrheit sagt – das fällt in die Kompetenz der Geschworenen.

[Orange] Keine stichhaltige Recherche (Stichprobe zu klein, Kontrollgruppe unzulänglich et al.).

[Grün] Finanzielles Interesse den Ausgang betreffend. Verborgene Absichten. Geheimgehaltene Verbindung zu Stiftung, die in der Klage als Mandant genannt wird. Versicherung zwingt dem Angeklagten außergerichtlichen Vergleich auf.

[Lila] Entspricht nicht den anerkannten diagnostischen Kriterien für >Syndrom<. Keine Daten erhoben. Wurde nie einem unparteiischen Testverfahren unterzogen. Unwissenschaftlich – lediglich die geschickt präsentierten Erklärungen eines Klatschmauls.

[Braun] Urteil aufgehoben wegen technischen Fehlers bei Gegenüberstellung. Medienberichte von >Rehabilitierung< ungenau.

[Dunkelrot] Achtung: Verjährung!

[Cyan] (1) Bezeichnung >Fürsorglicher Elternteil< war selbst gewählt, daher bedeutungslos. (2) Diagnose einer Posttraumatischen Stressfunktionsstörung ist *kein* axiomatischer Indikator für sexuellen Kindesmissbrauch. Druck, eine falsche Beschuldigung zu erheben, kann bei einem Kind Stress auslösen.

[Rosa] Journalisten klassifiziert nach einem >Loyalitätsindex<, begründen ein Vorhersagemodell. 100% zutreffend: Name des Journalisten ein perfekter Hinweis auf den >Urteilsspruch< des Zeitungsartikels.

Auf der nächsten Seite, in der gleichen winzigen Handschrift, weitere Notizen:

Hechler, >Die Schlacht und der Rückschlag< ...
Protokolle der APSAC – American Professional Society on the Abuse of Children ...
Salter, >Behandlung von Straftätern und Opfern von Kindesmissbrauch< ...
>Sachverständiger< zitiert eigene Artikel als >Quelle< ...
NAMBLA-Mitgliedschaft (North American Man/Boy Love Association) ...
501 (c) (3) Kriterien schließen Lobbying aus ...

Und dann die Schlussfolgerung, in Großbuchstaben, doppelt unterstrichen und exakt zentriert unten auf der Seite:

Kites Glaubensbekenntnis?

Ich ließ es ein paar Tage köcheln, wollte sehen, ob Heather den Druck verstärkte. Aber das Telefon in Mamas Restaurant klingelte nicht. Okay.

»Ich bin soweit«, sagte ich, als sie sich meldete.

»Herzlichen Dank«, flüsterte sie mit einem viel sagenden Unterton. »Wann können Sie?«

»Morgen früh?«

»Ich muss nachschauen – nein, ich weiß, es wird gehen. Wäre Ihnen um zehn recht?«

»Ja.«

Ich stellte den Plymouth auf einem Parkplatz nördlich der Fifty-ninth Street Bridge in der Nähe des FDR ab und ging zu Fuß zu Kites Haus. Ich war gekleidet wie bei meinem letzten Besuch. Nicht, weil ich glaubte, dass Heather noch mal die gleiche Nummer abziehen würde – ich wollte nur ihre Erinnerung daran wach halten.

Sie stand auf der anderen Seite des Gitters, trug einen schwarzen Bustier unter einer transparenten, weißen Bluse zu einer schwarzen Capri-Hose mit breitem, roten Gürtel. Die Schwarzkirschhaare wirkten wie ein lackierter Helm. Im schummrigen Licht waren ihre Augen kleine Kreise aus orangefarbenem Glas, leuchteten heller als das dick aufgetragene Make-up. Als sie mir den Rücken zuwandte, um vorauszugehen, sah ich, dass sie wieder Pfennigabsätze trug. Der linke Knöchel war bandagiert – es musste schmerzhaft sein. Ich ignorierte das Schwingen ihrer ausladenden Hüften, behielt die Augen fest auf ihre Schultern gerichtet, doch sie trat geschmeidig zur Seite, führte mich ohne einen Anflug von Aggressivität in Kites Gemächer.

Der braune Ledersessel stand neben Kites ausladendem Sessel bereit. Er winkte mich zu sich wie ein alter Freund, der in unserer gemeinsamen Stammkneipe auf mich gewartet hat. Ich nahm Platz. Er hielt mir nicht die Hand hin. Falls er meinem Gesicht irgendeinen Unterschied ansah, ließ er sich nichts anmerken.

Ich hörte das Klackern ihrer Absätze hinter mir. Sie beugte sich mit einem Glas Wasser vor, behielt den Kopf aber oben, berührte mit der Nase beinahe mein Haar. Ihr kaum hörbares Schniefen bemerkte ich nur, weil ich es erwartete. Sie schnupperte nach Zigarettenrauch. Ihr Knöchel erinnerte sie daran, in meiner Nähe auf der Hut zu sein, doch gegen den intensiven Shampooduft und das Gel in meinem Haar hatte sie keine Chance. Für alle Fälle hatte ich mir die Hände mit Alkohol gewaschen.

»Ich werde Sie nicht mit der Frage beleidigen, ob Sie das Material gelesen haben, das ich Ihnen gegeben habe«, sagte Kite zur Eröffnung. »Denn anderenfalls wären Sie sicherlich nicht hier.«

»Okay«, sagte ich, blieb in mir. Dachte an den Zen-Felsen, poliert nach Jahren unter dem Wasserfall, bis er so glatt war wie das Wasser selbst. Wie Kites Gerede. Das Gefängnis ist voller Gerede. Durchsichtige Glätte hält den Blick an der Oberfläche fest, lässt niemals tiefer schauen. Die Knackis, die sich Arier nennen, behaupten, Schwarze sind Erd-Menschen und Weiße sind Sonnen-Menschen. Und die Knackis, die sich Afrikaner nennen, sagen, Schwarze sind Erd-Menschen und Weiße sind Eis-Menschen. Zwei Seiten desselben glatten Steins. Und kein Körnchen Wahrheit unter der geschmeidigen Oberfläche.

»Ist das Ihre einzige Reaktion?«, fragte er, die weißen Augenbrauen hinter der rosa Brille gehoben.

»Lügner lügen«, sagte ich unverbindlich. »Ein Typ vergewaltigt eine Frau in Dallas, behauptet, sie sei einverstanden gewesen, okay? Ein anderer Typ vergewaltigt eine andere Frau in Chicago und behauptet ebenfalls, sie sei einverstanden gewesen. Das macht es nicht zu einer landesweiten Verschwörung. Aber ein billiger Psychologe schreibt einen Artikel über ein bestusste psychische Störung, die Frauen, die ursprünglich Sex wollten, plötzlich ›Vergewaltigung‹ schreien lässt. Schon ist es ein verdammtes ›Syndrom‹, und Strafverteidiger haben ihren großen Tag.«

»Das Gegenteil trifft aber auch zu«, sagte Kite, beugte sich vor. »Eine Bande Pädophiler vergewaltigt ein Kind in Schweden. Auf dem Video tragen alle Schwarz. Das gleiche Video taucht im Hause eines Sammlers in den Vereinigten Staaten auf. In seinem Kleiderschrank hängt ein schwarzes Hemd. Also behauptet die Polizei gegenüber der Presse, sie hätte einen internationalen Ring von Kinderschändern auffliegen lassen.«

»Wie ich schon sagte: Lügner lügen. Und?«

»Sofort erweitern idiotische Therapeuten, die unzulängliche ›Validierungen‹ von Kindesmisshandlung anstellen, ihre dummen Checklisten um die Frage: ›Hatte er ein schwarzes Hemd?‹ Und wenn die Antwort positiv ist, wie es in manchen Fällen zwangsläufig sein wird, haben sie ihren ›Beweis‹. Ein Scharlatan braucht zuallererst einmal eine Nomenklatur. Eine Fachsprache. Ausschmückungen. Genau das ist die wahre Genese von pseudopsychologischen Begriffen wie ›Aufdeckung‹ und ›Verleugnung‹. Jeder gute Schwindler braucht etwas Vertrauenerweckendes.«

»Die Menschen sehen, was sie sehen wollen«, sagte ich. »Was immer ihre Rechnungen bezahlt oder ihre Motoren antreibt. Darauf haben Sie selbst hingewiesen, in dem Material, das Sie mir gegeben haben.«

»Und was fehlt?«, fragte er, legte die Fingerspitzen aneinander und sah mich durch sie hindurch an. »Ich will es Ihnen verraten, Mr. Burke: objektive Ermittlungsarbeit, die auf die Konsequenzen scheißt. Das Problem mit dem so genannten System ist die mangelnde Objektivität. Staatsanwälte wollen ihre Anklage beweisen, nicht die Wahrheit erfahren. Und Verteidiger … offensichtlich besteht ihre Aufgabe meistenteils darin, die Wahrheit zu meiden.«

»Was ist mit Sozialarbeitern?«, fragte ich, kannte die Antwort bereits. »Zum Beispiel mit denen, die im Kinderschutz arbeiten?«

»Ich bitte Sie«, spottete er. »Sie können das ganze Land absuchen und werden keine Berufssparte finden, die schlechter ausgebildet, weniger kontrolliert, schrecklicher unterbesetzt und schlechter bezahlt ist. Diese Leute arbeiten völlig ohne standardisierte Verfahren. Sagen Sie mir eins: Aus welchem Grund sollte ein Verdacht auf Kindesmisshandlung in Detroit nicht auf exakt die gleiche Weise untersucht werden wie in Denver? In manchen Gerichtsbezirken werden tatsächlich ausgebildete Sozialarbeiter eingesetzt. Diplomierte Sozialarbeiter. In anderen genügt schon ein Collegeabschluss. Wissen Sie, was die Star Chamber war, Mr. Burke?«

»England, oder? Vor drei- oder vierhundert Jahren? Ein kleiner Raum, in den man geschleift wurde und klargemacht bekam, dass man schuldig ist?«

»Fast«, bestätigte er. »Für das Kind, für das mutmaßlich missbrauchte Kind, ist jeder kleine Sozialarbeiter sein persönliches Star Chamber. Wenn dieser Sozialarbeiter entscheidet, dass Anlass genug besteht, die Sache weiterzuverfolgen, dann ist das so. Aber wenn er oder sie es nicht tut, was dann? Nichts. Überhaupt nichts. Wenn der Sozialarbeiter ein bigotter Mensch ist oder ein Dummkopf oder ein übereifriger Weltverbesserer, dann bestimmt *genau das* die Entscheidung, nicht etwa die Fakten. Der wahre Ermittler ist zuerst und vor allem ein Skeptiker. Er arbeitet nicht mit Aberglaube oder Mythen. Aber wenn Sie einen Sozialarbeiter haben, der nicht ›glaubt‹, dass es Inzest gibt, dann wird jede Untersuchung, die dieser

Mensch durchführt, hoffnungslose Mängel haben … und das arme Kind hat nicht die geringste Chance.«

»Und wenn sie unter jedem Bett Inzest vermuten …«

»Ja! Dann haben die Eltern nicht die geringste Chance. In Amerika ist nicht die Wahrheit der entscheidende Faktor für den Ausgang einer *jeden* Untersuchung von möglichem Kindesmissbrauch. Nein, entscheidend vielmehr ist die Qualität des anwaltlichen Engagements auf beiden Seiten. Ein unfähiger Staatsanwalt, ja auch ein fauler Staatsanwalt, wird mehr Freisprüche bewirken, als der brillanteste Strafverteidiger je zuwege bringen könnte.«

»Ja, und …«

»Natürlich«, fiel er mir ins Wort, »kann ein geschickter Verteidiger selbst den wahrsten Fall auseinander nehmen. Das passiert immer wieder.« Er lehnte sich in seinen Sessel zurück und verschränkte die Arme. »Mr. Burke, ich stehe im Kreuzfeuer zwischen zwei bewaffneten Lagern: die ›Glaubt den Kindern‹-Spinner und die ›Falsche Behauptung!‹-Fanatiker. Meine einzige Waffe ist die Wahrheit. Und wenn mein Syndrom echte professionelle Anerkennung finden soll, dann muss ich vermeiden, mit einer der Gruppen in Verbindung gebracht zu werden. Die Referenzen für meine aufklärende Arbeit zum Thema Kindesmissbrauch sind tadellos. Ich habe Fall um Fall von unzureichend begründeten, fahrlässigen oder glatt erfundenen Behauptungen sexuellen Kindesmissbrauchs aufgedeckt. Aber ich habe nie den Standpunkt vertreten, dass solche Dinge nicht tatsächlich passieren … und ich persönlich finde jedes einzelne solcher Vorkommnisse abscheulich. Wenn man sorgfältig genug arbeitet, sind die meisten Fälle beweisbar. Und wenn das Recht endlich dem zwanzigsten Jahrhundert angepasst würde, dann wäre ein solcher Beweis häufiger möglich.«

Er holte kurz Luft. Als ich nichts sagte, machte er weiter, als hätte es überhaupt keine Unterbrechung gegeben. »Zum Beispiel sollte gesetzlich vorgeschrieben sein, dass bei jeder Abtreibung, die an einer Minderjährigen durchgeführt wird, Embryonalgewebe zur späteren DNA-Analyse aufgehoben wird. Man kann sich keinen besseren, stichhaltigeren Beweis für Inzest wünschen, falls das der Grund der Schwangerschaft war. Aber die Abtreibungsgegner, diese angeblichen ›Familienschützer‹, wehren sich leidenschaftlich dagegen. Und sie verfügen über genügend Einfluss im Kongress, um ein solches Gesetz zu verhindern.«

»Kinder dürfen nicht wählen«, sagte ich leise. Und dachte: *Sie tragen auch keine Waffen. Bis sie älter werden. Und dann knallen sie sich fast immer gegenseitig ab.*

»Politik interessiert mich nicht«, erwiderte Kite. »Der politische Prozess ist billig und geschmacklos, genauso nuttig wie alles, was man am Times Square findet. Ich bin kein Organisator. Ich spreche nicht auf Tagungen. Gehe nicht zu Demonstrationen. Bin nicht einmal Aktivist. Ich bin auf der Jagd ... nach der Wahrheit. Mein Beitrag dazu wird das LSP-Syndrom sein«, er klang immer eindringlicher. »Und ich gedenke nicht, all die Jahre der Forschung und Ermittlungen durch abfällige kleine Bemerkungen über meine mangelnde Objektivität in den Schmutz ziehen zu lassen. Mein Syndrom besitzt Gültigkeit, weil es anders ist«, fuhr er fort, seine farblose Haut voller roter Farbflecken. »Denn genau das ist das eigentliche *Wesen* von Ermittlungen: Reibung bewirkt Hitze, und Hitze verursacht Licht. Das Licht der Wahrheit.«

»Und wo komme ich ins Spiel?«, bereitete ich seinem Redefluss ein Ende. Hinter mir hörte ich ein heftiges, vorwurfsvolles Luftholen. Heather, wütend, dass die Predigt des Pastors durch das Geplapper eines Narren während des Gottesdienstes unterbrochen wurde.

Er holte tief Luft. Ich hörte das Klackern von Pfennigabsätzen. Heather brachte ihm eine weiße Porzellantasse ohne Henkel, hielt sie in beiden Händen wie eine kostbare Opfergabe. Er trank einen Schluck aus der Tasse, atmete die aufsteigenden Dämpfe ein, wurde ruhiger. »Verzeihen Sie«, sagte er sanft. »Normalerweise bin ich kein leidenschaftlicher Mensch. Dieses ... mein Syndrom ... ist das einzige, was mich zu Gefühlsausbrüchen hinreißen kann. Ihre Frage ist völlig berechtigt. Ich hätte sie erwarten – und zuerst beantworten sollen. Mr. Burke, normalerweise werde ich von der Öffentlichkeit nicht mit den von mir untersuchten Fällen in Verbindung gebracht. Ich habe kein Bedürfnis, im Rampenlicht zu stehen, ganz im Gegenteil. Andererseits bin ich mir bewusst, dass jedes Anliegen Öffentlichkeit benötigt, wenn es die Aufmerksamkeit – und die Unterstützung – der Öffentlichkeit erhalten soll. Eine Stunde bei *Oprah* ist für eine gerechte Sache bedauerlicherweise mehr wert als hundert Artikel in den angesehensten Fachzeitschriften.

Ich will ganz offen mit Ihnen sein: Oprah Winfrey ist eines meiner Ziele. Sie hat ein großes Publikum und dazu einen hohen Grad an persönlicher Glaubwürdigkeit. Was dieses spezielle Thema, den sexuellen Missbrauch von Kindern, betrifft, hat sie in der Vergangenheit das amerikanische Bewusstsein wesentlich mitbestimmt.«

»Ich verstehe immer noch nicht«, sagte ich. »Man kann nicht einfach anrufen und Sendezeit bei Oprah buchen. Sie bringt keinen Boulevardschwachsinn à la: Ehebrecherischer siamesischer Zwilling, lesbischer Zwerg wie die anderen.«

»Mr. Burke, glauben Sie mir, ich habe *sämtliche* infrage kommenden Fernsehtalkshows analysiert. Die arme Heather musste sie sogar über Monate hinweg jeden Tag mitverfolgen«, sagte er mit kurzem Blick über meine Schulter. Sie machte ein kleines Geräusch, zu leise, als dass ich es hätte identifizieren können. »Der ganze Wirbel um sexuellen Missbrauch hat dafür gesorgt, dass kein ehrliches Opfer mehr einfach seine Geschichte erzählen kann. Mit simplem Inzest kommen Sie nicht mal mehr in die mieseste Sendung. Das Theater ist einfach nicht groß genug.

Aber schon sehr bald«, sagte er ernst, »wird eine junge Frau mit äußerst schockierenden Anschuldigungen aus einer religiösen Organisation an die Öffentlichkeit treten. Sie wird neben ihrer eigenen Aussage *keinen* Beweis im herkömmlichen Sinn vorlegen können. Das eine Ende des Spektrums wird sie umgehend in die Arme schließen … und das andere Ende genauso schnell angreifen. Ich beabsichtige, mich in diesem Feuersturm an ihre Seite zu stellen, denn jedes ihrer Worte wird die *Wahrheit* sein. Ich habe vor, sie gegen all die so genannten Ermittler zu verteidigen, die versuchen werden, ihre Geschichte in der Luft zu zerreißen. Zum ersten Mal in meiner Karriere werde ich persönlich einen Fall vor Gericht vertreten«, sagte er, seine Stimme kam in Fahrt. »Als ihr Anwalt werde ich nicht nur den Täter wegen der an ihr begangenen Verbrechen belangen; ich werde auch die Organisation verklagen, die ihn geschützt und sein schädliches Verhalten toleriert hat. Ich werde kämpfen, wenn sie mit Verjährungsfristen argumentieren. Ich werde sie mit dem geltenden Recht bekämpfen, werde sie mit Fakten bekämpfen.« Er holte tief Luft. »Und ich werde mich durchsetzen. Die Wahrheit wird sich durchsetzen.«

»Dann geht es also um eine Klage?«

»Nein, Mr. Burke«, erwiderte er heftig. »Hier geht es nicht um eine Klage. Es geht um den Beginn einer neuen Ära in der Untersuchung von sexuellem Kindesmissbrauch. Dieser Fall wird meine Referenz sein, meine Zugangsberechtigung zur exklusiven Aura öffentlicher Glaubwürdigkeit. Sehen Sie, ich bin sicher, dass ich bei *Oprah* auftreten werde. Allerdings ohne meine Mandantin. In der Sendung wird es nicht um diesen einen Fall gehen, es wird vielmehr um mein Syndrom gehen. Bevor ich eine neue Untersuchungsmethode etablieren kann, die falsche Verdächtigungen entlarvt, muss ich beweisen, dass manche Beschuldigungen wahr sind. Ja, dieser spezielle Fall wird mich in die Sendung bringen. Aber ich werde die Zeit nutzen und Dutzende anderer Fälle darstellen. Fälle, bei denen mein Syndrom als der ultimative Lackmustest Verwendung fand.«

»Ja, in Ordnung. Aber ich sehe immer noch nicht, wo ich da ins Spiel komme.«

»Weil ich *sicher* sein muss, Mr. Burke. Alles basiert auf diesem einen Fundament. Und im Gegensatz zu manchen Kollegen werde ich nicht der Überheblichkeit zum Opfer fallen. Ich bin fest davon überzeugt, dass diese junge Frau die Wahrheit sagt. Aber ich darf kein Risiko eingehen, nicht bei einem Unternehmen von dieser Bedeutung. Ich möchte, dass Sie jetzt übernehmen. Ich möchte, dass Sie tun, was Sie können, und ich meine wirklich absolut alles, um die Geschichte dieser jungen Frau zu widerlegen. Falls es irgendwo einen Schwachpunkt gibt, möchte ich, dass Sie ihn finden.«

»Aber wenn ich tatsächlich einen finde …?«

»Dann gibt es keinen Fall«, sagte er trocken. »Und ich werde geduldig auf einen warten, der alle meine Kriterien zu erfüllen scheint. Mir geht es dabei nicht um Geld. Tatsächlich übernehme ich den Fall pro bono, verzichte auf mein Honorar einschließlich sämtlicher Spesen. Aber ich weiß, dass ich unter Beschuss geraten werde, und ich darf das Risiko eines Irrtums einfach nicht eingehen.«

»Was erwarten Sie von mir …?«

»Was Sie tun, ist mir egal, Mr. Burke. Ich hoffe, ich habe das unmissverständlich klargemacht. Ich will die Wahrheit. Egal, wo sie gefunden werden mag, und egal, wie sie aussieht. Meine Mandantin hat eine umfassende Kooperation zugesichert. Sie wird jede Ihrer Fragen beantworten … und tun, was immer Sie verlangen.«

»Haben Sie schon einen Lügendetektortest mit ihr gemacht?«

»Ja. Durch zwei voneinander unabhängige Experten mit tadellosen Referenzen. Keinerlei Hinweis auf Täuschung oder Betrug.«

»War sie bei einem Psychiater?«

»Und bei einem Psychologen. Beide erklären übereinstimmend: Posttraumatisches Stresssyndrom. Die Diagnose des Psychologen nennt sexuellen Kindesmissbrauch als wahrscheinliche Ursache. Der Psychiater wollte so weit nicht gehen … aber das tun sie alle.«

»Ärztliche Untersuchungen?«

»Ohne Befund. Sie werden selbst sehen.«

»Davon unabhängige Beweise?«

»Nein.«

»Wie viel Zeit hätte ich?«

»Soviel Sie brauchen«, sagte er. »Ich werde nichts unternehmen, bevor ich nicht absolut sicher bin. Sie sind das letzte Steinchen im Puzzle, Mr. Burke. Meine eigenen Nachforschungen sind abgeschlossen – die Klage wartet jetzt nur noch auf Sie.«

»Sie haben sich viel Mühe gemacht«, sagte ich ruhig.

»Das mache ich immer«, erwiderte er.

Ich spürte Heather hinter mir, die Heftigkeit, mit der sie gegen das Luftkissen zwischen uns drückte. »Wie sollen wir vorgehen?«, fragte ich.

Durch die rosa getönte Brille konnte ich seine Augen nicht sehen. In seinem Gesicht ein nervöses Zucken. »Wir wissen beide, dass eine Bezahlung auf Stundenbasis der Korruption Tür und Tor öffnet«, sagte er mit ruhiger Stimme. »Das Gleiche gilt für ein Erfolgshonorar. Ich schlage ein Pauschalhonorar ohne zeitliches Limit vor. Ich werde Ihre komplette Ermittlungstätigkeit bezahlen, solange Sie eben brauchen. Und ich bezahle für Ihren *vertraulichen* Bericht.«

»Ich werde nicht …«

»Nichts Schriftliches, Mr. Burke. Sie erstatten mir persönlich Bericht. Mündlich. Ihr Name wird nirgendwo auftauchen.«

»Und Sie erwarten auch nicht von mir, dass ich in den Zeugenstand trete?«

Ein Lächeln umschlängelte seine Mundwinkel, verschwand wieder. »Nichts für ungut, Mr. Burke, aber Ihre Vorstrafen machen Sie nicht gerade zu einem idealen Kandidaten für eine Aussage vor Gericht.«

»Akzeptiert«, versicherte ich.

»Dann bleibt nur noch die Frage der Höhe Ihres Honorars.«

»Einen Job wie diesen einzuordnen, fällt mir schwer«, sagte ich. »Es könnte ziemlich lange dauern, bis ...«

»Verstehe. Trotzdem ... Ich dachte an, sagen wir, dreißigtausend Dollar. In bar, natürlich. Zahlbar ein Drittel sofort, ein Drittel im Laufe Ihrer Ermittlungen und das letzte Drittel, wenn Sie Bericht erstatten.«

»Ich dachte an fünfundsiebzig«, sagte ich, begann mit der traditionellen Gangster-Anwalt-Nummer: Mehr als das Doppelte verlangen, den größten Brocken sofort kassieren und damit rechnen, dass der Klient einen um den Rest bescheißt. »Die Hälfte sofort, die andere Hälfte, wenn ich fertig bin.«

»Ja, sicher«, sagte er sanft. »Vielleicht können wir uns auf einen Kompromiss einigen. Heather!«

Ich hörte das Klackern der Absätze, erhaschte einen Blick auf ihre schwarz umhüllten Hüften, als sie mich streifte und nach links verschwand. Einen Augenblick später war sie zurück, einen flachen schwarzen Aluminiumkoffer in der Hand. Sie beugte sich vor, den Rücken zu Kite, und legte mir den Koffer auf den Schoß.

»Das sind fünfzigtausend Dollar, Mr. Burke«, sagte er. »In einer Form, die sicher für Sie akzeptabel ist. Nehmen Sie es als vollständige Bezahlung an?«

Damit war demnach das Feilschen beendet. »Ja«, antwortete ich.

Er nickte so feierlich, als hätten wir gerade einen Waffenstillstand unterzeichnet. »Ich werde Sie anrufen, sobald meine Mandantin Ihnen zu einem ersten Gespräch zur Verfügung steht.«

Ich erhob mich, den Aluminiumkoffer in der Hand. Falls Kite überrascht war, dass ich den Koffer nicht geöffnet hatte, verbarg er das perfekt.

Heather brachte mich hinaus. Als wir ein Stück entfernt waren, blieb sie stehen. Ich ebenfalls. Sie kam rückwärts auf mich zu, einen kleinen Schritt nach dem anderen, bis ihr Hintern fest gegen meinen Unterleib drückte. Durch das dicke Korsett fühlte er sich an wie eine Rinderhälfte. »Danke«, flüsterte sie, bewegte die Hüften.

»Der Knöchel muss ziemlich wehtun in den Schuhen«, meinte ich.

»Ich kann Schmerzen gut ertragen«, sagte sie, drückte ihren Hintern wieder gegen mich. »Und ich schulde Ihnen immer noch was. Vergessen Sie das nicht.«

Der nächste Tag war ein Sonntag. Der blaue Drache hing im Fenster von Mamas Restaurant. Cops im Lokal. Was mich nicht weiter beunruhigte – ständig kamen Cops vorbei, verplemperten ihre Zeit damit, Fragen zu stellen. Es gab jede Menge, wonach sie sich erkundigen konnten. Die chinesischen Jugendbanden hatten es weitgehend aufgegeben, einen Fuß ins illegale Glücksspiel zu bekommen. Ihre Eltern waren schon viel zu lange dabei, hatten zu viele gute Beziehungen. Und die Jungen hatten ihre eigenen Reihen in blutigen Gebietskämpfen dezimiert, neben denen die alten kolumbianischen Killerkommandos wie Friedensengel wirkten.

Die neue Bande kam hauptsächlich aus Fukien, und ihre momentane Spezialität war Kidnapping. Sie stellten es nicht sonderlich geschickt an. Die wilden Kids entführten Ladenbesitzer aus ihren Häusern, schleppten sie zu irgendeinem leer stehenden Gebäude, folterten sie so lange, bis sie schließlich ihre Familien anriefen. Die Entführung selbst war einfach, aber die abgefeimten Amateure bekamen nie die Kunst der Lösegeldübergabe hin. Auch wenn sie meistens erwischt wurden, wuchs die Zahl der Toten ständig, und die Geschäftsleute setzten den Cops hart zu.

Als Kind war ich eine Zeit lang bei Pflegeeltern, die direkt an der Grenze zu Chinatown wohnten. Der alten Grenze, neben Little Italy. Manche der Kinder, die ich kannte, hatten echte Mütter, nicht vom Staat bezahlte wie ich. Ich hörte immer genau zu, was echte Mütter sagten, versuchte, den Unterschied in ihren Stimmen herauszuhören, wollte wissen, warum sie *ihre* Kinder gewollt hatten. Die echten Mütter stellten dauernd die chinesischen Kids als Vorbilder hin. So lernbegierig und fleißig. So höflich und respektvoll. *Solche* Kinder sah man nie an Straßenecken herumlungern oder sich in albernen Gangs herumtreiben. Nein, damals nicht. Wir lassen dieses Land von Einwanderern aufbauen, drücken ihnen anschließend zum Dank unseren Stempel auf.

Mama hatte mit körperlicher Gewalt nichts zu tun, und das wussten die Cops. Sie wussten, dass sie auch mit ihnen nicht reden würde, kamen aber trotzdem immer wieder.

Ich musste Zeit totschlagen, wollte aber nicht das Viertel verlassen, also schlenderte ich zu einem Kiosk rüber.

»Haben Sie schon die Morgenausgabe?«, fragte ich die Chinesin, zeigte auf die Comics, die die Sonntagsausgabe der *News* umhüllten.

»Noch nicht.« Sie deutete auf mehrere Stapel der verschiedenen Teile, die darauf warteten, zu einer Ausgabe zusammengelegt zu werden. »Brauchen Sie Gutscheine?«, fragte sie fröhlich, hielt mir ein buntes Bündel hin.

»Nein, danke«, sagte ich.

Ohne hinzusehen, schnipste die Frau die Coupons geschickt in einen großen Karton neben sich und ging wieder an ihre Arbeit. Ein kleines Mädchen, vielleicht neun Jahre alt – ihre Tochter –, saß an einem provisorischen Schreibtisch im Kiosk. Jemand hatte eine nackte Glühbirne angebracht, in deren Licht die Kleine arbeiten konnte. Hinter ihr befand sich der perfekte Nachbau einer Fächerwand, wie sie an Hotelrezeptionen für die Post benutzt wird. Nur war ihrer aus Pappe. Die Schere in ihrer Hand blitzte, als sie die grellbunten Bögen mit Gutscheinen zerschnitt und ohne hinzusehen in die Fächer einordnete.

Vor der Tür blieb ich stehen, um mir eine Zigarette anzustecken. Eine Weiße in einem grünen, wattierten Parka drängte sich an mir vorbei, fragte die Kioskbesitzerin: »Haben Sie welche für Pampers?«

»Sicher, haben wir. Wie viele brauchen Sie?«

»Zwanzig?«

»Pampers?«, rief die Chinesin dem kleinen Mädchen zu.

»Ja«, antwortete das Kind ernst, übergab die Gutscheine.

»Zwanzig Scheine, fünfzig Cents Rabatt, zwei Dollar«, sagte die Chinesin zur Kundin.

»Das ist ... wic vicl? Zwanzig Prozent?«, sagte die Frau in dem grünen Parka. »Nein. Ich zahle einen Dollar, okay?«

»Dollar fünfzig«, erwiderte die Chinesin, hielt ihr die Gutscheine hin.

Die weiße Frau griff in ihre Handtasche.

Das kleine Mädchen machte ein Zeichen in ihr Schulheft, fügte es einer ordentlichen Zahlenkolonne hinzu.

Die Alte war eine gute Schwarzhändlerin. Die meisten Leute interessieren sich einen Furz für die Gutscheine, also entfernte sie sie aus jeder Zeitung. Wenn jemand meckerte, konnte sie sie jederzeit zurückgeben. Und die weiße Frau hatte gerade echtes Geld gespart. Auch wenn ihre Sonntagszeitung anderthalb Dollar mehr kostete, hatte sie immer noch einen guten Vorsprung. Wenn man weiß, wo, kann man in dieser Stadt alles kaufen.

Als ich zum zweiten Mal vorbeiging, hing der weiße Drache im Fenster. Ich ging zur Gasse hinter dem Restaurant, schlug die behandschuhte Handfläche gegen die Tür. Einer der Schläger ließ mich rein. Ich setzte mich in meine gewohnte Nische im hinteren Teil des Lokals. Die

Suppe kam etwa gleichzeitig mit Mama. Sie serviert rund um die Uhr, hat stets einen riesigen Topf in der Küche brodeln, wirft von Zeit zu Zeit je nach Lust und Laune etwas hinein. Es ist das Einzige, das sie je selbst kocht.

»Du hattest Besuch?«, fragte ich.

»Nich ich«, sagte Mama. »Du. Bullen Cop.«

Bei Mama war das kein Slang. Damit konnte nur *ein* Cop gemeint sein: Morales, die menschliche Kehrmaschine. Vor einer Weile hatte er mich verfolgt – wegen ein paar ungeklärter Morde in einem Haus voller Kinderschänder-Bestien in der Bronx. Er hatte Recht, ich war schuldig, aber er konnte mir nichts beweisen, egal, wie viele Runden wir tanzten. Dann geriet ich zwischen ihn und eine psychotische Polizeibeamtin, die einen Vergewaltiger und Serienkiller deckte. Wenigstens glaubte ich das bis zum Schluss. Sie schoss auf Morales, ich schoss auf sie. Sie starb. Er nahm die Schießerei auf seine Kappe, stand am Ende als Held da. Morales hat mich immer gehasst. Tat es wahrscheinlich nach wie vor. Aber er war ein Mann, und er bezahlte seine Schulden.

»Was wollte er?«, fragte ich.

»Er sag, ›Kite hat Dreck am Stecken‹.«

»Das ist alles?«

»Ja. Er auf dich wartet. Lange. Viel Essen bestellt.«

»Hat er auch gegessen?«

»Nein.«

»Hat er bezahlt?«

»Ja. Lass Geld auf Tisch liegen. Genau da«, sagte sie und zeigte auf einen Ecktisch.

»Hat er gesagt, ich soll ihn anrufen?«

»Nein. Sag, ›Kite hat Dreck am Stecken‹. Sag das Burke. ›Kite hat Dreck am Stecken.‹ Dann aufsteh und geh.«

»Okay. Pass auf, Mama ...«

»Dir nich schmeck Suppe?«

»Oh. Tut mir Leid«, sagte ich, aß einen Löffel.

»Perfekt, Mama. Wie immer.«

»Ja. Max bald hier, okay?«

»Okay. Und der Prof, hast du den auch erreicht?«

»Alle komm. Vor zehn, okay?«

»Danke. Mama …?«

»Was?«

»Gibt es so was wie einen glitzernden Rubin?«

»Glitzern?«

»Ja. Wie ein Diamant. Aber in Rot.«

»Nich Rubin. Rubin nich glitzern. Rot Diamant.«

»Ein roter Diamant?«

»Klar. Auch gib gelb Diamant. Heiß ›Rarität‹. Aber nich soviel.«

»Nicht soviel was?«

»Geld. Rarität Diamant nich kost wie rein weiß Diamant.«

»Aber auch nicht billig?«

»O nein.« Sie lachte gackernd. »Diamant nie billig.«

Ich aß etwas Ente mit Orangensoße, dazu gebackenen Reis mit Schweinefleisch und Zuckererbsen, spülte alles mit Eiswasser runter, während ich die Zeitung las. Zuerst warf ich wie immer einen Blick auf die *Parade.* Egal, wer auf die Idee gekommen war, allen Sonntagszeitungen des Landes kostenlos ein eigenständiges Magazin beizulegen, der Mann war ein Genie. Wie ich hörte, hatten sie die höchsten Anzeigenpreise der Welt.

In Jamaica wieder eine Vergewaltigung in der U-Bahn. Noch ein Mord im Vorbeifahren in Washington Heights. Noch ein rassistischer Übergriff in Bensonhurst. Noch eine Frau von ihrem getrennt lebenden Ehemann erschlagen; sie starb mit einer gerichtlichen Verfügung in der Handtasche, dass der Mann sich ihr nicht nähern durfte. Noch ein Babyficker bekannte sich schuldig und kam auf Bewährung frei. In dieser Stadt muss man keine Reporter engagieren – die Geschichten sind alle schon geschrieben; man braucht nur die Namen und Daten einzusetzen.

Max tauchte auf, bevor ich zu den Rennergebnissen

kam. Wir hatten noch genug Zeit, deshalb fing ich keine Diskussion an, als er den Punkteblock unseres nie endenden Gin Rummys herausholte. Einer der angeblichen Kellner brachte ein neues Blatt Karten, und wir legten los.

Es war Max' Glückstag. Ich hatte noch nie erlebt, dass er permanent so gute Karten bekam. Obwohl er fürchterlich schlecht spielt, auch wenn Mama ihn mit untauglichen Ratschlägen bombardiert, schlug er mich ein ums andere Mal. Etwas, das ihm in den Tausenden von Spielen vorher noch nie geglückt war. Max hat von Natur aus ein Pokerface. Und ein Gefühl für Karten wie ein Schimpanse. Als der Prof aufkreuzte, sah er nur einmal kurz hin und meinte: »Mein Mann grinst nich', aber er hat dich, häh?«

Ich nickte, bestätigte, was so offensichtlich Realität war, biss die Zähne zusammen und betete, dass sich das Blatt wenden möge. Mir ging's nicht ums Geld; selbst bei dem Zehntelcent pro Punkt, um den wir immer spielen, stand Max bei mir über die Jahre mit einer Viertelmillion in der Kreide. Als wir anfingen, hatten wir uns darauf geeinigt, unsere Spielschulden dort zu begleichen, wo wir nach dem Ende unseres Lebens landen würden. Aber ich wusste, dass ich von *dieser* Partie auf gar keinen Fall wegkam, solange Max die Glückssträhne seines Lebens hatte. Der Mongole würde hier sitzen, entweder bis ich anfing, zu gewinnen, oder auf Kuba freie Wahlen abgehalten wurden, je nachdem, was zuerst kam.

Das wusste der Prof ebenfalls. Er rutschte neben mich und setzte zu einem Schwall Kritik an, der Beton kleingekriegt hätte. Clarence setzte sich neben Max, ein breites Grinsen auf dem ebenholzschwarzen Gesicht, während der Krieger einen Volltreffer nach dem anderen zog. Verdammt, ich teilte ihm innerhalb einer Stunde zweimal Gin aus. Aber es spielte keine Rolle, wer gab – als ich an der Reihe war, ließ ich den Prof an meiner Stelle geben, das Ergebnis blieb das gleiche.

»Du hast ein gigantisches Pech, Schuljunge«, sang der

kleine Mann. »Der doppelt-verhext-maximales-Glück-Fluch. Kannste nix machen, schreib es ins Buch.«

Max schaute immer wieder nach oben, als fragte er sich, wann ihm wohl der Himmel auf den Kopf fiel, aber er rührte sich keinen Millimeter, beließ abergläubisch alles exakt so, wie es war, solange der magische Augenblick währte.

Es war fast ein Uhr, bevor ich das Blatt wenden konnte. Und es wurde halb drei, bevor er überzeugt war, dass seine unglaubliche Strähne tatsächlich vorbei war. Er stand auf, verbeugte sich tief … und riss das Punkteblatt so schnell vom Tisch, dass ich seiner Hand einen Kondensstreifen folgen sah.

Und es war fast vier Uhr an diesem verfluchten Nachmittag, als Immaculata mit Flower im Schlepptau auftauchte. Max erklärte beiden schnell in Zeichensprache und in allen sorgfältigen – und peinlichen – Details, dass es ihm gelungen war, seinen Bruder beim Gin Rummy vernichtend zu schlagen.

Und dann mussten wir zu Abend essen.

Als wir endlich zum geschäftlichen Teil kamen, war es dazu dunkel genug.

Dienstagabend rief Heather an, hinterließ eine Nummer, die ich nicht kannte. Es war schon nach Mitternacht, als ich die Nachricht von Mama erhielt, doch ich rief trotzdem an.

»Hallo?« Ihre Stimme klang hellwach, energisch.

»Burke hier«, sagte ich. »Sie haben angerufen?«

»Ich wollte mich gern … noch mal bei Ihnen bedanken …«

Ich schwieg, wartete.

»… und Ihnen sagen, dass alles vorbereitet ist. Entweder morgen oder Donnerstag, wann es Ihnen passt. Jederzeit, Tag oder Nacht.«

»Was ist vorbereitet, Heather?«

»Das Gespräch«, sagte sie, jetzt mit Nachdruck in der Stimme, weil es so wichtig war. Für sie? »Ich soll Ihnen ausrichten, dass Sie soviel Zeit haben, wie Sie wollen, okay?«

»Okay. Sagen wir also Donnerstag, in Ordnung? Gleich morgens, wenn Ihnen das recht ist.«

»Mir? Oh! Sie meinen ...«

»Ja. Ist neun okay?«

»Ja. Auf jeden Fall.«

»Bis dann.«

»Burke?«

»Was?«

»Möchten Sie, dass ich rüberkomme und ... Sie besuche?«

»Ich hab doch gesagt, dass ich's mache, Heather. Hab einen Deal gemacht. Ich werde ihn einhalten. Keine Sorge.«

»Nicht ... deswegen. Ich weiß, dass Sie's tun. Sie sind ein ehrlicher Mensch. Was anderes interessiert mich nicht. Die Wahrheit. Sie ist mir heilig. Ich bin nur ... traurig wegen des Vorfalls. Und ich dachte, ich könnte es vielleicht ... wieder gutmachen.«

»Wir sind quitt.«

»Wenn Sie es sich noch mal anders überlegen ...«

»Werden Sie der Erste sein, der's erfährt«, sagte ich und hängte ein.

Dann rief ich das Polizeirevier an und verlangte Morales.

Wir trafen uns am Ende der Old Fulton Street in Brooklyn, ein paar Blocks vom Federal Court entfernt. Für beide außerhalb unseres Reviers. Als ich in die Straße einbog, war er bereits da, fuhr immer noch diesen feuerwehrroten Dodge Stealth, hielt ihn für den idealen Wagen für verdeckte Ermittlungen. Als wüsste nicht jeder im Milieu, dass es sein Wagen war.

»Alles verheilt?«, fragte ich.

»Wie neu«, knurrte er und schlug sich dort auf die Brust,

wo Belindas Kugel ihm vor einer Weile die Rippe gebrochen hatte. Er sah aus wie immer: kleine Stahlkugelaugen in schlaffen Hautsäcken, ein rundes Gesicht mit eingedrückter Nase und eine dünne Narbe als Mund, das alles auf einem Baumstumpf von Hals. Er war ein paar Zentimeter kleiner als ich, hatte kurze Arme und einen gewaltigen Brustkorb. Morales sah aus wie ein nicht sonderlich intelligenter Pitbull, aber der erste Teil war völlig falsch.

»Danke für die Nachricht«, sagte ich.

»Keine Ursache. Wie gesagt, der Mistkerl hat Dreck am Stecken.«

»Soll heißen …?«

»Er hat für Aiello gearbeitet. Sie wissen schon, die Schmalzlocke, die jetzt auf der Deuce das Sagen hat, seit Sally Lou nicht mehr da ist.«

Sally Lou war eine kleine Nummer bei der Mafia gewesen. Kein vollwertiges Mitglied, sondern ein so genannter ›Laufbursche‹, der am Rande herumschnüffelte, alle möglichen Dinge erledigte. Seine Spezialität waren harte Pornos gewesen. In den Magazinen der Freaks bot er das Zeug als ›extrem, aber nicht tödlich‹ an, auf der Straße hieß es, dass er Snuff-Filme besorgen konnte, wenn man ihm genug Kohle bot. Was Kinderpornos betraf, bestand kein Zweifel – Sally Lou war spezialisiert auf Videos mit unbehaarten, kleinen Mädchen. Jetzt war er Geschichte, eine der Konsequenzen eines Schlamassels, in den ich vor langer Zeit geraten war. Und wie immer füllte ein anderer Schleim die Lücke. Das Verbrechen ist wie die Natur – es verabscheut jedes Vakuum.

»Was hat er für ihn gemacht?«, fragte ich Morales.

»Genau weiß ich das nicht«, sagte der Cop mit einem ›Wen zum Henker interessiert's‹-Achselzucken. »Auf der Rechnung steht juristische Recherchen. Eine gesalzene Rechnung, soviel ich weiß.«

»Deshalb muss er nicht unbedingt Dreck am Stecken haben.«

»Doch. Alles, was jemand für diese Made Aiello macht, ist dreckig. Aber ich glaube, das war was anderes. Dieser Kite soll eine Menge Leute kennen. Politiker.«

»Senatoren zum Beispiel?«

»Richter zum Beispiel. Aiello saß gewaltig in der Scheiße. Ein Videostudio im Keller in 'ner Nebenstraße der Forty-fourth. Der übliche Peitschen-und-Ketten-Kram, keine große Sache. Aber da unten waren kleine Mädchen. *Kleine* Mädchen. Es gab irgendeinen formal-rechtlichen Bockmist, wie: Wusste er, dass sie minderjährig waren? Konnten wir das beweisen? Scheiße, das sah man auf den ersten Blick. Jedenfalls, der Richter wies die Klage ab. Sagte, die Durchsuchung sei ebenfalls unzulässig. Unser Informant kriegte Schiss. Verduftete. Oder wurde beseitigt. Jedenfalls konnten wir ihn nicht vor Gericht aussagen lassen. Aber das waren alles nur Vorwände – die ganze Geschichte war von Anfang an abgekartet.«

»Kite war der Anwalt?«

»Nee. Aiello hatte einen der normalen Mafia-Rechtsverdreher. Ihren alten Kumpel Fortunato. Erinnern Sie sich noch an den? Wie ich schon sagte, verdrahtet wie ein beschissener Weihnachtsbaum. Fortunato hat rumerzählt, dass Kite die Sache untersucht. Aber wie ich das sehe, bestand seine Untersuchung ausschließlich darin, dass er einen korrupten Richter kennt.«

»Okay.«

»Ich wünschte, Wolfe wäre noch dabei. Wär nie passiert, wenn sie da gewesen wäre – zu viel Medienrummel. Ich liebe dieses Weib.«

»Ich auch«, sagte ich. Dann bemerkte ich seinen Blick. »Ich meine, ich wünschte mir auch, sie wär noch dabei.«

»Ja. Genau. Jedenfalls, passen Sie auf Ihren Arsch auf, Burke. Wenn dieser Wichser von Kite Richter kennt, dann kennt er auch Cops. Sie verstehen, was ich meine?«

»Klar. Danke.«

»Kann ich sonst noch was …?«

»Überprüfen Sie eine Telefonnummer für mich?«
»Gemacht.«

Am frühen Donnerstag ließ ich Pansy raus auf ihr Dach. Dann schnitt ich Zweidrittel eines frischen Weißbrots ab, höhlte das restliche Drittel aus und bestrich das Innere der Kruste mit einer dünnen Schicht Frischkäse. Das war meins. Die Zweidrittel und das weiche Innere von meinem Stück packte ich in Pansys Stahlschüssel. Dann machte ich etwas Rindfleisch aus der Dose mit Schalotten aus Mamas Restaurant heiß, und kippte das Ganze über das Brot. Als sie wieder runterkam, schlabberte sie es weg, als wär's eine Vitaminpille.

Zu meinem Brot trank ich ein kaltes Ginger Ale. Um den Magen zu beruhigen.

An diesem Morgen zog ich mich sorgfältig an – die Frau hatte bestimmt schon genug Anwälte gesehen, aber ich wollte auch nicht wie ein Gangster aussehen. Oder wie ein Cop. Als ich ihr von meinem Problem erzählte, war Michelle gestern Abend vorbeigekommen und hatte alles ausgesucht. »Krokoschuhe sind immer okay, Babe. Lässige Klasse – das ist unser Look, was?« Sie legte eine graue Flanellhose, ein schwarzweiß gestreiftes Hemd mit Buttondown-Kragen und eine dunkelrote Seidenkrawatte dazu. Aus einem Kleidersack, den sie mitgebracht hatte, zog sie ein weiches, anthrazitfarbenes Wollsakko. »Das ist perfekt, Honey. Siehst du, keine Schulterpolster. Jede Menge Platz, sehr bequem. Es *riecht* nach Geld. Zieh's über, mal sehen, ob's passt.«

»Es ist bestimmt …«

»Zieh es an, Schätzchen.«

Sass perfekt. Michelles Augen waren Mikrometer. »Wie viel?«, fragte ich.

»Dreizehnhundert …«

»Was?«

»Naja, das war der Ladenpreis, Schätzchen. Ich hab's für sechs bekommen. Echtes Schnäppchen, stimmt's?«

»Sechshundert Dollar?«

»Ja, sechshundert Dollar«, sagte sie in einem Ton, den sie für Volltrottel reserviert. Störrische Volltrottel. »Ich kaufe nicht bei Bloomingdale, Baby. Du brauchst auch noch diesen Gürtel – passt perfekt zu den Schuhen. Und jetzt schieb mal was Geld rüber, Honey.«

Ich konnte das Aufeinanderprallen gegensätzlicher Vorstellungen, wenn sie und der Maulwurf Terry fürs College ausstaffieren mussten, kaum noch erwarten.

Pansy bestand hartnäckig darauf, sich an meinem Bein zu reiben und zum Abschied gestreichelt zu werden. Statt nach Eau de Cologne duftend, bestieg ich daher die U-Bahn von Eau de Mastino umweht. Und hatte den schwarzen Aluminiumkoffer dabei, leer.

Als der Fahrstuhl oben ankam, stand Heather auf ihrer Seite des Gitters. Diesmal trug sie eine dezente pflaumenfarbene Seidenbluse und einen schwarzen Faltenrock. Doch die schwarzen Strümpfe hatten hinten Nähte, und der Rock war fünfzehn Zentimeter zu kurz. Durch den Verband am linken Knöchel sah ich die Konturen eines Fußkettchens. Die hohen Pumps hatten die Farbe ihrer Bluse.

»Hi!«, sagte sie vergnügt.

»Wie geht's?«, erwiderte ich.

»Mir geht's *blendend* … jetzt ist es endlich soweit. Kommen Sie, man erwartet Sie bereits.«

Ich folgte ihr den Flur hinunter, lauschte auf das Knistern von Nylon, als ihre dicken Schenkel unter dem kurzen Rock aneinander rieben. Heather umrundete die Ecke, ließ mir den Vortritt.

»Mr. Burke«, sagte Kite und erhob sich. »Danke, dass Sie gekommen sind.«

»Wie vereinbart«, antwortete ich, schüttelte die knochige, von blauen Adern überzogene Hand, die er mir entgegenstreckte, spielte mit.

»Darf ich Ihnen Jennifer vorstellen?«, sagte er, deutete mit dem Kopf auf eine junge Frau, die auf einem schlichten Stuhl aus Teakholz saß. »Jennifer Dalton.«

Ich ging zu ihr, reichte ihr die Hand. »Freut mich, Sie kennen zu lernen.«

»Mich auch«, antwortete sie ohne aufzustehen. Die Augen waren viel zu groß für ihr schmales verhärmtes Gesicht. Ihr Haar war mausbraun, dünn an den Schläfen. Sie trug ein schiefergraues Kostüm zu einer verspielten weißen Bluse mit einem kleinen, bestickten Kragen, dazu dezente schwarze Pumps. Die Knie hatte sie fest zusammengepresst.

»Wäre es Ihnen angenehmer, wenn ich ... Sie allein lasse?«, fragte Kite.

»Das überlasse ich Ihnen«, sagte ich zu der Frau.

»Mir wäre lieber, Sie bleiben«, sagte sie zu Kite. Ihre Stimme war tief und rau, aber sehr deutlich, jede Silbe sauber artikuliert.

»Wie Sie wünschen«, sagte Kite, nahm auf seinem ausladenden Sessel Platz.

Ich setzte mich auf den Ledersessel. Hörte das Klackern von Heathers Absätzen, aber dieses Mal blieb sie nicht hinter mir stehen – sie postierte sich zwischen dem Rücken der Frau und dem Hologramm, hatte die Hände auf dem Rücken gefaltet, die Brust rausgedrückt, die orangefarbenen Augen fest auf mich gerichtet.

Ich machte es mir bequem, ließ mir dreißig Sekunden Zeit, das beherrschte Gesicht der Frau zu studieren. »Wie alt sind Sie?«, fragte ich.

Ihr Gesicht zuckte. Nicht die Frage, die sie erwartet hatte. »Ich bin, äh, siebenundzwanzig. Werde im November achtundzwanzig.«

»Sind Sie hier geboren? In New York?«

»In Queens. In Flushing. Aber wir sind oft umgezogen, als ich klein war.«

»Wohin?«

»New Jersey. Teaneck, danach Englewood Cliffs. Dann in den Norden des Staates New York. Aber aufgewachsen bin ich eigentlich in Manhattan. Auf der Upper West Side.«

»Sie haben eine Privatschule besucht?«, fragte ich.

»Ja. Woher wissen Sie das?«

»Nur eine Vermutung. Haben Sie Geschwister?«

»Ich habe einen Bruder. Robert. Er ist zwei Jahre älter.«

»Was macht er?«

»Was er macht?«

»Womit verdient er sein Geld?«

»Oh. Er ... nichts, vermute ich. Er ist in einem Rehabilitationszentrum.«

»Wegen ...?«

»Drogen.«

»Hat er schon mal gesessen?«

»Gesessen?«, fragte sie verwirrt.

»Im Gefängnis.«

»Oh. Nein, er war nie im Gefängnis. Ich meine, nur einmal. Ein paar Wochen, das ist alles.«

»Haben Sie ihn besucht?«

Sie rutschte auf ihrem Stuhl herum. »Warum fragen Sie mich das alles?«

Ich schaute über ihre Schulter. Heather stand wie versteinert an derselben Stelle. »Hintergrundinformationen«, sagte ich.

Die Frau warf Kite einen Blick zu. Er reagierte nicht, beobachtete sie, als sei sie ein chemisches Experiment – erwartete das Ergebnis.

Eine lange Minute herrschte Stille. »Nein, ich habe ihn nicht besucht«, sagte sie leise. »Wir stehen uns nicht besonders nahe.«

»Sind Ihre Eltern noch zusammen?«, fragte ich.

»Nein. Nein, sind sie nicht. Sind das auch ›Hintergrundinformationen‹?«

»Ja, Miss Dalton«, sagte ich glatt. »Hier handelt es sich um ... eine delikate Angelegenheit. Ich möchte eine Basis haben, bevor wir uns den zentralen Themen zuwenden.«

Sie atmete durch den Mund; ihre flache Brust hob sich nicht. »Fahren Sie fort«, sagte sie schließlich.

»Jetzt sind Sie dran«, sagte ich, änderte die Gangart. »Erzählen Sie mir einfach davon.«

»Er ...«

»Von Anfang an«, sagte ich leise. »Beginnen Sie, *bevor* es angefangen hat, okay?«

Sie atmete tief ein. »Okay. Als ich zwölf war ... Ich weiß das so genau, weil es gleich nach meinem Geburtstag war, und der ist kurz vor Thanksgiving ... Die Schule hatte schon angefangen. Ich kam gut zurecht. Nicht toll oder so, meistens hatte ich Zweier oder Dreier. Und ich hatte nie irgendwelche Schwierigkeiten. Meine Lehrer mochten mich. Ich hatte Freunde und alles. Aber meine Eltern meinten, ich müsse eigentlich besser sein.«

»Ihre Noten?«

»Nicht nur meine Noten. Ich war ein Zieher.«

»Trichotillomanie?«*

»Ja!« Sie verdrehte die Augen, sah mich dann wieder an. »Woher kennen Sie das?«

»Ein Freund von mir hatte mal so was«, log ich. »Hat man sie zum Arzt geschickt?«

»Nein. Damals wusste man noch nicht, dass das eine ... Krankheit ist. Meine Eltern fanden mich nur irgendwie komisch, glaube ich.«

»Was haben sie gemacht?«

»Meine Eltern waren sehr religiös. Psalmisten – kennen Sie die?«

* Zwanghaftes Ausreißen von Haaren. Vorkommen bei Schwachsinnigen, verhaltensgestörten Kindern, selten bei Schizophrenen.

»Nein. Klingt fundamentalistisch.«

»Ist es nicht«, sagte sie streng. »Der offizielle Name der Kirche lautet Gospel of Job's Song. Und ihr Prophet ist Hiob, nicht Jesus. Sie wurde im sechzehnten Jahrhundert von John Michael gegründet, einem Mann, der schreckliches Unglück erlitt – er war Epileptiker und machte eine schwere Glaubenskrise durch. Als er die Offenbarung hatte, gründete er die Kirche. Schließlich mussten die Psalmisten der Verfolgung entgehen und nach Amerika auswandern. Sie ließen sich im Norden des Staates New York nieder. Manche sagen, ihre Lehren hätten Joseph Smith beeinflusst.«

»Den Mormonenpropheten?«

»Kennen Sie seine Arbeit?«, fragte sie, leichte Verblüffung spielte über ihr Gesicht.

»Nur, was ich gelesen habe«, sagte ich. Ich wusste nicht, was Kite ihr über meinen Hintergrund erzählt hatte, deshalb sagte ich nicht, wo ich es gelesen hatte – in Gefängnissen gibt es mehr Missionare als auf tropischen Inseln. »Sie sind nach den Glaubensregeln erzogen worden?«, fragte ich.

»Wir beide, ich und mein Bruder. Aber wir haben andere nicht gemieden. Psalmisten sind keine Sekte oder so was.«

»Also haben sich Ihre Eltern an die Kirche gewandt, um Hilfe für Ihr … Problem zu finden?«

»Sie sagten, ich brauche Unterricht. Religiösen Unterricht. Daher schickten sie mich zu Bruder Jacob. Psalmisten glauben, dass man für alles, was man bekommt, mit eigener Arbeit bezahlen muss. Also musste ich als Gegenleistung für den Unterricht Bruder Jacobs Haus putzen.«

»Erzählen Sie von diesem Unterricht«, sagte ich, beugte mich vor. Heather war ein Fels in mittlerer Entfernung, das Hologramm hinter ihr blitzte, veränderte sich im Morgenlicht.

»Bei dem Unterricht ging es darum, dass ich mich selbst

lieben müsste. Bruder Jacob sagte, wenn ich mich nicht selbst liebe, würde ich mir immer weiter wehtun. Er sagte, so was machen auch Alkoholiker oder Drogensüchtige. Ja, sogar Mörder. Sie verletzen sich selbst. Deshalb würde ich mir die Haare ausreißen. Und ich müsse damit aufhören, sonst würde ich niemals glücklich.«

»Unterricht aus der Bibel?«

»Aus den Psalmen. Die Psalme sind die Wahrheit. Die eigentliche Wahrheit in der Bibel. Bruder Jacob sagt, die Bibel ist geschrieben worden. Von Menschen, nicht von Gott. Aber die Psalme sind Lieder, die aus einer Zeit stammen, lange bevor die Schrift erfunden wurde.«

»Also lehrte er Sie die Psalme?«

»Die Bedeutung der Psalme.«

»Und wie hat er sie gelehrt, Jennifer?«

»Zuerst mit dem Lineal«, sagte sie. Ihr Gesicht spannte sich, ihre Haut wurde eine Nuance blasser. »Er sagte, das Lineal wäre gut, um Regeln zu lernen.«

»Sie meinen ein Holzlineal, wie man es zum Messen benutzt?«

»Es war zum Abgewöhnen, nicht zum Messen«, erwiderte sie mechanisch. »Zuerst bekam ich es auf die Handflächen. Er fragte jedes Mal, ob ich mir noch die Haare ausreiße. Wenn ich ja sagte, bekam ich das Lineal. Anfangs hat es gebrannt, aber ich habe mich daran gewöhnt. Nach einer Weile musste er schon sehr fest zuschlagen, um mich zum Weinen zu bringen.«

»Aber er hat es getan?«

»Ja. Ich musste immer weinen.«

»Wann hat er gewechselt?«

»Gewechselt?«

»Zu einer anderen Stelle. Außer Ihren Handflächen?«

»Woher wussten Sie das?«, fragte sie, rieb die Hände aneinander, starrte auf ihren Schoß. »Woher konnten Sie …?«

»Nur eine Vermutung«, sagte ich. »Vielleicht eine begründete Vermutung.«

»Eines Tages wollte ich nicht geschlagen werden. Also habe ich gelogen. Ich habe ihm erzählt, ich hätte mir keine Haare ausgerissen. Damals habe ich immer mit Handschuhen geschlafen. Sogar mit einer Skimaske auf dem Kopf – damit ich nicht an meine Haare herankam. Es hat nicht funktioniert. Aber als er mich gefragt hat, habe ich gelogen.«

»Und dann …?«

»Er hat meine Oberschenkel genommen. Ich musste mein Kleid hochheben, und dann hat er mit dem Lineal auf die Rückseite der Oberschenkel geschlagen.«

»Und es hat mehr wehgetan?«

»Ja! Und nicht nur an den … Beinen. Ich habe mich … ganz komisch gefühlt.«

»Also haben Sie nicht mehr gelogen?«

»Ja. Ich meine, nein. Es spielte keine Rolle. Er wollte wissen, ob ich gelernt hätte, mich zu lieben. Immer, wenn ich sagte, das könnte ich nicht, hat er mich geschlagen. Manchmal musste ich die Unterhose runterziehen. Nach einer Weile musste ich mich ganz ausziehen, bevor er mich schlug.«

Heather hatte ihre Haltung leicht verändert, beugte sich jetzt mit gekrümmtem Rücken vor, wie eine Galionsfigur im Wind. Ihr Mund war eine angespannte, harte Linie. »Haben Sie es jemals Ihren Eltern erzählt, Jennifer?«, fragte ich. »Das, was Bruder Jacob machte?«

»Ich … hab's versucht. Aber als ich davon anfing, hat meine Mutter nur gesagt, ich müsse ihm vertrauen. Er war von der Kirche, also musste ich ihm vertrauen. Was immer er tat, gleichgültig, was es war, alles geschah nur zu meinem Besten. Danach habe ich nie wieder was gesagt.«

»Was passierte als nächstes?«

»Woher wussten Sie, dass es ein ›Nächstes‹ gab, Mr. Burke?« Misstrauen machte ihre Stimme hart.

»Es gibt immer ein ›Nächstes‹«, sagte ich. »Die Frage ist nur, was es war.«

»Wissen Sie das nicht?« Sie beugte sich vor, schaute plötzlich gerissen, herausfordernd.

»Sie haben gelernt, sich zu lieben.«

Sie schlug die Hände vors Gesicht und begann zu weinen. Heather trat hinter sie, legte ihr die Hände auf die Schultern, fixierte mich mit einem starren Blick aus ihren orangefarbenen Augen.

Kite rührte sich nicht.

Wäre ich Therapeut, hätte ich an diesem Punkt aufgehört. Das Gespräch dauerte schon sehr lange; es war der richtige Zeitpunkt, um die Spannung zu lösen. Aber wenn es hier irgendwas zu zerbrechen gab, dann war es Jennifer Dalton. »Erzählen Sie mir davon«, sagte ich.

Sie schaute zu mir auf, das schmale Gesicht zwischen den Händen. Die großen Augen schwammen in Tränen. »Das klingt so, als könnten Sie es mir erzählen«, sagte sie. »Woher wussten Sie das? Ich muss wissen, woher Sie das wussten!«

»Eigentlich weiß ich gar nichts«, versicherte ich ihr. »Aber wenn man immer und immer wieder von unterschiedlichen Menschen die gleiche Geschichte hört …«

»Denken Sie, dass ich lüge? Dass ich alles nur erfunden habe?«

»Nein. Das denke ich nicht.«

»Dann glauben Sie mir also?«

»Auch das nicht. Ich höre einfach zu, okay?«

»Wann entscheiden Sie sich?«, wollte sie wissen. Ihre Hand zuckte zu ihrem Haar hinauf.

»Wenn ich fertig bin«, sagte ich, spielte geduldig mit, ließ mich von ihr führen.

»Könnte ich vielleicht …?«

Heather hatte sich bereits in Bewegung gesetzt, das Klackern ihrer Absätze schneller als gewöhnlich. Gleich darauf kam sie mit dem schweren Messingtablett zurück, diesmal beladen mit zwei kleinen Flaschen Coke, einem wuchtigen Whiskyglas und einem Eiskühler aus Chrom.

Mit einer Zange ließ sie drei Eiswürfel in das Glas fallen, schraubte den Deckel einer Colaflasche ab und schenkte vorsichtig ein. Sie hielt das Glas in der linken Hand, musterte es scharf, als messe sie eine Medizin ab. Zufrieden reichte sie es Jennifer Dalton – ein Barkeeper, der einem Stammgast das Übliche serviert.

Dalton nahm einen langen, tiefen Schluck, verzog die Nase, als die Kohlensäure kitzelte. Sie lächelte Heather an. »Danke.«

»Alles in Ordnung, Baby«, antwortete Heather, hielt das Messingtablett mit einer Hand, tätschelte mit der anderen Jennifers Schulter.

Jennifer räusperte sich, machte sich innerlich bereit. Als sie sprach, war ihre Stimme ausdruckslos und völlig nüchtern. »Er wollte, dass ich … mich berühre. Zuerst meine Brust. Ich meine, damals *hatte* ich eigentlich noch keine Brust, aber es … genügte. Dass man es schon sehen konnte, ich meine, genug. Dazu musste ich lächeln. Ein echtes Lächeln – er erkannte es immer. Dann musste ich es … an anderen Stellen tun. Überall.«

»Rissen Sie immer noch die Haare aus?«

»Ja. Aber zu dem Zeitpunkt meistens die Augenbrauen. Er hat mir ein Medikament gegeben …«

»Bruder Jacob?«

»Ja.«

»War er Arzt?«

»Nein. Er schickte mich zu einem Arzt, das hätte ich sagen sollen. Einem Psalmisten-Arzt. Der Glaube an die Naturwissenschaften gehört zur Lehre der Psalmisten. Der Arzt verschrieb das Medikament, aber Bruder Jacob gab es mir.«

»Sie haben es nur dieses eine Mal genommen?«

»Nein, jeden Tag. Einmal zu jeder Mahlzeit und noch einmal, bevor ich ins Bett ging.«

»Also mussten Sie es selbst einnehmen, stimmt's? Sie waren doch nicht rund um die Uhr bei Bruder Jacob …«

»Er sprach mit meiner Mutter«, sagte Jennifer, als sei damit alles geklärt. »Er sagte ihr, ich müsse das nehmen. Sie hat dafür gesorgt, dass ich es tat.«

»Wissen Sie, was es war?«

»Eine Kapsel. Orange und weiß. Das ist alles, woran ich mich erinnere.«

»Glauben Sie, dass es geholfen hat? Gegen das Haareziehen?«

»Irgendwie schon, dachte ich. Aber ich dachte, das … andere wirkte mehr.«

»Sich selbst anfassen?«

»Ja. Wie eine gute Medizin, die schlecht schmeckt, wissen Sie?«

»Wurden Sie noch geschlagen?«

»Wenn ich etwas falsch machte, wie zum Beispiel lügen. Aber nicht mehr oft. Ich habe mich … da unten« – sie deutete mit dem Kinn auf ihren Schoß – »nicht richtig berührt. Aber Bruder Jacob hat mich nicht geschlagen. Er sagte, er würde es mir zeigen. Um mir zu helfen.«

»Hat es Ihnen geholfen?«

»Ja. Ja, das hat es«, sagte sie ernst. »Er machte es … besser. Es war … mir wurde ganz … ganz warm. Und sicher. Wenn er es tat, meine ich. Wenn er es tat, war es sicher.«

»Warum war das so sicher, Jennifer?«

»Weil er die Verantwortung hatte. Er hatte es unter Kontrolle. Wenn er es unter Kontrolle hatte, konnte er mich Dinge tun lassen. Dinge, die gut für mich waren. Wenn er da war, habe ich mir nie die Haare ausgerissen. Niemals. Er sagte, wenn ich erst mal meine Periode bekäme, würde ich nie wieder an meinen Haaren ziehen. Weil er mich vorbereitet hätte. Aber er sei noch nicht fertig …«

Danach schwieg sie so lange, dass ich eine Frage stellen musste, um sie aus ihrer Trance zu holen. »Er war noch nicht fertig, Sie vorzubereiten …?«

»Auf meine Periode. Er sagte, ich müsse eine Frau sein, bevor sie käme. Meine Periode, meine ich. Er hat es mit der Hand gemacht. Mit dem Daumen. Er war sehr liebevoll. Es hat lange gedauert. Und er hatte Recht.«

»Womit?«

»Mit allem. Danach hat er mich auch nicht mehr geschlagen. Er hat mich nur … vorbereitet. Inzwischen hatten wir uns ineinander verliebt. Beide. Ich meine, er war älter, aber er hat mich wirklich geliebt. Er sagte, wir würden für immer zusammen bleiben. Zuerst im Geiste. Dann im Körper. Dann in der Ehe. In der Kirche. Im Geiste waren wir bereits zusammen. Aber wir könnten uns körperlich erst vereinigen, wenn ich zur Frau würde. Er liebte mich, also sagte er, wir müssten darauf warten. Und heiraten konnten wir erst, wenn ich das College hinter mir hatte; dann wäre der richtige Augenblick.«

Sie wurde wieder still, doch diesmal trieb ich sie nicht an; Heathers scharfer Blick hatte mich gewarnt. »Sie kam einige Monate nach meinem dreizehnten Geburtstag«, sagte Jennifer schließlich. »Alle sagten, das wäre spät. Ich konnte die Warterei nicht mehr ertragen, aber Bruder Jacob war ein Fels. Wir machten … andere Sachen. Aber er drang nie in mich ein, erst als ich zum ersten Mal meine Periode hatte. Ich konnte es kaum erwarten, es ihm zu erzählen.«

»Wie lange hat es gedauert?«, fragte ich.

»Dieses erste Mal?«

»Nein. Die … Situation. Mit Ihnen und Bruder Jacob?«

»Oh. Bis ich fünfzehn war. Fast sechzehn.«

»Was geschah da?«

»Er wurde versetzt. In eine andere Gemeinde. Nach Buffalo – am anderen Ende des Staates. Wir haben uns geschrieben. Ich dachte immer noch, es sei okay. Aber dann fand ich heraus, dass er eine andere … Freundin hatte, ich denke, das war es. Was immer. Sie war viel jünger als ich. Noch ein richtiges Baby.«

»Wie haben Sie es erfahren?«, fragte ich leise. Ich musste alles aus ihr rauslocken, ehe sie wieder dicht machte.

»Ich habe ihn besucht. Es sollte eine Überraschung sein. Ich nahm den Bus. Meiner Mutter sagte ich, wir würden einen Schulausflug machen. Es dauerte fast den ganzen Tag. Als ich ankam, war es später Nachmittag. Er machte die Tür auf, ich sah den Schock auf seinem Gesicht.«

»Hat er Sie reingelassen?«

»Er musste. Draußen war es kalt, und außerdem wurde es dunkel. Er sagte, er sei böse auf mich, weil ich einfach so aufgetaucht sei, aber er sagte auch, er würde es niemandem weitererzählen. Er führte mich in ein Zimmer nach vorn raus und sagte, ich solle mich setzen. Er habe noch Besuch, aber es würde nicht mehr lange dauern. Da habe ich sie gesehen. Da wusste ich Bescheid.«

»Was haben Sie gesehen, Jennifer?«

»Ich hörte, wie eine Tür geöffnet wurde«, sagte sie, die Hände so fest verschränkt, dass sich überall weiße Flecken bildeten. »Ich hörte, wie er den Flur hinunter ging. Weg von mir. Ich hörte, wie sich eine andere Tür schloss. Da wusste ich, was er machte. Er ging ins Bad. Das machte er immer, direkt nachdem …«

Ihre Stimme verklang. Ich ließ es dabei bewenden, befahl Heather mit den Augen, sich nicht zu rühren.

»Sie war ungefähr zehn Jahre alt«, sagte Jennifer schließlich. »Ich schlich den Flur hinunter, während er im Bad war, schaute ins Zimmer und sah sie. Ein mageres, kleines Mädchen. Sie … spielte damit. Mit dem Lineal. Ich habe das früher auch gemacht. Da wusste ich es.«

»Was haben Sie dann getan?«

»Ich bin einfach weg. Aus dem Haus. Ich weiß nicht mehr, wie ich zum Busbahnhof kam. Bin einfach nach Hause gefahren. Und dann habe ich alles vergessen.«

»Was meinen Sie mit ›alles vergessen‹?«

»Ich meine, ich hab's vergessen«, sagte sie. »Hab es gestrichen … keine Ahnung. Aber ich habe nie mehr daran gedacht, bis …«

»Bis …?«

»Bis ich versucht habe, mich umzubringen. Das letzte Mal. Selbstmord ist für Psalmisten tabu. Ein mächtiges, starkes Verbot. Hiob wünschte sich den Tod, aber er hat nie versucht, sich das Leben zu nehmen. Seine Weigerung höhnte Satan und ließ Hiob stark werden. Ich wusste, dass ich dafür ausgestoßen werden konnte, und ich hatte Angst. Aber die Kirche hat mich beraten. Zuerst ein Nachbar und …«

»Im Krankenhaus?«

»Ein ›Nachbar‹ ist ein Mitglied. Alle Psalmisten sind Nachbarn. Sie können nicht seelsorgerisch beraten, aber sie können … unterstützen, denke ich. Die eigentliche Beratung hat dann ein Pfarrer durchgeführt.«

»Warum haben Sie versucht, sich umzubringen, Jennifer?«

»Weil alles … nichts war«, sagte sie, kaum lauter als ein Flüstern. »Einfach nichts. Egal, was ich anfing, ich habe versagt. Auf der Schule bin ich durchgefallen. Auf dem College, meine ich. Die Aufgaben an sich waren nicht schwer, aber ich habe nicht gelernt. Ich habe getrunken. Viel. Und Marihuana geraucht. Auch Pillen genommen.«

»Die orange-weißen Kapseln? Wie viele?«

»Woher …? Ja, auch das, aber das meinte ich nicht. Meistens Aufputschmittel. Speed. Auch da hat mir die Kirche geholfen. Als ich vom College flog, haben sie mir einen Job besorgt. In einem Aids-Hospiz. Psalmisten sind auf diesem Gebiet führend«, sagte sie stolz. »Die Kirche hat da eine Enzyklika, die jeden verurteilt, der sagt, Aids sei Gottes Strafe für die Sünde. Hiobs Leiden wurde vervielfacht, weil seine Nachbarn glaubten, er habe eine verborgene Sünde begangen. Dabei war es eigentlich Satan, der Gott durch eine List dazu brachte, Hiobs Glauben auf die Probe zu stellen. Hiob bestand, und seitdem hat Gott keinen von uns mehr derart auf die Probe gestellt. Aids ist eine Seuche, keine Strafe.«

»Aber der Job im Hospiz war auch nicht das Richtige?«,

fragte ich, führte sie zu dem zurück, was ich wissen musste.

»*Nichts* war richtig«, sagte sie mit hohler Stimme. »Ich hatte einen Freund. Wir waren verlobt. Aber er hat Schluss gemacht. Den Grund habe ich nie erfahren – er kam einfach eines Tages und hat es mir gesagt. Es war hart. Sehr hart, es meiner Mutter zu erzählen ...«

»Sie kannte den Mann? Den, mit dem Sie verlobt waren?«

»Nein. Sie kannte ihn nicht wirklich. Aber er war ein Nachbar. Und sein Vater war ein ›Sohn‹. Das ist so was wie ein Diakon. Seine Familie war sehr angesehen.«

»Und danach?«

»Danach habe ich gelitten. Aber nicht wie Hiob. Nicht an einer Krankheit. Und auch nicht heldenhaft. Einfach nur ... gelitten. Ich wurde schwanger. Und wusste nicht mal, wer der Vater war. Ich habe abgetrieben. Und wurde dabei ... verletzt. Jetzt kann ich nie mehr ein Baby bekommen.«

»Glaubten Sie ...?«

»Ich wusste, dass es keine Strafe war«, unterbrach sie. »Gott macht so etwas nicht. Es war ein Fehler, das ist alles. Noch ein Fehler. Ein Versagen. Manchmal arbeitete ich. Als Kellnerin. Und vorübergehend auch in Büros. Aber ich war immer schlecht dabei. Schlecht bei allem. Ich wusste, ich war nicht dumm, aber ich ... es war mir einfach gleichgültig, vermute ich. Ich wusste, ich würde immer verlieren, egal, welchen Job ich hatte. Also suchte ich mir nur miese Jobs, damit es mir nichts ausmachte, wenn ich sie wieder verlor. Genauso habe ich es mit Männern gehalten. Verstehen Sie?«

»Ja«, sagte ich. Diesmal war es die reine Wahrheit.

»Ich fing wieder an zu ziehen«, fuhr sie fort. »Dauernd. Selbst in der Öffentlichkeit. Das hatte ich vorher noch nie getan – so weit war ich nie gegangen. Dann wurde mir klar, dass ich nicht mal damit aufhören konnte. Aber ich wusste, ich hatte schon dreimal aufgehört. Also würde es nie besser werden. Ich hatte keine Freunde. Keine wirklichen Freunde. Niemanden, mit dem ich reden konnte. Ich begann, an mir herumzuschnippeln. Nicht, weil ich sterben wollte, einfach nur, um etwas zu fühlen. Verstehen Sie?« Sie zog den Ärmel ihrer Bluse hoch und zeigte mir die perfekten, parallelen Narben auf ihrem linken Unterarm, so sauber wie Stammeszeichen. »An den Beinen habe ich die auch. Anschließend ging es mir jedes Mal besser ... Ich kann das nicht erklären.«

»Stechen Sie sich auch?«, fragte ich. »Mit der Messerspitze oder mit Nadeln oder so?«

»Ja. Auch das. Ich habe mir alles angetan. Eines Tages schnitt ich mich und spürte nichts mehr. Überhaupt nichts. Ich schaute zu, wie das Blut an meinem Bein hinunterlief und habe nichts gespürt. Ich wollte mir die Kehle durchschneiden. Die Arterie – ich weiß, wo sie liegt. Aber ich ... konnte nicht. Also suchte ich mir eine Vene.«

»Haben Sie einen Abschiedsbrief geschrieben?«

»Für wen? Es gab ja niemanden.«

»Wie ...?«

»Auch dabei habe ich versagt«, sagte sie ruhig. »Ich wurde ohnmächtig, aber ich starb nicht. An diesem Nachmittag sollte ich meine Miete bezahlen. Die Vermieterin kassiert sie persönlich – Schecks akzeptiert sie nicht, es muss Bargeld sein. Als ich nicht aufmachte, hat sie sich einfach reingelassen. Sie hat einen Schlüssel. Sie hat den Krankenwagen gerufen, und im Krankenhaus bin ich wieder zu mir gekommen.«

»Ein psychiatrisches Krankenhaus?«

»Nein, ein normales. Später bin ich in ein ... Heim gekommen, ich denke, das war es wohl. Es gab keine Gitter vor den Fenstern oder so, und es war auch kein Krankenhaus. Ich weiß nicht, wie ich es nennen soll.«

Ich spürte Heathers Blicke, aber nicht die von Kite – als gäbe er keine Hitze ab, wäre nur ein Möbelstück. Als ich an der jungen Frau vorbeischaute, hatte Heather mir den Rücken zugekehrt. Sie sah das Hologramm an, die Hüfte vorgestreckt, eine Hand unter dem Kinn, als studiere sie ein Gemälde. Ich sah auf den Punkt, den ihre Augen fixierten. Der Kinderdrachen war fort. Jetzt war da ein Vogel, der hoch in der Luft schwebte, den Kopf in den Wind gedreht. Ein Falke vielleicht, der den Boden beobachtete. Ich konnte nicht erkennen, wohin der Falke schaute – Heathers Hüfte war davor.

»Und die ganze Zeit«, fragte ich Jennifer, »haben Sie nie …?«

»Welche ganze Zeit?«

»Von dem Moment, in dem Sie Bruder Jacobs Haus in Buffalo verließen, bis zu dem Augenblick, als Sie versuchten, sich umzubringen. Wie lange war das?«

»Neun, zehn Jahre.«

»Sie haben nie darüber nachgedacht, was passiert ist? Haben nie über Bruder Jacob nachgedacht?«

»Nein. Wenn ich es getan hätte, wäre ich zu einem Richter gegangen.«

»Hätten ihn verklagt?«

»Nein, ein Richter der Kirche. Jede Gemeinde hat einen Richter. Jeder Nachbar kann Anzeige gegen jeden anderen Nachbarn erstatten, sogar gegen einen Pfarrer. Richter müssen den Anzeigen nachgehen und dann dem Rat berichten.«

»Das alles findet innerhalb der Kirche statt?«

»Ja. Der Rat besteht aus sieben Personen: drei Richter, zwei Diakone und zwei Nachbarn. Sie werden gewählt. Wenn der Richter einen Bericht erstattet, entscheidet der Rat, ob Schuld vorliegt. Und wenn Schuld vorliegt, entscheidet der Rat über die Strafe.«

»Wie kann die aussehen?«

»Man kann zu einer Geldbuße verurteilt werden. Oder zeitweilig ausgeschlossen werden. Sogar aus der Kirche verbannt werden, je nachdem, was man getan hat.«

»Aber Sie haben nie ...«

»Nein. Ich habe nie daran gedacht, zu einem Richter zu gehen. Ich meine, wegen ... dem.«

»Sie haben Bruder Jacob nie angerufen oder ihm einen Brief geschrieben?«

»Nein. Nicht, nachdem ich herausgefunden hatte, dass ...«

»Und er hat sich nie mit Ihnen in Verbindung gesetzt?«

»Nein. Ich bin einfach in eine Leere gefallen, vermute ich. Ich weiß es wirklich nicht – das alles verstehe ich nicht so besonders.«

»Und wie haben Sie dann ...?«

»Als ich mit der Therapie anfing, habe ich einfach die Wahrheit gesagt. Dass ich bei allem versagte, und ich nicht weiß, warum. Nach einer Weile sagte man mir, es gebe ... so was wie Lücken. Dann habe ich mich hypnotisieren lassen.«

Ich spürte, wie sich Kite neben mir aufrichtete, aber er gab keinen Laut von sich. »Aus eigenem Antrieb?«, fragte ich.

»Ja. Oh! Sie meinen ... Nein. Es war nicht meine Idee. Sie fanden den Therapeuten für mich. Die Hypnose, das war nur ein Teil davon, nicht die ganze Sache. Und es war ein Arzt. Ein echter, meine ich. Kein Psychologe wie der, bei dem ich meine normale Therapie mache.«

»Wie lange waren Sie in ...?«

»Bin ich immer noch«, fiel sie mir ins Wort. »Ich denke, das werde ich auch noch lange bleiben. Es hat ... Monate gedauert, bevor ich auch nur *anfing,* mich zu erinnern.«

»Aber dann kam alles wieder hoch?«

»Ich weiß nicht, ob's schon alles ist«, sagte sie resigniert. »Ich weiß es ... noch nicht. Ständig erinnere ich mich an mehr. Aber ich weiß, dass das, was ich Ihnen erzählt habe, wahr ist.«

»Wir unterhalten uns jetzt schon eine ganze Weile«, meinte ich, schaute auf meine Uhr. »Ich brauche etwas

Zeit, um alles zu verarbeiten, bevor wir weiterreden. Ist das in Ordnung?«

»Ja.« Sie sah mir in die Augen. »Glauben Sie mir?«, fragte sie so belegt, dass ihre Stimme leicht zitterte.

»Ich glaube, dass Sie nicht lügen«, erwiderte ich vorsichtig.

»Heather wird Sie hinausbegleiten, Jennifer.« Kite wurde plötzlich lebendig. »Ich rufe Sie an, sobald wir einen neuen Termin haben.«

»In Ordnung«, sagte sie ruhig, stand auf. Heather war sofort an ihrer Seite, die fleischige Hand auf dem Unterarm der Frau. Ich hörte, wie sich Heathers Absätze über den Parkettboden entfernten. Schloss die Augen.

Aus Kites Richtung kam leises Rascheln – er stand auf. Er ging lautlos. Ich behielt die Augen geschlossen.

Das Klackern von Heathers Absätzen, ganz nah. Blutorchideen-Duft. Tiefes Einatmen.

»Alles okay mit Ihnen?«, fragte sie.

Ich spürte ihre Stimme auf meinem Gesicht, öffnete die Augen nicht. »Ja. Ich ... überdenke nur alles.«

»Er ist ein böser Mann«, sagte sie.

»Wer? Bruder Jacob?«

»Ja. Ein böser Mann. Ein Lügner. Das ist das Schlimmste, was man sein kann.«

»Das Schlimmste?«

»Lügen ist die Wurzel des Übels. Immer. Aber er hat nicht nur selbst gelogen, oder? Er hat auch sie zur Lügnerin gemacht. Er hat die Wahrheit für sie verändert.«

»Heather, haben Sie jemals mit ihr gesprochen?«

»Also ... sicher.«

»Ich meine nicht hier. Irgendwo anders? Nur Sie beide, allein.«

»Nein. Ich meine ... wann sollte ich?«

»Keine Ahnung. War nur eine Frage.«

»Ich würde es Ihnen sagen, wenn es so wäre. Ich werde Ihnen alles sagen, wenn Sie es wissen wollen.«

»Wann?«

»Irgendwann«, flüsterte sie, beugte sich so weit vor, dass ihre Lippen mich berührten. Ich spürte den Kuss auf meinem Gesicht. Direkt unter dem Wangenknochen, neben der Prellung. Dann hörte ich die Absätze davonklackern, bis sie wieder hinter mir stand, auf Kite wartete.

Als ich die Augen öffnete, fiel mein Blick auf Kites gelassenes Gesicht. Er war so leise auf seinen Sessel zurückgekehrt wie ein Vogel, der sich auf einem Ast niederlässt.

»Das beunruhigt mich auch«, sagte er. »Diese Hypnose-Geschichte. Haben Sie schon mal von der Kontroverse um die so genannte ›Erinnerungsfälschung‹ gehört?«

»Ja, habe ich«, sagte ich unverbindlich.

»Ein sehr trübes Wasser. Verdrängung? Natürlich existiert sie.«

Ich hörte ihm zu. Wünschte, manche meiner Erinnerungen wären auch verdrängt. Vielleicht hätte es dann das tote Kind in dem Keller in der Bronx nie gegeben …

»Man kann sich nicht an Schmerz ›erinnern‹«, fuhr Kite fort. »Man würde verrückt, wenn man es könnte. Zumindest nicht an körperliche Schmerzen. Aber manche Erinnerungen können sicherlich verdrängt werden … und ohne Vorwarnung wieder auftauchen. Nehmen Sie nur das ›Vietnam-Veteranen‹-Syndrom. Bei so einem Fall habe ich übrigens mal dem Angeklagten meine Hilfe zur Verfügung gestellt – einem Mann, der eine Reihe von Vergewaltigungen beging, als er den Kampfeinsatz in Vietnam noch einmal durchlebte. Flashbacks waren der Grund, dass …«

»Dieser Typ wurde doch verurteilt, stimmt's?«, fragte ich. Ich erinnerte mich an den Fall. Einer der letzten von Wolfe, bevor sie gefeuert wurde. Der Täter sagte aus, er habe Flashbacks gehabt und geglaubt, wieder in Vietnam zu sein, als er die Vergewaltigungen beging. Doch nachdem er mit den Frauen fertig war, hatte er sie jedes Mal ausgeraubt – und als Wolfe ihn fragte, wie viele Goldketten er in Vietnam geklaut hätte, klappte er zusammen.

»Die Gesellschaft ist auf wissenschaftlichen Fortschritt nicht immer vorbereitet«, erwiderte Kite ungerührt. Harte Linien zeichneten sein Gesicht, und seine Stimme wurde schärfer. »Doch das ändert nichts an der Wahrheit. Wir werden niemals als professionelle Entlarver der Lüge erfolgreich sein, wir werden niemals in der Lage sein, vor einem Gericht glaubwürdig auszusagen, wir werden niemals einen echten Beitrag für die Gesellschaft leisten können ... ja, für die ganze Welt ... wenn wir auf der überhitzten Phrasendrescherei bestehen und weiterhin bestreiten, dass jemand mit auf diese Weise wiedergewonnenen Erinnerungen die Wahrheit sagt!«

Hinter mir hörte ich Heathers Absätze klackern. Aber sie entfernte sich nicht, verlagerte nur ihr Gewicht, war gebannt von Kites Plädoyer-Stimme.

»Ich weiß, dass ich mir damit Ärger einhandeln kann«, sagte er, ließ seine Stimme tiefer orgeln, als sei ihm klar geworden, dass sie schrill wurde. »Aber ich werde mich vor Gericht nicht so erniedrigen lassen, wie ich es bei Kollegen erlebt habe. ›Haben sich *alle* Fälle, die Sie untersucht haben, als falsche Anschuldigungen herausgestellt, Mr. Kite?‹«, machte er sarkastisch eine hohe Frauenstimme nach. »›Und wenn Sie je herausfänden, dass eine Verdächtigung der Wahrheit entspricht, würden Sie doch sicher sofort zur Polizei gehen, Mr. Kite, nicht wahr?‹ Dieser Situation werde ich mich *niemals* aussetzen. Ich brauche ein Opfer, ein echtes Opfer, eines, dessen Erinnerungen gerade zurückkehren. Und jetzt habe ich eins gefunden. Wenigstens glaube ich das ...«

»Ein rechtmäßiges ...?«

»Trauma ist das Narbengewebe über der Erinnerung«,

sagte er, seine Stimme klang jetzt vernünftig. »Es gab zum Beispiel eine Serie von gewalttätigen Banküberfällen. Eine Kassiererin hat schreckliche Angst, fällt in einen traumatischen Schock. Sie kann die Räuber nicht identifizieren, kann nicht einmal Angaben über ihr Alter, ihre Rasse oder ihre Körpergröße machen. Sie unterzieht sich einer Hypnose bei einem erfahrenen, ausgebildeten Profi. Und ihre Erinnerung kehrt so weit zurück, dass sie die Bankräuber perfekt beschreiben kann. Die Verteidigung sagt, man kann sich auf solche Erinnerungen nicht verlassen – zu viele andere Faktoren könnten das ›Bild‹ beeinflusst haben, das die Frau bekommt. Aber das Videoband der Überwachungskamera in der Bank beweist, dass ihre Beschreibung der Bankräuber absolut zutreffend ist. Also wissen wir, dass es möglich ist. Aber …«

»Man hat nicht immer Videobänder.«

»Nein. Und dass Scharlatane, die eigene Ziele verfolgen, Erinnerungen ›einpflanzen‹ können, steht außer Frage. Besonders, wenn die betreffende Person verwirrt ist. Oder unter Einfluss von Drogen steht. Oder unter Wahnvorstellungen leidet. Bei gewissen Störungen besteht ein enormes Bedürfnis zu konfabulieren. Wissen Sie, was das …?«

»Die Lücken auffüllen«, sagte ich. »Manche erleben einen Filmriss. Sie können sich an mehr oder weniger große Zeitabschnitte, manchmal sogar Wochen, nicht erinnern. Das macht ihnen Angst.«

»Besonders häufig kommt das bei multiplen Persönlichkeiten vor«, sagte Kite eindringlich. »Aber bei einem Test ist das nicht zu erkennen. Ein Mensch mit Persönlichkeitsspaltung würde jede konventionelle psychologische Untersuchung mit Bravour bestehen. Zum Beispiel einen MMPI-Test. Was Berichte über Entführungen durch Außerirdische erklären könnte.«

»Multiple Persönlichkeiten, die die fehlende Zeit füllen müssen?«

»Das könnte sein. Auf mehr kann ich mich derzeit nicht

festlegen. Aber es besteht die Möglichkeit, das kann nicht abgetan werden.«

»Sie meinen, Jennifer könnte eine …?«

»Nein. Sie ist untersucht worden. Und es gibt anderes Beweismaterial.«

»Zum Beispiel?«

»Wir haben das Gleiche mit ihr gemacht.«

»Hypnose?«

»Ja. Mit Natriumamytal. Sie ist direkt in die Situation zurückgekehrt. Wir hatten sie in dem Zimmer. In Bruder Jacobs Zimmer. Als kleines Mädchen. Sie erinnerte sich sogar an sein Eau de Cologne.«

»Ein zwölfjähriges Mädchen kannte sein …?«

»Nicht den Namen«, kam Kite meiner Frage zuvor. »An den Duft. Sie hat ihn beschrieben. Und beim nächsten Mal haben wir Proben mitgebracht, eine ganze Reihe. Sie hat es sofort herausgefunden.«

»Das alles ist vor langer Zeit passiert«, sagte ich. »Können Sie …?«

»Wir wissen, dass wir ein Verjährungsproblem haben«, fiel Kite mir ins Wort, beantwortete die Frage, von der er meinte, ich würde sie stellen. »New York legt die gesetzlichen Bestimmungen bislang sehr streng aus, steht ›verspäteter Entdeckung‹ äußerst ablehnend gegenüber.«

»Was ist eine verspätete Entdeckung?«

»Aha.« Er änderte den Tonfall, war endlich auf einem Gebiet, auf dem ich mich nicht auskannte. »Die Analogie in der Medizin wäre ein Kunstfehler. Bei einer Operation wird ein chirurgisches Instrument in der Patientin vergessen. Sie entdeckt den Fehler erst viel später. Vielleicht, wenn sie als Folge andere medizinische Probleme hat. Die Verjährungsfrist beginnt erst dann, wenn sie tatsächlich weiß, dass ein Kunstfehler begangen wurde.«

»Aber Jennifer wusste …«

»Sie wusste es, als es geschah, ja. Aber das Verhalten des Täters – der Schock der plötzlichen Erkenntnis, dass sie ein Opfer war – hat das Wissen buchstäblich aus ihrem Bewusstsein verbannt. Sie befand sich in einem psychischen Koma. Entdeckt hat sie es erst später. Und auch dieses beabsichtigen wir zu verwenden: Es gibt einen Rechtsgrundsatz, der besagt, dass ein Übeltäter nicht von seinen bösen Handlungen profitieren darf. Verstehen Sie?«

»Ich schlage jemandem ein Moniereisen auf den Kopf. Er fällt ins Koma. Jahre vergehen, er liegt immer noch im Koma. Die Verjährungsfrist läuft ab. Er wacht auf. Erinnert sich, dass ich es war, der es getan hat. Ich war derjenige, der ihm die Erinnerung geraubt hat, also bekomme ich keinen Freifahrschein für meine Tat.«

»Ja! Nicht gerade die eleganteste Erklärung, aber sicherlich eine überzeugende.«

»Aber das war körperlich«, sagte ich. »Hier handelte es sich …«

»Um eine emotionale Sache. Natürlich. Mit am schwersten zu beweisen in der Jurisprudenz ist die so genannte Weichteilverletzung. Jedem Rechtsanwalt, der das Opfer eines Verkehrsunfalls vertritt, ist ein gebrochener Finger lieber als das schlimmste Schleudertrauma. Und das menschliche Herz ist das weichste aller Gewebe«, intonierte Kite mit seiner Plädoyerstimme.

»Wie wollen Sie dann …?«

»Gesetze ändern sich«, sagte er. »Manche Fälle konstituieren tatsächlich neues Recht. Ich habe noch nie von einem besseren Fall als diesem gehört, um die Gültigkeit der Doktrin der ›Verspäteten Entdeckung‹ zu beweisen. Und die Zeiten ändern sich. Viele Staaten räumen inzwischen ein, dass ein Kind unter Umständen nicht die Kraft besitzt, sexuellen Missbrauch anzuzeigen, besonders dann, wenn der Täter im Leben des Kindes eine mächtige Persönlichkeit darstellt. Connecticut hat das Gesetz bereits entsprechend erweitert. Vermont ebenfalls. Und Kalifornien. Um meine Erfolgsaussichten mache ich mir keine Sorgen. Ich freue mich sogar auf die Chance.«

»Okay. Sie sagten, es gebe noch weitere Beweise. Könnte ich ...?«

»Nehmen Sie das hier mit«, sagte er, gab mir einen Stapel Papiere. Und ein Bündel Briefe, ordentlich zusammengebunden mit einem schwarzen Band. Ich legte alles in den Aluminiumkoffer.

Am Türgitter verabschiedete Heather sich leise. Als ich mich zu ihr umdrehte, lehnte sie ihre Stirn an meine Brust und flüsterte: »Bekomme ich noch eine Chance?«

»Wer weiß?«, log ich.

Ich wollte meinen Arnold Haines-Ausweis nicht für ein Flugticket benutzen, falls irgendwas schief ging, solange ich außerhalb der Stadt war. Und ich war nicht so dumm, bar zu bezahlen. Michelle buchte mir über ein Reisebüro, das sie kennt, ein Rückflugticket bei USAir. Seit die *Federales* endlich kapiert haben, dass jede Bande sabbernder Blödmänner mit einem Mietwagen und genug Geld für ein paar Tonnen Dünger ein ganzes Bürogebäude dem Erdboden gleichmachen kann, wollen sie auf Flughäfen Ausweispapiere mit Foto sehen. Sie haben allerdings noch nicht kapiert, dass jeder sich mit dem nötigen Kleingeld und Verbindungen innerhalb weniger Tage einen kompletten Satz Papiere beschaffen kann. Als ich der uniformierten Frau am Ticketschalter einen Führerschein vorlegte, der ebenso für Stanley Weber ausgestellt war wie mein Erster-Klasse-Ticket, warf sie keinen zweiten Blick darauf.

Ich konnte den Job nicht extern vergeben, nicht in Buffalo. In manchen Städten gibt es immer noch Diebe der alten Schule. Burschen, die ein Haus so sorgfältig durchsuchen, als würden sie es durch ein Sieb schütten, und übergeben, was immer sie finden – ohne sich anzusehen, was sie mitnehmen, geschweige denn Kopien davon zu machen. Diese Veteranen besitzen Berufsethos: »Fall ich auf die Klappe, nehm ich's auf meine Kappe«, wie der

Prof immer sagte – Informanten werden in diesen exklusiven Club nicht aufgenommen.

Aber solche Einbrecher gehören einer aussterbenden Art an. Verdammt, Einbruch an sich ist eine aussterbende Art. Heute sind es meist Wichser, Junkies und Idioten, die nur zerstören und abgreifen können. Amateure, die glauben, ein Zaun sei etwas, über das man klettert, um an ein Fenster heranzukommen ... das man mit einem Ziegel einschlägt. Sie wissen nicht, wie man eine Alarmanlage umgeht, besitzen nicht mal genug Verstand, bei einer Kommode mit der untersten Schublade anzufangen. Sie hinterlassen eine neongrelle Spur, verlassen sich darauf, dass die Cops aus Arbeitsüberlastung nur noch Aktenzeichen für die Schadensmeldung bei der Versicherung vergeben. Und wenn sie je auf einen Hund treffen, werden sie gebissen.

Heute gibt es keine Standards mehr wie früher. Ich erinnere mich an einen Burschen, der sich vor Jahren unserer Gang anschließen wollte, als wir ausschließlich vom Stehlen lebten. ›Hercules‹ hatten wir ihn im Gefängnis genannt, ein kräftiger, gut aussehender Junge, so stark wie der Gestank einer zwei Tage alten Leiche. Er hatte eine große Schwäche für die Damen, aber man konnte auf ihn bauen – wenn er kassiert wurde, ging er allein in den Knast, so wie es sein musste. Trotzdem hatte der Prof ihn nicht genommen. »Der Typ ist ein kompletter Laie, Bruder – hat eine Nase so groß wie ein U-Bahn-Tunnel. Kann sich nie aufs Geschäft konzentrieren. Der alte Herc ist ein hoffnungsloser Schürzenjäger. Der Junge kann bei uns nicht mitmachen – ein Weiberheld bringt uns kein Geld.«

Daher war ich nie in Versuchung, blieb immer bei einer echten Profi-Gang, selbst wenn ich mir was entgehen lassen musste, das zum Anbeißen aussah. In ein paar Städten habe ich immer noch meine Beziehungen. In Chicago gibt's einen der besten Diebe, die ich je kennen gelernt habe, fast so gut wie der Prof. Auch in San Francisco arbeitet ein ausgesprochen gewiefter Typ, einer dieser kleinen, kompakten Jungs, die sich bewegen können wie Rauch. Und in New Orleans gibt es eine sehr gelenkige Frau, die in einem Bottich voll Zirkone einen Diamanten riechen kann. Aber es sind wenige und weit verstreut, eine alternde Klasse. Und jede Gefängnisstrafe lichtet die Reihen weiter.

In Buffalo kannte ich keine Menschenseele. Ich wollte mich auf keine zweitklassige Empfehlung verlassen – und wenn man vor Ort weder einen Kautionssteller noch einen guten Rechtsanwalt bereit hat, kann man von seinen eigenen Leuten nicht verlangen, ein solches Risiko auf sich zu nehmen.

Was mir bei Bruder Jacob weiterhelfen konnte, befand sich wahrscheinlich ohnehin in seinem Kopf und nicht in irgendeiner Schreibtischschublade. Ich beschloss, dass es ein klassischer Ein-Mann-Job war.

Der Nonstop-Flug dauerte keine neunzig Minuten. Ich flog Erste Klasse, weil das anonymer ist. Die Sitze stehen einzeln – das ganze Drum und Dran animiert den Sitznachbarn nicht dazu, einem ein Gespräch aufzuzwingen. Und man kann als letzter an Bord gehen und trotzdem nach der Landung als erster die Maschine verlassen. Wenn man kein Gepäck aufgibt, kann man ein- und aussteigen, als wär's ein Taxi.

Ich stocherte ein bisschen in dem faden Essen rum, das serviert wurde, und las auf dem Monitor in meinem Kopf die Briefe noch mal, die Bruder Jacob an Jennifer Dalton geschrieben hatte. Es waren lauter Trickspiegel, raffinierte Reflexionen, die den Blick verzerrten. Die Handschrift war markant und selbstsicher, besaß die typische Schrägstellung eines Rechtshänders. Geschrieben auf dickem, cremefarbenem Papier mit Wasserzeichen. Jeder Brief nur ein Blatt, einseitig beschrieben. Kein Absender, kein Monogramm. Vollkommen anonym.

»Meine Liebe, es muss schwer für dich sein, Jennifer, das weiß ich. Für mich ist es auch schwer. Aber man kann alles auf die richtige Weise anpacken, selbst die schwersten Aufgaben. Sich in Geduld zu üben, ist nicht leicht für jemanden deines Alters, aber die größten Freuden im Leben sind es immer wert.«

Und noch einer …

»Die meisten Dinge im Leben sind eine Frage der Perspektive. Wie man etwas betrachtet ist wichtiger als was man betrachtet. Das hast du doch selbst schon erlebt, Liebes, nicht wahr?«

Immer wieder das Gleiche …

»Vergiss nicht, Jennifer, deine Gefühle gehören dir allein. Sie sind ganz persönlich, etwas Besonderes, das nur dir und dir allein gehört. Und du hast stets ein Recht darauf. Sie gehören dir für alle Zeiten. Die besten Dinge im Leben sind stets wie *Investitionen.* Man muss warten, bis sie sich auszahlen. Und dazu braucht man Geduld. Ich weiß, das alles ist schwer für dich, aber es wird auch wieder besser, das verspreche ich dir.«

Ich dachte über Versprechen nach. In der Hand eines Experten sind sie wie die Schnitte einer Rasierklinge – so scharf, dass das Opfer nichts spürt, bis es das Blut sieht.

Und wenn das Opfer einem genügend vertraut, sieht es oft nicht mal das Blut. Bis es fast zu spät ist.

Am Flughafen mietete ich eine bronzefarbene Taurus-Limousine und benutzte einen Stadtplan des Liegenschaftsamtes, um ihn zu finden. Schwer war es nicht – das

Haus war auf Bruder Jacob eingetragen, und ich besaß ein ziemlich gutes Foto aus Kites Unterlagen.

Ein orange schimmernder Jeep hielt tuckernd neben mir an einer Ampel. Die Sonne funkelte auf seinen Reifen – Meisterstücke der Bildhauerei mit handgeschmiedeten und vergoldeten Felgen. Solche Räder kosten ein paar tausend Dollar. Nutzlos – man bezahlt fürs Auffallen. Wie bei Turnschuhen für zweihundert Dollar. Und wie die Ultra-Turnschuhe – sie werden von mehr Leuten geklaut, als die Firma Angestellte hat. Und es ist nicht mal ein richtiges Klauen – die Robot-Mutanten-Psychopathen besitzen nicht genug Hirn, ein Auto zu knacken oder im Laden ein paar Schuhe mitgehen zu lassen, also nehmen sie es den Besitzern mit Gewalt ab. Dein Kram oder dein Leben – das eine wie das andere ist den abgewichsten urbanen Killermaschinen ein Genuss.

Es war später Nachmittag, als ich das Haus fand. Ein freistehendes Haus aus sonnengebleichtem, weißem Holz in einer kleinen Straße, die nach aufstrebender Mittelschicht aussah. Am Ende der Einfahrt stand eine zum Haus passende Einzelgarage, der Vorgarten war nicht eingezäunt. Das Haus wirkte gepflegt, aber der Besitzer schien auch kein Ordnungsfanatiker zu sein – der Rasen war ungemäht, und ein paar Äste würden den nächsten Winter nicht überstehen.

Ich parkte auf der anderen Straßenseite und bereitete mich auf eine Observierung vor. Eine Dreiergruppe Kids raste auf Mountain-Bikes mit dicken Profilreifen vorbei, riefen laut ihre Namen. Eine Frau schlenderte mit einem schokoladenbraunen Labrador an der Leine vorbei. Es war eine lebendige Straße, wahrscheinlich gab es hier auch genug Leute, die von ihren Fenstern heraus alles im Blick hatten. Aber deswegen machte ich mir keine Gedanken – wenn ich ohne Verhaftung hier wieder weg kam, würde das Nummernschild nur in die Sackgasse der Stanley Weber-Identität führen.

Ich bog um die Ecke und wartete. Alles blieb ruhig, als sich der Abend wie eine graue Decke mit schwarzem Saum herabsenkte. In den Häusern gingen die Lichter an, die Kinder gingen heim. Abendbrotzeit. Ich tippte Bruder Jacobs Nummer in mein Handy. Falls sich eine Haushälterin meldete, würde ich mir etwas anderes einfallen lassen müssen.

»Hallo?« Die Stimme eines Mannes mittleren Alters, energisch, ohne aggressiv zu sein.

»Könnte ich bitte Bruder Jacob sprechen?«

»Am Apparat.«

»Mein Name ist Weber, Sir. Stanley Weber. Ich frage mich, ob Sie vielleicht ein paar Minuten Ihrer kostbaren Zeit erübrigen könnten. Ich ...«

»Von Vertreteranrufen halte ich gar nichts«, unterbrach er. »Wenn Sie wollen, können Sie mir mit der Post ...«

»Ich will Ihnen nichts verkaufen, Sir. Ich würde mit Ihnen gern über eine Angelegenheit von beiderseitigem Interesse sprechen. In gewissem Sinne haben Sie wahrscheinlich Recht: Ich bin Vertreter. Aber was ich zu verkaufen habe, wird nicht der Allgemeinheit angeboten – ich glaube, Sie sind der Einzige, der interessiert sein könnte.«

»Ich verstehe nicht.«

»Persönlich könnte ich Ihnen das besser erklären, Sir. Ich bin im Besitz einiger Dokumente, die Sie vielleicht erwerben möchten.«

»Dokumente?«

»Ja. Am Telefon möchte ich allerdings lieber nicht ins Detail gehen, wenn es Ihnen recht ist. Ich bin überzeugt, es ist auch in Ihrem Interesse, wenn wir uns unterhalten. Unter vier Augen.«

»Hören Sie, ich weiß nicht, wer Sie ...«

»Es geht um eine ehemalige ... Schülerin von Ihnen, Bruder Jacob. Eine junge Dame. Miss Jennifer Dalton.«

Am anderen Ende der Leitung wurde es still, aber er hatte nicht aufgelegt. Ich hörte ihn atmen – wusste nicht, ob er angebissen hatte. Schließlich sagte er: »Ich weiß ehrlich gesagt nicht, wovon Sie eigentlich reden. Aber wenn Sie unbedingt wollen …«

»Es dauert wirklich nur ein paar Minuten, Sir. Den Zeitpunkt bestimmen Sie.«

»Ja. Sehr schön. Wissen Sie, wo ich …?«

»Ich kann in, sagen wir, fünfzehn Minuten bei Ihnen sein. Passt Ihnen das?«

Wieder sein Atmen. Dann: »In Ordnung. Aber ich habe nicht viel Zeit. Ich erwarte …«

»Bin sofort bei Ihnen«, sagte ich, unterbrach die Verbindung.

Ich gab ihm zehn Minuten. Dann schloss ich den Wagen ab und ging um die Ecke zu dem weißen Haus. Die Tür war mattrot gestrichen, die Klingel saß genau in der Mitte. Ich drehte daran und hörte das Ding-dong aus dem Hausinneren.

Ein mittelgroßer Weißer öffnete die Tür. Er hatte dichtes, dunkles Haar und einen unnatürlich tiefen Haaransatz. Ein Toupet, und zwar ein teures. Er hatte etwa meine Größe, ein weiches, rundliches Hängebackengesicht. Zu einem roten Flanellhemd trug er alte, kittfarbene Cordhosen und braune, derbe Arbeitsschuhe. Seine Augen waren hellblau und tiefliegend.

»Mr. …«, sagte er.

»Weber«, beendete ich für ihn. »Darf ich hereinkommen?«

Mein mitternachtblauer Anzug und das weiße Seidenhemd beruhigten ihn etwas, aber er wirkte immer noch ein wenig verschreckt. Vielleicht, weil ich keine Krawatte trug.

»Äh … sicher«, sagte er und trat zur Seite.

Das Wohnzimmer lag direkt hinter der Diele und war mit vermutlich echten Antiquitäten möbliert: massives, dunkles Holz, helle Chintzbezüge. Ich setzte mich auf die

Couch. Er erwog kurz, sich neben mich zu setzen, entschied sich dann aber für einen Stuhl mit gepolsterten Armlehnen.

»Sie sagten …«

»Jennifer Dalton«, wiederholte ich, sah auf seinen Mund, vermied es, ihm in die Augen zu blicken. Ich war als Verkäufer hier, nicht als Verhörspezialist. »Ich besitze einige … Dokumente, von denen ich glaube, sie könnten für Sie von Interesse sein.«

»Dokumente?«

»Briefe«, sagte ich behutsam. »Ihre Briefe, glaube ich.«

»Warum sollten Sie …?«

»Miss Dalton hat jemanden aufgesucht. Eine Psychologin. Im Verlauf der … Therapie hat sie die Briefe eingebracht.«

»Ich verstehe nicht recht«, sagte er gepresst.

»Das ist ganz normal«, ich blieb geschmeidig. »Wenn ein Patient versucht, die … Vergangenheit wieder wachwerden zu lassen, fragt ein Therapeut häufig nach … Andenken. Um Ereignisse zu rekonstruieren.«

»Aber ich habe nicht …«

»Verstehe«, unterbrach ich. »Vielleicht war es doch keine so gute Idee. Falls ich Ihre Zeit vergeudet habe, möchte ich mich entschuldigen.«

»Also«, sagte er und räusperte sich. »Ich weiß nicht. Ich meine … ich habe keine Ahnung.«

»Sagen Sie's mir.« Ich öffnete den schwarzen Aluminiumkoffer und nahm einen der Briefe heraus. Reichte ihn ihm, beschäftigte mich dann mit einigen anderen Unterlagen, hielt den Blick gesenkt.

Er nahm den Brief. Ich hörte, wie er das Blatt umdrehte. »Das … es scheint etwas zu sein, das ich … vielleicht vor langer Zeit geschrieben haben könnte.«

»Ja.«

»Wie kommt der Brief in Ihren Besitz?«, fragte er, atmete durch den Mund.

»Ich bin Geschäftsmann«, sagte ich. »Ich habe viele Eisen im Feuer. Sozusagen. Psychotherapeuten werden nicht besonders gut bezahlt. Und diese spezielle Therapeutin hat zufälligerweise Schulden. Nicht bei American Express ... sondern bei gewissen Leuten, die sehr ungeduldig sind.«

»Ich ... verstehe. Ist dies der einzige, den Sie haben?«

»Nein. Ich habe alle. Es sind insgesamt elf.«

Er räusperte sich wieder. Schluckte schwer. Dann: »Wenn ich diese ... Briefe haben wollte, dann nur, um die Eventualität einer ... äh, ich weiß nicht ... unnötigen Verlegenheit zu vermeiden.«

»Wenn Sie bezahlen, muss es *keinerlei* Verlegenheit geben«, sagte ich schnell. »Für niemanden.«

»Kopien zu machen, ist kein Problem ...«

»Das wäre sinnlos«, log ich. »Ohne die Originale sind sie nichts wert. Kein professioneller Gutachter würde ...«

»Gutachter?«

»Wie sie für Gerichte arbeiten«, sagte ich, beobachtete sein Gesicht. »Das Wichtige an ... manchen Briefen ist das Datum. Auf keinem dieser Briefe befindet sich ein Datum. Und aus einer Fotokopie kann man kein Datum ableiten. Man kann das Papier nicht auf sein Alter analysieren, die Tinte wird nicht ...«

»Jetzt verstehe ich, was Sie meinen«, unterbrach er.

»Wollen Sie die Briefe?«, fragte ich.

»Ich bin ... interessiert«, sagte er. »Ein Psychologe sollte nicht ...«

»Völlig Ihrer Meinung, Bruder Jacob. Ich entschuldige mich nicht für meine eigene Position. Wie schon gesagt, ich bin Geschäftsmann. Und die Leute, die ich vertrete, sind ebenfalls Geschäftsleute. Ein Therapeut hat gewisse ... Verpflichtungen. Es kommt vor, dass jemand zum gleichen Zeitpunkt unterschiedlichen Verpflichtungen nachkommen muss – ich bin sicher, das werden Sie verstehen. Lassen Sie mal sehen, ob ich Ihrem Gedankengang folgen kann«, sagte ich, ließ meine Stimme liebenswürdiger klingen. »Sie sind möglicherweise daran interessiert, diese Briefe zurückzukaufen, um sie selbst Miss Dalton zeigen zu können. Damit beweisen Sie, dass diese Therapeutin, der sie ihre intimsten Geheimnisse anvertraut hat, nicht in ihrem besten Interesse handelt. Ist das so richtig?«

»Ja«, sagte er. »Das ist richtig. Völlig richtig.«

»Gut. Ich werde Ihre Zeit nicht mit sinnlosem Gefeilsche vergeuden, Bruder Jacob. Hier geht es nicht um die Frage, welchen ›Wert‹ die Briefe möglicherweise besitzen. Es geht einzig und allein darum, was die Therapeutin meinen … Arbeitgebern schuldet.«

»Und das ist wie viel?«

»Zwanzigtausend Dollar.«

»Unmöglich!«, platzte er heraus. »Soviel Geld habe ich nicht.«

»Nun, das können wir schließlich nicht wissen, oder?«, fragte ich vernünftig. »Sie sind ja der einzige Markt für diese spezielle Ware … es ist ja nicht so, dass wir dem Meistbietenden den Zuschlag geben könnten.«

»Ich verstehe. Ich meine … ich weiß, was Sie sagen. Aber ich weiß nicht, wie ich …«

»Das ist allein Ihre Entscheidung«, sagte ich, streckte die Hand nach dem Brief aus.

»Könnten wir uns … auf einen Kompromiss einigen?«

»Ich fürchte, nein«, sagte ich, die Hand immer noch ausgestreckt. »Ich bin nur ein kleiner Gehaltsempfänger, Bruder Jacob. Ich arbeite nicht auf Provision. Wenn ich das Sagen hätte, würde ich den Preis noch mal überdenken. Ich weiß, warum Sie die Briefe kaufen wollen, und bewundere Sie dafür. Wenige Menschen würden so viel Geld ausgeben, um jemand anderem zu helfen. Aber ich kann wirklich nichts tun.«

»Was werden Sie …?«

»Nichts«, sagte ich. »Überhaupt nichts. Wir werden der

Therapeutin erklären, dass die Briefe wertlos sind. Sie wird das Geld woanders beschaffen müssen. Mein Arbeitgeber dachte, es sei ein Flugticket wert, um festzustellen, ob es eine andere Möglichkeit gibt, das ist alles. Hoffentlich denken Sie nicht, dass ich Ihre Zeit verschwendet hätte.«

»Nein. Ganz und gar nicht«, sagte er, hielt den Brief immer noch in der Hand.

»Bruder Jacob ...«, sagte ich, sah ihm jetzt in die Augen.

Wieder räusperte er sich. »Könnte ich möglicherweise ... in Raten zahlen?«

»Natürlich«, sagte ich. »Sie könnten zum Beispiel jeden Brief einzeln bezahlen. Wenn Sie allerdings alle auf einmal haben wollen, müssten wir eine gewisse ... Sicherheit fordern.«

»Eine Sicherheit?«

»Meine Arbeitgeber sind sehr ernst zu nehmende Leute«, sagte ich. »Solche Dinge macht man nicht schriftlich – es ist eine Frage der Ehre, verstehen Sie? Man gibt sein Wort – man hält sein Wort.«

»Ja, natürlich. Aber wenn ...«

»Da gibt es kein ›Wenn‹, Bruder Jacob. Bis auf dieses eine: *Wenn* Sie die Briefe wollen, bin ich berechtigt, einem Ratenzahlungsplan zuzustimmen. Sagen wir, fünfhundert Dollar pro Monat.«

»Ich ... glaube, das müsste gehen.«

»Für fünfzig Monate.«

Ich sah, wie sich einige Sekunden die Rädchen in seinem Kopf drehten. Dann: »Fünfzig! Aber Sie sagten doch zwanzigtausend. Fünfzig mal fünfhundert wären aber ... *fünf*undzwanzigtausend.«

»Das ist die Branche, in der meine Arbeitgeber tätig sind«, sagte ich ausdruckslos und hart. Der vernünftige Ton war jetzt verschwunden. »Geldverleih. Die Therapeutin hat sich etwas weniger als die zwanzig geliehen, aber es wird zwanzig kosten, ihre Schulden zu begleichen.

Wenn Sie das abbezahlen wollen, leihen Sie sich zwanzig von uns. *Ihre* Schulden abzubezahlen, wird *Sie* ebenfalls etwas Kohle kosten, okay?«

»Ich … wie kann ich …?«

»In bar«, sagte ich, ließ ihn das Gefängnis und den Friedhof in meiner Stimme hören. »Monatlich. Wir können es von jemandem abholen lassen. Oder Sie können einen Übergabeort bestimmen.«

»Woher weiß ich …?«

»Wie ich schon sagte, die Briefe sind wertlos für uns. Sie können alle haben, im Voraus. Wie wär das?«

»Das klingt … fair.«

»Wir handeln auf Treu und Glauben, Bruder Jacob. Wie schon gesagt: Wir vertrauen Ihnen, was unser Geld betrifft. Wir vertrauen Ihnen, dass Sie Ihr Wort halten.«

»In Ordnung.«

»Sehr nett von Ihnen«, sagte ich. »Behalten Sie den. In ein paar Wochen komme ich mit dem Rest. Ich händige sie Ihnen aus, Sie geben mir die erste Rate. Danach einmal im Monat, okay?«

»Ja.«

»Danke für Ihre Zeit.« Ich stand auf.

Er gab mir nicht die Hand.

Wolfe wartete auf dem Parkplatz, stand neben Ihrem alten Audi. Den Rottweiler neben sich locker an der Leine. Als ich näher kam, ging das bedrohliche Tier in Habachtstellung, funkelte mich mit seinen dunklen, mordlustigen Augen an.

»Um die geht es.« Ich gab ihr eine Kopie von allem, was ich über Jennifer Dalton besaß.

»Haben Sie mit ihr geredet?«, fragte sie.

»Ja. Und sie klingt aufrichtig. Wenigstens bis jetzt.«

»Wir werden es uns ansehen.«

»Danke. Noch eins. Diese Adressen, die Sie mir gegeben haben? Die Eigentumswohnungen, die Kite gehören. Können Sie mir eine Liste der Mieter besorgen?«

»Wie tief wollen Sie graben?«

»So tief wie möglich. Wie sie ihre Miete zahlen, geplatzte Schecks, Mietverträge, alles.«

»Die Nachbarn auch?«

»Passen Sie auf, dass Sie nicht ...«

»Wir verstehen unsere Sache«, unterbrach Wolfe.

»Ich weiß«, entschuldigte ich mich.

Zwei ältere Damen schlenderten Arm in Arm vorbei, mit langsamem Schritt, aber sehr lebendigen Augen. Freundinnen, glücklich, zusammen sein zu können.

»Sieh nur, Rosalyn«, sagte die eine zur anderen und zeigte auf Bruiser. »Ist das nicht einer von diesen Wildenheimern?«

»Tja, ich glaube schon.« Ihre Freundin sah Wolfe mit fragend gehobener Augenbraue an.

»Stimmt«, antwortete Wolfe mit einem fröhlichen Lächeln.

»Sind das gute Wachhunde?«, fragte Rosalyn.

»Oh, sehr gute«, versicherte Wolfe ihr.

»Das ist gut, meine Liebe. Heutzutage braucht eine junge Frau Schutz in dieser Stadt. Man kann gar nicht vorsichtig genug sein.«

Die beiden alten Damen gingen plappernd weiter. »Ein Wildenheimer?«, fragte ich Wolfe.

»Das ist ein jüdischer Rottweiler.« Wolfe lächelte mich an. »Wissen Sie denn gar nichts?«

»Weißt du irgendwas über die Leute vom Gospel of Job's Song?«, fragte ich den schlanken Mann mit dem harten Gesicht. Wir standen in einer Schwulenbar in der Nähe der Christopher Street, unterhielten uns in der Vier-Uhr-Flaute zwischen den Mittagsgästen und dem abendlichen Paarungstanz.

»Die Psalmisten? Klar. Sind nicht direkt auf *unserer* Seite: Homosexuelle sind in ihren Reihen nicht willkommen, und keiner von uns ist bei ihnen Geistlicher. Zumindest nicht offen. Aber wenn es um Aids geht, sind sie zur Stelle. Ihre Lehre interessiert mich nicht sonderlich – verdammt, mich interessiert überhaupt keine Lehre –, aber sie bekämpfen energisch diese Idee von der ›Strafe Gottes‹.«

»Hattest du schon mal mit denen zu tun?«

»Nicht persönlich.«

»Okay. Danke, dass du dir die Zeit genommen hast.«

»Grüß Victor von mir«, sagte der Mann.

»Das mit der Hypnose gefällt mir nicht«, erklärte ich Kite.

»Kein Grund zur Sorge«, erwiderte er selbstgefällig. »Mit Borawick kann uns gar nichts passieren.«

»Was ist Borawick?«

»Ein Fall, Mr. Burke. Ein Präzedenzfall, wie er im Buche steht. Das Zweite Appellationsgericht hat erst im vergangenen Jahr eine Grundsatzentscheidung getroffen. Es ist keine rigide Formel – sie berücksichtigen die ›Gesamtheit der Umstände‹. Aber die Faktoren, die ein Gericht in Erwägung ziehen muss, sprechen ausnahmslos zu unseren Gunsten.«

»Klären Sie mich auf.«

»Schön. Bei Borawick ging es um die gleichen Fakten: durch Hypnose zutage geförderte Erinnerungen einer Erwachsenen an sexuellen Kindesmissbrauch; die Patientin ist wegen eines, ihrer Meinung nach nicht damit in Zusammenhang stehenden, Problems in die Therapie gegangen. Das für sich genommen ist ein Faktor: Warum die Person sich überhaupt einer Therapie unterzog. Weiterhin wird das Gericht berücksichtigen, ob sich die Person für eine Hypnose eignet, welche Qualifikation der Hypnotiseur vorweisen kann, welche Techniken angewandt wurden und ob es weitere untermauernde Beweismittel gibt.«

»Die wir besitzen.«

»Ja. In Massen. Die wichtigste Frage jedoch ist, ob in irgendeiner Weise eine Beeinflussung stattgefunden hat.«

»Wie soll ein Gericht so was beurteilen können?«

Er legte die Fingerspitzen aneinander, blickte mich darüber hinweg an. »Entscheidend ist, ob es eine komplette Aufzeichnung der Hypnose gibt.«

»Und ...?«

»Heather«, sagte Kite triumphierend.

Ihre Absätze klackerten über das Parkett. Ich hörte, wie ein Schrank geöffnet wurde, das Schnappen von Plastik. Spürte, wie sie hinter mich trat. Behutsam legte sie eine Audiokassette auf meinen Schoß und trat zurück.

»Ich nehme an, Ihnen steht ein entsprechendes Abspielgerät zur Verfügung?«, fragte Kite.

»Sicher.«

»Das ist eine Kopie, Mr. Burke. Ich beabsichtige, Miss Daltons Sitzungen in ihrer Gesamtheit als Beweismittel vorzulegen. Und dann werde ich einfach sagen, worauf ich mein ganzes Anwaltsleben gewartet habe: *Res ipsa loquitur.*«

Er hob die Augenbrauen, aber ich ließ mich nicht ködern.

»Das ist Latein«, sagte er. »Wörtlich übersetzt bedeutet es: ›Die Sache spricht für sich selbst.‹ Und genau das tun die Bänder. In aller Deutlichkeit, das versichere ich Ihnen. Und im Gegensatz zu Borawick, bei dem die so gewonnene Aussage nicht zugelassen wurde, ist unser Hypnotiseur kein Amateur mit High School-Abschluss und ohne offiziell anerkannte Ausbildung, der nicht entsprechend Protokoll geführt hat. In unserem Fall, Mr. Burke, wenn Sie sich bitte erinnern, war der Hypnotiseur ein Psychiater. Und ein Psychiater, der seine Sitzungen nicht nur schriftlich protokolliert hat. Sie wurden zudem exakt so festgehalten, wie sie sich ereigneten. Wenn jemals jemand nach dem klassischen Fall gesucht hat, um das so genannte ›Falsche Erinnerung‹-Syndrom zu widerlegen, kann er nichts Besseres wünschen, als das, was wir jetzt haben.«

Die meisten Ermittler wissen nicht mal, was das Wort ›ermitteln‹ überhaupt bedeutet. Wenn man die Cops daran hindert, Informanten zu benutzen, werden sie nur noch Verbrechen von verwirrten Postangestellten, die einmal zu oft zur Arbeit kommen, aufklären. Es gibt unzählige wohlmeinende Amateure, die aber herumlaufen wie kopflose Hühner auf Methedrine. Privatdetektive? Sind meistens Ex-Cops mit ein paar Kontakten. Oder Schlüssellochgucker von der Sorte Finden-Sie-heraus-ob-mein-Mann-mich-betrügt. Oder High Tech-Freaks, die alles über Code-Knacker und digitale Verschlüsselungsgeräte wissen, aber weder mit Reifenmontierhebel noch mit Klebeband umgehen können.

Ich besitze keine Lizenz, aber die Menschen, von denen ich gelernt habe, waren die besten Lehrer der Welt. Sie wollen, dass jemand für Sie Geheimnisse herausfindet? Holen Sie sich einen Mann, der selbst viele hat.

Wenn Spiele keine Regeln haben, dann sind es nur für ihre Erfinder Spiele. Ich habe die Spiele nicht erfunden, bin aber zum Mitspieler gemacht worden, als ich noch ein kleiner Junge war: hässliche Geheimnisse, dunkle Korridore, Schrecken hinter jeder Ecke. Ich habe gelernt, wie man sich gut versteckt. Und jetzt ist es ausgesprochen schwer, sich vor mir zu verstecken.

Außerdem arbeite ich in meiner Stadt. In der ich weiß, wo ich die besten Einbrecher der Welt finde. Der Prof war vielleicht nicht mehr ganz auf der Höhe seiner Zeit – vielleicht war er modernen Banktresoren und Hochsicherheitsgebäuden nicht mehr gewachsen –, aber in einen normalen Wohnblock kam er immer noch hinein und hinaus wie Rauch durch eine Strumpfhose.

»Sieben G.« Ich faltete einen Etagenplan auseinander. »Das ist eine Dreizimmerwohnung, oberste Etage, hinten. Kein Portier. Ich sorge dafür, dass sie nicht da ist, wenn du reingehst.«

»Wohnt sie allein?«

»Garantiert«, sagte ich, verließ mich dabei auf Wolfe.

»Und die andere?«

»Das ist eine Vierzimmerwohnung. Zweite Etage, rechts vom Fahrstuhl. Möbliert. Sechshundertfünfundzwanzig einschließlich Nebenkosten. Kein Hotel, aber niemand bleibt sehr lange dort. Zum größten Teil Studios – sie hat eine der größeren Wohnungen.«

»Der gleiche Deal?«

»Der gleiche Deal. Brauchst du den Maulwurf für den Keller?«

»So pack ich's nicht an, Mann. Amateurschlösser, oder? Dafür brauch ich max 'ne halbe Stunde.«

»Sei ein Geist, Prof.«

»Ein heiliger Geist, Schuljunge.«

»Sie können sich gar nicht vorstellen, was für ein Gefühl das ist«, sagte der Mann. »Wenn Sie es nicht selbst durchgemacht haben, werden Sie es nie verstehen.«

»Ich bin nicht Sie«, sagte ich leise. »Das weiß ich. Aber wenn Sie mir helfen, bekomme ich vielleicht eine Vorstellung davon.«

»Mr. Kite hat mir das Leben gerettet.« Wir standen im Norden von Westchester auf der hinteren Veranda seines Hauses mit Blick auf eine rauschende Schlucht. Er war um die sechzig, hatte schütteres, ordentlich gescheiteltes Haar und ein fein geschnittenes Gesicht. Seine rechte Hand umklammerte sein linkes Handgelenk so fest wie eine Handschelle. »Er hat mich gebeten, mit Ihnen zu sprechen – das genügt mir.«

»Wie ist es ... passiert?«

»›Passiert.‹ Ein gutes Wort dafür. Wie ein Zugunglück. Ich war überhaupt nicht vorgewarnt. Mein Sohn hatte ein wunderbares Leben. Wir hatten die … Mittel, ihm alles zu geben, was ein Junge sich wünschen kann. Er war ein Star beim Fußball, müssen Sie wissen. Als er klein war. Als er auf die High School kam, hat er das Interesse daran verloren, aber das ist keine Seltenheit, vermute ich. Wenn die Pubertät erst mal zuschlägt …

Er hatte alles, wie ich schon sagte. Im vorletzten Schuljahr ein Trip durch Europa. Der ganze Kontinent, die große Reise. Mit sechzehn ein neues Auto. Eine Corvette. Ein schwarzes Kabrio – genau das, was er sich gewünscht hat. Wir haben alles zusammen gemacht. Als Familie. Skiurlaub, Disneyland, Baseballspiele … alles eben. Er hat den viertbesten Abschluss seines Jahrgangs gemacht. Phi Beta Kappa auf meiner Alma Mater. Dann machte er seinen Magister in Englischer Literatur. Und fand eine wunderbare Dozentenstelle.« Die Stimme des Mannes verhallte, sein Blick konzentrierte sich auf einen Punkt außen in der Schlucht. Er sah mich nicht an.

»Dann hat er geheiratet«, sagte der Mann. »Ein wunderbares Mädchen aus einer guten Familie – wir mochten sie alle. Ich habe ihnen die Anzahlung für ihr Haus gegeben, als Hochzeitsgeschenk.«

»Sie waren sehr großzügig …«

»Oh, das musste ich einfach tun«, sagte er. »Ich war recht erfolgreich. Geschäftlich, meine ich. Und was taugt alles Geld, wenn man es nicht für seine Lieben ausgeben kann? Es war mir eine Freude. Immer eine große Freude.«

»Wann …?«

»Er ließ sich scheiden. Es kam so … plötzlich. Eigentlich eine hochanständige Scheidung. Keine Beschimpfungen, kein öffentliches Waschen schmutziger Wäsche. Sie hatte sowieso eigenes Geld – es gab keinen Grund …

Und als Lehrer … nun, das bringt nicht sonderlich viel

ein. Er hat nie gesagt, warum sie sich getrennt haben, aber später habe ich es herausgefunden. Er war schwul.«

»Hat er es Ihnen gesagt?«

»Nein. Er hat es seiner Mutter erzählt. Das war, bevor …«

»Bevor …?«

»Bevor alles … passierte. Als er noch mit ihr gesprochen hat. Mit uns.«

»Woher wussten Sie …?«

»Ein Anruf. Der entsetzlichste Anruf, den Eltern je bekommen können. Es war Tyler. Rief mich aus der Praxis seines Therapeuten an. Sagte, es sei an der Zeit, mich zu ›konfrontieren‹. Genau so hat er sich ausgedrückt, ›konfrontieren‹. Mein Gott.«

»Was hat er gesagt?«

»Er sagte, ich hätte ihn belästigt.« Der Mann sprach so leise, dass ich die Worte nur mit Mühe verstehen konnte. »Mein eigener Sohn. Sagt mir so was am Telefon. Er wollte nicht schwul sein – damit hat alles angefangen.«

»Wie meinen Sie das?«

»Deswegen ist er zu einem Therapeuten gegangen. Er war schwul. Oder wenigstens glaubte er das. Natürlich war er … völlig durcheinander deswegen. Also suchte er professionellen Rat. Das hat er mir erzählt damals, am Telefon. Der Therapeut half ihm, ›seine Erinnerungen freizusetzen‹ …«

Er schwieg einige Minuten, weinte lautlos, Tränen liefen ihm übers Gesicht. Aber seine Hände bewegten sich nicht, umklammerten sich noch immer.

»›Die Erinnerungen aufschließen‹, das hat er gesagt. An mich … wie ich ihn belästigt habe. Als er noch klein war. Ich konnte es nicht glauben. Ich konnte nicht glauben, was ich da hörte. Ich dachte, es wäre irgend so ein makabrer … ich weiß nicht Scherz, vielleicht. Ich stand unter Schock.«

»Mehr hat er nicht gesagt?«

»Doch. Er sagte … viel. Er wollte sich mit mir treffen.

Von Angesicht zu Angesicht, sagte er. So hätte ich immer mit ihm geredet, sagte ich. Von Mann zu Mann. Und wissen Sie, was er zu mir sagte? Er sagte: ›Du bist kein Mann.‹ Ich wäre fast gestorben. Da am Telefon, ich wäre fast gestorben.«

»Haben Sie mit ihm gesprochen? Ich meine … so?«

»Nein. Niemals. Mr. Kite hat mir geraten, das nicht zu tun. Er sagte, es sei Erpressung. Keine Seltenheit, sagte er. Er kannte den Therapeuten. Kannte zumindest seinen Ruf. Er … dieser Therapeut … machte so was oft. Überzeugt junge Leute, die zu ihm kommen – die zu ihm kommen, weil sie Hilfe brauchen, um Gottes willen –, dass sie … als Kinder missbraucht worden wären. Mr. Kite sagte, als nächstes käme eine Geldforderung, ich sollte darauf vorbereitet sein.«

»Und, kam sie?«

»O ja. Tyler hat es nicht so genannt. Er sagte, es seien ›Wiedergutmachungen‹ … oder irgend so ein Müll. Er wollte Geld. Und eine Entschuldigung. Diese Entschuldigung, sagte er, sei sehr wichtig für ihn.«

»Haben Sie bezahlt?«

»Nein.« Der Mann atmete tief durch die Nase ein. »Also hat er sich einen miesen, publicitygeilen Anwalt besorgt und mich verklagt. Aber das hat auch nicht funktioniert.«

»Weil …?«

»Mr. Kite hat es geschafft, dass die Klage abgewiesen wurde. Einfach abgewiesen wurde. Tyler konnte nichts beweisen. Er hatte nur seine Aussage. Und es war noch nicht mal er, der da redete, sondern dieser verfluchte Therapeut.«

»Dann haben Sie also nie …«

»Nein, habe ich nicht. Ich habe nicht mit ihm gesprochen, seine Mutter hat nicht mit ihm gesprochen und seine Schwester auch nicht.«

»Seine Schwester. Ist sie älter oder …?«

»Zwei Jahre älter. Ein fantastisches Mädchen. Verheiratet, hat drei wunderbare Kinder. Sie hat er auch angerufen. Hat versucht, sie gegen mich aufzuhetzen, aber sie hat da nicht mitgespielt. Brittany weiß, was Loyalität bedeutet …«

»Vielleicht dachte er, sie wäre ihm gegenüber loyal …«

»Ihm gegenüber loyal? Warum? Was für eine Loyalität sollte das sein? Einem Menschen gegenüber, der eine ganze Familie zerstört hat.«

»Aber wenn …?«

»Er hat unsere Familie zerstört«, sagte der Mann. »Nichts ist mehr, wie es war. Oh, sein mieser, kleiner Plan hat nicht funktioniert. Er hat von mir keine ›Entschuldigung‹ für etwas bekommen, das ich nie getan habe. Aber meine Frau und ich … das hat uns einfach fertig gemacht. Es hat alles zwischen uns verändert. Und Brittany, sie hat überhaupt keine Beziehung zu ihm. Er hat tatsächlich gesagt, sie dürfte ihren kleinen Jungen nie mit mir allein lassen. Können Sie sich so was vorstellen? Können Sie nachempfinden, was das für ein Gefühl ist? Meinen eigenen Enkel …

Wenn Sie unschuldig sind, dann schmerzt eine Beschuldigung wie seine mehr, als wenn es die Wahrheit wäre. Eine falsche Anschuldigung wegen Kindesmissbrauchs ist das Hässlichste, was ein Mensch einem anderen antun kann. Das weiß ich jetzt. Wäre Mr. Kite nicht gewesen, hätte ich vielleicht etwas sehr Dummes getan.«

»Zum Beispiel …?«

»Sie wissen nicht, was das für ein Gefühl ist!«, sagte er mit brechender Stimme. »Man kommt sich so verloren vor, so allein. Tyler hat sogar versucht, zur Polizei zu gehen. Um Strafanzeige gegen mich zu stellen. Aber man wollte sie nicht annehmen …«

»Wie lange ist das jetzt her?«

»Er sagte, es sei passiert, als er …«

»Nein. Ich meine, wie lange ist es her, dass er diesen Anruf gemacht hat?«

»Mehr als sieben Jahre«, sagte der Mann. »Und ich werde immer noch nachts wach und höre das Telefon klingeln. Mein Herz spielt verrückt. Jahrelang konnte ich an keinem Ort sein, wo es ein Telefon gab, aus Angst, es könnte klingeln. Mein Geschäft ... ich habe alles verloren.«

»Wollten Sie sich jemals rächen?«

»Naja, ich habe den Therapeuten verklagt. Aber es war sehr schwierig. Wir mussten beweisen, dass es ein Berufsvergehen war. Und als Tyler bei seiner Geschichte blieb ...«

»Und danach haben Sie nie wieder von Ihrem Sohn gehört?«

»Ich habe einen Brief bekommen«, sagte er leise. »Den hässlichsten Brief, der je geschrieben wurde, glaube ich. Ich würde Ihnen den Brief zeigen, aber er ist nicht mehr da. Ich habe ihn verbrannt. Mr. Kite war deswegen sehr wütend auf mich, aber ich konnte keine Nacht mehr schlafen bei dem Gedanken, dass dieses schmutzige Machwerk noch existierte.«

Er trat vom Geländer zurück, die Hände immer noch verschränkt. »Jedem kann so was passieren«, sagte er. »Niemand ist jemals vor einer Lüge sicher.«

»Das ist eine richtige Industrie«, erzählte die junge Frau, die hinter einem modernen Schreibtisch aus Chrom und Holz auf einem leicht zurückgelehnten, ergonomischen Sessel saß und die Beine übereinander geschlagen hatte. »Angetrieben von einer Kombination aus Egozentrik und Ökonomie. Durchaus möglich, dass die Kinder mal missbraucht worden sind, das bestreite ich gar nicht. Aber jetzt werden sie ausgebeutet. Und die Täter sind ihre eigenen Eltern.«

»Wie funktioniert das?«, fragte ich, betrachtete ihre strahlend blauen Augen hinter der übergroßen Brille, die auf einer offenbar operativ verkleinerten Nase saß.

»Das ist unterschiedlich«, erwiderte sie. »Aber nicht sonderlich. Die Zutaten sind immer die gleichen. Das

Kind wird belästigt – nicht von einem Familienmitglied, aber auch nicht von einem völlig Fremden … von jemandem aus dem ›Umfeld‹ des Kindes. Der Lehrer einer Theater-AG, ein Football-Trainer, ein religiöser Berater, ein Babysitter … egal. Schließlich ›offenbart‹ sich das Kind. Und es stellt sich heraus, dass der Missbrauch bereits seit längerer Zeit geschieht. Der Täter wird verhaftet. Entweder kommt es zum Prozess, oder er bekennt sich schuldig, das macht keinen großen Unterschied. Wesentlich ist jedoch, dass das Kind an die Öffentlichkeit geht.«

»Warum ist das so wichtig?«

»Weil das Kind im Rampenlicht bleibt, Mr. …«

»Burke.«

»O ja. Tut mir Leid. Verzeihen Sie. Mr. Kite hat Sie so kurzfristig zu mir geschickt, und …«

»Ist schon in Ordnung. Mit ›an die Öffentlichkeit gehen‹ meinen Sie Pressekonferenzen und all das?«

»Nein. Das ist etwas anderes. Dabei haben die Eltern nur ihr eigenes Ego im Auge. Der wirtschaftliche Aspekt ist ihnen nicht so wichtig.«

»Ich bin nicht sicher, ob ich …«

»Der Ego-Aspekt ist doch ganz einfach. Die Eltern werden zu Talkshows eingeladen. Oder sie sprechen mit Reportern. Vielleicht hoffen sie auf einen Buch- oder Filmvertrag, aber das ist nicht die eigentliche Motivation. Tatsächlich geht es ihnen um Selbstverherrlichung. Um Aufmerksamkeit für sich selbst. Sympathie und Verständnis. Die Chance, ein Jemand zu sein. Natürlich hinterlassen Eltern missbrauchter Kinder keinen so tiefen Eindruck wie die Eltern ermordeter Kinder. *Die* erhalten die meiste Aufmerksamkeit, diese glühenden Symbole der Tapferkeit.« Ihre Stimme troff vor Sarkasmus, es kam ihr wie glühende Lava über die Lippen.

»Sie halten nicht viel von …«

»Ganz bestimmt nicht. Die rennen herum und rühren die Trommel für ihre kleinen Gesetze – die natürlich immer nach dem Kind benannt sind. Als würden sie schon zu Strafrechtsexperten, nur weil ihr Kind ermordet wurde. Das ist alles Medientheater. Ohne jede Substanz.«

»Okay, soviel also zum Ego. Sie sprachen aber auch von Ökonomie …?«

»Ja, richtig. Manche dieser armen Kinder entwickeln sich zum reinsten Tourneetheater. Sie reisen mit einem Tross – ihren eigenen Maskenbildnern, Redenschreibern und Pressereferenten. Und natürlich haben sie ihre Bühnenmütter. Es ist widerlich. Ich habe ein paar Videos für Sie – Mr. Kite sagte, Sie würden sie zurückgeben …«

»Ja, das werde ich.«

»Die Bänder sprechen für sich selbst. Endlos wiederholbare Präsentationen, so sorgfältig einstudiert wie ein Theaterstück. Das mutige kleine Kind wehrt sich gegen den schrecklichen Menschen, der es missbraucht hat. Sie greifen garantiert sofort nach Ihrer Brieftasche. Sie produzieren so genannte ›Selbsthilfe‹-Filme, schreiben ihre ›eigenen‹ Bücher für Kinder, bieten sich als ›Berater‹ an. Wie gesagt, das ist die reinste Goldgrube. Und es gibt eine Menge Kinder, die es so machen.«

»Was hat das alles mit falschen …?«

»Falschen Verdächtigungen zu tun? Sehr wenig. Aber es ist eine andere Form des Kindesmissbrauchs, das ist mal sicher. Die meisten falschen Anschuldigungen sind eine Ausbeutung. Kinder werden zum Lügen ermutigt. Sie werden für ihre Lügen sogar belohnt. Und dass die Kinder wieder und wieder den Missbrauch durchleben müssen, nur um die Aufmerksamkeit der Medien zu fesseln … nun, das ist eine andere Seite derselben Münze.«

»Sie war völlig außer sich«, sagte die Latina in dem beigefarbenen Wollkostüm. »Ich musste eine Tarasoff-Warnung aussprechen – das erste Mal in all den Jahren meiner klinischen Praxis.«

»Was ist eine Tarasoff-Warnung?«, fragte ich, sah zu, wie sie mit einem Päckchen Zigaretten auf ihrem Schreibtisch herumspielte, als müsse sie sich entscheiden, eine bittere Pille zu schlucken oder nicht.

»*Mental Hygiene Law,* Paragraf dreiunddreißig dreizehn«, sagte sie mechanisch, strich sich geistesabwesend ihr dickes, schwarzes Haar so aus dem Gesicht, dass einer ihrer großen goldenen Ohrringe klimperte. »Wenn ein Patient eine eindeutige und aktuelle Drohung gegen eine andere Person ausspricht, darf der Therapeut seine Schweigepflicht brechen und das potentielle Opfer informieren. Sie war besessen von Rache.«

»An dem Burschen, der sie missbraucht hatte?«

»Nein«, sagte sie mit einem traurigen Lächeln. »An dem Burschen, der sie verlassen hatte. Es war eine stürmische Beziehung. Sie war eine sehr bedürftige, sehr fordernde junge Frau. Und ihre Forderungen belasteten die Beziehung schließlich über die Grenze der Belastbarkeit hinaus. All der aufgestaute Hass auf ihren … ihren Vater wurde nun auf den Freund umgelenkt. Er schwebte in ernster Gefahr.«

»Was für einen Sinn hat …?«

»Manche Patienten leiden unter einer Art moralischer Legasthenie«, sagte sie, strich sich wieder das Haar zurück. »Sie projizieren das Verhalten desjenigen, der sie missbraucht hat, auf eine unschuldige Person. Aber sie müssen begreifen, dass nur ihre Fakten falsch sind. Ihre Gefühle sind wahr. Der Missbrauch ist passiert. Nur, dass …«

»Der falsche Mann dafür bezahlt?«

»Er hat für alles bezahlt«, sagte sie, steckte sich endlich die Zigarette an.

»Ich schreibe eine Abhandlung darüber«, erzählte der Schwarze. Sein dürrer Hals war so lang, dass er den großen Kopf kaum tragen konnte – sein Gesicht hing in einem komischen Winkel. Es war schwer, Blickkontakt zu halten.

»Seit wann sind Sie ...?«

»Fast sechs Jahre«, unterbrach er. »Dieses ganze Krebsgeschwür vom ritualisierten Missbrauch metastasiert aber schon länger. Trotz der Tatsache, dass es keinen einzigen dokumentierten Fall gibt – nicht ein einziger Fall ist durch polizeiliche Untersuchungen belegt –, wächst die Zahl der gemeldeten Fälle exponential.«

»Weil ...?«

»Weil die Berichte unter den Überlebenden die Runde machen«, sagte er mit voller Stimme und fuchtelte zur Untermalung mit einem dicken, schwarzen Montblanc-Füller vor meiner Nase herum. »Vor einiger Zeit haben wir ein gewisses Phänomen bemerkt. Jedes Mal, wenn Überlebende in Gruppen zusammenkommen, besonders zu angeblichen therapeutischen Zwecken, macht sich eine ›Kannst du das übertreffen?‹-Einstellung breit. Eine Frau sagt, sie sei ein Inzestopfer. Die nächste sagt, sie ebenfalls, doch in ihrem Fall gab es mehrere Täter. Die nächste sagt, es wären pornografische Fotos geschossen worden. Und dann dauert es nicht mehr lange, bis sie bei rituellem Babymord und internationalen Verschwörungen angekommen sind.«

»Wollen Sie damit sagen, das sei alles Erfindung?«

»Die Vorstellungen sind induziert«, erwiderte er, als hätte er viel Übung darin, diese Frage zu beantworten. »Und die Macht, die ihnen das gibt, ist verführerisch. Sie ›erfinden‹ es nicht – die Bilder und Vorstellungen sind ihnen von anderen eingeimpft worden. Sie wissen, dass sie fürchterliche Schmerzen haben. Sie suchen Gründe für diesen Schmerz. Sie wissen, dass sie größere Schmerzen empfinden als ihr Vorredner, also müssen sie auch mehr gelitten haben. Verstehen Sie das?«

»Ich verstehe, was Sie sagen ...«

»Aber Sie halten es für unglaubwürdig? Gut! Skepsis

ist genau das, was wir hier brauchen. Fanatiker haben die Wissenschaft in den Schmutz gezogen. Also haben wir, Sir, unsere Hypothese getestet. Wir haben mit einer ›Artefakt‹-Methode gearbeitet, bewusst gefälschtes Material eingebracht, um zu sehen, ob es absorbiert wird.«

»Sie haben also jemanden in die Gruppen eingeschleust?«, fragte ich.

»Genau das«, sagte er, einen leicht triumphierenden Unterton in der tiefen Stimme. »Wir haben drei talentierte Schauspielerinnen gründlich vorbereitet. Sie haben sich bereits bestehenden Gruppen angeschlossen. Gruppen, in denen bislang noch niemand über ritualisierten Missbrauch geklagt hatte. Nach einer Weile führte dann jede Schauspielerin ihre eigene Geschichte ein. Und in jedem Fall, in jeder Gruppe, begannen anschließend andere Mitglieder ähnliche Geschichten zu ›enthüllen‹.«

»Eine Art Gruppenhysterie?«

»Genau das«, sagte er. »Und wenn meine Arbeit erst veröffentlicht ist, wird die Wissenschaft erkennen, dass sie selbst einer Gruppenhysterie unterliegt.«

Der Mann und die Frau sahen aus wie Zwillinge: die gleiche Größe, das gleiche Gewicht, die gleiche Unfigur. Beide trugen diese braunen Versandhaushosen, die garantiert ein Leben lang halten, dazu weiße T-Shirts mit dem Slogan FREIHEIT FÜR DIE BYRDS. Eine andere Frau, eine jüngere, in einem dunkelblauen Hemdblusenkleid, hielt sich im Hintergrund, klebte Etiketten auf einen Stoß Rundschreiben, die auf einem langen Klapptisch aufgestapelt waren.

»Wir haben eine Anschriftenliste von fast vierhundert Personen«, sagte der Mann. »Aber unser Unterstützerkreis ist erheblich größer.«

»Kennen Sie alle persönlich?«, fragte ich.

»Wir haben sie mit der Zeit kennen gelernt«, sagte die

Frau. »Zuerst war das nicht so – wir hatten nur, was wir in den Zeitungen lasen. Und aus dem Fernsehen wussten. Anfangs war es Laureens Fall«, sagte sie, deutete auf die junge Frau, die mit den Etiketten beschäftigt war.

»Wie finden Sie Ihre Fälle?«, fragte ich, den Kugelschreiber über meinem Reporterblock gezückt.

»Es gibt gewisse Dinge, auf die man achtet«, sagte der Mann. Ich musste hochschauen, um sicher zu gehen, dass er es war – seine Stimme klang wie die der Frau.

»Welche Dinge?«

»Rundumschlag der Medien, das ist das erste Zeichen. Voreingenommene Berichterstattung. Die Byrds waren in jeder Hinsicht gute, anständige Bürger. Hausbesitzer, Steuerzahler, Kirchgänger ... alles. Genau *das* sind die Leute, die von den Medien ins Visier genommen werden, wissen Sie. Ich meine, wenn irgendein Degenerierter angeklagt wird, ist das keine besonders tolle Story, stimmt's? Der Irrsinn ging vor ein paar Jahren richtig los. In Jordan, Minnesota. Das war der Fall, mit dem die Bewegung anfing. Danach wurde es zu einer Seuche. Die Medien interessieren sich nicht für Sozialhilfeempfänger, die Missbrauch begehen. Die Medien brauchen weiße Opfer aus der Mittelschicht für ihre Hexenjagd. Denken Sie nur an McMartin oder Marilyn Kelly Michaels. Wenn Sie in einem Kindergarten arbeiten, dann sind Sie in Gefahr. So einfach ist das. Die Liste ist erstaunlich, einfach erstaunlich.«

»Und was alle gemeinsam haben, ist ...?«

»Dass sie unschuldig sind«, sagte die Frau. »Aber in den Zeitungen wird ihnen der Prozess gemacht, und die Öffentlichkeit spricht sie schuldig ohne irgendeinen Beweis.«

»Und das ist auch den Byrds passiert?«

»Genau!«, sagte der Mann. »Aber damit wird es nicht aufhören. Die Berufung steht noch an. Wir haben ein umfassendes Informationsblatt über den Fall erarbeitet. Laureen ...«, rief er über die Schulter. Aber die junge Frau kam bereits auf mich zu, einen Stoß Papiere in der Hand.

»Du hast dich überhaupt nicht verändert«, sagte sie. Ich wusste, dass das kein Kompliment war.

»Du auch nicht«, erwiderte ich, übersah den schiefen Sitz der brünetten Perücke. Und die Krähenfüße um ihre Augen.

»Wie reizend von dir! Aber ich arbeite jetzt nur noch außer Haus.« Sie trat einen Schritt zurück, ließ mich in das Studioapartment.

»Erzähl mir einfach, wie das mit dem Freier lief«, bat ich. »Wie ich schon am Telefon sagte.«

»Woher weißt du von ihm?«, fragte sie, kniff die Augen zusammen. »Es war nur dieses eine Mal.«

»Man bezahlt, man bekommt Informationen«, sagte ich.

Ein pathologischer Lügner lügt – so ist das nun mal. Aber ein professioneller Lügner behandelt die Wahrheit nicht anders als die Lüge – man benutzt, was gerade angebracht erscheint. Also behauptete ich, ich hätte Bares rübergeschoben für das, was mich schließlich zu ihr geführt hatte – so was klang für sie vernünftig. Es hatte keinen Sinn, ihr von den Kreditkartenbelegen zu erzählen. Wenn die Menschen nicht habgierig wären, würden sie niemals erwischt. Geschäftsleute setzen Nutten schon seit Ewigkeiten als Geschäftskosten ab, deklarieren sie als Limousinenservice, Restaurantrechnungen ... manchmal auch nur als ›Unterhaltung‹. Wenn sie einfach bar bezahlten, würde nie jemand davon erfahren – aber dann müssten sie auch ihr eigenes Geld ausgeben. Wenn man sich auskennt, kann man die Spur der Belege bis in die Schattenreiche ihres Lebens verfolgen. Ich wusste nicht, woher Wolfe Kites American Express-Belege hatte, aber dies war bisher der einzige, der nicht in einer Sackgasse geendet hatte.

»Und du wirst mich bezahlen?«, fragte sie, rieb gedankenverloren ihre vom Kokain ruinierte Nase. Nur dass es keine Frage war.

»Du kennst mich, Penny«, sagte ich. »Ich arbeite genau

wie du. Du hast viel zu viel Klasse, um auf vage Versprechungen reinzufallen, stimmt's?«

Sie saß auf dem ungemachten Doppelbett, bewegte ihren viel zu mageren Körper unter dem schwarzen Seidenmorgenmantel. »Ich dachte, er wäre auch ein Freier, okay? Aber er wollte nur reden –«

»Über Sex?«

»Nein. Und er wollte auch nicht meine Slips tragen, okay? Oder sich von mir den Hintern versohlen lassen. Er wollte von mir was über einen anderen Freier hören.«

»Und du hast ihm gesagt, du sprichst nicht über deine Kunden, stimmt's?«, fragte ich, fügte die Steinchen endlich zusammen. Hätte Kite ihr am Telefon Geld angeboten, sie hätte Schiss gekriegt. Also kam er persönlich, wie ein normaler Freier.

»Genau. Aber man sah sofort, dass er kein Cop war. Ich meine, ich hab noch nie jemand gesehen, der so aussah wie er. Als hätte er überhaupt kein Blut mehr in den Adern oder so. Und er wusste sowieso schon alles über den Freier. Nur eben nicht, was wir ... gemacht haben, okay?«

»Okay. Also hast du's ihm erzählt ...?«

»Ja«, sagte sie, Schmirgelpapier in der Stimme. »Ich hab's ihm erzählt, okay? Keine große Sache. War nett, einfach mal nur ... zu reden. Er hat mich ja auch nicht bezahlt, damit ich den Freier verpfeife oder so. Ich meine, er war schließlich kein Bulle, stimmt's? Er hat ... Forschung betrieben, oder so was. Das hat er wenigstens behauptet. Er hat mich konsultiert«, sagte sie, ganz in den Klang des Wortes verliebt.

»Und das war's?«

»Das war's, Burke. Keine große Sache. Gibst du mir jetzt mein Geld?«

»Sicher«, sagte ich, griff in die Jacke. »Ach, übrigens, wusstest du, dass der Freier ein Richter war?«

»Na klar!« Sie lachte mit einem bösen Unterton. »Eines kriegt man von den Freiern immer, Schätzchen – sie können's gar nicht erwarten, dir zu erzählen, wie gottverdammt wichtig sie sind.«

Neben Kites Job hatte ich noch andere Dinge zu erledigen. Ich bin Profi – ich arbeite auch, wenn ich gut bei Kasse bin, lebe nicht von einem Deal zum nächsten wie manche Anfänger. Wie die meisten Kriminellen habe ich mein Handwerk im Knast gelernt. Auf dem Hof, als ich dem Prof beim Predigen zuhörte:

»Leg immer nach, dann liegt nix brach, Schuljunge. Aber man hört nie auf zu arbeiten, klar? Das sind nicht viele einzelne Jobs, das ist alles einer. Das ist deine Arbeit, kapiert? Wenn dann der Moment kommt, wo du den Kuchen anschneidest, wartet das Geld auf dich. Du musst nichts Dummes tun. Du hast es nicht eilig. Sorg dafür, dass der Kuchen immer schön groß bleibt, damit kein anderer sich die Hände reibt.«

Nicht jedes Ding klappt, besonders wenn man die Nischen bearbeitet, so wie ich. Und die *Federales* machen einem bei manchen dieser Nischen in letzter Zeit einen Strich durch die Rechnung. Früher konnte ich mich immer darauf verlassen, bescheuerten Nazis, die sich auf die Revolution vorbereiteten, Waffen zu verticken, aber im Moment träumen die von biologischer Kriegsführung – eine Ladung Gift in die Wasserversorgung von ›Nigger Dee-troit‹ oder ›Jew York‹ kippen und geduldig in ihren baufälligen kleinen Hass-Häusern in den Bergen den flüchtenden Überlebenden auflauern.

Die Feds hören heute ja sogar das White Night-Kurzwellenradio ab, und das FBI hat ein ganzes Rudel Undercoveragenten in die Survivalist-Szene eingeschleust. Im Internet surfen die Feds ebenfalls herum, aber das ist für mich noch sicher – ich mache zwar Kinderporno-Deals, liefere aber niemals, gebe mich mit den Anzahlungen in bar zufrieden. Vermutlich ist ab und an auch Geld vom

Steuerzahler dabei, aber sie kommen nie nahe genug ran, um mich einzulochen. Außerdem wollen sie das Produkt – eine kümmerliche Festnahme wegen Betrugs bringt die nicht auf Touren.

Ich mache auch mit den Feds Geschäfte, aber das Jäckchen eines IM habe ich mir nie angezogen – inoffizielle Mitarbeiter bleiben nie inoffiziell. Stattdessen operiere ich mit Gefälligkeiten. Wirklich erstaunlich, dass noch niemand hinter diesen simplen Trick gekommen ist: Ich verkaufe irgendeinem Möchtegern-Nazi Knarren, dann verpfeife ich ihn, und die Feds bekommen eine schöne, saubere Festnahme. Sie bezahlen mir die Info nicht, aber ich bekomme jedes Mal ein paar Karten von dem ›Du-kommst-nicht-in-den-Knast-Blatt‹.

G-Men sind ziemlich zurückhaltende Typen. Die verschmelzen nicht mit der Umgebung wie manche Undercoveragenten des NYPD. Hoovers Kleiderordnung ist zwar etwa zur gleichen Zeit den Bach runtergegangen wie er unter die Erde, aber einen Gee erkennt man immer noch auf hundert Meter. Sogar im Cyberspace.

Das ist das neueste Grenzgebiet, das jüngste Jagdrevier für Raubtiere. Aber das Internet ist auch nicht anders als andere Technologien. Es ist neutral, wie ein Skalpell. In den Händen eines Chirurgen schneidet es den Krebs heraus. In den Händen eines Freaks schneidet es Herzen heraus.

Das Netz ist ein Paradies für die, die in der Dunkelheit lauern: namenlose, geruchslose Psychopathen. So funktioniert Tarnung – man verwischt die Konturen. Die meisten Menschen suchen nach scharfen Rändern – wenn es die nicht gibt, dann sehen sie überhaupt nichts. Aber Tarnung hilft nicht weiter, wenn der andere bereit ist, den ganzen Dschungel zu entlauben.

In den Randzonen arbeiten heute ein paar große Spieler. Sie klinken sich ins Netz ein, normalerweise in eine dieser ›Nur für Kinder‹-Ecken, und fangen sofort mit ihrer

Brieffreundschaftmasche an. Es dauert nie lange. Einer der Freaks interessiert sich, plaudert ein bisschen, macht Versprechungen und vereinbart ein Treffen. Flughafenhotels haben es den Freaks ganz besonders angetan – rein und raus ist sowieso ihr Ding. Sie mieten sich ein Zimmer, und kurz darauf taucht ein Kind auf. Es spielt überhaupt keine Rolle, wen sie meinen, im Cyberspace angebaggert zu haben – einen kleinen Latinojungen, ein sommersprossiges weißes Mädchen. Aber bevor sie zu dem kommen, was sie eben so machen, geht die Tür auf und ein richtig großer, richtig wütender Mann steht da. Stellt sich heraus – und zwar immer –, dass das Kind sein Kind ist. Jemand wird verletzt werden. Übel verletzt werden. Wenn aber der Freak genug Öl sprudeln lässt, und zwar schnell, kann er das Feuer vielleicht löschen, bevor er selbst verbrennt. Es kostet nur Geld. Das alte Lockvogel-Spiel, angepasst ans Zeitalter des Cyberspace. Und die Freaks rennen nie zur Polizei.

An diesen Sachen beteilige ich mich nicht. Ich arbeite nicht gern außerhalb meines Reviers. Aber ich weiß, dass es Banden gibt, die in einem halben Dutzend Städte arbeiten. Wahrscheinlich inzwischen noch mehr. Freaks loggen sich ins Internet ein und fangen an zu sabbern. Sie kapieren einfach nicht, dass es auf dieser Welt Geschöpfe gibt, die Raubtiere jagen.

Die Welt besteht nur aus Verbrechen. Ich mache nicht bei allem mit, aber bei mehr als genug. Ich führe dieses Leben schon so lange, dass ich jetzt dazu verdammt bin, tanze zwischen den sauren Regentropfen, warte auf die manikürte Hand auf meiner Schulter und die Stimme, die mir meine Rechte vorliest. Wenn es soweit ist, bin ich darauf vorbereitet. Selbst mit meinen Vorstrafen riskiere ich keine allzu lange Zeit im Knast. Nicht, so wie ich die Dinge heute anpacke. Ich verkaufe vielleicht Waffen, aber ich trage keine.

Und ich schwöre, nie wieder eine zu benutzen.

Den Prof in Kites Horst zu schicken, war ausgeschlossen. Am Anfang dachte ich, dass Heather dort wohnte. Der Grundriss sprach dafür – das Penthouse bot ausreichend Platz für eine große Familie. Wolfe hatte herausgefunden, dass sie eine Dreizimmerwohnung drüben in den West Seventies hatte, doch ich glaubte, dass sie dort nur ihre Klamotten lagerte, um den Schein zu wahren. Dann fand ich heraus, dass Kite das Haus gehörte, in dem sie wohnte. Nicht sofort ersichtlich – ihm gehörte eine Gesellschaft mit beschränkter Haftung innerhalb einer Holding, und Anteile dieser Firma wurden von einer Investment-Firma gehalten, der auch ein kleines Einkaufszentrum in Tucson und ein Bürogebäude in Dallas gehörte –, aber er war Heathers Vermieter.

»Das Miststück hat einen Putzfimmel«, sagte der Prof. »Die Bude ist ein verdammtes Krankenhaus. Da gibt's eine Filtermaschine, groß wie ein Papierkorb. Kein Teppichboden, nichts als Fliesen und Holz.«

»Meinst du, sie wohnt da richtig?«

»Ja, glaube schon. Im Kühlschrank steht was zu beißen, in den Schränken über der Spüle ist Kram. Im Wäschekorb liegen Klamotten, also ... Aber 'ne große Köchin ist die nicht, das kann ich dir sagen. Nur dieser abgepackte Fertigfraß. Und 'ne Mikrowelle.«

»Das Essen ist nur für sie?«

»O ja, Bruder. In der Wohnung war noch nie ein Mann, außer vielleicht, um den Abfluss zu reparieren oder so. Außerdem hat sie 'nen beschissenen Schrein im Schlafzimmer.«

»Religiöser Kram?«

»Nur wenn dein Kite Gott ist, Schuljunge. Überall Bilder von ihm. Auf der Kommode, an der Wand. Auch 'ne große Pinnwand. Sieht aus, als hätt die Schlampe jeden Artikel, in dem sein Name vorkommt. Hat sogar 'ne Schublade mit Trophäen.«

»Sein Zeug?«

»Muss so sein. Das Einzige, was in der ganzen Bude nicht blitzblank ist. 'ne Schublade, irgendwie versiegelt. Ist ein Taschentuch drin, weiße Boxershorts – ich weiß, dass heute auch Frauen so was tragen, aber diese Heather würd nicht mal ein Bein in das Ding reinkriegen, das ich gesehen hab. Ein Männerhemd. 'ne alte Armbanduhr. Manschettenknöpfe. Alles in Seidenpapier gewickelt. Wie Andenken.«

»Bargeld? Schmuck?«

»Nichts, was sich lohnen würde. Billiges Modezeugs. Bis auf die Ketten.«

»Halsketten?«

»Nee, Bruder. Ketten. Du weißt schon, diese kleinen Fußkettchen. Die Braut muss jede Menge davon haben, ganz unterschiedliche. Gold, Silber ... eine sah schwer nach Platin aus. Alle möglichen Muster. Hängen an kleinen Haken im Kleiderschrank. Sieht aus, als würd sie jeden Tag ein anderes anziehen.«

»Prof, waren die Kettchen immer doppelt?«

»Alles Einzelstücke, Bruder. Alle exakt gleich lang – die Schlampe muss vielleicht 'nen Knöchel haben! Und was das Bare betrifft, nur ein paar Hunderter lagen da rum, es sei denn, sie hat ein ausgesprochen gutes Versteck. Aber danach hat's irgendwie nicht gerochen ... die ganze Bude wirkt so, als würde *nie* irgendwer zu Besuch kommen, verstehst du?«

»Ja. Hat sie einen Computer?«

»Nicht mal 'ne Schreibmaschine. Kein Tagebuch, kein Notizbuch. Nicht mal 'nen Schreibblock. Aber einen *großen* Fernseher, auf dem *drei* Videorekorder übereinander gestapelt sind. Und ein ganzes Regal voller Bänder, jedes mit Namen und Datum versehen. Sieht so aus, als würd sie jeden Tag alle bescheuerten Talkshows aufnehmen. Zieht sich das Zeug vielleicht rein, wenn sie nach Hause kommt.«

»Was ist mit Büchern?«

»Bin sie gründlich durchgegangen, als ich nach dem Geldversteck gesucht hab. Reine Dekoration – alle neu, als hätt sie nie auch nur eins aufgeschlagen. Bis auf die Pornos …«

»Pornos?«, fragte ich. Der Prof ist stockprüde – was er für Pornografie hält, würde im Sprechzimmer einer Kirche keine gerunzelten Augenbrauen auslösen.

»Ja. Du weißt schon, Taschenbücher. Immer mit 'ner Braut und 'nem Burschen auf dem Cover. In so altmodischen Kostümen. Piraten und so'n Scheiß.«

Heather las also Liebesromane. Und setzte in Gedanken Kite aufs Cover …? »Nichts, was die Cops interessieren könnte, häh?«, fragte ich.

»'nen *smarten* Cop vielleicht. Sie hat Spielzeug, Bruder. Schlagringe, Totschläger, Messer. Wenn die Braut einem nahe genug auf die Pelle rückt, kann sie ziemlichen Schaden anrichten.«

»Mehr habe ich so kurzfristig nicht zusammentragen können«, sagte Hauser mit seiner rauen Stimme. »Die *Post* ist noch nicht so lange im *Nexis* – ich musste runter ins Archiv.«

»Danke. Wie machen sich die Jungs?«

»Perfekt«, sagte er.

»Kein Kind ist perfekt«, erwiderte ich.

»Was wissen Sie schon?«, spottete er, rammte den Gang seines metallic-blauen Ford Explorer rein und stürzte sich ohne hinzusehen in den Verkehr.

Heather sagte die Wahrheit. Was die Lügen anging. In den Zeitungsausschnitten, die Hauser mir besorgt hatte, stand alles, genauso, wie sie es mir erzählt hatte.

Bis auf den Abschiedsbrief, den der Professor ihr schickte.

»Das war das genaue Gegenteil von der fetten Braut, Schuljunge«, sagte der Prof einige Tage später, als er mir von seiner Expedition in Jennifer Daltons Wohnung berichtete. »Die Bude ist ein Saustall. Stinkt wie die Pest. Überall schmutzige Klamotten, Kakerlaken. Würd mich gar nicht wundern, wenn da auch ein paar kleine Käsefresser rumlungern. Das einzige, halbwegs anständig aussehende Ding in der Bude war der Anrufbeantworter – sah brandneu aus. Benutzt das Wohnzimmer für alles, isst dort, schläft wahrscheinlich auch auf der Couch. Im Schlafzimmer nichts außer dem Bett. Nicht mal ein Telefon.«

»Was liest sie?«

»Totale Scheiße, Mann. Du weißt schon, Außerirdische auf 'nem Parkplatz in Miami entdeckt, wo sie's mit 'nem Aligatorbullen trieben. TV *Guide*. Bekennerheftchen.«

»Bei ihr keine Liebesromane, hmh?«

»Keine Liebe, Punkt, Bruder. Und ich kann dir sagen, die Bude hat übel gestunken.«

»Hast du irgendwas mitgebracht?«

»Das hier«, sagte der kleine Mann, gab mir zwei Schlüssel.

»Sie war ein nettes Mädchen. Ich hab nie was anderes behauptet. Würde ich auch heute nicht tun«, sagte der Mann in dem blauen Blazer; er saß hinter einem dieser kleinen, grauen Metallschreibtische, die die Verkäufer in großen Autohäusern haben. Der Glanz aus dem Ausstellungsraum mit dem Licht der Neonröhren unter der Decke gab seinem fleischigen, saubergeschrubbten Gesicht unter dem kurz geschnittenen Haar einen rosigen Schimmer. »Es war eben eine dieser Geschichten, die nicht funktionieren«, sagte er mit forscher Verkäuferstimme.

»Nichts ist … passiert? Es kam ganz plötzlich?«

»Neeee …«, meinte er langsam, zog das Wort in die Länge. »Wir wurden irgendwie … naja, zusammengebracht.

Sie wissen schon. Dieselbe Kirche, dieselben gesellschaftlichen Ereignisse. Unsere Familien kannten sich flüchtig. Eigentlich hatten wir nicht sehr viel gemeinsam, aber …«

»Wie lange waren Sie befreundet?«

»Wir sind ungefähr ein Jahr zusammen gegangen. Vielleicht etwas weniger. Dann haben wir uns verlobt. Aber alles war irgendwie vorhersehbar – es gab keinen Funken, falls Sie wissen, was ich meine.«

»Aber Sie hatten geplant, zu heiraten …?«

»Geplant? Ich bin nicht sicher, ob wir so was wie einen Plan hatten. Vielleicht war das unser Problem. Wir hatten eigentlich nichts beschlossen. Nach einer Weile habe ich dann …«

»Jemand anderen getroffen?«

»Eigentlich nicht. Ich meine, niemand besonderen oder so. Melissa, meine Frau, habe ich erst ein paar Monate, nachdem ich und Jennifer Schluss gemacht hatten, kennen gelernt.«

»Ist Melissa ebenfalls in der Kirche?«

»Natürlich«, sagte er, sah mich an, als hätte ich gefragt, ob es draußen hell ist. »Ich bin Teil der Kirche, und die Kirche ist Teil von mir. Ich wollte Kinder, und …«

»Wollte Jennifer auch Kinder?«, unterbrach ich.

»Ich glaube schon. Wir haben eigentlich nie darüber gesprochen. Wie gesagt, wir haben eigentlich nie ernsthaft über irgendwas geredet.«

»Mochten Sie sie? Als Mensch, meine ich.«

»Jennifer ist … streng, ich denke, so könnte man es nennen. Ich meine, sie ist ausgesprochen nett. In jeder Hinsicht, wirklich. Aber sie ist nicht gerade das, was man einen lebenslustigen Menschen nennen würde. Ich dagegen bin ausgesprochen lebhaft. Ich muss immer etwas tun, verstehen Sie, was ich meine? Ich bin sehr aktiv in der Kirche. Und ich bin auch ein begeisterter Sportler. Besonders Football.«

»Sind Sie ein Giants-Fan?«

»Die Jets«, sagte er ernst. »Das ist Hiobs Mannschaft. Und sie werden sich durchsetzen. Wir müssen nur daran glauben. Mit Schönwetterfans kann ich nichts anfangen. Die Jets waren mal sehr stark, jetzt werden sie schon lange vom Pech verfolgt. Ich bin überzeugt, dass sie auf die Probe gestellt werden. Aber wir werden dieses Jahr ganz bestimmt das große Los ziehen – das ganz große Los. Sieht gar nicht schlecht aus ...«

»Ja«, beendete ich seinen Wortschwall. »Würden Sie sagen, dass Jennifer ein religiöser Mensch war? Als Sie noch mit ihr zusammen waren?«

»Religiös? Ich denke schon. Ich meine, sie hat die Glaubenssätze befolgt. Sie war kein ... leidenschaftliches Mitglied unserer Kirche, aber ...«

»Wie ist ganz allgemein ihr Charakter?«

»Ich weiß nicht genau, was Sie mit ›Ihrem Charakter‹ meinen.«

»War sie ein ehrlicher Mensch?«

»Jennifer? Sie war einer der ehrlichsten Menschen, denen ich je begegnet bin. Sie hat nie gelogen, bei gar nichts. Das war eine der Sachen, die ich wirklich an ihr mochte. Sie wissen schon, meine Branche, jeder hat eine Vorstellung davon. Der schmierige Gebrauchtwagenhändler. Wie der Winkeladvokat, stimmt's? Tja, ich sag Ihnen was. In unserer Kirche gilt die Lüge als schwere Sünde. Einer der Gründe für meinen Erfolg liegt darin, dass Kirchenmitglieder lieber mit einem der ihren Geschäfte machen. Aber nicht wegen dem, was Sie jetzt vielleicht denken. Es geht nicht um Klüngel – sondern, weil Psalmisten nicht lügen. Wenn Sie bei Roger Stewart einen Wagen kaufen, neu oder gebraucht, werden Sie die Wahrheit über diesen Wagen erfahren. Und das spricht sich rum. Man erzählt es Freunden weiter. Ich hoffe, eines Tages ein eigenes Geschäft aufmachen zu können. Und wenn mir das gelingt, dann weil die Menschen wissen, dass man sich auf mein Wort verlassen kann.

So sind wir nun mal. Ein Psalmist, für den die Wahrheit nicht heilig ist, würde sofort ausgeschlossen. Das weiß jeder. Jennifer? Sie ist ein einfacher Mensch. Ich meine, nicht dumm, sondern … geradeheraus. In keinster Weise raffiniert. Jennifer ist ein Mensch, der immer die Wahrheit sagt.«

»Aaah, die war immer ganz weggetreten«, erzählte die Kellnerin, schüttelte energisch ihre möhrenfarbene Lockenpracht. »Konnte sich keine Bestellung merken, ließ dauernd die Tabletts fallen. Keine Ahnung, warum Mack die eingestellt hat, das schwöre ich.«

»Mack ist der Boss?«

»Boss? Irgendwie schon, wahrscheinlich. Er ist nur der Scheißkoch, mehr nicht. Aber er sucht die Mädchen aus, also ist er wahrscheinlich wer. Wenigstens glaubt er das.«

»Wie lange hat sie hier gearbeitet?«

»Paar Monate vielleicht. Weiß nicht genau. Wollen Sie zu Ihrem Burger auch was trinken?«

»Ja. Geben Sie mir ein Bier.«

»Was ist denn ›ein Bier‹? Eins vom Fass, 'ne Flasche, oder was?«

»Egal.«

»Sie sind nicht wählerisch, hä?«

»Nicht, wenn's um Bier geht.«

»Ach, von euch Privatschnüfflern hab ich schon gehört«, sagte sie, wippte mit den Hüften, lächelte; ich sollte wissen, dass sie nur scherzte.

»Wieso ist sie gegangen?«, fragte ich, als sie mir das Bier brachte.

»Gegangen? Die ist gefeuert worden, Schätzchen. Ist mit ihrem mageren Arsch vor die Tür gesetzt worden. Die Gäste hier sind nicht besonders wählerisch, Sie verstehen, was ich meine? Aber sie stehen nicht drauf, wenn eine nur Scheiße baut. Ich meine, vielleicht würden sie, wenn ich das mache« – sie grinste –, »aber ich weiß, wie man mit den

Gästen umgeht. Besonders mit Männern – hierher kommen kaum Frauen. Jenny hatte keinen blassen Schimmer. Das Mädchen hat bestimmt keine fünf Mäuse Trinkgeld gemacht am Abend, nicht mal in einer ganzen Schicht.«

»Sie kriegen viel mehr?«

»Ich? Schätzchen, wenn ich abends nicht mit 'nem Fünfziger extra nach Hause gehe, denk ich, ich werde langsam alt, Sie verstehen, was ich meine? In einem Laden wie dem hier haben die Typen es gern, wenn man ein bisschen mit ihnen rumschäkert, okay? Jennifer ist rumgelaufen, als hätt sie 'nen Besenstiel im Arsch. Wenn der ein Gast was sagte, hat sie nicht mal mit 'ner passenden Bemerkung gekontert. Ich kann mich durchsetzen. Ich weiß, wie ich die Typen in Schach halte, und ich weiß auch, wie ich mit denen umgehen muss. Das gehört einfach dazu ...«

»Hatten Sie jemals Ärger mit ihr? Bevor sie geflogen ist?«

»Zum Beispiel?«

»Ich weiß nicht. Hat sie Trinkgeld eingesteckt, das nicht für sie war, oder in die Kasse gelangt ...?«

»Jenny? Die war eine von diesen Jesus-Freaks, wissen Sie, was ich meine? Einmal kam sie ungefähr zehn Minuten zu spät. Jeder andere hätte Mack einfach erzählt, der Bus hätte Verspätung gehabt oder so. Wissen Sie, was Jenny gemacht hat? Sie hat gesagt, dass sie nicht rechtzeitig aus dem Bett gekommen ist, fertig. Mack hat behauptet, er müsste ihr das vom Gehalt abziehen. Nur so zum Spaß. Sie wissen schon, er wollte sehen, wie sie reagiert. Sie sagt, ist schon okay – ist nur fair. Total bekloppt, die Frau.«

»Danke für Ihre Zeit«, sagte ich.

»Trinken Sie das Bier?«

»Nein.«

»Wieso haben Sie's dann bestellt?« Schenkte mir wieder ein kokettes Lächeln.

»Damit ich Ihnen mehr Trinkgeld geben kann«, sagte ich, warf noch einen Zwanziger auf den schmierigen Resopaltisch.

»Sie hat ihre Miete immer pünktlich bezahlt«, erzählte die stämmige ältere Frau in ihrem tristen, blauen Schürzenkleid, ohne die Sicherheitskette ihrer Wohnungstür zu öffnen. »Jeden Samstag.«

»In bar?«

»Sind Sie ein Schuldeneintreiber?«

»Privatdetektiv«, antwortete ich.

»Was hat sie denn getan?«

»Gar nichts. Ich überprüfe nur ihre Verhältnisse. Möglicherweise steht ihr eine Erbschaft ins Haus.«

»Aus einem Testament?«

»Genau. Aber wir wollen sichergehen, dass es sich bei ihr auch um die richtige Person handelt.«

»Häh?«

»Nun, Jennifer Dalton ist kein seltener Name. Es könnte mehr als eine geben.«

»Also, sie ist ziemlich dünn. Regelrecht dürr. Hat nie viel aus sich gemacht. Sieht bleich aus, als würde sie nie aus dem Haus gehen.«

»Geht sie denn?«

»Was?«

»Aus?«

»Ich kümmere mich um meine Angelegenheiten«, log die Frau. »Mich interessiert nur, dass sie keinen in ihren Zimmern übernachten lassen, mehr nicht.«

»Hat sie viel Post bekommen?«

»Nebenkosten sind schon in der Miete drin«, sagte die Frau. »Und sie hat kein Telefon in ihrem Zimmer.«

»Aber ...?«, fragte ich, ließ sie den Fächer aus Zehn-Dollar-Scheinen in meiner rechten Hand sehen.

»Sie hat zwei, vielleicht auch drei Briefe gekriegt, seit sie hier ist.«

»Persönliche Briefe?«

»Woher soll ich das wissen?«

»Waren es Briefe in Fensterumschlägen? Wie man sie von Firmen bekommt? Waren sie normal abgestempelt oder mit einer Frankiermaschine? Waren die Umschläge farbig oder weiß? Normal groß oder …?«

»Okay, ich verstehe, was Sie meinen. Es waren kleine Umschläge. Und nicht mit der Maschine geschrieben. Sie wissen schon, mit Handschrift. Und mit Briefmarken drauf.«

»Von wem kamen sie?«

»Das hat nicht auf …«

Ich wartete, hielt das Geld hoch.

»Außer ihrem eigenen Namen stand kein Name drauf«, sagte sie. »Ich konnte nur erkennen, dass sie aus New York kamen.«

»Das könnte mich in Schwierigkeiten bringen«, sagte der Schwarze mit dem rasierten Schädel. »In echte Schwierigkeiten, Mann.« Muskeln wölbten sich unter den kurzen Ärmeln seines weißen Baumwollhemdes. Seine Wange verunzierte ein Stück mattweiße Haut. Eine alte Messerverletzung.

»Sind doch nur Fotokopien, richtig?«, sagte ich. »Keine große Sache.«

»Scheiße, wenn's nicht so ist, Mann. Wenn die mich dabei erwischen, bin ich erledigt. Ge-schichtee, Mann. Einfach so.«

»Ja. Naja, ist doch schon erledigt, stimmt's? Sie haben sie doch in der Hand.«

»Stimmt«, sagte er, die Halsmuskeln angespannt. »Und die wandern nicht in Ihre Hand, bevor ich nicht ein paar Scheine sehe.«

»Fünf Hunderter, wie besprochen. Ich hab das Geld – lassen Sie mich die Ware sehen.«

Er breitete die Unterlagen auf dem verkratzten Holztisch des Imbiss' aus, schaute über die Schulter. Ich rührte die Papiere nicht an, ließ nur meinen Blick darüber wandern. Name und Sozialversicherungsnummer passten zu dem, was ich hatte. Das Geburtsdatum ebenfalls. Okay.

»Bringen wir's hinter uns«, sagte ich, griff in die Tasche.

»Moment, Mann!« Er legte die große, dicke Pranke auf die Papiere. Die Nägel waren lang und gelblich, begannen, sich zu krümmen. »Wie gesagt … das Zeug ist heiß. Müsste für mich eigentlich noch ein bisschen mehr drin sein.«

»Ist aber nicht«, sagte ich tonlos.

»Ein paar Hunderter mehr tun Ihnen doch nicht weh«, knurrte er mürrisch.

»Das hab ich nicht in meinem Budget.«

»Also, diese Budget-Scheiße können Sie sich sonstwohin stecken, Mann. Das krieg ich ständig im Krankenhaus zu hören. ›Budget‹. Ich hab auch ein Budget.«

»Wir hatten eine Abmachung«, erinnerte ich ihn.

»Ja, aber Abmachungen können sich ändern.«

Ich sah ihm ein paar Sekunden in die Augen; das Braun der Iris ging in ein gelbliches Weiß über. Als er das letzte Mal gesessen hatte, war er vermutlich auf ein paar komische Ideen gekommen, was weiße Männer angeht – wenn ich auch nur einen Dime über die Summe hinausging, die wir vereinbart hatten, würde er sofort ›Trottel‹ denken, und das wäre nicht gut. »Vielleicht ein anderes Mal«, sagte ich eiskalt und höflich, stand auf.

»Warte, Mann! Sei nicht so cool.«

»Mit den Papieren können Sie nichts anfangen.« Ich stand immer noch. »Sie sind nichts wert. Tatsache ist, wenn ich sie Ihnen nicht abnehme, müssen Sie sie verbrennen. Ich hab fünfhundert Dollar in der Tasche. Top oder flop. Ihre Entscheidung.«

Er streckte die Hand nach dem Geld aus, schimpfte leise vor sich hin.

Ich bekam, wofür ich bezahlt hatte. Das Krankenhaus hatte sie nach der Notaufnahme dabehalten wollen, aber die ›AEV‹-Anmerkung am unteren Rand des Krankenblattes erzählte die ganze Geschichte. Sie hatte das Krankenhaus ›Auf Eigene Verantwortung‹ verlassen. Kein längeres Gespräch mit der Sozialarbeiterin – und mit keiner Silbe wurde ihr Haareausreißen erwähnt. In der dünnen Akte fand sich auch kein Hinweis auf Bruder Jacob.

Ein Krankenhauspsychiater hatte den Fall nach einem Gespräch schriftlich festgehalten, ihn in der kalten Sprache geschildert, die Shrinks benutzen, um Menschen zu etikettieren.

DSM III-R Diagnose (ENTLASSUNG*)

ACHSE I:	A)	POSTTRAUMATISCHES STRESS-SYNDROM, 30.89
	B)	Z/A DYSTHYMIE
	C)	Z/A AUSGEPRÄGTE DEPRESSION, REKURRENT, UNSPEZIFISCH
ACHSE II:	A)	THEATRALISCHE PERSÖNLICHKEITS-MERKMALE
	B)	Z/A BORDERLINE-SYNDROM
ACHSE III:	A)	SUIZIDVERSUCH
	B)	ASTHMA
ACHSE IV:		ERNST (ARBEITSLOS, AUFLÖSUNG DER VERLOBUNG)
ACHSE V:		AFB AKTUELL = 55; VORJAHR = 45 - 65

In meinem Büro benutzte ich meine Ausgabe des DSM – des *Diagnostic and Statistical Manual of Mental Disorders* –, um das Fachchinesisch zu entschlüsseln. Der Selbstmordversuch war das ›präsentierte Problem‹. Das klinische Bild bestand im Wesentlichen aus Vermutungen: ›Z/A‹ steht für ›zum Ausschluss‹ – eine Möglichkeit, der sie detaillier-

* Diagnostische Kriterien und Differentialdiagnose (diagnostische Abgrenzung ähnlicher Krankheiten); multiaxiale Gliederung von Krankheitsbildern in Klassen und Gruppen zur international standardisierten Diagnoseklassifikation.

ter nachgehen wollten, sobald die Behandlung begonnen hatte.

Wozu es nie gekommen war.

Dass sie gefeuert worden war und mit ihrem Freund Schluss gemacht hatte, wurde als ›psycho-soziale Stressfaktoren‹ gewertet und las sich hier so, als sei es gleichzeitig passiert. Wahrscheinlich hatte sie es so dargestellt.

Und ›AFB‹ war der ›Allgemeine Funktionsbeurteilungsindex‹. Die höchste Punktezahl hatte sie im vergangenen Jahr erreicht. Eine 55 bedeutete ›ernste Symptome; signifikante Beeinträchtigung der Funktionsfähigkeit‹. Gut geraten.

Die ganze Akte enthielt nur Skizzen. Bis auf die handschriftliche Bemerkung: »Patientin behauptet, zuvor bereits mindestens zwei Selbstmordversuche gemacht zu haben. Äußerte Bedauern lediglich über ihren mangelnden Erfolg ... ›Sogar dabei habe ich versagt.‹ Während des Gesprächs zeigte sich keinerlei Einsicht.«

Wenn Jennifer Dalton wusste, warum sie sich aus diesem Leben verabschieden wollte, dann sagte sie es nicht.

Ihnen nicht. Und zu diesem Zeitpunkt nicht.

»Doc, Sie erinnern sich an diesen Burschen, von dem Sie mir erzählt haben, diesen Bruce Perry? Der über Hirntrauma arbeitet?«

»Ja«, sagte er langsam, wartete auf die Pointe. »Sie haben ein gutes Gedächtnis, mein Freund.«

»Ich habe einen Fall. Einen ganz legalen Fall«, versicherte ich ihm schnell. »Und ich glaube, er ist der Mann, mit dem ich sprechen sollte. Können Sie das arrangieren?«

»Ich höre«, sagte Doc. Sein Catcher-Oberkörper bewegte sich hinter dem voll gepackten Schreibtisch, die Augen richteten sich auf mich, wie schon Jahre zuvor, als wir anfingen, miteinander zu reden. Als ich noch hinter den Mauern war. Mich fragte, ob es überhaupt etwas anderes gab.

»Das habe ich schon reichlich gemacht – zugehört«, sagte ich. »Ein Mädchen behauptet, etwas sei passiert. Vor langer Zeit. Es ist passiert, aber sie wusste es nicht. Oder erinnerte sich zumindest nicht mehr daran. Bis heute.«

»Freisetzung von Erinnerung?«

»Das behauptet sie.«

»Und Sie sagen ...?«

»Ich weiß nicht, was ich sagen soll. Das ist mein Job – dass ich was dazu sage.«

Er lehnte sich im Sessel zurück, die Augen hinter der unvermeidlichen Nickelbrille nach wie vor auf mich gerichtet. »Wir kennen uns schon ziemlich lange, Burke. Sie haben mehr über Kindesmissbrauch gelesen als jeder Akademiker, den ich kenne. Ihre Einschätzung ist so gut wie die eines Experten. Wozu brauchen Sie Perry?«

»Er ist Wissenschaftler, stimmt's? Naturwissenschaftler, kein Blah-blah-Mann.«

»Wie ich?«, fragte Doc. Forderte mich heraus, brachte die Sache, wie immer, einfach auf den Punkt.

»Was jemand macht ... ist nur so gut wie der, der es macht, richtig?«

»Sicher. Wie beim Haus bauen. Oder Zähne richten. Oder Klavier spielen.«

»Aber irgendwo gibt es eine Wahrheit, Doc. Eine echte Wahrheit. Wie beim Goldtest – man lässt die Chemikalien auf das Metall tropfen und sieht die Wahrheit.«

»Sie meinen, Perrys Wissen sei so etwas?«

»Sie nicht?«

»Ich bin mir noch nicht sicher, mein Freund. Könnte sein. Ich sag Ihnen was – ich werde ihn anrufen und ihm die Wahrheit sagen. Über Sie, verstanden? Wenn er interessiert ist, dann ist das seine Sache.«

»Danke, Doc. Ich schulde Ihnen was.«

»Ja, stimmt«, sagte er, entließ mich mit einer Handbewegung.

Die Maschine landete um halb drei auf dem Houston International, pünktlich trotz des Transfers von DFW – es gab keine Nonstop-Flüge von New York, und für kein Geld der Welt würde ich ab Newark fliegen. Als ich im Hotel eincheckte, lag an der Rezeption eine Nachricht für mich.

»Hi! Wir sind schon da, Jennifer und ich. Alles ist vorbereitet. Sie möchten bitte Dr. Perry anrufen, sobald Sie soweit sind.«

Die Handschrift war rundlich, unreif. Unterschrieben mit ›H‹.

»Die besten Indikatoren für die aktuelle Funktionsfähigkeit der Persönlichkeit sind frühe Erfahrungen. Der kritischste Teil jeder Beurteilung ist somit eine umfassende, präzise Anamnese«, sagte der Mann und lächelte verlegen, als wüsste er, wie gespreizt seine Worte klangen. Er war groß, gut gebaut, hatte ein ehrliches, offenes Gesicht und dichtes, zerzaustes Haar. Sah aus wie von einem Werbeplakat für North Dakota. »Kindheitserfahrungen haben einen unverhältnismäßig großen Einfluss auf die Funktionsfähigkeit des Erwachsenen … und diese Erfahrungen werden fast ausschließlich von Erwachsenen vermittelt.«

»Aber was ist, wenn der Patient die einzige Quelle dieser Fallgeschichte ist, Doktor?«, fragte ich, achtete auf meine Ausdrucksweise, überlegte, was ihm über mich erzählt worden war. Was die Kleidung anging, so hatte ich mich bereits geirrt: Ich trug einen taubengrauen Seidenanzug und eine konservative Krawatte, er ein blaues Baumwollhemd mit aufgekrempelten Ärmeln und verwaschene Jeans zu abgewetzten Cowboystiefeln.

»Das spielt keine Rolle. Ich würde trotzdem nach einer

Reihe emotionaler oder sozialer Besonderheiten in der Familie suchen, die die Verletzlichkeit des Kindes verstärken – jenen Faktoren, durch die ein Kind sich isoliert, unzulänglich, einsam, unattraktiv oder unfähig fühlt ... *anders* eben«, sagte er und beugte sich vor, gab mir zu verstehen, dass ich die komplizierte Fachsprache nicht weiter beachten solle, sondern auf den Sinn hören. »Ein strenger, fordernder, kalter Elternteil ... ein überforderter, depressiver Elternteil ... das Fehlen einer stützenden Großfamilie ... soziale Isolation ... ein Elternteil, das missbraucht worden ist und diese Erfahrung noch nicht verarbeitet hat ...«

»Die wenigsten Familien sind so ungetrübt glücklich wie die in den Seifenopern«, fiel ich ihm ins Wort. Ich weiß, jede Information hat ihren Preis, aber ich war nicht so weit gereist, nur, um mir etwas anzuhören, das ich bereits hatte lernen müssen, bevor dieser Bursche überhaupt auf der Welt war.

»Sicher«, nickte er. »Aber diese Faktoren wirken häufig generationsübergreifend. Man findet nur äußerst selten einen Erwachsenen, der vernachlässigt, erniedrigt, ungeliebt aufgewachsen – sich, egal, weshalb, wertlos fühlt –, und dennoch seine eigenen Kinder mühelos optimal erziehen kann. Man kann nichts weitergeben, was man selbst nie erfahren hat.«

»Doch, man kann«, sagte ich, beantwortete seinen Sermon mit einem ausdruckslosen Gefängnishofblick.

Einen Moment lang schwieg er. »Glauben Sie, ich würde es verharmlosen?«, fragte er.

»Ich weiß nicht, was Sie tun«, antwortete ich. »Es klingt, als würden Sie mir erzählen, jemand wie Jennifer wäre ein leichtes Opfer, weil ...«

»Sehen Sie«, unterbrach er mich. »Nicht alle listigen Raubtiere sind erfolgreich. Viele erhalten eine Abfuhr ...«

»Listige Raubtiere?«

»Diejenigen, die keine Gewalt anwenden. Sie agieren innerhalb dessen, was das Kind als Schutzzone empfindet – ausnahmslos Menschen, von denen dem Kind gesagt wurde, es könne ihnen vertrauen –, und sie gehen auf äußerst raffinierte Weise vor. Sie würden es ›Verführung‹ nennen. Wir bezeichnen es als das, was es ist: Jagd.«

»Und manche Kids lassen sie einfach links liegen?«

»Viele tun genau das auf die eine oder andere Art. Wenn aber das Kind in einer Umgebung aufgewachsen ist, die es einem starken Konkurrenzdruck oder ständigen Demütigungen ausgesetzt hat, wenn die primäre Bezugsperson des Kindes überfordert oder emotional distanziert war, dann könnte dieses Kind allem gegenüber empfänglich sein, was wie ... Zuwendung aussieht.«

»Soll das heißen, ein Kind kann auch auf andere Weise zum Opfer werden?«

»Emotionaler Missbrauch ist genauso verheerend wie jede andere Form, Mr. Burke«, sagte er, seine Stimme signalisierte keinerlei Diskussionsbereitschaft. »Und er hinterlässt in der sich entwickelnden Seele eine ebenso unauslöschliche Narbe wie ein Brandmal auf der Haut.«

»Wenn einen also die Mutter ein Stück Scheiße nennt, ist es das Gleiche, wie wenn man jede Nacht vom Vater gefickt wird?«

»Kinder reagieren auf Eindrücke anders als Erwachsene«, sagte er, überhörte meine bewusst derbe Ausdrucksweise. Gab mir mit einer Handbewegung zu verstehen, ich solle abwarten, bis er fertig war. »Lassen Sie es mich so ausdrücken: je geringer die Entfernung, desto größer der Schaden, den selbst der leichteste Schlag anrichten kann. Und wenn das Ziel die sich entwickelnde menschliche Seele ist ...«

»Glauben Sie, dass sie sich deshalb die Haare ausgerissen hat?« Ich wollte ihn von seinem Podest herunterholen und zurückbringen zu dem Grund unseres Treffens.

»Sie meinen die Trichotillomanie? Höchstwahrscheinlich. Das ist ein sehr primitives, selbstberuhigendes Verhalten. Erinnern Sie sich noch an den Psychologieunterricht im College? An die ›Kämpfen oder fliehen‹-Reaktion?«

Ich nickte, damit er weitersprach. Doc hatte ihm offenbar doch nicht alles erzählt, als er sich für mich verbürgte. Ich war in den Genuss dessen gekommen, was man eine ›niedrigere Ausbildung‹ nennen könnte. Aber der Unterricht war erheblich teurer gewesen als ein College. Und er hatte viel früher begonnen.

»Nun, zu glauben, dass ein Baby diese Fähigkeiten hat, ist einfach ignorant«, sagte Perry. Zorn verfärbte sein Gesicht. »Wenn ein Baby bedroht wird, kann es weder kämpfen noch fliehen. Und wenn die Drohung einen Panikzustand verursacht, hat es manchmal keine andere Möglichkeit, als an den einzig erreichbaren ›sicheren‹ Ort zu flüchten … das Bedrohliche abzuspalten. Den Schmerz und die Bedrohung durch die Außenwelt abzukappen und drinnen zu bleiben. Tief drinnen. Diese Abspaltung ist verbunden mit einer Ausschüttung von Endorphinen – Sie wissen schon, Glückshormonen –, und das Ergebnis ist beruhigend und angenehm. Der innere Rückzug ›fühlt‹ sich für das Baby gut an. Er ist, wenn Sie so wollen, eine Belohnung.«

Ich dachte an Fancy, ein Mädchen, das ich vor langer Zeit mal kannte – Fancy hatte mir erzählt, wie der Schlag der Peitsche die Endorphine durch ihr Hirn rasen ließ. Wie sie sich gut fühlte. Aber ich sagte nichts, veränderte nur leicht meine Haltung, damit Perry wusste, dass ich zuhörte.

»Und weil das Gehirn aus Erfahrungen ›lernt‹«, fuhr Perry fort, »werden Verhaltensweisen und Emotionen, die zu einer ›Belohnung‹ führen, wiederholt. Schließlich sucht das Kind nach dieser Belohnung, selbst wenn der ursprüngliche Auslöser – die Bedrohung oder die Angst – nicht vorhanden ist. Das ist einer der Schlüssel zum Überleben unserer Spezies. Wären Sie überrascht, zu erfahren, dass die gleichen biochemischen ›Belohnungen‹ freigesetzt werden können, wenn ein Baby die Frau anlächelt, die es auf dem Arm hält?«

»Die Mutter bekommt einen Endorphin-Kick?«

»Wenn Sie so wollen«, sagte er, ignorierte meinen Sarkasmus. »Der springende Punkt ist, dass die Frau, die das Baby im Arm hält, für das Lächeln des Babys belohnt wird … und dieses Lächeln genauso sucht wie ein terrorisiertes Baby die Geborgenheit. Dies ist einer der Gründe, warum Mütter ihre Kinder beschützen. Aber diese Fähigkeit ist nichts weiter als ein genetisches Potential. Wenn die Mutter selbst als Säugling nie gefüttert oder gehalten, nie umhegt oder geliebt wurde, entwickeln sich diese biochemischen ›Belohnungssysteme‹ in ihrem Gehirn nicht sehr weit. Wenn also ihr Baby lächelt, ist die ›Belohnung‹ weniger stark. Und sie hat weniger Antrieb, dieses Gefühl immer wieder herzustellen.«

Dann hatte die Mutter meiner Mutter vielleicht nicht … Ich warf diesen Gedanken in den Mülleimer, den ich für solche Dinge in meinem Kopf habe, sah Perry an und führte ihn zu Jennifer Dalton zurück. »Was ist, wenn diese ›Belohnung‹ nach einer Weile schwächer wird?«, fragte ich.

»Schwächer?«

»Wie Dope. Was einen früher high gemacht hat, bringt einen nach einer Weile nicht mal mehr vom Boden.«

»Das hat mit der Dosis zu tun, richtig«, stimmte er zu. »Fragen Sie, ob …?«

»Wenn das Haareziehen ihr nicht mehr genug gibt, sie sich dadurch nicht mehr gut fühlt, könnte sie dann anfangen, mit einem Messer an sich herumzuschneiden?«

»Das kommt gelegentlich vor«, antwortete er ausweichend. »Allerdings nicht zwangsläufig – wir beobachten es nicht regelmäßig. Es passiert, aber …«

»Aber selten, oder?«

»Trichotillomanie ist selten, sicher. Genau wie Selbstverstümmelung. Wie ich bereits sagte, können Schmerzsignale Endorphine aktivieren. Kinder, die in einem Zustand permanenter Angst leben, können diese Systeme übermäßig entwickeln, so wie ein Bodybuilder Muskeln überanstrengt, um ein verstärktes Wachstum zu stimulieren. Je mehr man einen *beliebigen* Teil des Gehirns benutzt, desto mehr entwickelt er sich. Statt also mehr ›Schmerz‹ zu empfinden, wenn sie sich die Haare ausreißen oder Schnittwunden beibringen, fühlen sie sich tatsächlich wohler. Ihre Gehirnsysteme sind anders organisiert, als die von uns anderen.«

Das gilt für *dich,* nicht für *uns.* Ich dachte daran, wie oft mich Gewalttätigkeit beruhigt hatte, als ich jünger war. Nicht mein eigener Schmerz, sondern der von jemand anderem. Manchmal egal, von wem ...

»Wonach wir hier suchen, ist ... Plausibilität«, fuhr er fort. »Umstände, die eine hohe Verletzlichkeit erklären könnten. Wir suchen nach Anhaltspunkten in der Fähigkeit des Individuums, seine eigene Geschichte zu erzählen ... und dann suchen wir nach ›dissoziativen‹ Lücken«, sagte er, klopfte mit zwei Fingern gegen den Daumen, um das Wort in Anführungszeichen zu setzen, »nach Bereichen, in denen die Erinnerung an Schlüsselerfahrungen verschwommen und unvollständig sind – oder sogar völlig fehlen.«

»Auch Lügner haben solche Erinnerungslücken«, erinnerte ich ihn.

»Normalerweise nicht«, sagte er. »Tatsächlich zeigen erfahrene Lügner – Simulanten würden wir sie nennen – häufig einen Detailreichtum, den ein ehrlicher Durchschnittsmensch nicht hätte.«

Das merkte ich mir für später – ein Profi lernt nie aus.

»Das eine Gehirn speichert traumatische Erlebnisse anders als das andere«, fuhr Perry fort. »Denn wenn sich das Gehirn in einem Alarmzustand befindet, ist es äußerst aufmerksam. Deshalb werden Worte erheblich weniger wirkungsvoll gespeichert als die nonverbalen Signale, die für das Überleben wichtig sind – Gesichtsausdrücke, Körperbewegungen, Geräusche und Gerüche. Bis zu einem gewissen Grad erinnern wir uns an ein Trauma, aber Verdrängung ist auch ein Faktor in dieser Gleichung. Die Erinnerung wird fragmentiert – die sich daraus ergebende Schilderung ist nicht immer linear oder präzise. Daher verlassen wir uns nicht allein auf sie. Wir versuchen, zu ermitteln, was ein Individuum empfindet, wenn es bestimmte traumatische Ereignisse erinnert ... und ob es mit dem Trauma zusammenhängende Stichworte zuordnen kann. Deshalb arbeiten wir auch mit Selbsteinschätzungsformularen.«

»Sie meinen, was Patienten über sich selbst sagen?«

»Ja, und außerdem die üblichen psychologischen Standardtests. Wir wollen verschiedene Persönlichkeitsaspekte des Patienten untersuchen – Problemlösungsstrategien, den IQ, die Themen seines Innenlebens ... Hoffnungen, Ängste, Wünsche. In diesem Fall jedoch haben wir es mit durch Hypnose angestoßene Erinnerungen zu tun, und das wirft einige weitere Fragen auf.«

»Zum Beispiel?«

»Wir benutzen den Standard-Empfänglichkeitsindex – wir wollen herausfinden, ob der Patient leicht hypnotisiert werden kann.«

»Das erkennen Sie an der Art und Weise, wie ein Patient bei einem Test Fragen beantwortet?«

»Nein«, sagte er. »Warten Sie, ich zeige es Ihnen. Folgen Sie meinem Finger mit den Augen.«

Er bewegte ihn nach links, rechts, rauf und runter, dann führte er den Finger spiralförmig bis ganz nach oben, weit aus meinem Blickfeld heraus. »Okay, und jetzt verdrehen Sie Ihre Augen so weit wie möglich nach oben, ohne meinem Finger zu folgen.«

Ich tat es.

»Und?«, fragte ich.

»Allgemein gilt, je mehr Weißes sich bei extremem Augenverdrehen zeigt, desto empfänglicher ist der Patient für Hypnose.«

»Wie habe ich abgeschnitten?«

»Gut«, sagte er. Für den Bruchteil einer Sekunde veränderte sich sein Gesichtsausdruck. »Außerdem benötigen wir eine Anamnese des Schlafs«, sagte er schnell. »Wenn der Patient chronische Einschlafschwierigkeiten hat oder wenn er plötzlich aufwacht – besonders etwa drei Stunden nach dem Einschlafen –, dann ist das ein Hinweis auf eine Fehlregulation des noradrenergen Systems.«

Ich wollte ihn fragen, ob er einen Dolmetscher greifbar hatte, begnügte mich aber mit »Nor-was?«

»Norepinephrin ist ein chemischer Stoff – genauso wie die anderen, über die ich im Zusammenhang mit den Belohnungssystemen gesprochen habe. Nur, dass die noradrenergen Systeme die Hauptvermittlersubstanz für die Angstreaktion sind. Und wenn jemand traumatischem Stress ausgesetzt ist, besonders in der Kindheit, während sich die Systeme gerade erst herausbilden, werden diese Systeme *überreaktiv.*«

»Auch wenn das Kind schläft?«

»Wenn die ganze Umwelt enorm belastend ist, sicher. Der Schlüssel dazu ist das Herz – es ist nur eine Synapse vom Gehirn entfernt. Trauma erhöht den Herzschlag. Wenn die Umwelt stark traumatisierend ist, entsteht eine Überreaktion selbst auf die einfachsten Belastungen. ... und das setzt eine größere Veränderung in Gang. Man sieht das bei allen traumatisierten Individuen: Angst, Impulsivität, Depression, Aggression ... ja sogar dissoziative Störungen.«

»Also hängen Sie sie an ein EKG und warten auf ...?«

»Fast. Das von uns benutzte Instrument sieht aus wie eine Armbanduhr; Kinder gewöhnen sich innerhalb weniger Sekunden daran. Wenn wir – oder sie – ein traumatisches Thema anschneiden, nimmt die Herzfrequenz sofort zu. Und wenn die Angst groß genug wird, muss das Gehirn ›handeln‹«, sagte er, machte wieder die Anführungszeichen, »das kann ein primäres, äußeres Verhalten – wie Erregung oder Aggression – oder eine primäre innere Reaktion sein: Frieren, Taubwerden der Gliedmaßen, Dissoziation. Wenn die Reaktion auf Bedrohung äußerlich ist, bleibt der Puls auf hohem Niveau. Wenn aber die Reaktion in Abspaltung besteht, pendelt sich der Puls zunächst ein … und sinkt schließlich wieder. Wir können dies tatsächlich in Verbindung mit bestimmten Stichworten beobachten. Mit Hilfe einer gleichzeitigen Videoaufzeichnung können wir sehr präzise beurteilen, welche Themen und Stichworte und Anstöße mit einer tief verwurzelten Erinnerung verbunden sind … der Erinnerung an den im ursprünglichen Trauma vorhandenen Angstzustand.« Er holte tief Luft. »Konnten Sie meinen Ausführungen soweit folgen?«, fragte er entschuldigend. Perrys Art zu sprechen war das genaue Gegenteil dessen, was Anwälte machen – er wollte sich nicht dahinter verstecken; er wollte, dass man ihn *verstand.* Ein Genie ohne jede Arroganz, der das Leben mit dieser ›Oooh, verflixt‹-Bauernjungeattitüde erklären konnte – beim Geldsammeln musste er ein absoluter Knüller sein.

»Wenn normale Menschen Angst bekommen, steigt der Herzschlag«, antwortete ich. »Irgendwann beruhigt sie das. Wenn sie missbraucht worden sind, steigt der Puls weiter, bis sie im Kopf woanders hingehen. An einen sicheren Ort. Dann schlägt das Herz wieder ruhiger. So sind Ursache und Wirkung vertauscht«, sagte ich leise. Und dachte daran, wie ich das gelernt hatte: durch das Starren auf einen roten Punkt auf meinem Spiegel, das Eintauchen *in* diesen Punkt, bis ich keine Angst mehr hatte. Ich hatte nicht alles verstanden, was er sagte, aber wenn man es übersetzte, würde es jedes missbrauchte Kind auf der Welt wieder erkennen.

Er nickte, sagte nichts.

Ich blieb auch still, lauschte auf meinen eigenen Herzschlag.

Das Hotel war auf dem Krankenhausgelände errichtet worden. Für Angehörige, die in der Nähe bleiben wollten, sagte Perry. So waren sie jederzeit verfügbar, konnten sich mehr als Teil des Prozesses fühlen. Ich beschloss, bis zum Ende der Untersuchungen ebenfalls dort zu bleiben, und nahm eine Zwei-Zimmer-Suite.

Nachdem ich ausgepackt hatte, machte ich einen Spaziergang, bis ich eine Telefonzelle fand. Dann rief ich Mama an.

»Alles ruhig«, sagte sie. »Du okay?«

»Klar«, erwiderte ich. Gab ihr die Nummer meines Hotelzimmers für alle Fälle.

Ich ging zurück, duschte und warf einen Blick auf das Material, das Perry mir gegeben hatte, bedauerte, dass ich mein medizinisches Wörterbuch nicht mitgenommen hatte. Vor Jahren hatte ich angefangen, dieses Zeug zu lesen, hatte im Gefängnis Bücher aus Docs Bibliothek mitgehen lassen. Doc gab nie zu, dass er es merkte, aber wenn er ein Buch zu lange herumliegen ließ, wusste ich, er wollte, dass ich es mitnahm. Wenn er geahnt hätte, dass ich ein nettes kleines Geschäft mit gefälschten psychologischen Beurteilungen laufen hatte, die ein anderer Häftling gegen die echten, für den Bewährungsausschuss bestimmten austauschte, wäre er womöglich nicht so scharf darauf gewesen, meine Bildung zu fördern.

Wenn ich sie gelesen hatte, gab ich die Bücher immer zurück. Zwei Dinge habe ich im Gefängnis gelernt: Nichts Geklautes war in deiner Zelle jemals wirklich sicher, aber wenn du es erst einmal im Kopf hattest, konnte es dir keine Razzia wieder abnehmen.

Im Knast las ich ständig – daher mein Wortschatz. Heute mache ich es nicht mehr so viel. Wie die Typen, die mit Krafttraining aufhören, sowie sie wieder draußen sind. Ist man erst mal frei, gibt es andere Möglichkeiten des Zeitvertreibs.

Ich hatte vergessen, wie sehr mich das Lesen und Studieren faszinierte. Jede Wette, wenn ich von Menschen statt von einer Sammlung Freaks und dem Scheißstaat großgezogen worden wäre, ich wäre vielleicht ... Wissenschaftler geworden. Vielleicht ...

Ich wäre bestimmt nicht der geworden, der ich heute bin, das weiß ich. Man kommt nicht schlecht auf die Welt.

Ich zuckte zusammen, als das Telefon neben dem Bett klingelte. Keiner von der Gang würde mich hier anrufen, es sei denn ...

»Was ist?«

»Burke? Ich bin's, Heather. Ich bin auch im Hotel. Sie haben doch meine Nachricht bekommen, oder? Sie behalten Jennifer über Nacht drüben. Für ein paar Tests oder so. Haben Sie schon gegessen?«

Ich warf einen Blick auf die Uhr. Himmel! Es war schon fast neun – über Perrys Zeug hatte ich völlig die Zeit vergessen.

»Äh, nein. Ich wollte gerade ...«

»Können wir nicht zusammen essen? Wir müssen nirgendwo hingehen, okay? Einfach Zimmerservice und ...«

»Wo ist Kite?«, fragte ich.

»Er ist zurück ... nach Hause. Arbeitet an dem Fall.«

»Ja, okay. Abendessen. Soll ich ...?«

»Mein Zimmer ist sehr klein. Könnte ich nicht zu Ihnen rauf kommen?«

»Klar. Wann immer Sie wollen.«

»Ich bin sofort da«, sagte sie.

Ich kramte die Speisekarte des Zimmerservice heraus. Klang ziemlich gut, was da stand. Aber das tut es wahrscheinlich immer. Keine fünf Minuten später hörte ich ein zögerndes Klopfen an der Tür. Heather. In einem weißen Kostüm mit dazu passenden Pumps und Strümpfen. Der einzige Farbtupfer war ihr schwarzkirschfarbenes Haar und ein schwarzer Spitzen-BH, den sie statt einer Bluse unter der Jacke trug. Und ihre orangenen Augen unter langen, dunklen Wimpern.

»Sie sehen sehr gut aus«, sagte ich.

»Sie auch«, antwortete sie höflich, als wären mein weißes Sweatshirt und die Chinos eine Abendgarderobe.

Sie setzte sich auf die Couch, hielt die Knie sittsam zusammen. Ich gab ihr die Speisekarte. Sie studierte sie eingehend, fuhr mit einem mattweiß lackierten Fingernagel die einzelnen Speisen entlang. »Wollen Sie ein Steak?«, fragte sie schließlich.

»Klar.«

»Salat?«

»Egal.«

»Ich kümmere mich darum«, sagte sie, stand auf. Ging zum Schreibtisch und setzte sich auf den Stuhl daneben. Sie nahm einen Kugelschreiber und einen dieser billigen kleinen Blocks, wie man sie immer in Hotels findet, und schlug die Beine übereinander wie eine Sekretärin, die aufs Diktat wartet. »Wie möchten Sie Ihr Steak?«, fragte sie, sah mich an, hielt den Kugelschreiber bereit.

Ich ratterte meine komplette Bestellung runter inklusive Ananassaft mit jeder Menge Eis. Sie gab alles telefonisch durch, sprach langsam und deutlich, als wäre es ihr sehr wichtig, dass die Küche alles hundertprozentig richtig verstand.

»Es dauert etwa vierzig Minuten«, sagte sie, als sie den Hörer wieder aufgelegt hatte. »Ist das okay?«

»Ja, ist normal. Acht Minuten für die Mikrowelle, eine halbe Stunde zum Raufbringen.«

»Ziemlich spät fürs Abendessen, finden Sie nicht auch?«

»Es kommt einem nur spät vor – wir sind hier unten eine Stunde hinter der New Yorker Zeit zurück, Sie erinnern sich?«

»Oh. Ja, hab ich vergessen. Was … halten Sie davon? Ich meine, bislang?«

»Schwer zu sagen«, antwortete ich. »Es ist ja sowieso nur ein Steinchen im Puzzle, stimmt's?«

»Stimmt. Ich meine … ich glaub schon. Aber … das hier war doch Ihre Idee, oder nicht?«

»Sie meinen, nicht Kites?«

»Ja. Er hat von dieser Klinik noch nie gehört«, sagte sie.

»Sie klingen überrascht.«

»Nun, war ich auch ein bisschen. Es ist alles so … komplett hier. Ich meine, die haben wirklich alles. Ich dachte, das wäre … berühmt, oder so.«

»Wird es vielleicht auch mal sein. Aber noch ist es ganz neu. Und ich glaube, ihnen ist nicht viel an Publicity gelegen – mehr Patienten ist so ziemlich das letzte, was sie brauchen.«

»Es sind hauptsächlich Kids, hm? Ich meine, als ich gewartet habe. Mit Jennifer. Es wimmelte nur so von Kindern.«

»Sicher. Deshalb sind wir doch mit ihr hier, oder nicht? Wegen etwas, das passiert ist, als sie noch ein Kind war.«

»Ich weiß. Es ist nur, dass … Wissen Sie, was ich gedacht habe? Dass es vielleicht einen besonderen Ort geben sollte. Nur für Erwachsene, denen das … passiert ist, als sie noch Kinder waren. Nicht ein Ort für Kinder. Verstehen Sie, was ich meine?«

»Solche Einrichtungen gibt es doch, Heather. Einrichtungen voller Erwachsener, die als Kinder verkorkst wurden.«

»Welche … Einrichtungen meinen Sie?«

»Gefängnisse. Bordelle. Psychiatrische Stationen.«

Sie machte ein langes Gesicht. »Das habe ich nicht *gemeint*. Es gibt eine Menge … Kids, die nicht so geworden sind. Egal, was mit ihnen passiert ist.«

»Stimmt. Das will ich nicht bestreiten. Missbraucht worden zu sein … ist keine Garantie.«

»Eine Entschuldigung ist es aber auch nicht«, sagte sie, sah mich mit ihren orangenen Augen an.

Ein leises Klopfen an der Tür. Der Zimmerservice. Ein Typ in kastanienbrauner Uniform mit schwarzen Paspeln auf den Ärmeln, OSCAR auf einem Aluminiumstreifen über dem Herzen. Er rollte einen Servierwagen herein, verbrachte einige Minuten damit, alles theatralisch anzuordnen: die Deckel von den Tellern zu nehmen, das Besteck bereitzulegen, hart für die zehn Mäuse zu arbeiten, die ich schließlich auf die Rechnung legte, nachdem ich sie abgezeichnet hatte.

»Vielen Dank, Sir. Rufen Sie einfach den Zimmerservice, wenn der Tisch abgeräumt werden soll.«

Das Essen war okay. Nichts Spektakuläres. Aber das Steak war ein Hauch mehr als Medium, genau wie ich es bestellt hatte, der Salat war knackig und ohne braune Stellen auf den Blättern, und mit Eis hatten sie auch nicht geknausert.

Heather machte sich mit Appetit über ihre Mahlzeit her, aß den Teller leer und hob den Deckel von dem Kelchglas mit Vanilleeis wie ein Goldgräber, der einen dicken Nugget freilegte.

»Ich sollte nicht so viel essen«, sagte sie lächelnd.

»Warum nicht?«

»Weil ich fett bin«, sagte sie.

»Sind Sie nicht«, meinte ich trocken.

Sie errötete. Senkte den Blick, sagte nichts.

Als Oscar den Servierwagen abgeholt hatte, war es bereits nach elf. Ich lehnte mich in dem einzigen Sessel zurück, den das Hotel in die Suite gestellt hatte, steckte mir eine Zigarette an und schloss die Augen.

»Haben Sie Kopfschmerzen?«, fragte Heather leise.

Falls die Zigarette sie verblüfft hatte, ließ sie es sich nicht anmerken.

»Keine große Sache«, sagte ich, fragte mich, woher sie das wissen konnte. »Es dauert nie lange.«

»Wollen Sie ein Aspirin oder so?«, fragte sie, drehte eine Runde durchs Zimmer und schaltete die Lampen aus. Die Vorhänge waren geöffnet, und Mondlicht strömte hell herein.

»Nein, ist schon in Ordnung.«

Sie ging ins Bad, schloss die Tür hinter sich. Ich rauchte langsam, ließ meine Kopfschmerzen von der dunklen Stille lindern. Gerade als ich die Zigarette ausgeraucht hatte, ging die Badezimmertür auf und Heather trat ins Mondlicht. Das einzige Weiß an ihr war jetzt ihr Körper. Der schwarze BH und ein dazu passender Strumpfhalter, die Strapse baumelten an ihren rundlichen Schenkeln. Sie war barfuß.

»Findest du immer noch, dass ich nicht fett bin?«, flüsterte sie durch den Raum.

Das Mondlicht drang auch ins Schlafzimmer. Heathers blasser Körper schimmerte darin. Sie war auf den Knien, hatte die Hände zwischen den Schenkeln und schaute zu mir herab. Ich lag auf dem Rücken, die Hände hinter dem Kopf, lauschte, hatte die Augen so zusammengekniffen, dass sie nur ein unscharfer, verschwommener Fleck war.

»Ich verstehe nicht besonders viel von … von dem«, sagte sie, biss sich auf die Unterlippe. Sie griff hinter sich und öffnete den schwarzen BH. Ihre üppigen Brüste purzelten heraus. Sie legte die Hände darüber, zog sie an ihren Mund, leckte sich die Brustwarzen. »Das habe ich früher immer gemacht«, sagte sie. »Ich. Wenn ich allein war. Ich wollte wissen, wie sich das anfühlt.«

Ich sagte nichts, machte nur ein Geräusch, um sie wissen zu lassen, dass ich zuhörte, auf den Rest wartete, was immer noch kam.

Sie ließ ihre Brüste los – sie prallten fest gegen ihren Brustkorb. Mit zusammengekniffenen Augen öffnete sie den Strumpfhalter, warf ihn zur Seite. Dann legte sie die Hände auf die Innenseiten ihrer Oberschenkel, zog sie auseinander. Sie war unbehaart wie ein Baby, kein Schatten von Stoppeln im Mondlicht zu erkennen. Ein weißer Fingernagel verschwand in ihr, die orangenen Augen fest auf meine gerichtet. »Auch das habe ich ausprobiert. Damit ich weiß …«

»Was, Heather?«

»Warum er es gemacht hat«, flüsterte sie. »Es kam mir so komisch vor.« Sie zog die Hand zurück, steckte den Finger in den Mund.

»Hast du es je verstanden?«, fragte ich.

»Nein. Es hat sogar … ein bisschen wehgetan. Aber jetzt tut es nicht mehr weh.«

»Hat er auch gewollt, dass du … dich rasierst?«, fragte ich behutsam, kam näher, aber ließ ihr Platz zum Weglaufen, wenn sie es wollte.

»Das ist nicht rasiert«, sagte sie, spreizte die Schenkel noch weiter. »Es ist für immer weg. Epilation. Überall.«

»Scheiße! Das muss schmerzhaft gewesen sein. Warum …?«

»Ich hab's dir doch schon gesagt. Schmerz macht mir nichts aus. Ich kann damit umgehen.«

»Hast du …?«

»Ich möchte nicht, dass du darüber sprichst. Ich möchte, dass du hinsiehst, okay? Sieh einfach zu. Was glaubst du, wie alt ich bin? Wenn du mich ansiehst, meine ich.«

»Achtundzwanzig?«

»Bin ich nicht, weißt du. Ich bin … älter.«

»Spielt keine Rolle.«

»Doch, tut es. Du weißt, dass es das tut. Für einen Mann, meine ich.«

»Verschiedene Männer sind …«

»Männer sind alle gleich«, sagte sie mit rauem Flüstern. »Alle. Jeder, den ich kennen gelernt habe. Bis auf … einen.«

»Hör zu, Mädchen, du musst nicht …«

»Ich muss gar nichts, oder? Ich weiß. Das stimmt. Jetzt. Ich muss gar nichts tun. Du auch nicht. Aber es sieht so aus, als wolltest du. Willst du?«

»Ja.«

»Würdest du es … tun, wie ich es möchte? Ich will nur …«

»Was?«

»Könntest du … aufstehen? Und nichts sagen?«

Ich stand auf, beobachtete ihr Gesicht.

»Komm herum. Hinter mich. Bitte.«

Ich ging zum Fußende des Bettes. Heather beugte sich vor und entfernte den Bezug vom Kopfkissen. Sorgfältig zog sie ihn sich über den Kopf bis zum Hals herunter. Dann ließ sie die Schultern aufs Bett sinken, reckte den Hintern hoch. So wie sie in Kites Wohnung auf dem Boden gelegen hatte, nachdem ich von ihr gestiegen war und ihren Nacken losgelassen hatte.

Ich spürte das Babyöl auf meinem Schwanz, als ich in sie eindrang. Sie war eng, aber ich spürte nicht mal den Hauch von Stoppeln – ihr Opfer war weit gegangen. Ich spürte das Talkumpuder auf ihren ausladenden Hüften, folgte ihrem tiefliegenden Rückgrat mit den Augen von der Pospalte bis dorthin, wo es unter dem Kopfkissenbezug verschwand, hörte ihr ersticktes Atmen, spürte die Zuckungen in ihr, als sie kam.

Ich stand dicht hinter ihr, fest umschlossen. Langsam rutschte sie auf dem Bauch nach vorn, löste sich von mir. Dann drehte sie sich auf die Seite und zog den Bezug vom Kopf. Ich legte mich neben sie. Sie vergrub ihren Kopf an meiner rechten Schulter, flüsterte: »Das war gut, oder?« Leichte Besorgnis umhüllte ihre Worte.

»Perfekt«, log ich, streichelte ihr schwarzkirschfarbenes Haar.

Danach schlief sie ein und wurde immer wieder mal kurz wach. Jedes Mal, wenn sie zu sich kam, begann sie zu erzählen. Sie küsste weder, noch schmuste sie, griff aber immer nach meiner Hand, bevor sie etwas sagte.

»Du hast nichts über den … Kopfkissenbezug gesagt«, flüsterte sie.

»Ich …«

»Ich weiß, was du denkst. Ich hätte keine Selbstachtung, oder? Aber das stimmt nicht.«

»Ich habe nicht …«

»Das sind diese blöden Talkshows. Ich seh sie mir dauernd an. Hunderte. Jeden Abend, wenn ich nach Hause komme. Ich zeichne alle auf Video auf. Für ihn. Für die Recherchen. Die Leute im Publikum, sie sind … grausam. Irgendeine arme Frau sitzt auf der Bühne. Ganz allein, erzählt ihre Geschichte. Und egal, was es ist, egal, was für schreckliche Dinge ihr zugestoßen sind, irgendeine ekelhafte, selbstgefällige kleine Person steht auf, schnappt sich das Mikrofon und sagt: ›Ihnen fehlt es an Selbstachtung!‹ Als wäre das gottverdammt brillant. Als könnte das alles in Ordnung bringen. Zu wenig Selbstachtung … diese Menschen haben keine Ahnung.«

Inzwischen wusste ich das meiste. Aber ich machte keinen Druck wegen des Stückes, das noch fehlte – ich wusste, dass es kommen würde.

»Woher wusstest du es, Heather?«, fragte ich später, lag immer noch neben ihr.

»Wusste was?«

»Wie man's macht.«

»Ich weiß es nicht. Nicht wirklich. Ich meine …«

»Nein … Nicht, was wir gerade gemacht haben. Als du die … falschen Anschuldigungen gemacht hast. Gegen diesen Professor. Du hast gesagt, du hättest gewusst, was du den Cops erzählen musstest. Darüber, was er angeblich getan hat. Wenn du nicht wirklich …«

»Er hat mich geliebt«, flüsterte sie. »Wirklich geliebt. Als ich klein war, hat er mich geliebt. Wenn ich nicht … reifer geworden wäre, täte er das immer noch, das weiß ich. Nicht meine … Titten. Das war schon in Ordnung. Kleine Mädchen bekommen sie manchmal ziemlich früh. Ich auch. Ich war erst zehn … Aber die … anderen Sachen: Haare und alles … Als das kam, hörte er auf. Hörte einfach auf. Damals ist er gegangen.«

»Dein Vater?«

Sie fand meine Hand im Mondlicht, drückte sie bis zur Taubheit, weinte lange.

Als sie endlich zu dem Teil kam, den ich noch nicht kannte, war es fast drei Uhr morgens. »Ich würde nie Sex mit ihm haben«, sagte sie. »So was macht er nicht. Er ist nicht wie andere Männer. Er ist ein … Gott. Zuerst war es schwer. Ich dachte, er wollte nur mich nicht. Ich habe getan, was ich konnte … aber er hat mich nie weiter beachtet.«

»Vielleicht ist er schwul«, sagte ich mit unverbindlicher Stimme.

»Ist er nicht«, erwiderte sie scharf. »Er ist nur … erhabener. Erhabener als andere Männer. Ich bin ständig mit ihm zusammen. Seit Jahren. Ich habe ihm sogar gesagt, wenn er sich etwas … Besonderes wünschte, ich würde es tun. Egal, was es ist. Aber so ist er nicht. Solche Gefühle hat er nicht. Er ist rein.«

»Aber er mag es, wenn du … dich schön anziehst, oder?«

»Nein! Ich meine, es spielt keine Rolle. Er sieht, wie andere Männer mich ansehen. Auch Frauen, manche wenigstens. Er weiß, dass ich das mag. Er weiß, dass ich … schwach bin, irgendwie. Menschen sind schwach – das sagt er immer. Was er sagt, ist die Wahrheit. Aber das macht es nicht schlecht.«

»Nein.«

»Nein, tut es nicht. Du dachtest, er und ich, wir würden …«

»Sicher. Warum auch nicht?«

»Das wäre wie Sex mit einem Priester«, sagte sie. »Früher habe ich das nicht so gesehen, aber jetzt. Ich würde nie …«

Ich sah in ihre orangenen Augen, und da kapierte ich.

»Wann fangen Sie mit dem Gehirnkram an?«, fragte ich Perry am übernächsten Morgen. Es war fast elf, wir waren verabredet.

»Nun … genau genommen war alles bisher ›Gehirnkram‹. Wir haben sämtliche Unterlagen noch einmal überprüft, ihre Selbstauskünfte über frühere Erinnerungen und aktuelle Symptome, die Ergebnisse der kognitiven und projektiven Tests … Weiterhin hatte Jennifer eine ganze Reihe von stressfreien, unstrukturierten klinischen Begegnungen, während derer ihr Puls überwacht wurde. Wir haben diese Gespräche auf Video mitgeschnitten und die Bänder mit den aufgezeichneten Pulsdaten gekoppelt. Bislang waren die Untersuchungen relativ angenehm für sie. Sie hatte mit verschiedenen Mitgliedern unseres Teams Kontakt. Die Vorarbeiten mache ich nie selbst – ich halte mich am Rand der Ereignisse auf, damit sich die Patienten an meine Gegenwart gewöhnen. Wenn es dann soweit ist, wenn ich das eigentliche forensische Gespräch führe, bin ich gern ausführlich informiert, will aber nicht derjenige sein, der die Informationen zusammengetragen hat.«

»Weil …?«, soufflierte ich.

»Das spontane Gespräch ist eine wichtige Komponente«, erläuterte er. »Doch bevor wir diese Technik verwenden, müssen wir einige Stichworte kennen: Was wird als Auslöser funktionieren? Was die Erinnerung betrifft, sind olfaktorische Reize – Gerüche – oft die zuverlässigsten und stärksten. Sie sitzen in der Regel sehr tief … Wenn also ein bestimmter Geruch mit einem tief verdrängten Trauma assoziiert wird, genügt schon ein Hauch, und der Patient kehrt sofort dorthin zurück. Ein klassisches Beispiel ist der Geruch von Bleichmittel; viele Kinder erinnert er an den Geruch von Sperma. Oder fragen Sie einen Vietnam-Veteranen nach dem Geruch von verbranntem Fleisch und Napalm – so was bleibt erhalten. Wir beobachten dies bei Kindern immer wieder, selbst wenn sie noch viel zu klein sind, um sprechen zu können.«

Auch ich erinnere mich an Gerüche. Aus dem miesen Krieg in Biafra. Totes Fleisch, von der erbarmungslosen Sonne überreif. Und der Gestank panischer Angst aus den voll gestopften Erdlöchern, die sie Bunker nannten. Das war nur Gestank – ich habe ihn seitdem oft gerochen, ohne die Kontrolle zu verlieren.

Aber ich erinnere mich auch an den Geruch von Ketten. Ketten, mit denen sie mich im Keller des Pflegeheims an den Pfosten fesselten, während sie …

Vielleicht habe ich mich deshalb so heftig gewehrt, als die Cops das erste Mal versuchten, mir Handschellen anzulegen; sie mussten mich bewusstlos schlagen. Ich kam wieder zu mir, war gefangen, Blut verschleierte meine Augen, Hass und Angst kämpften um die Vorherrschaft in meiner Seele, und ich wünschte mir aus vollstem, kleinem Herzen eine Kanone. Damals war ich neun. Ich schob die Erinnerung fort, griff hinab und packte mein Zentrum, beruhigte meine Stimme. Fragte Perry: »Dann … beobachten Sie sie einfach, sehen, ob sie reagieren?«

Falls er etwas bemerkt hatte, ließ er es sich nicht anmerken. »Nein«, sagte er. »Tatsächlich erhält man durch externe Beobachtung fast zwangsläufig ungenaue Ergebnisse. Eine unserer erstaunlichsten Erkenntnisse ist, dass die Anzeigen des EKG häufig nicht mit dem Affekt übereinstimmen. Ein Kind kann uns von seinem Zuhause erzählen. Keine intensiven Erlebnisse, es beschreibt einfach einen ganz normalen Tag. Seine Herzfrequenz ist vorhersehbar, variiert entsprechend der Schilderungen. Wenn wir dann aber ein völlig harmloses Wort einführen, wie zum Beispiel ›Schlafenszeit‹, springen die Nadeln in den Himmel, auch wenn sich an der Schilderung nichts ändert.«

»Wie bei einem Lügendetektor?«

»Nein«, sagte er mit einer Spur Schärfe in seiner Stimme. »Da besteht kein wirklicher Zusammenhang. Das Kind wird nicht getestet, ob es die Wahrheit sagt. Es ist eine Sondierung und muss genau fokussiert werden, um wirklich zu funktionieren. An unterschiedlichen Punkten des Gesprächs – während wir die Herzfrequenz aufzeichnen und das Videoband mitlaufen lassen – entnehmen wir Proben von Stressreaktionshormonen: Melatonin und Hydrocortison. Wir bitten die Kinder, Trident zu kauen, und lassen sie immer wieder in ein kleines Reagenzglas spucken. Dann messen wir diese Hormone ...«

»An diesem Punkt kommt das Gehirn ...?«, fragte ich, versuchte, ein bisschen zu provozieren.

»Noch einmal, all diese Dinge liefern uns Teile des Gesamtbildes, wie das Gehirn des Individuums organisiert ist. Wie es funktioniert; wie es reguliert wird. Und wenn wir das alles haben, werfen wir mit Hilfe der an den Kopf des Kindes angeschlossenen Elektroden eines EEGs einen näheren Blick auf die Hirnprozesse. Wir lassen das Kind eine Reihe kurzer und einprägsamer Szenen aus seinem Leben vorlesen, die wir anhand seiner Lebensgeschichte zusammengestellt haben. Eine ist die Schilderung eines neutralen Ereignisses, eine andere zum Beispiel ein trauriges Ereignis. Und schließlich ein Ereignis, das eine ›Traumareaktion‹ auslösen müsste«, sagte er, machte wieder die

Anführungszeichen. »Wir können untersuchen, wie manche Teile des Gehirns aktiviert und andere heruntergefahren werden …«

»Dann stellen Sie ihnen also keine Fragen?«

»Nicht zu diesem Zeitpunkt. Nicht zu den … Anschuldigungen. Später, während des letzten forensischen Gesprächs, das ich selbst durchführe, werde ich es tun. Wir wollen diese Reaktionen nicht nur mit ihren eigenen Mustern der Gehirnreaktivität vergleichen, sondern auch mit denen von Individuen, die zu vergleichbaren Zeitpunkten ihrer Entwicklung ähnliche Erlebnisse hatten.«

»Okay«, sagte ich, ließ es mir durch den Kopf gehen. »Aber wenn nun jemand sehr viel gelesen hat? Sie wissen schon, über sexuellen Missbrauch von Kindern. Dann wüsste derjenige doch, was Menschen, die missbraucht worden sind, empfinden, richtig?«

Perrys Gesicht spannte sich, aber seine Stimme blieb ruhig, als hätte er nicht mitbekommen, worauf ich hinauswollte. »Zu den nützlichsten Verfahren, die wir in den nächsten paar Tagen anwenden werden, gehört das Studium des Schlafes. Bei manchen Menschen beobachten wir Veränderungen der Hirnaktivität, wenn sie Geräuschen oder Gerüchen ausgesetzt sind, die mit dem ursprünglichen Trauma assoziiert werden. Unter diesen Umständen ist ›lügen‹ ganz offensichtlich nicht möglich.«

»Aber woher wissen Sie …?«

»Verzeihen Sie, wenn ich unterbreche, Mr. Burke. Sehen Sie, das Gehirn entwickelt sich mit der Zeit. Es ist am Anfang nicht als Mini-Gehirn da, das dann zu einem großen Gehirn heranwächst, wie meinetwegen ein Kürbis aus einem Samen – es wächst in einer bestimmten Abfolge und praktisch ausschließlich in den ersten drei Lebensjahren. Zuerst kommt der Hirnstamm, dann das Mittelhirn, dann das limbische System und schließlich der Cortex – jener Teil, der uns erlaubt, ›zu denken‹. Wenn wir die Daten *all* dieser umfassenden Auswertungen vergleichen, können wir buchstäblich lokalisieren, in welchem Teil des Gehirns die Dysfunktion angesiedelt ist. Dies wiederum erlaubt uns, in einem gewissen Maß zu bestimmen, *wann* das störende Ereignis – das Trauma – sich zugetragen hat.

Sehen Sie, wenn Erwachsene traumatisiert werden, stellen sich ereignisspezifische Veränderungen in den Hirnfunktionen ein. Wird aber ein Kind traumatisiert – während sich das Gehirn noch in der Entwicklung befindet, sich noch organisiert –, wirkt das Trauma wie eine geologische Verwerfung, beeinflusst alles, was um sie herum und darüber wächst. Die Neurobiologie des traumatisierten Erwachsenen unterscheidet sich von der des traumatisierten Kindes. Bei einem Kind sind die Veränderungen weitgehender. Und es ist durchaus möglich, dass diese Verletzungen sich erst viel später im Leben zeigen.«

»Wie eine Narbe? Eine Narbe, die man nicht sieht, solange man nicht weiß, was …?«

»Eher wie eine Substanz, die unter einem bestimmten Licht fluoresziert oder die Farbe wechselt, wenn sie einem bestimmten Reagenz ausgesetzt wird. Vergleichbar etwa dem Schnelltest auf Kokain …«

»Ja, ich hab's verstanden«, sagte ich, meinte es auch so.

Eine junge Frau mit dem Gesicht einer indischen Prinzessin und schwarzen Zöpfen klopfte gegen den Türrahmen von Perrys Büro. Sie trug blaue OP-Kleidung, ihre Miene war ernst. Als er aufschaute, sagte die Krankenschwester: »Sie hat eine gerichtliche Verfügung. Sie kommt ihn besuchen. Heute Nachmittag. Um drei Uhr. Was sollen wir …?«

»Bauen Sie die Münchhausen-Kamera auf«, antwortete er. »Sie wissen schon, die mit der Glasfaseroptik. Sagen Sie Ronnie, er soll es überwachen. Wenn sie eine falsche Bewegung macht, gehen Sie dazwischen, sofort, verstanden?«

»Ja!« Die Frau lächelte, als hätte man ihr ein Geschenk gemacht.

Perry wandte sich wieder mir zu, als wäre nichts gewesen. »Der Schlüssel zum Verständnis des Gehirns besteht darin, seine Rolle als Vermittler eines jeden Signals zu verstehen, das der Organismus empfängt. Das Gehirn verarbeitet Informationen, und manche frühkindlichen Schädigungen verändern die Art und Weise, wie das Gehirn funktioniert. Wenn Sie einem Baby zuwinken«, sagte er und wedelte mit der Hand, um mir zu zeigen, was er meinte, »gurrt und lacht das Baby, stimmt's? Manche Babys zeigen jedoch eine Schreckreaktion, wenn sie die erhobene Hand eines Erwachsenen sehen. Was nicht daran liegt, dass das Baby gelernt hat, die erhobene Hand bedeutet ein Schlag. Vielmehr übersetzt das Gehirn dieses Babys die erhobene Hand so, dass sie zum Schlag wird, verstehen Sie? Es lernt nicht, es verarbeitet.«

»Und wenn das erst einmal gespeichert ist ...«

»Ja, genau«, sagte er traurig. »Ungeheuer viel Arbeit muss von sehr gut ausgebildeten Menschen über einen langen Zeitraum geleistet werden, um daran eventuell etwas verändern zu können. Trauma verallgemeinert – das liegt in seiner Natur. Statt also Angst vor dem Menschen zu bekommen, der ihm wehgetan hat, bekommt das kleine Mädchen Angst vor allen Männern, verstehen Sie? Auf chronischen Schmerz und panische Angst reagiert das Gehirn des Babys mit Flucht an einen sicheren Ort. Nach einer Weile tut das Baby alles, um an diesen Ort zu gelangen. Manchmal äußert sich das als Dissoziation. Und manchmal als Haareausreißen.«

»Oder es führt zu Selbstmord?«

»Ja. Das Geheimnis des Lebens liegt nicht darin, warum ein gequältes Kind zum Serienkiller wird – sondern warum so viele Kinder es *nicht* werden. Wenn wir nur wüssten, wie das Gehirn neue Anpassungen lernt ... Aber soviel wissen wir: Einflüsse im späteren Leben wirken sich aus.«

»Einflüsse?«

»Irgendein anderer Input. Ein Freund, ein Sozialarbeiter – verdammt, ein kleiner Hund ... Das Gehirn entwickelt sich mit der Zeit, und selbst wenn die eine Richtung verstärkt wurde, muss es nicht zwangsläufig auf diesem Weg bleiben. Kindesmissbrauch und Kriminalität gehören zusammen, gar keine Frage. Missbrauchte Kinder werden mit größerer Wahrscheinlichkeit straffällig als nicht missbrauchte Kinder. Aber die überwältigende Mehrheit missbrauchter Kinder bekommt nie Probleme mit dem Gesetz«, sagte Perry, unterdrückte Wut in der Stimme. »Eine ›Zwangsläufigkeit‹ besteht nicht. Jeder, der behauptet, missbrauchte Kinder seien dazu verdammt, die Qual weiterzugeben, ist ein hoffnungsloser Idiot.«

»Aber bis die Kinder neue Wege lernen, können Sie sehen, wie sie auf bestimmte Dinge reagieren, richtig? Je jünger das Kind, desto leichter ist der Missbrauch nachzuweisen?«, fragte ich, versuchte, ihn von der Sozialphilosophie zu dem Grund meiner Anwesenheit zu steuern.

»Das Trauma zu beweisen, gewiss«, sagte er. »Dann kommt die investigative Komponente. Wir müssen alle anderen möglichen Ursachen des Traumas ausschließen. Aber wenn wir eine Anamnese haben ... oder ein körperlicher Schaden vorliegt ... oder eine durch Geschlechtsverkehr übertragene Krankheit ...«

»Oder Bilder?«

»Fotografien?«

»Kinderpornos.«

»Ja. Aber es ist relativ selten. Wir müssen uns auf anderes Beweismaterial verlassen. Das heißt, genug Daten sammeln die die Herzfrequenzüberwachung und Studien über evoziertes Potential – Entschuldigung: die Hirnströme betreffend. Dann verwenden wir eine multivariate Computeranalyse, um alle diese Daten zusammenzubringen – die Tests, das Gespräch, die Anamnese, einfach alles. Darin liegt letzten Endes der forensische Wert unserer Arbeit. Wir eliminieren das Unmögliche, dann das Unwahrscheinliche, und am Ende ...«

»Haben Sie es eindeutig eingegrenzt.«

»Ja. Wenn erstmal die Existenz des Traumas bewiesen ist, ergibt sich die Frage: Was sonst könnte diese Daten verursacht haben? Wenn wir Quervergleiche zu anderen, dokumentierten Fällen anstellen, vereinfacht das diese Aufgabe entscheidend.«

»Wenn es also heißt, Kinder wären lausige Zeugen, hätten andere Erinnerungen ...?«

»Vielleicht können Kinder sich nicht gut ausdrücken, Mr. Burke. Aber sie sind ausgezeichnete Kommunikatoren. Ihr Innenleben spricht Bände – es kommt nur darauf an, das Datenmaterial zu sammeln, die Untersuchungstechniken zu entwickeln, das Personal richtig auszubilden ... Es ist möglich. Und wir tun es, hier in diesem Haus.«

»Wie viel kostet das alles?«, fragte ich.

»In realem Geld?«, schoss er zurück.

»Was soll das heißen?«

»Die Untersuchung, die wir mit Ihrer ... Klientin durchführen, ist höchster Standard. Das Beste von allem. Wenn Sie den einwöchigen Aufenthalt dazurechnen, das beteiligte Personal, die Tests selbst ... dann kostet das Ihren Mr. Kite etwa fünfzehntausend Dollar.«

»Scheiße! Dann besteht also keine Chance, dass alle Kinder ...«

»Nicht alle Kinder brauchen eine solch umfassende Diagnostik«, sagte er. »Und unser Kinderprogramm wird zu neunzig Prozent subventioniert. Wenn wir Kinder behandeln, sammeln wir gleichzeitig Daten für unsere Forschung. Die meisten Kinder sind ohnehin nicht versichert. Genaugenommen sind Sie unser erster zahlender Kunde. Wenn alles erst einmal standardisiert ist und die Computerprogramme richtig laufen, dann werden auch die Kosten rapide sinken.«

»Man kann nicht in jeder Stadt Forschungskrankenhäuser errichten«, sagte ich. Dachte an Politiker, die Aids-Stationen schlossen, um Geld zu sparen.

»Nein, und das ist auch nicht nötig. Wenn ortsansässiges Personal ausgebildet ist und die erforderlichen Voruntersuchungen durchführen kann, ist unsere Arbeit nur in den schwierigsten Fällen nötig.«

»Was Sie also wirklich brauchen, ist …?«

»Richtig, Mr. Burke. Geld. Wir brauchen etwa fünfzehn bis zwanzig Millionen Dollar, um unsere Forschungen abzuschließen, sie zu veröffentlichen, sie durchzusetzen und sie verallgemeinerbar zu machen. Aber wir tun die Arbeit bereits … und das Geld wird schon noch kommen«, sagte er voller Hoffnung und Zuversicht.

»Mädchen anruf«, sagte Mama. Es war gegen zehn an diesem Abend, und ich hatte über eine Stunde damit zugebracht, eine einigermaßen sicher aussehende Telefonzelle zu suchen. Mir war nicht nach Geheimniskrämerei. »Welches Mädchen?«, fragte ich.

»Sag, heiß Pepper. Du ruf sie an, okay? Sehr wichtig.«

»Ja, okay. Sonst noch was?«

»Nein.«

»Ich melde mich wieder …«

»Du Max brauch?«, unterbrach Mama.

»Nicht hier«, sagte ich. »Ich bin bald zurück.«

»Ist Pepper da?« »Am Apparat, Chef.« Die Stimme des Rattenfängermädchens perlte aus dem Hörer.

»Ich habe eine Nachricht erhalten …«

»Delta Flug sechs-zweiundachtzig nach Atlanta morgen früh um sechs. Schaffen Sie das?«

»Vielleicht. Aber warum sollte ich …?«

»Wenn Sie ankommen, bleiben Sie im Delta-Terminal. Warten Sie auf Flug sechs-null-drei von La Guardia, okay? Um drei Uhr nachmittags fliegen Sie zurück.«

»Nicht gerade viel Zeit, um …«

»Hin- und Rückflug sind bereits reserviert, Mr. Haines.« Pepper ahmte die Stimme einer supereffizienten Sekretärin nach. »Sie haben ausreichend Meilen auf Ihrem Vielfliegerkonto bei Delta angesammelt, um ein Upgrade zu erhalten. Also werden Sie Erster Klasse fliegen. Sonst noch etwas?«

»Nein. Vielen Dank«, sagte ich. Besonders für die Mitteilung, dass die Arnold Haines-Identität im Eimer war.

Mit dem schwarzen Aluminium-Diplomatenkoffer in der Hand kam ich vom Flugsteig. In dem mittelblauen Zweireiher, frisch rasiert und das Haar gekämmt, war ich ein anonymer Fisch in der Flut der Manager, die an jedem Wochentag die großen Umsteigeflughäfen verstopfen.

Mein Flug war mit fast einer halben Stunde Verspätung gelandet. Ich dachte darüber nach, wo ich Wolfe treffen sollte, da entdeckte ich sie hinter der Absperrung. Kaum zu übersehen in diesem knallgelben Seidenkostüm mit der langen, schwarzen Perlenkette. Die Haare hatte sie sich zu einem Zopf geflochten, die weißen Schläfen deutlich sichtbar. Sie winkte mir zu, ein Lächeln erhellte ihr hübsches Gesicht.

Für einen kurzen Augenblick fühlte ich mich wie ein Mann, der zu seiner Frau heimkommt. Oder so, wie ich mir vorstellte, dass es sich anfühlen musste. Ich schüttelte es ab, trauerte nicht um etwas, das ich nie verloren hatte.

Wolfe gab mir einen Kuss auf die Wange, nahm meinen Arm und lotste mich vom Gate fort. Wenn man uns beobachtete, würde man nie vermuten, dass es rein geschäftlich war. Sie war ein Profi durch und durch.

»Es ist wahrscheinlich besser, wenn wir uns irgendwo hinsetzen«, sagte sie. »Haben Sie schon gefrühstückt?«

»Nicht richtig. Im Flugzeug ...«

»Ich auch«, sagte sie. »Ich kenne ein nettes Lokal. Kommen Sie.«

Wir bestellten Atlanta-Frühstücks-Sandwiches – Würstchen in French Toast. Wolfe kippte Ahornsirup über ihr Würstchen, als wäre es Senf auf einen Hot Dog. Mir fehlte dazu der Mut. Sie nahm schwarzen Kaffee, ich Apfelsaft.

»Mir ist da was zu Ohren gekommen«, sagte sie schließlich. »Ich weiß nicht, ob es stimmt. Aber ich wollte es Ihnen so schnell wie möglich sagen. Und nicht am Telefon.«

»Über …?«

»Ja. Bruder Jacob ist im Internet. Zumindest glaubt Chiara, dass er es ist – sie ist diejenige, die bei uns die Computer bedient. Im Web gibt es einen Chat Room. Der Server steht irgendwo in Europa, soweit wir wissen. Wenn man reingeht, meint man, es ginge darum, Asiatinnen nach Amerika zu holen. Um sie zu heiraten. Sie wissen schon, Informationen über Einwanderungsgesetze und so weiter.«

»Und?«

»Es gibt eine eigene Chat Line zum Thema ›Mitgift‹. Klingt, als würde dort gewaltig gedealt.«

»Er will ein Mädchen kaufen, herholen und heiraten?«

»Nein. Chiara sagt, es gibt noch einen Subtext. Keine klassische Verschlüsselung, aber eine Art Code. Sie arbeitet noch dran, ist sich aber sicher, dass er eine Ware besitzt, die er dort anbietet.«

»Ein einmaliges Angebot?«

»Nein. Ein ständiges. Von was auch immer.«

»Können Sie …?«

»Ich weiß es nicht«, meinte sie leise. »Weiterzubohren, ist etwas knifflig. Wenn ich noch meinen alten Job hätte …«

»Vielleicht kenne ich da jemanden«, sagte ich. »Einen Cop.«

»Kenne ich ihn auch?«

»Morales.«

»O ja, den kenne ich.« Sie lächelte. »Der einzige Unterschied zwischen ihm und einem Dinosaurier ist, dass er nicht dumm ist.«

»Er mag Sie auch«, lächelte ich.

Wir schlugen etwa eine Stunde damit tot, auf dem Flughafen herumzuschlendern, Wolfes Hand auf meinem Arm. Ich sagte, ich müsse kurz telefonieren. Zog los und kaufte ihr eine weiße Rose. Sie gab mir einen Kuss und ging an Bord ihrer Maschine, ohne noch einen Blick zurück.

Für mich dauerte die Warterei auf meinen Rückflug noch ein paar Stunden länger. Ich ließ mir die Schuhe putzen, schaute mich in einer Buchhandlung um, schlenderte umher. Dann bearbeitete ich die Münzfernsprecher.

Jeder Köder, den ich ausgeworfen hatte, holte die gleiche Sorte Fisch ein. Jedes Steinchen des Mosaiks war anders, aber ich wusste bereits, welches Bild schließlich daraus entstehen würde. Als ich mich am nächsten Morgen zum letzten Mal mit Perry traf, wollte ich es ohne Wenn und Aber.

»Was steht unterm Strich, Doc: Sagt sie die Wahrheit?«

»Sie hat den Entlassungsschein unterschrieben, also ... Lassen Sie mich zunächst mal folgendes sagen: Was Sie auch tun, ermutigen Sie Ihre Mandantin – Jennifer –, professionelle Hilfe in Anspruch zu nehmen. Ich kann Ihnen ein paar gute Therapeuten in New York nennen. Ich habe mit ihr darüber gesprochen, und sie wirkte nicht gerade begeistert, sagte, sie sei bereits in einer Therapie, aber den Testergebnissen nach zu urteilen, würde ich ...«

»Ich werde mit ihr darüber reden«, sagte ich, führte ihn zurück zu dem, was ich wissen musste.

»In Ordnung. Gut. Jedenfalls, sie zeigt eine Reihe primärer Symptome – Ängstlichkeit, Dissoziation, Stimmungsschwankungen, schwerwiegende Schlafstörungen, erhöhte Schreckreaktion, ständig wiederkehrende fixe Ideen von bestimmten demütigenden Erfahrungen, geringes Selbstwertgefühl – das alles entspricht einer ganzen Reihe von diagnostischen Klassifizierungen nach DSM-Vier. Aber der wichtigste Aspekt ihrer Symptome ist, dass sie stichwortspezifisch zu sein scheinen. In dieser Hinsicht erfüllt sie die diagnostischen Kriterien für ein PTSS. Und auch für eine dissoziative Störung – eine große Anzahl scheinbar gutartiger Stichworte bewirken dramatische Steigerungen der Herzfrequenz, gefolgt von klassischen dissoziativen Reaktionen.«

Arme kleine Maus, dachte ich. So sehr darauf abgerichtet, zu tanzen, dass sie selbst dann noch weitermachte, wenn die Musik aufhörte. Aber jedes Mal, wenn sie diese Musik wieder hörte ... »Sicher«, sagte ich, »aber ist sie ...?«

»Was das Haareausreißen betrifft«, fuhr er fort, ließ sich nicht aus dem Konzept bringen, »sowohl aus ihren Angaben mir gegenüber als auch aus den Ergebnissen der projektiven Tests ergibt sich, dass sie unter Verwirrung bezüglich Intimität, Sexualität und Schmerz leidet. Das Haarereißen – wir haben es auch auf Band – war mit der gleichen Senkung der Herzfrequenz gepaart wie auch eine dissoziative Reaktion. Mit anderen Worten, sie tut es, weil es sie beruhigt. Für Jennifer ist es genauso, als würde sie jedes Mal ein bisschen Morphium nehmen. Die Verwirrung darüber, was beruhigend und was erregend wirkt, macht sie natürlich anfällig für sexuelle Ausbeutung. Ich bin sicher, Sie haben das auch schon beobachtet.«

»Das funktioniert in beide Richtungen«, erwiderte ich.

»Stimmt«, stimmte er zu. Er lehnte sich in seinen Sessel zurück, ließ den Kopf langsam kreisen, als wollte er eine Verspannung lösen. Dann beugte er sich vor, stützte die Ellbogen auf den Tisch, legte das Kinn in die Hand. »Was das Trauma betrifft ... sowohl aus ihrer Anamnese als auch aus der dies bestätigenden neurophysiologischen Reaktivität – und ihrer Symptomkonstellation – geht eindeutig hervor, dass sie zu verschiedenen Zeiten in ihrer Kindheit mehrfach Traumata erlebt haben muss. Einige davon ereigneten sich mit Sicherheit vor der Pubertät.«

Er holte tief Luft, sah mir ins Gesicht. »Ich habe gehört, dass Sie auf diesem Gebiet beträchtliche Erfahrungen besitzen, Mr. Burke. Was sagt Ihr Instinkt?«

»Dass es passiert ist«, antwortete ich kurz und bündig. »Dass sie die Wahrheit sagt. Dass sie ein missbrauchtes kleines Mädchen war. Dass dieser Bruder Jacob sie aufgespürt hat wie ein Hai tote Fische entdeckt. Und dass er Sex mit ihr hatte, als sie noch ein Kind war.«

»Das denke ich auch«, sagte er, reichte mir die Hand, machte klar, dass unser Gespräch beendet war.

Mir fiel kein Stein mehr ein, unter dem ich noch nachsehen konnte. Um die Wahrheit zu sagen, ich hatte ihr schon bei unserer ersten Begegnung geglaubt. Nur Kite hatte mich weitermachen, jeden einzelnen Blutfleck der Spur verfolgen lassen. Es war nicht das Geld. Ich weiß, wie man beschäftigt tut, ohne tatsächlich etwas zu unternehmen. Und ich verstehe mehr von Zeittotschlagen als ein Spanner von Hintergrundbeleuchtung.

Später, als ich über alles nachdachte – während ich versuchte, nicht darüber nachzudenken –, wurde mir klar, was passiert war und warum ich so hart gearbeitet hatte. Ich fand die Wahrheit. Für einen Schwindler bedeutet Wahrheit nicht viel. Alles nur eine Frage der Inszenierung, nicht des Inhalts. Kite zeigte mir, was er hatte, legte es offen auf den Tisch. Als es anfing, wollte ich ihn mir nur vom Hals schaffen. Und sein Geld nehmen. Das sagte ich mir wenigstens.

Er war ein Prediger, das wusste ich. Erst als ich zu tief

drinsteckte, wurde mir klar, dass ich seine Gemeinde geworden war.

Und als ich auf der anderen Seite wieder rauskam, konnte ich mich nur an das halten, was ich wirklich wusste.

»Tun Sie das bitte nicht«, sagte Kite.

»Was?«

»Starren Sie mich nicht so an – es ist unhöflich. Ich leide an Nystagmus*, und Ihr Starren ist mir unangenehm.«

»Tut mir Leid«, log ich, saß auf diesem toffeefarbenen Sessel. »Jedenfalls, es ist die Wahrheit. Es hält jeder Überprüfung stand.«

»Sind Sie sicher?«, fragte er leise. »Irrtum ausgeschlossen?«

»Falls nicht noch mehr Beweismaterial herumliegt, habe ich alles«, antwortete ich.

Die Augen hinter seiner rosa Brille leuchteten auf. »Glauben Sie, dass es noch mehr geben könnte?«

»Gegeben *haben* könnte«, sagte ich. »Aber dieser Bruder Jacob wird nicht so dumm sein, es aufzubewahren. Meine Wühlarbeit ist beendet – da ist nichts mehr, was weiteres Graben rechtfertigen könnte.«

»Gibt es noch etwas? Etwas, das Sie nicht umgegraben haben?«, fragte er, ein langer Finger tippte auf einen dicken Stapel Dokumente auf dem kleinen Tisch zu seiner Rechten.

»Nur das hier«, sagte ich, zog eine Liste mit Namen und Anschriften aus meiner Jackentasche. »Es ist nicht der Sarg, aber mit allem anderen ist es todsicher ein weiterer Nagel dazu.«

Ich gab ihm die Liste. Er überflog sie, schüttelte den Kopf. »Ich verstehe nicht, was das …«

»Dritte Seite, der vierte Name von oben«, sagte ich.

* Unwillkürliches Zittern des Augapfels.

»›Russell J. Swithenbrecht‹. Eine Postfachadresse in Erle, Pennsylvania. Was hat das mit …?«

»Das ist er«, sagte ich. »Bruder Jacob. Er hat das Postfach unter diesem Namen. Fährt einmal im Monat rüber. Das dauert nur anderthalb Stunden, höchstens zwei. Immer die gleiche Strecke. Fährt Freitagabend hin, bleibt über Nacht, leert Samstagmorgen das Fach – die Filiale hat nur bis mittags geöffnet. Dann fährt er zurück, ist pünktlich zu seinen regelmäßigen Samstagnachmittag-Sitzungen wieder in Buffalo. Das macht er schon seit Jahren.«

»Und das beweist …?«

»Was Sie da in Händen halten, ist der Ausdruck einer Abonnentenliste«, sagte ich. »Für ein kleines Magazin namens *Einmalige Sehnsüchte.*«

Kite hob fragend die Augenbrauen.

»Mädchenfreunde nennen sie sich«, erklärte ich. »Kleine Mädchen.«

»Wir haben die Wahrheit gefunden«, sagte Kite, sah mir tief in die Augen.

Ich spürte Heather hinter mir – die Hitze, die sie abstrahlte.

Ich traf mich mit Morales im Bryant Park, direkt hinter der Public Library, einen Block vom Herz des Times Square entfernt, wenn er eines besäße.

»Dieser Bursche, den ich für Kite unter die Lupe nehme. Falls Sie jemals was hören …«

»Was haben Sie bisher?«, fragte der Cop.

Die Einzelteile zusammenzubauen, dauerte weitere sechs Wochen. Dann ließ Kite die Bombe platzen. Jennifer Dalton verklagte Bruder Jacob vor dem Obersten Gerichtshof von New York County. Auf fünfundzwanzig Millionen Dollar. Ihre Anzeige lautete auf sexuellen Missbrauch, Vergewaltigung von Minderjährigen, Sodomie, Erpressung, vorsätzliches Zufügen von seelischem Leid, Körperverletzung, Nötigung, Missbrauch von Abhängigen in Ausübung eines Kirchenamtes und ein halbes Dutzend weitere Anschuldigungen. Die Psalmisten wurden in der Klageschrift nicht genannt – es ging einzig und allein um Bruder Jacob.

Ich erfuhr es aus den Nachrichten, ein Dreißig-Sekunden-Spot aus einer Pressekonferenz, die zur Ankündigung des Prozesses einberufen worden war. »Ja, wir sind uns bewusst, dass diese Ereignisse lange zurückliegen«, sagte Kite glatt. Er wirkte unerbittlich und tadellos in seinem dunklen, schokoladenfarbenen Zweireiher. »Auch wenn es für eine strafrechtliche Verfolgung leider zu spät ist, halten wir es dennoch für höchste Zeit, dass New York sich progressiveren Gerichten anschließt und zivilrechtliche Mittel bereitstellt für ein Kind, das durch die wohl überlegten, ausbeuterischen Handlungen eines Sexualverbrechers in ein psychisches Koma getrieben wurde. Wir werden beweisen, dass das Verhalten des Täters darauf abzielte, die Realitätswahrnehmung des Opfers anzugreifen und zu beeinträchtigen. Das war kein Unfall. Es ist wieder und wieder passiert. Während wir uns hier unterhalten, geschieht es Kindern überall in diesem Land.«

Die Zeitungen brachten die Sache groß raus, Kite trug Fakt für Fakt vor, hielt nichts zurück, führte jedes Detail der Öffentlichkeit vor. Sie brachten sogar einen von Kites Sätzen in einem schwarz umrandeten Kasten in der Mitte des Artikels: »Die Verjährungsfrist war als Schild gedacht, um Unschuldige vor Schadensersatzansprüchen zu schützen, die so spät geltend gemacht werden, dass es kein Beweismaterial mehr gibt. Jetzt aber wird diese Regelung als Schwert benutzt, als ein Schwert, das die schwächsten und verletzlichsten Mitglieder unserer Gesellschaft angreift. Wenn es um sexuellen Kindesmissbrauch geht, hat die Verjährungsfrist in einer zivilisierten Gesellschaft nichts zu suchen. Bei diesem Fall geht es nicht um Gesetze. Bei diesem Fall geht es um die Wahrheit.«

Die Anwälte von Bruder Jacob sagten immer wieder, sie seien nicht bereit, den Fall in der Presse zu kommentieren. Doch Kite setzte seine Angriffe fort, machte sich laut Gedanken darüber, wer Bruder Jacobs Verteidigung bezahlte. Reporter des Sensationsfernsehens umstellten das Haus in Buffalo, grasten die Nachbarschaft nach den üblichen hohlen Zitaten ab. Bruder Jacob zog an einen geheim gehaltenen Ort. Ein Sprecher der Psalmisten trat in einer Talkshow im Radio auf. Als er über Hiobs Leiden sprach, wurde der Sender von wütenden Anrufern bombardiert, die wissen wollten, ob Jennifers Leiden denn nichts bedeute. Als der Psalmisten-Sprecher versuchte, die Position der Kirche zu erklären, beschimpfte der Gastgeber ihn als Drecksack und warf ihn aus dem Studio.

Kites Prozessunterlagen umfassten beinahe dreihundert Seiten, die Beweisstücke mitgerechnet. Die Fotokopierer im Gericht spuckten rund um die Uhr Papier aus. Das Dokument wurde über Nacht zu einem Bestseller, tauchte in Cafés, auf Empfängen und Universitätsgeländen auf. Manche Kommentatoren fragten sich laut, ob Bruder Jacob auf einen fairen Prozess hoffen konnte. Und ihre Kollegen konterten mit der noch leidenschaftlicheren Frage, ob Jennifer Dalton je Gerechtigkeit widerfahren würde.

Gerade, als das Fieber nachließ, schwappte eine neue Welle über die Stadt. Fünf weitere Opfer gingen an die Öffentlichkeit. Mit ihren Anwälten. Drei verschiedenen Anwälten.

Zwei der Opfer waren um die dreißig. Eine der jungen

Frauen behauptete, sie habe den sexuellen Missbrauch vor zwanzig Jahren bei der Polizei angezeigt. Sagte sogar, jemand aus dem Büro des Bezirksstaatsanwalts habe sie damals vernommen. Aber nichts sei passiert.

Die anderen drei Opfer waren keine Frauen. Es waren Mädchen. Eine fünfzehn, eine sechzehn, die andere wurde demnächst achtzehn.

»Davor wird ihn keine Verjährungsfrist schützen«, frohlockte Kite hämisch im Fernsehen.

Michelle sah sich mit mir zusammen an, wie Bruder Jacob nach der offiziellen Anklageerhebung durch das Spalier der versammelten Kameras gehen musste. Er hielt den Kopf gesenkt, eine Jacke über den Handgelenken, um die Handschellen zu verbergen, schaute aber kurz in die Kamera, bevor er in den Fond des Streifenwagens einstieg.

»Er hat den Blick«, zischte Michelle. »Man kann's sogar durch den Fernseher riechen.«

Ich wusste, was sie meinte. Die sahen nicht alle gleich aus, das war ihre Tarnung. Aber alle hatten sie den gleichen Blick, wenn sie gefasst wurden – diesen eiskalten, stechenden Raubtierblick, der versprach, dass kein Käfig sie je ändern würde.

»Cop anruf«, sagte Mama. »Woher weißt du, dass es ein Cop war«, fragte ich.

»Er sag. Sag, ›Sag Burke, is sein Freund von der Polizei.‹ Okay?«

»Ja. Hat er eine Nummer hinterlassen?«

»Kein Nummer. Sag, er ruf wieder an. Heute. Spät. Du wart hier, okay?«

»Sicher.« Ich schaute auf meine Uhr. Es war noch nicht mal neun.

Als Max hereinkam, machte er Zeichen, dass er Karten spielen wollte, aber …

Ich verstand, was er mir sagen wollte. Seine Vorliebe für Gin Rummy hatte sich für immer erledigt – die Magie vom letzten Mal würde es nie wieder geben, und das wusste er. Aber wir hatten noch ein paar Stunden Zeit, daher hielt ich es für einen guten Augenblick, ihm Casino beizubringen. Mama konnte weder das eine noch das andere, doch als Morales schließlich anrief, gab sie Max bereits überflüssige Ratschläge. Und ich lag ungefähr hundert Mäuse vorn.

»Suchen Sie ein Flittchen auf dem Strich, drüben an der Lex in den Twenties«, kam Morales' schroffe Stimme über die Leitung. »Sie trägt einen langen weißen Mantel, darunter schwarze Hot Pants. Ist gar nicht zu übersehen. Heißt Roselita. Sie hat den Schlüssel zu einem Schließfach im Port Authority. Sagen Sie ihr, Sie heißen Mr. Jones. Schieben Sie ihr 'nen Hunderter rüber, und der Schlüssel gehört Ihnen. Benutzen Sie ihn noch heute Nacht – er taugt nur vierundzwanzig Stunden was.«

»Sind Sie sicher, dass sie da sein wird? Wenn sie sich einen Freier angelt …«

»Sie wird da sein, keine Sorge. Die Schlampe schuldet mir einen Gefallen.«

»Was ist, wenn ihr Lude …?«

»Sie hat keinen verdammten Luden. Das war der Gefallen.«

Sie war genau dort, wo Morales gesagt hatte. Eine große, schlanke Frau mit den langen, schwarzen Haaren einer Zigeunerin und weißen, baumelnden Plastikohrringen schlenderte langsam den Block entlang, rief aber keinem der vorbeigleitenden Autos auf Pussy-Suche etwas zu. Als ich kurz hupte, kam sie mit wiegenden Schritten rüber zum Plymouth und beugte sich durch die Scheibe auf der Beifahrerseite herein, zog den langen, weißen Mantel auseinander, führte mir ihre schlanken, auffallenden Beine und kleinen hohen Brüste vor, die ungehindert unter einem dünnen, roten Muskelshirt hüpften, gleichzeitig schirmte sie die Auslage vor jedem hinter sich ab – ein echter Profi. Ein Blick in ihr Gesicht, und ich sah, dass sie jede Menge Zeit gehabt hatte, zu lernen; die rauen Spuren des Milieus waren trotz des dicken Make-ups unübersehbar. Auch ohne das ZU HABEN-Schild in ihren Augen war klar, dass ihr Körper käuflich war.

»Wie heißt'n, Hombre?«

»Man nennt mich Mr. Jones«, sagte ich und hielt den Hunderter zwischen den Fingern meiner rechten Hand.

»H-okay«, sagte sie, ohne die Spur eines Lächelns auf den fettig roten Lippen, fischte einen Schließfachschlüssel aus der Tasche des weißen Mantels, und wir tauschten.

Etwas später gab Max mir Rückendeckung, während ich im Port Authority das Schließfach öffnete. Darin lag ein klobiges Päckchen, mit so viel Plastikklebeband umwickelt, dass es einen starken Mann mit einem Teppichmesser eine halbe Stunde beschäftigen würde.

In meinem Büro packte ich es vorsichtig aus, ließ mir Zeit, sah mir gleichzeitig mit Pansy halbherzig einen alten Gangsterfilm an.

Als ich sah, was drin war, wusste ich, dass ich zum Aufschließen einen Schlüssel anderer Art brauchte. Über das Handy rief ich den Maulwurf an.

Das war's dann. Es gab einen ziemlichen Medienrummel um die Fälle, aber es lief, wie es immer läuft, besonders wenn der Richter keine Kameras im Gerichtssaal zulässt. Kite erhob Einspruch, sagte, das Volk hätte ein

Recht darauf, informiert zu werden. Der Richter tat das mit einem Achselzucken ab – als Veteran mit zwanzig Jahren im Richteramt wusste er, was anwaltliche Einsprüche wert sind. Und dass ›das Volk‹ ihm seinen Job gegeben hatte.

Außerdem fesselte ein Serienkiller Prostituierte in Hotelzimmern am Times Square und sorgte dann dafür, dass sie einen langsamen Tod starben. Die Medien setzten Prioritäten. Und keines von Bruder Jacobs Opfern sah sonderlich sexy aus.

Außerdem hatte der Gouverneur alle Hände voll zu tun, um zu erklären, warum die gerade wieder eingeführte Todesstrafe einen Freak nicht davon abgehalten hatte, im Treppenhaus einer Sozialsiedlung ein kleines Mädchen zu Tode zu vergewaltigen, wobei er ihr winziges Gesicht mit der Pranke bedeckte, damit sie nicht schrie, so fest und gründlich, dass sie aufhörte zu atmen.

Sogar Aasgeier bevorzugen frische Leichen.

An einem kalten, verregneten Montag holte Jennifer Dalton Bruder Jacob von den Toten zurück. Das Handy summte. Ich griff danach, sagte nichts. »Hast du deinen Fernseher in der Nähe?«, fragte die Stimme des Profs.

»Ja«, sagte ich, sah, wie Pansy mich beobachtete.

»Schalt ihn ein, Bruder. Du wirst es nicht glauben.«

Er unterbrach die Verbindung. Ich schaltete die Kiste ein, drehte so lange am Kanalwähler, bis ich sie fand.

»Ich habe gelogen«, erklärte sie dem starrgesichtigen Reporter von einer dieser Dreckssendungen. Der Reporter nickte salbungsvoll, während ein Lauftext am unteren Bildrand *Exklusiv! Exklusiv! Exklusiv!* hinausschrie.

»Ich habe alles erfunden«, sagte sie, weinte hinter vorgehaltener Hand. »Wenigstens glaube ich das. Aber ich weiß es nicht. Und jetzt weiß ich, es war falsch. Ich kann nicht mehr länger damit leben.«

Sie redete weiter, während Zeitungsschlagzeilen zum Prozess eingeblendet wurden. Als die Kamera fortschwenkte, sah man eine Frau neben Jennifer sitzen und ihr den Arm tätscheln. Diese Frau trug ein konservatives Kostüm. Die Bildunterschrift identifizierte sie als ›Doreen Z. Landover, Feministische Rechtsanwältin‹.

Jennifer erzählte dem Reporter die gleiche Geschichte wie mir. Mit dem Unterschied, dass Bruder Jacob ihr diesmal überhaupt nichts angetan hatte. Oh, sie hatte als Schulmädchen für ihn geschwärmt, aber das hatte er nie ausgenutzt. Sie erzählte dem Reporter von ihrer geplatzten Verlobung, wie niedergeschlagen sie damals gewesen war, dass sie nicht mehr leben wollte. Sagte, sie habe viel getrunken, sich treiben lassen. Als sie dann zu einer Beratungsstelle ging, habe der Therapeut sie unter Druck gesetzt. »Er hat mich immer wieder nach sexuellem Missbrauch gefragt. In meiner Familie. Er sagte, das müsse der Grund für all meine Probleme sein. Es würde alles erklären, genau das hat er gesagt. Aber ich wusste … meine Familie hat nie … und dann habe ich ihm von Bruder Jacob erzählt.«

»Meinen Sie das mit dem angeblichen sexuellen Missbrauch?«, fragte der Reporter mit schmieriger, einschmeichelnder Stimme.

»Nein. Zuerst noch nicht. Ich habe ihm einfach erzählt … was wirklich passiert ist. Aber er hat keine Ruhe gegeben. Und ich war so … traurig und niedergeschlagen. Nach einer Weile schien alles einen Sinn zu ergeben. Und jetzt habe ich das Leben eines Mannes ruiniert. Ich schäme mich ja so …«

Dann brach sie zusammen. Die Kamera blieb auf ihrem schluchzenden Gesicht, während auf der anderen Bildschirmhälfte Bruder Jacob bei seinem Spießrutenlauf vor der versammelten Presse eingeblendet wurde. Ihre neue Anwältin erklärte, Jennifer sei programmiert worden, sei in den Bann eines ›zwar lauteren, aber fehlgeleiteten‹ Therapeuten geraten. Nein, sie würden keine Klage anstrengen. Hatte es nicht schon genug Prozesse gegeben?

Dann ließ der Reporter einen dreiminütigen Sermon über falsche Anschuldigungen los. Seine Stimme bebte vor Wichtigtuerei. »Ist es nicht paradox«, schloss er, »dass ausgerechnet 1996, im Zeitalter der Raumfahrt und des Internet, die Hexenjagden von Salem immer noch Realität sind? Aber dieses Mal hat eines der so genannten Opfer den Mut gefunden, vorzutreten und die Wahrheit zu sagen. Und gerade noch rechtzeitig, um die Gesellschaft, um uns alle daran zu hindern, einen Mann auf dem Scheiterhaufen zu verbrennen. Jennifer Dalton, eine gequälte junge Frau, verloren in einem Leben voller Traurigkeit, hat nach Antworten gesucht. Und, wie wir gesehen haben, werfen einige dieser Antworten sehr viel größere Fragen auf.«

Stundenlang rührte ich mich nicht vom Fernseher weg. Schließlich gelang es ihnen, Kite ausfindig zu machen. Er sprach von einem so mit Mikrofonen gespickten Podium, dass sein Kopf kaum noch zu sehen war. Er klang verloren. Fassungslos. »Ich versichere allen, und ganz besonders Bruder Jacob und seinem Rechtsbeistand, dass ich diese Angelegenheit persönlich gründlich untersucht habe, bevor die Klage angestrengt wurde. Ich versichere Ihnen, dass sie in gutem Glauben vorgebracht wurde und erst, nachdem ich von ihrer Stichhaltigkeit überzeugt war. Ich bin … schockiert. Ich weiß kein anderes Wort dafür. Dies lässt mich … alles infrage stellen. Nicht nur diesen einen Fall, sondern auch mich selbst. Und meinen Berufsstand. Ich entschuldige mich bei Bruder Jacob und seiner Familie, als Mensch und als Rechtsanwalt.«

»Was ist mit der Anklage?«, brüllte ihm ein Journalist zu.

»Es gibt keine Anklage«, erwiderte Kite. »Es tut mir Leid … Ich habe nichts weiter zu sagen.«

Eine Phalanx von Leibwächtern bahnte Kite einen Weg durch die Masse der ihm entgegengestreckten Mikrofone. Heather konnte ich nirgends entdecken.

Alle Talkshows der Stadt stürzten sich wie die Geier auf die Sache, aber Jennifer Dalton schwieg beharrlich. Gerüchte machten die Runde, dass das Fernsehmagazin ihr für das Exklusivinterview hunderttausend Dollar gezahlt hatte.

»Das hat nichts mit unserem Fall zu tun«, erklärte der Anwalt von zwei der jungen Mädchen einem Zeitungsreporter. »Wir verklagen Bruder Jacob nach wie vor.« Als diese Nachricht gedruckt wurde, prasselten feindselige Leserzuschriften auf den Redakteur nieder wie ein Hurrikan.

Bruder Jacob wurde gegen Kaution entlassen.

Doreen Z. Landover verkündete, dass ihre Mandantin in den anderen Prozessen gegen Bruder Jacob eine eidliche Aussage machen werde. Sie sagte, Jennifer Dalton täte es schrecklich Leid ... und sie werde alles in ihrer Macht Stehende tun, um den Schaden wieder gutzumachen.

»Sie ist jetzt draußen.«

»Bleib an ihr dran.«

»Wie Weiß auf Reis«, versprach der Prof.

Ich schloss Jennifer Daltons Wohnung auf, bewegte mich so vorsichtig wie ein Minensucher. Ich wollte nichts klauen – ich wollte ihr was da lassen.

Das Schlafzimmer war derselbe dreckige Saustall, den der Prof beschrieben hatte. Ich nahm den tragbaren Videorekorder aus dem Matchbeutel, den ich über der Schulter getragen hatte. Als ich nach einer Steckdose suchte, summte das Handy in meiner Tasche.

»Sie hat kehrtgemacht. Ist schon fast da. Geht gerade in den Hausflur. Beeil dich!«

Ich ging zum Fenster. Es war verriegelt. Keine Feuerleiter. Als sich der Schlüssel in der Wohnungstür drehte, schnappte ich mir den Videorekorder und verzog mich hinter die Schlafzimmertür.

Ich hörte sie hereinkommen. Sie schaltete den Fernseher ein, dann war plötzlich der Ton weg, als hätte sie auf die Stummtaste gedrückt. Der Kühlschrank wurde geöffnet, Flüssigkeit gluckerte in ein Glas. Die Couch ächzte leise. Der Fernseherton kam wieder, irgendeine Talkshow. Sie spielte mit der Fernbedienung, zappte so schnell durch die Kanäle, dass die Töne ineinander verschmolzen. Plötzlich klopfte jemand mehrfach an die Wohnungstür. Wieder drückte sie die Stummtaste. Sie ging zur Tür. Schob die Abdeckung des Spions zur Seite. Tiefes Einatmen.

Die Tür wurde geöffnet. »Was wollen Sie?«, fragte Jennifer.

»Mit Ihnen reden.« Heathers Stimme, voller Wut, wie eine Blase kurz vor dem Zerplatzen. Ein Grunzen, die Tür schloss sich.

»Setzen Sie sich!«, sagte Heather. »Dahin.«

Jemand ließ sich in den Sessel fallen. Die Federung quietschte – das musste Heather auf der Couch sein.

»Warum haben Sie das gemacht?«, fragte Heather mit belegter Stimme. »Wie konnten Sie ihm das antun?«

»Er hat es mir angetan«, jammerte Jennifer. »Ich kann nichts dafür.«

»Er hat nie … Moment – wen meinen Sie?«

»Den Therapeuten. Er war derjenige, der …«

»Kite«, sagte Heather. »Wie konnten Sie ihm das antun? Er hat an Sie geglaubt. Das wussten Sie doch. Wie konnten Sie zulassen, dass er für Sie seine ganze Karriere, sein ganzes Leben opfert, während Sie doch genau wussten, dass alles nur eine Lüge war?«

Es wurde so still im Raum, dass ich Heathers raues Atmen hörte.

»Das war keine Lüge, Heather«, sagte ich, trat in das stille Wohnzimmer.

Jennifer schnappte nach Luft, eine Hand flog zu ihrem Mund. Heather wirbelte zu mir herum. »Du?!«

Ich warf Heather die Videokassette zu. Sie machte keinen Versuch, sie zu fangen – die Kassette traf ihre Brust. Sie zuckte nicht mit der Wimper, hatte den Blick fest auf Jennifer gerichtet.

»Es ist alles drauf«, sagte ich ruhig. »Stimmt's, Jennifer? Bruder Jacob muss Stunden um Stunden Band geschnitten haben, für diesen Film, was?«

»Ich weiß nicht ...«, sagte sie leise.

»Es muss so gewesen sein«, sagte ich. »Auf diesem Band sind Jahre von Ihnen. Alles so, wie Sie's erzählt haben. Wie Sie Ihren Rock für das Lineal hochheben. An sich selbst herumspielen, während er zuschaute. Wie Sie sich hinknien und ...«

»Hören Sie auf!«, schrie Jennifer. »Es war nicht meine Schuld. Ich wollte nicht ...«

»Nein, es war nicht Ihre Schuld«, sagte ich, trat näher. ›Es war nie Ihre Schuld. Es war die Wahrheit, warum haben Sie dann ...?«

»Ich hätte nie Geld bekommen«, sagte sie. Ihr Gesicht spannte sich, bekam harte Züge. »Die Verjährungsfrist. Ich war zu spät. So bekomme ich wenigstens Geld. Ich muss auch an mich denken, oder? Jetzt kann ich mich in Ordnung bringen lassen. Alles, was ich will. Sogar eine Gesichtsoperation ist drin. Das ist nur fair.«

»Du bist tot, Miststück!«, knurrte Heather, sprang von der Couch auf, hatte den Schlagring bereits über die rechte Faust gestreift.

Diesmal war ich darauf vorbereitet. Schlug mit der Handkante hart gegen Heathers Handgelenk, drehte ihr blitzschnell den Rücken zu, rammte ihr den Ellbogen in den Bauch.

Sie schnappte nach Luft und ging zu Boden.

»Bleib liegen!«, bellte ich sie an, stellte den Fuß direkt neben ihr Gesicht. Ich drehte mich zu Jennifer um, hob die

Hände wie ein Verkehrspolizist, damit sie sitzen blieb. »Es wird nichts passieren«, versicherte ich ihr. »Ganz ruhig – ich schaff sie gleich hier raus.«

Dann kniete ich mich neben Heather, legte meine Lippen an ihr Ohr. »Du schuldest mir was«, flüsterte ich. »Das betrifft jetzt nur uns beide. Es geht nicht um dieses jämmerliche Miststück da drüben. Komm.«

Sie erhob sich schwankend, hielt meinen Arm, stützte sich schwer auf mich. Tränen liefen ihr über das Gesicht. »Er ...«

»Halt jetzt den Mund«, sagte ich. »Dafür ist später noch genug Zeit.« Ich schob sie behutsam zurück zur Couch, hielt sie fest, bis sie saß.

Dann schnappte ich schnell meinen Matchbeutel aus dem Schlafzimmer, warf ihn mir über die Schulter.

»Das Band können Sie behalten«, sagte ich zu Jennifer. »Ein kleines Andenken. Ich habe Kopien. Sie haben drei Tage Zeit. Zweiundsiebzig Stunden. Das genügt, um sich Ihr Geld zu holen. Anschließend sollten Sie sich besser schleunigst verpissen.«

Sie saß mit offenem Mund da, als hätte ich auch ihr in den Bauch geschlagen. Ich hielt Heather die Hand hin. Sie ergriff sie. Ich zog sie hoch, schaltete das Handy ein, drückte die Wiederwahltaste.

»Okay«, meldete sich der Prof.

»Alles klar?«

»Still wie die Gruft.«

Den ganzen Weg die Treppe hinunter hielt ich Heathers pummelige Hand.

Es dauerte zwei komplette Runden auf dem FDR, bis sie aufhörte zu weinen. Schließlich fand ich einen Parkplatz in der Nähe des Heliports an der Thirty-fourth. Ich drückte sie in der Dunkelheit an mich. Ihr ganzer Körper zitterte vor dem, was sie wusste.

»Ich glaub's einfach nicht«, sagte sie dann. »Die Wahrheit …«

»Die Wahrheit ist nur ein Spielzeug, mit dem die gespielt haben, Heather. Jetzt liegt es an dir. Du bist dran.«

»Was wirst du …?«

»Ich? Nichts.«

Danach schwieg sie lange Zeit. Schließlich drehte sie sich zu mir. »Ich muss es wissen. Ich habe den Schlüssel. Kommst du mit?«

»Es ist nicht meine Sache«, sagte ich. »Ich bin fertig.«

Sie drückte sich an mich, zog an meiner Jacke, bis ich ihr ins Gesicht sah.

»Ich liebe dich«, sagte sie. »Du hast die Wahrheit herausgefunden.«

Ich sagte nichts.

»Bitte …«

Der Portier war nicht an seinem Pult, das Foyer um diese Uhrzeit menschenleer. Wir standen dicht nebeneinander in dem kleinen Fahrstuhl. »Atme durch die Nase«, befahl ich ihr. »Bleib in dir. Ruhig. Du wolltest die Wahrheit, Heather. Du weißt, wo du sie findest.« Sie öffnete die vergitterte Tür. Ich folgte ihr den Flur hinunter. Er saß in dem ausladenden Sessel, als hätte er uns erwartet.

»Es hat gestimmt!«, platzte Heather sofort heraus. »Wir kennen die Wahrheit. Sie …«

»Halt den Mund, du fette Kuh!«, fauchte Kite sie an. »Was hast du denn? Hast du unsere Arbeit vergessen?«

»Unsere … Arbeit? Die Wahrheit zu finden …«

»Nein!«, sagte Kite scharf. »Wir kennen die Wahrheit, nicht wahr? Falsche Anschuldigungen, das ist die Wahrheit. All die bösartigen Lügen, all die Übertreibungen. Diese Scharlatane von Therapeuten. Die Hexenjagd – erinnerst du dich, Heather? Es gab nur eine Möglichkeit, dem ein Ende zu bereiten. Nur eine einzige Möglichkeit, dem Feind einen Pflock mitten ins Herz zu treiben.«

»Aber Sie wussten es ... Die ganze Zeit haben Sie gewusst ...«

»Das ist ein Schachspiel«, sagte er mit seiner hohlen Stimme, die Augen unsichtbar hinter der Brille. »Ein intellektuelles Problem. Die eigentliche Waffe in diesem Krieg ist die Propaganda. Und ich habe soeben ein Glanzstück dessen abgeliefert. Die werden Jahre brauchen, um sich davon zu erholen. Die öffentliche Wahrnehmung wird nie mehr sein wie zuvor. Ich habe das geschafft. Nie wieder wird jemand mit einer falschen Verdächtigung davonkommen – jeder ist jetzt auf der Hut. Genau, wie ich es dir von Anfang an versprochen habe.«

Heather setzte sich auf den Boden und heulte wie ein kleines Mädchen. Ein kleines Mädchen, das die Orientierung verloren hat.

»Sie nehmen es mir nicht übel?«, sagte Kite zu mir, sprach über die zusammengesackte Heather hinweg, als wäre sie gar nicht da. »Wir sind beide Profis, Sie und ich. Und ich weiß Ihre Arbeit zu schätzen – ich bewundere sie. Sie sind der beste Ermittler, mit dem ich je zusammengearbeitet habe. Aber bei dieser Sache ging es nie um eine Ermittlung.«

»Und Sie wurden bezahlt.«

»Wurde ich? Sie wissen gar nichts, Mr. Burke. Nein, Sie wurden bezahlt. Und gut bezahlt. Was mich betrifft, ist mein Syndrom mein Lohn. Das Syndrom, Heather«, sagte er, bewegte sich leicht, die Stimme sanft. »Weißt du noch, wie viel Zeit ich darin investiert habe? Wie wichtig es ist? Nun, mein Syndrom ist jetzt die Wahrheit.«

Heathers Kopf flog hoch. Ihr Make-up war verschmiert, das schwarzkirschfarbene Haar hing schlaff herab. Ihre Bewegungen waren steif, beinahe roboterhaft. Sie zog die Oberlippe zwischen die Zähne, biss so fest zu, dass ein Tropfen Blut erschien.

Kite erwiderte ihren starren Blick ruhig, wartete, dass die Würfel aufhörten zu rollen.

»Kann ich trotzdem …?«, fragte sie schließlich.

»Natürlich kannst du.« Kite lächelte sie an wie ein Vater, der seinem Kind verzeiht. »Es bleibt alles beim Alten. Was uns betrifft, meine ich. Es bleibt immer noch so viel zu tun. So, warum gehst du jetzt nicht ins Bad und machst dich wieder zurecht? Danach kannst du Mr. Burke hinausbegleiten.«

Schweigend stand sie auf. Ich blickte Kite an, lauschte auf das Klackern ihrer Absätze auf dem Parkett.

»Sie haben doch nicht vor, etwas Dummes zu tun, Mr. Burke? Ich kann mir kaum vorstellen, dass Ihre … Aussage vor einem Gericht sehr viel wert wäre. Und ich weiß gewisse Dinge …«

»Ich bin damit fertig«, unterbrach ich ihn. »Darf ich Ihnen eine Frage stellen?«

»Aber sicher. Ich werde sie Ihnen sogar beantworten. Im Vorgriff auf gewisse angestrebte Prozesse wurde ich von einer gewissen Gruppe, wie sollen wir sagen, beauftragt. Aber der Plan, die Strategie und Taktik … das alles stammt allein von mir. Einzig und allein von mir. Und ich habe kein Verbrechen begangen. Wie gesagt, ich habe eine umfassende Untersuchung angestellt. Und in gutem Glauben gehandelt. Sie werden sicher verstehen, dass ich eine recht umfassende Dokumentation unserer … Geschäftsbeziehung besitze. Daher …«

Heather kam mit frisch gewaschenem Gesicht zurück. »Würdest du Mr. Burke jetzt bitte zur Tür begleiten, Heather?«, sagte Kite, die Leine in seiner Stimme kurz und straff.

Sie machte auf dem Absatz kehrt und ging den Flur hinunter. Ich folgte dicht hinter ihr. An der Tür zog ich sie an mich, drückte sie an meine Brust. »Für deine Liebe«, flüsterte ich, drückte ihr den Schlagring in die fleischige kleine Hand.

Das Video gab ich Wolfe. Nur für den Fall, dass jemand beim NYPD beschloss, dessen Kopie so zu behandeln, wie sie es mit dem French Connection-Heroin getan hatten.

Jennifer Dalton verschwand am nächsten Tag. Die Cops sagten, es gebe keinerlei Hinweise auf ein Verbrechen.

Kite war eine andere Sache. Einige Tage später entdeckte eine Hausangestellte im Penthouse seine Leiche. Er war erschlagen worden. Seine Akten waren geplündert worden, es war nichts mehr da. »Es könnte jeder gewesen sein – wir haben eine lange Liste von Verdächtigen«, sagte der leitende Untersuchungsbeamte gegenüber der Presse. »Aber eines ist sicher, es war ein Profi – der oder die Täter wussten genau, was sie taten.«

Zumindest das erkannten sie völlig richtig.

Ich weiß nicht, wohin Heather gegangen ist. Doch egal, wo sie jetzt ist, ihre Augen sind mit Sicherheit nicht mehr orange.